LES NAUFRAGÉS DE L'ÉDEN

Du même auteur aux Éditions First

Le Tombeau d'Alexandre, 2007 ; Pocket, 2008

L'Énigme de l'Exode, 2008

Le Secret d'Éleusis, 2010

Will Adams

LES NAUFRAGÉS DE L'ÉDEN

Traduit de l'anglais
par Anne-Carole Grillot

FIRST
Editions

Titre original : *The Eden Legacy*
Publié par HarperCollins

Édition française publiée par :

60, rue Mazarine
75006 Paris – France
Tél. : 01 45 49 60 00
Fax : 01 45 49 60 01
Courriel : firstinfo@efirst.com
Internet : www.editionsfirst.fr

ISBN : 978-2-7540-2430-3
Dépôt légal : mai 2011
Imprimé en France
Édition : Véronique Cardi
Correction : Jacqueline Rouzet
Mise en page : Nord Compo
Couverture : Leptosome
Traduction : Anne-Carole Grillot

À Max, Oscar et Rose

Prologue

Canal du Mozambique, 1424

Mei Hua était avec l'amiral, qui l'avait invitée dans ses quartiers privés, lorsque le navire heurta le récif. Un raclement sourd attira leur attention. Ils échangèrent un regard inquiet, mais une tempête faisait rage au-dehors et l'on entendait toujours de nouveaux bruits à bord, même au bout de trois ans. Le raclement cessa progressivement et ils sourirent de leur propre nervosité, avant de reprendre leurs tâches respectives. Mei Hua était occupée à faire le thé et l'amiral rédigeait des consignes concernant son cher globe afin que les émailleurs puissent le terminer avant leur retour. Mais soudain un craquement tonitruant se fit entendre. Le navire se cabra et s'immobilisa si brusquement qu'ils furent propulsés au sol.

Le silence revint, comme si le bateau lui-même et toutes les personnes à bord s'efforçaient de comprendre ce qui venait de se passer. Mais il fut presque aussitôt rompu par le râle de la membrure, tel le dernier souffle d'un géant, puis par les cris des hommes et le claquement du bois qui se fendit en éclats au-dessus de leurs têtes après qu'un des mâts eut basculé et se fut écrasé sur le pont.

Mei Hua regarda autour d'elle, effrayée et encore sous le choc. Le service à thé en porcelaine et les lampes à huile s'étaient brisés. Les taches d'huile formaient sur le plancher des îlots de flammes bleues, qui léchaient déjà les draps de soie défaits et les draperies. Elle se releva et se mit à piétiner les tissus avant qu'ils ne s'embrasent. La porte s'ouvrit d'un coup sec et trois gardes du corps se précipitèrent à l'intérieur. L'un d'eux avait une grande balafre sur le crâne et toute une moitié de son visage luisai1t de sang frais. Ils rejoignirent Mei Hua dans sa danse grotesque, puis aidèrent l'amiral à se relever et l'emmenèrent sur le pont afin qu'il prenne connaissance de l'étendue du désastre.

Mei Hua se retrouva seule. Le règlement à bord du navire était clair et sans concession. En tant que favorite, elle ne pouvait sortir du harem ni des quartiers privés de l'amiral sans escorte. Aucun homme d'équipage ne devait ne serait-ce que poser les yeux sur elle, sinon ils seraient tous deux mis à mort sur-le-champ. Mais il n'y avait ni eunuques ni gardes et il fallait qu'elle aille voir si son petit garçon était sain et sauf. Elle s'approcha de la porte et risqua un coup d'œil. Tout était sombre et désert. Une violente secousse ébranla le navire. Mei Hua sentit que sa fin était proche, mais le calme revint ; alors, elle comprit que les lois n'avaient plus aucun sens.

Elle cacha son visage derrière un foulard et se dirigea vers l'escalier. Deux officiers gravirent les marches en haletant de peur de se retrouver coincés en bas lorsque le navire sombrerait. Elle les laissa passer et descendit à la hâte. Le navire s'inclina légèrement sur le flanc ; elle dut s'appuyer contre la paroi pour ne pas tomber. Elle croisa un homme qui boitait et se tenait le bras en gémissant. Un autre appelait à l'aide, enfermé derrière une porte bloquée. Elle essaya de la lui ouvrir, mais c'était impossible et son fils ne pouvait pas attendre plus longtemps. L'âme endurcie par l'angoisse, elle l'abandonna.

Plus bas, l'air était chargé d'encens, que l'on brûlait pour couvrir l'odeur nauséabonde du navire, en mer depuis trop longtemps. De l'eau vint s'enrouler autour des chevilles de Mei Hua. Un soldat y flottait à plat ventre, les bras au-dessus de la tête, comme prostré devant les dieux, qu'il venait de rejoindre. Mei Hua prit le couteau à fine lame qu'il portait à la ceinture, l'enjamba et poursuivit son chemin. Elle s'enfonça de plus en plus profondément dans l'eau, jusqu'aux genoux, puis jusqu'aux cuisses. Elle distingua la lumière d'une lampe devant elle, entendit les cris des concubines. Arrivée à l'antichambre du harem, elle vit ce gros monstre de Chung Hu et deux autres eunuques qui montaient la garde devant la porte barrée. Ils respectaient les ordres à la lettre et empêchaient les femmes et les enfants de sortir, alors qu'ils étaient en train de se noyer.

Chung Hu se mit en colère dès qu'il aperçut Mei Hua. Il avait toujours détesté les femmes, comme si elles avaient été responsables de son émasculation, et se vengeait sur elles en leur infligeant toutes sortes de sévices. Mei Hua fit demi-tour et s'enfuit péniblement en fendant les eaux. Chung Hu se lança à sa poursuite en criant à ses camarades de le suivre. L'eau était de moins en moins haute et Mei Hua avançait avec davantage d'aisance, mais Chung Hu aussi. Il attrapa la jeune femme par l'épaule ; elle se retourna et lui enfonça son couteau dans l'œil. La lame traversa le globe gélatineux pour atteindre la masse grise du cerveau. Chung Hu tomba en avant dans l'eau. Ses deux subordonnés fixèrent Mei Hua avec une certaine admiration mêlée de crainte, comme si leur maître leur avait toujours semblé invulnérable. Puis une grande vague déferla sur eux et leur rappela le danger qu'ils encouraient. Sans se soucier de Mei Hua, ils coururent vers l'escalier en emportant leurs lampes à huile avec eux.

Le temps que Mei Hua regagne l'antichambre, l'eau avait monté et lui arrivait à la taille. Les concubines poussaient toujours des cris de terreur et de désespoir. Mei Hua trouva à tâtons les deux barres transversales en bois et les souleva. Le poids de l'eau suffit à ouvrir la porte. Les femmes et leurs enfants jaillirent hors du harem avec des pleurs de soulagement. Dans l'obscurité, Mei Hua appela son fils de toutes ses forces ; c'était Li Wei qui l'avait. Elle le prit dans ses bras avec gratitude, le serra contre elle et courut à son tour vers l'escalier. De l'eau coulait depuis l'étage supérieur. Les concubines gravirent les marches d'un pas lourd. Tout le monde s'était rassemblé sur le pont, les marins, soldats et autres passagers, mais aussi les animaux, porcelets, chiens, bœufs et poulets, qui s'étaient échappés de leurs enclos et circulaient en toute liberté.

Les concubines se dispersèrent de tous côtés dans l'espoir de garder la vie sauve. Mei Hua se mit en quête de l'amiral. Bao Zhi était son fils, après tout, même s'il refusait de le reconnaître. Un espar cassé ploya de toute sa hauteur, transperça le ventre d'un vieil homme en habit d'astronome avant de se redresser, catapultant le malheureux dans ses chères étoiles. Des vieillards se disputaient avec violence les canots de sauvetage. Mei Hua demanda à plusieurs d'entre eux de prendre son enfant, mais ils ne pensaient qu'à leur propre survie. Elle offrit de les payer avec les bijoux de l'amiral, mais quel besoin avait-on de joyaux dans un naufrage ? Un officier lui arracha néanmoins son collier de rubis, avant de la repousser en la menaçant de son gourdin. Elle se retourna et prit le coup sur les fesses. Son enfant pleurait. Elle le serra contre sa poitrine et lui caressa les cheveux en lui murmurant des paroles réconfortantes.

Un éclair déchira le ciel. Mei Hua vit la pluie et l'écume avant de les sentir sur elle. Elle constata qu'elle se trouvait presque à la proue. Elle n'était jamais allée aussi loin auparavant. Un deuxième éclair illumina la figure de proue, un immense dragon cabré, les ailes déployées, qui semblait s'élancer pour survoler le monde en emportant Mei Hua avec lui. Que de choses avaient-ils vues, ces dernières années ! Que d'endroits avaient-ils visités ! Et à quoi cela servait-il, maintenant ? Mei Hua éprouva le désir soudain et lancinant de revoir sa mère, juste une fois, et de présenter Bao Zhi à ses sœurs. Ils étaient si près du but ! Hier encore, l'amiral lui avait montré sur son globe tout le chemin qu'ils avaient parcouru et le peu de semaines qu'il leur faudrait pour regagner le pays en héros.

Le navire fut de nouveau ébranlé par une terrible secousse. Un autre mât s'effondra. Partout sur le pont, les gens se mirent à crier. Mei Hua sanglota de peur et étreignit Bao Zhi sur son cœur. Six nuits auparavant, elle avait rêvé d'une femme en rouge qui marchait vers elle à travers les eaux et l'appelait en lui tendant les bras. Tianfei, l'Épouse Céleste, était venue l'accueillir dans sa demeure.

Mais pas comme ça.

Pas comme ça !

Chapitre 1

I

Un récif corallien, sur la côte ouest de Madagascar

À soixante-trois mètres de la surface, même la lumière du jour la plus vive devenait faible, et l'éclat flamboyant du récif et de ses poissons se résumait à des nuances de gris bureaucratiques. La couleur aurait été un véritable gaspillage à cette profondeur. Or, la nature avait horreur du gaspillage comme du vide. Par conséquent, la seule clarté provenait du sable blanc qui recouvrait la majeure partie du lit marin. Mais même cette clarté était éclipsée par les nombreux débris d'algues mortes et de coraux, les galets éparpillés, les coquillages, les rochers noirs et tourmentés, et filtrée par les nuages de sédiments que Daniel Knox et ses collègues avaient soulevés après deux heures de fouille sous-marine.

Miles tapa sur le bras de Knox. C'était son patron et son partenaire de plongée. Il s'était arrêté de filmer et pointait le doigt en haut à gauche. Knox mit un moment à voir ce qu'il avait repéré : un poisson de grande taille. Celui-ci devait se trouver à une vingtaine de mètres, mais il était difficile d'évaluer les distances sous l'eau. À en juger par sa silhouette et sa façon de se déplacer à la fois fluide et menaçante, il s'agissait sans doute d'un requin, mais lequel ? Pas facile à dire de si loin. Requins bouledogues, requins tigres, requins à ailerons blancs ou noirs et même grands requins blancs n'étaient pas rares au large de la côte occidentale de Madagascar, en particulier autour de ces récifs, où la nourriture était abondante et l'eau, hyperoxygénée par son mouvement constant contre les coraux. Cependant, aucun d'eux n'était aussi dangereux qu'on le disait, à condition qu'on garde son sang-froid. Les plongeurs se contentaient de se prévenir mutuellement dès qu'ils en voyaient un, pour éviter qu'ils ne paniquent et ne soient tentés de remonter trop vite ou de commettre toute autre erreur de ce genre.

Knox fit un signe de tête à Miles et vérifia son équipement. Son premier réflexe fut de porter la main à son couteau de plongée. Cela le rassurait de l'avoir, même s'il n'était pas censé s'en servir pour se défendre contre les requins mais pour couper les mailles des filets dont les récifs étaient si souvent infestés. Ensuite, il consulta ses indicateurs de niveau. La pression partielle d'oxygène lui parut un peu élevée ; il ajusta l'arrivée en conséquence. L'hyperoxie était un piège dans lequel on pouvait tomber facilement lorsqu'on plongeait avec un recycleur à circuit fermé. Knox l'avait découvert à ses dépens au large des Açores, l'année précédente. Cependant, ce petit risque supplémentaire était largement compensé par la capacité du recycleur à nettoyer le dioxyde de carbone expiré pour réinjecter de l'oxygène, afin que le plongeur puisse rester sous l'eau presque indéfiniment.

Knox fut balayé par un courant latéral. Il se laissa porter et se retourna pour reprendre son exploration, après s'être assuré que Miles filmait de nouveau. Ils avaient besoin d'images pour réaliser leur documentaire et permettre à l'équipe de suivre le déroulement des opérations. Cela dit, jusqu'à présent, ils n'avaient pas eu grand-chose à filmer. Et pourtant, ils nageaient au-dessus d'un tertre de près de quatre-vingts mètres de long, couvert d'une épaisse couche de sable et jonché de rochers, de coraux morts et d'artefacts, qui suggérait la présence d'une épave. Juste à côté, se trouvait un écueil, qui surgissait du lit marin tel un immense podium, sur lequel les coraux s'étaient multipliés au fil des siècles pour arriver à environ cinquante centimètres de la surface à marée basse. Cet obstacle avait représenté un terrible danger pour les navires lorsque les marins naviguaient à l'estime, en ne pouvant compter que sur des cartes marines rudimentaires, la prière et les sacrifices aux dieux.

Le requin décrivit un cercle et passa si près de Knox que celui-ci vit la couleur jaune pâle de son ventre et les rayures noires qui striaient son dos bleu-gris. C'était un requin tigre, d'environ trois mètres de long. Knox et Miles échangèrent un regard. Ces créatures étaient imprévisibles. Elles pouvaient vous attaquer juste par curiosité. D'une façon générale, les requins aimaient prendre leur proie par en dessous. Mettre fin à la plongée et remonter à la surface aurait donc été beaucoup plus dangereux que de rester là. Knox se concentra de nouveau sur le lit marin. Les plongeurs avaient déjà mis au jour deux canons chinois dont ils connaissaient l'existence avant d'arriver. Ils avaient également trouvé des pièces datant du début de la période Ming et plusieurs tessons de porcelaine du XVe siècle, ainsi que des morceaux de poteries grossières, des clous et des objets de ferronnerie plus difficiles à attribuer, sans doute issus de la même épave. Mais de quelle épave s'agissait-il ? Tout ce qu'ils avaient pu dater remontait au début du XVe siècle. Par conséquent, le navire avait peut-être appartenu à la fameuse flotte des trésors de Zheng He, qui avait navigué près du canal à cette époque.

Cela dit, cette vaste armada se composait de toutes sortes de navires, dont la plupart étaient de simples bateaux de provisions. Bien sûr, ceux-ci auraient représenté de magnifiques découvertes, d'un intérêt historique certain, mais ce n'était pas ce qu'ils cherchaient.

Knox sentit un autre courant l'emporter en direction du requin. Il s'agrippa instinctivement au lit marin. Ses doigts raclèrent le sable jusqu'à ce qu'ils trouvent une prise. Il se cramponna, attendit que la force du courant diminue, et regarda ce qu'il tenait entre les mains : une saillie rugueuse d'un rouge-brun, dont la courbe était trop lisse pour être naturelle. Il retira le sable et découvrit le sommet d'un anneau de fer rouillé, d'environ trente centimètres de diamètre. Il vérifia que Miles était bien en train de filmer et fit signe à Klaus d'apporter une de leurs suceuses. Le gros tube gris aspira rapidement sable et sédiments pour faire apparaître une boucle en fer au bout d'une longue tige métallique, semblable au chas d'une immense aiguille.

Une seconde équipe de plongeurs vint prêter main forte avec une autre suceuse. La tige métallique était de plus en plus longue. Cela ne pouvait être qu'une ancre. Knox sentit son cœur s'emballer. De même que l'on pouvait estimer la taille d'une personne à partir de la longueur de ses pas, il était possible d'évaluer la taille d'un navire à partir de certaines de ses parties. Les navires-trésors chinois étaient généralement équipés d'ancres de deux mètres cinquante de long, dotées de pattes en fer qui s'accrochaient aux rochers ou s'enlisaient dans le sable pour immobiliser l'embarcation. Près de deux mètres de tige étaient désormais visibles. Knox dut faire un effort pour continuer à respirer de façon régulière. Deux mètres cinquante. Trois mètres et ce n'était pas fini. Trois mètres cinquante. Enfin, Knox aperçut la première patte. Il se retourna vers Miles, qui, en bon professionnel, filmait toujours mais brandissait le poing en signe de triomphe. La jubilation des autres plongeurs était amplifiée par l'étrange distorsion que créaient leurs lunettes. C'était indéniable désormais : ils avaient trouvé ce qu'ils étaient venus chercher.

Ils avaient trouvé un navire-trésor chinois.

II

Propriété des Nergadze au bord de la mer Noire, Géorgie

C'était la première fois depuis deux ans que Boris Dekanosidze revoyait Ilya Nergadze. Et ce fut un véritable choc. Le grand homme n'était plus que l'ombre de lui-même. Rabougri, pâle et chauve, il était allongé sur son lit médical, blotti sous d'épaisses couvertures, malgré la chaleur étouffante de la pièce. Il avait un masque à oxygène translucide sur la bouche et le nez, des capteurs et des tubes sur les bras et la gorge, des banques de moniteurs et autres appareils médicaux autour de lui, tandis qu'un infirmier en blouse blanche d'une androgynie troublante le surveillait de sa chaise surélevée, tel un arbitre à un match de tennis.

La rumeur disait donc vrai… Le vieil Ilya était mourant.

Le lit était automatisé. Ilya releva le dossier lorsqu'il vit Boris entrer. D'une main faible et tremblante, il retira son masque à oxygène et le laissa pendre autour de son cou comme un grotesque médaillon.

— Ravi de vous voir, dit-il d'une voix rauque en soulevant la tête pour que Boris puisse l'embrasser respectueusement sur les deux joues.

— Tout le plaisir est pour moi, monsieur. Cela faisait trop longtemps.

— Oui, murmura Ilya.

Ce peu de conversation semblait déjà l'avoir épuisé. Il laissa sa tête retomber sur l'oreiller et remit son masque à oxygène. Sandro Nergadze, fils et héritier présomptif du vieil homme, rejoignit Boris et se racla la gorge pour attirer l'attention de l'infirmier.

— Veuillez nous laisser quelques minutes, lança-t-il.

— Cinq minutes, répliqua l'infirmier sur un ton guindé. Votre père a besoin de repos.

— Cinq minutes, consentit Sandro avec un sourire crispé.

Il était courtois pour un Nergadze, mais il estimait qu'il n'avait pas d'ordres à recevoir de la part du personnel. Après avoir posé son porte-documents sur la table de chevet, il escorta l'infirmier jusqu'à la porte et referma celle-ci derrière lui d'un geste théâtral. Puis il retourna auprès de Boris et se plaça en face de lui, de l'autre côté du lit, de sorte qu'Ilya puisse suivre la conversation des yeux, même s'il était trop fatigué pour y prendre part.

— Alors ? demanda Boris. Que puis-je faire pour vous ?

Sandro pinça les lèvres avant de répondre.

— Boris, vous savez mieux que quiconque que notre famille a son lot d'ennemis.

Boris acquiesça. Il avait été le chef de la sécurité de Sandro jusqu'à ce que la situation tourne au vinaigre.

— Bien sûr, monsieur.

— C'est encore pire depuis le... revers que nous avons essuyé en Grèce.

Le revers, songea Boris, c'était comme ça qu'on disait, maintenant ? Deux ans auparavant, lors de la tentative manquée d'Ilya Nergadze d'accéder à la présidence de la République de Géorgie, l'équipe de campagne avait entendu dire que le plus grand trésor perdu de la nation, la Toison d'or, avait été retrouvé en Grèce. Mais tous ses efforts pour le rapporter au pays dans l'espoir de regonfler la popularité vacillante d'Ilya avaient échoué de façon spectaculaire et abouti à la mort de Mikhaïl, le petit-fils d'Ilya, ainsi qu'à l'anéantissement de l'empire financier et des aspirations politiques de la famille.

— Je m'en doute, dit Boris.

— Non seulement nous avons davantage d'ennemis, continua Sandro, mais ceux-ci sont encore plus impudents, plus irrespectueux. Nous ne sommes plus craints comme avant. Nous avons donc pris de nouvelles mesures de sécurité, comme vous l'avez sans doute remarqué. Nous avons également été amenés à mettre au point un système d'évaluation des menaces.

— Un système d'évaluation des menaces, monsieur ?

Sandro se dirigea vers la porte-fenêtre, qui offrait une vue superbe sur la mer Noire, au loin, au-dessus des cimes des arbres.

— C'est ce fichu Internet ! pesta-t-il. De nos jours, nos ennemis peuvent se renseigner sur nous le plus facilement du monde. Ils téléchargent des photos satellite de nos propriétés. Ils cherchent nos noms sur les sites faisant référence à des événements publics et dans les archives des journaux locaux. Ils connaissent nos voitures, nos avions, nos yachts, sans même quitter leur salon.

Il se retourna vers Boris.

— Mais ça marche dans les deux sens, ajouta-t-il, surtout quand on recrute les bonnes personnes.

— Et c'est ce que vous avez fait, suggéra Boris.

Les Nergadze n'avaient jamais lésiné sur les moyens en matière de sécurité.

— Nous avons créé plusieurs sites web et forums de discussion. Nous les avons truffés d'informations confidentielles susceptibles d'intéresser nos ennemis. Il y en a même qui sont vraies. Nous avons fait en sorte que ces sites soient difficiles à trouver, afin que seuls nos... admirateurs les plus fervents les dénichent. Depuis, nous surveillons tous nos visiteurs, en particulier ceux qui reviennent régulièrement, des journalistes ou des concurrents – des importuns, mais pas de réelles menaces.

— Et les autres ?

Sandro ouvrit son porte-documents et en sortit une feuille volante pliée en deux.

— L'un de nos visiteurs les plus assidus travaille au sein d'une compagnie britannique de sauvetage maritime appelée M.G.S. Il s'agit d'une petite structure de quinze employés, qui fait parfois appel à des sous-traitants pour certains projets. Une mission d'un mois est prévue sur le rivage est de la mer Noire, cet automne.

— Ah...

— Voici une impression de la page *Qui sommes-nous ?* du site de la M.G.S., annonça Sandro en tendant la feuille à Boris. Vous reconnaissez quelqu'un ?

Boris déplia la feuille et découvrit les visages de huit hommes jeunes ou d'âge moyen, mais les portraits étaient trop petits pour qu'il puisse reconnaître qui que ce soit. Les noms et les fonctions ne lui disaient rien non plus.

— Désolé, lâcha-t-il.

— Ligne du bas, l'aida Sandro, le deuxième en partant de la droite.

Boris regarda de nouveau. C'était un dénommé Matthew Richardson. Non seulement sa photo était petite, mais elle était floue, comme s'il avait été en mouvement. Maintenant que Boris le regardait de plus près, ce visage lui rappelait vaguement quelqu'un. Au bout d'un moment, il comprit qui Sandro et Ilya avaient pensé reconnaître, d'autant que c'était la seule explication de sa présence ici. Un souvenir désagréable le fit tressaillir comme s'il venait de se brûler.

— Daniel Knox est mort, rappela-t-il. Il a succombé à une insuffisance rénale suite aux brûlures qu'il a subies quand Mikhaïl et lui...

Il préféra ne pas finir sa phrase.

— C'est ce qu'on a voulu nous faire croire, précisa Sandro.

— Pourquoi nous aurait-on menti ?

Boris trouva la réponse de lui-même : pour protéger Knox, après qu'Ilya avait mis sa tête à prix à hauteur de cinq millions d'euros pour avoir tué son petit-fils lors du fiasco de la Toison d'or. Il observa attentivement la photo. Il y avait une certaine ressemblance, on ne pouvait le nier. De plus, l'homme s'était rasé le crâne et laissé pousser la barbe, comme l'aurait fait un individu souhaitant changer d'apparence. Cependant, il avait les pommettes plus hautes que Knox, l'arête du nez plus large. Il semblait plus sombre, plus vieux, plus en colère et, d'une façon générale, plus redoutable.

— Ce n'est pas lui, estima Boris.

— En êtes-vous certain ? insista Sandro. Vous n'êtes peut-être pas le seul à avoir bénéficié d'une chirurgie esthétique.

— Alors comment pourrais-je le reconnaître d'après cette photo ? Il faudrait que je le voie de près, que j'observe sa démarche, que j'entende sa voix, que...

Boris s'interrompit. Il venait de comprendre où Sandro voulait en venir.

— Hors de question, déclara-t-il. Les Européens ont toutes mes données biométriques. Ils ont mon A.D.N. Ils me tomberaient dessus dès mon arrivée. Je ne m'en sortirais jamais.

— Du calme, le rassura Sandro. Nous n'avons pas l'intention de vous renvoyer en Europe. Comme vous dites, nous avons déjà eu assez de mal à vous tirer d'affaire la dernière fois.

Il garda le silence un instant, sans doute pour que Boris se rende bien compte qu'il pourrirait encore dans une prison grecque si les Nergadze ne l'avaient pas aidé à se faire la belle.

— Mais cet homme ne se trouve pas en Angleterre en ce moment, poursuivit-il, ni même en Europe. C'est la raison pour laquelle nous vous avons fait venir ici de toute urgence. Nous ne l'avons nous-mêmes appris que ce matin.

— Où est-il, alors ?

— Il travaille sur un projet de sauvetage, au large de la côte occidentale de Madagascar, répondit Sandro en sortant de son porte-documents une grosse enveloppe blanche, qu'il tendit à Boris.

Le rabat était coincé à l'intérieur. Boris se coupa le pouce en l'ouvrant. Lorsqu'il étala le contenu de l'enveloppe sur la table de chevet, il laissa plusieurs traces de sang. Il y avait dix mille euros en petites coupures ; quelques articles de presse concernant une épave chinoise ; un billet d'avion en première classe à son nouveau nom pour un vol à destination d'Antananarivo, la capitale de Madagascar, au départ d'Istanbul, *via* Johannesburg ; et un autre billet d'avion pour un vol intérieur à destination d'un aéroport de province dont il n'avait jamais entendu parler : Morombe.

— Et que serai-je censé faire une fois sur place ?

— Nous voulons que vous localisiez ce Richardson, répondit Sandro, et que vous nous disiez s'il s'agit ou non de Daniel Knox.

— Et si c'est bien lui ?

Sandro baissa les yeux, visiblement mal à l'aise. Boris entendit un bruit et sursauta. Il avait presque oublié qu'Ilya était là. Le vieillard retira de nouveau son masque pour pouvoir parler. Il y avait de la cruauté, de la férocité sur ses lèvres et dans son regard. Pourtant, sa voix était si faible que Boris dut se pencher au-dessus de lui pour l'entendre.

— Tuez-le, dit-il.

Chapitre 2

I

Le requin tigre réapparut alors que Knox et le reste de l'équipe de plongée se trouvaient au dernier palier de décompression, à une profondeur de trois mètres. Il décrivit plusieurs cercles avec un air affreusement intéressé mais, lorsque le canot pneumatique arriva, le bruit et le bouillonnement causés par le moteur hors-bord semblèrent le dissuader. Il fit demi-tour et s'éloigna.

Arrivés à la surface, les plongeurs virent la *Maritsa* avancer lentement vers eux. Elle mouillait toujours loin du site de l'épave, en raison des récifs environnants, d'autant plus dangereux que des vagues scélérates pouvaient surgir de nulle part. Le but était surtout d'éviter que d'éventuels observateurs ne repèrent l'emplacement du site. La grue de poupe était le moyen le plus aisé de déplacer des artefacts de taille volumineuse. La *Maritsa* allait donc se positionner juste audessus de l'ancre.

En tant qu'archéologue, Knox prenait toujours le temps d'examiner les artefacts dans leur environnement avant de les déplacer. Ici, ce n'était pas possible : l'équipe n'avait la *Maritsa* que pour six semaines et, quand elle aurait terminé son travail, elle ne pourrait pas condamner le site comme on le faisait sur la terre ferme en montant une clôture et en postant des gardes jusqu'à la saison suivante. L'épave serait à la merci de n'importe quel chasseur de trésors doté d'un équipement de plongée ou d'une drague. Les plongeurs devaient donc récupérer tout ce qu'ils pouvaient pendant qu'il en était encore temps.

Ils gravirent l'échelle de coupée tribord, retirèrent leur combinaison de plongée sur le pont arrière et se lavèrent au jet. Une porte s'ouvrit brusquement, sous l'effet du vent. Ricky Cheung sortit de la salle de conférences en tirant sur une de ses infectes cigarettes roulées. C'était le responsable de l'opération de sauvetage, un Américain obèse d'origine chinoise, qui avait toujours les yeux fatigués, comme s'il venait de se réveiller. Il attendit qu'une jeune femme blonde affublée d'immenses lunettes de soleil et d'une casquette de base-ball le rejoigne, ainsi que son cadreur personnel, qui le suivait comme son ombre. Dès qu'il vit Knox, il lui fit signe chaleureusement.

— Le héros du jour ! s'exclama-t-il, radieux. Bon travail !

— Merci, dit Knox.

Ricky se tourna vers la jeune femme.

— Voici la personne dont je t'ai parlé, Lucia. Lucia, je vous présente Matthew Richardson. Mais tout le monde l'appelle Daniel. Pourquoi, au fait ?

— Mon père s'appelait Matthew aussi, répondit Knox, qui avait l'habitude qu'on lui pose la question. Ça évitait les confusions.

En réalité, au cours des premiers mois qui avaient suivi les événements d'Athènes, après l'assassinat de sa fiancée, Gaëlle, par Mikhaïl Nergadze, il était dans un tel état qu'il ne répondait jamais lorsqu'on l'appelait par son nouveau prénom. Un jour, Miles – une des rares personnes qui connaissaient son passé – avait été si exaspéré par son absence de réaction qu'il lui avait crié son vrai prénom. Face aux questions inévitables de ses collègues, Knox avait été contraint d'improviser une explication. Les renseignements britanniques s'étaient montrés très compréhensifs sur ce point et avaient légèrement modifié sa nouvelle identité pour faire de Daniel son deuxième prénom. Depuis, il s'était toujours fait appeler Daniel, sauf lors des interviews et autres occasions professionnelles.

— Ça alors ! s'écria Ricky. Tu as dû jubiler quand tu as vu cette ancre.

— Oui, reconnut Knox.

— La plupart des archéologues arrivent en fin de carrière sans avoir jamais rien découvert d'aussi extraordinaire !

— C'est vrai.

Ricky se figea un instant, comme s'il soupçonnait Knox de se moquer de lui, et s'anima de nouveau.

— Lucia est venue pour écrire un article sur moi, annonça-t-il.

— Sur le sauvetage, plus exactement, rectifia Lucia en retirant ses lunettes de soleil.

La quarantaine, elle avait des yeux bleus étincelants, un beau visage avenant, des taches de rousseur et le genre de peau qu'il fallait protéger du soleil malgache.

— Ravi de faire votre connaissance, dit Knox.

— Je vous laisse avec lui, si ça ne vous dérange pas, proposa Ricky à Lucia. Pour les questions d'histoire et d'archéologie, Daniel est votre homme.

Il se dirigea aussitôt vers la grue, qui hissait déjà l'ancre, et aboya des ordres superflus à son cadreur pour qu'il immortalise l'instant.

— Quel culot ! s'exclama Lucia. Il vous vole la vedette !

— Ça fait trente ans qu'il attend ce moment et je ne suis là que depuis quelques jours, expliqua Knox.

— Je n'ai jamais vu un homme parler autant de lui ! Moi, moi, moi ! Il n'a que ce mot-là à la bouche.

Knox sourit poliment. Il se garderait bien de donner à une journaliste l'impression qu'il y avait des dissensions dans les rangs.

— Vous avez des questions à me poser ? demanda-t-il.

— En effet, lui répondit Lucia avec un sourire chaleureux, calibré pour s'attirer la sympathie des autres. Je suis chroniqueuse de voyage. C'est comme ça que je paie mes vacances. Je pars pour un mois dans des endroits comme celui-ci avec des tas d'idées de sujet, mais je ne suis jamais sûre de ce qui va marcher.

— Je vois.

— J'étais censée aller à la réserve naturelle de l'Éden aujourd'hui.

— Chez les Kirkpatrick ?

— Vous les connaissez ?

— Tout le monde les connaît ici, répondit Knox, qui était toujours sur ses gardes.

— Ils devaient me laisser un message pour me dire à quel moment je pouvais leur rendre visite, mais je n'ai rien reçu à mon hôtel, alors j'ai préféré suivre une autre piste, au cas où. C'est le concierge de l'hôtel qui m'a suggéré de venir ici. Il a même organisé mon voyage, ce qui est très gentil de sa part mais, évidemment, je n'ai pas pu faire de recherches préalables. Or, votre patron n'est pas facile à interrompre une fois qu'il est sur sa lancée. Toutes ses histoires sur la Chine et la flotte des trésors... Honnêtement, la moitié du temps, je n'avais pas la moindre idée de ce dont il me parlait.

Knox hocha la tête. Ricky était connu pour donner de véritables conférences au lieu de simples interviews.

— Donc, vous aimeriez connaître un peu le contexte ?

— Oui, ce serait formidable.

— D'accord, alors il faut remonter à la Chine du XIIIe siècle.

II

Sandro Nergadze raccompagna Boris. Une fois dans la cour, il le prit par le coude et l'attira loin du personnel et des gardes du corps.

— Une dernière question, dit-il.

— Oui ?

— Que pensez-vous de Davit Kipshidze ?

Boris sentit le feu lui monter aux joues et la colère lui enserrer le cœur. Davit était un ancien joueur de rugby auquel il avait fait appel à plusieurs reprises pour des missions difficiles. Il était immense et sa présence suffisait généralement à dissuader les fauteurs de troubles. Mais dès que les choses avaient mal tourné en Grèce, il avait craqué comme une petite fille et s'était mis à table.

— Vous auriez dû le laisser pourrir à Athènes, répondit Boris.

— Pour qu'il révèle nos secrets en audience publique ? Et puis, il est des nôtres. Son père a fait de l'excellent travail pour nous ; sa sœur est mariée à un de mes cousins. Et beaucoup de nos hommes l'apprécient. Ils disent que ce qui s'est passé à Athènes n'était pas de sa faute, qu'on n'aurait jamais dû lui confier une mission de ce genre.

Boris tiqua. C'était lui qui avait choisi Davit pour cette mission, et Sandro le savait très bien.

— Il s'en était toujours bien sorti jusque-là.

— Je n'en doute pas. Simplement, j'entends dire ici et là que nous devrions lui donner une seconde chance.

Boris constata pour la deuxième fois à quel point il avait été lent à comprendre où Sandro voulait en venir.

— Non, je ne l'emmène pas avec moi. Et s'il se faisait repérer à l'aéroport ? Je tomberais avec lui à coup sûr.

— Nous lui ferions prendre un autre vol. Vous vous retrouveriez à Madagascar.

— Je ne lui fais pas confiance. Je refuse de lui faire confiance. Il n'aurait pas les épaules, de toute façon. C'est une âme sensible.

— Peut-être que si, s'il ne connaissait pas votre véritable objectif.

Sandro fit un signe de tête en direction d'un fourgon blanc aux vitres teintées, garé sur les pavés, de l'autre côté de la cour.

— Pour l'instant, reprit-il, tout ce qu'il sait, c'est que nous pourrions avoir une nouvelle mission à lui confier. Pourquoi ne pas lui dire simplement que Knox est peut-être encore en vie, que cette mission consiste à aller voir s'il s'agit bien de lui et, le cas échéant, à le convaincre d'accepter une trêve ?

— Il n'est pas stupide à ce point.

— Vous avez tort. Les hommes comme Davit ont toujours une haute idée de leurs semblables. C'est pour ça que tout le monde les aime. Ce sera l'occasion pour lui de se racheter.

— Il en faudra plus que ça !

— Il vous sera utile. C'est le seul, en dehors de vous, qui sache à quoi ressemble Knox. Il est fort comme un bœuf et il s'y connaît en nouvelles technologies. Il avait essayé de monter une entreprise d'informatique, vous vous souvenez ?

— Et alors ?

— Comme vous l'avez remarqué, mon père s'intéresse personnellement à cette affaire. Par conséquent, nous allons vous fournir un visiophone satellite.

— Quoi ? Vous vous foutez de moi ? Vous voulez que je bute Knox en direct à la télé ? Et si ces fumiers de Tbilissi me voient ?

— Vous nous prenez pour des idiots ? Tout notre matériel est équipé de logiciels de cryptage, que nous avons conçus nous-mêmes et que nous utilisons pour nos affaires les plus… controversées.

Boris était rassuré. Les Nergadze avaient bâti leur fortune en troquant des armes contre de l'héroïne. Si Sandro disait que les communications étaient sécurisées de manière efficace, on pouvait le croire.

— D'accord, dit Boris à contrecœur.

— Bien, il sera ainsi beaucoup plus facile pour nous de communiquer avec vous et de gérer le… support logistique.

— Le support logistique ! ricana Boris.

Sandro avait un don pour les euphémismes. Il voulait parler de l'arme qu'il devrait procurer à Boris une fois que celui-ci se trouverait à Madagascar, puisque, de nos jours, il était devenu impossible d'en transporter une à bord d'un avion.

— Et Davit, demanda Boris, que va-t-il penser de ça ?

— Je ne pense pas que nous aurons cette conversation en sa présence, et vous ?

— D'accord, soupira Boris, mais je n'ai pas l'intention de faire ça gratuitement, et encore moins devant une caméra ! Vous avez offert cinq millions d'euros pour la tête de Knox. Je suppose que cette offre tient toujours.

— Nous l'avons retirée à l'annonce de la mort de Knox.

— Mais il n'est pas mort.

— Vous serez payé cent mille euros pour l'identification de cet homme, qu'il s'agisse de Knox ou non. Si c'est bien lui, mon père ajoutera quatre cent mille euros pour… l'accomplissement de sa volonté.

Boris approuva. Cinq cent mille euros, c'était une somme. Et il y aurait sûrement moyen d'obtenir davantage. La réputation et l'empire financier des Nergadze avaient été mis à mal par la débâcle de la famille en Grèce, mais Ilya était toujours immensément riche et il était clair qu'il voulait sa revanche avant de claquer. Or, la revanche, c'était comme le champagne : plus elle coûtait cher, meilleure elle était.

— Et Davit ? s'inquiéta Boris. Vous ne croyez pas que je vais partager mon argent avec lui, j'espère ?

— Non, je conclurai un autre accord avec Davit. Vous aurez votre argent et lui, le sien. Ça marche ?

— Ça marche.

— Bien, se réjouit Sandro en se dirigeant vers le fourgon. Alors allons lui parler.

III

Lucia sortit un enregistreur de son sac.

— Ça ne vous dérange pas ? demanda-t-elle.

— Bien sûr que non, répondit Knox.

— Peut-être pourrait-on trouver un endroit plus tranquille, suggéra-t-elle en regardant la grue, qui s'était mise à crisser sous le poids de l'ancre.

Ils gravirent une échelle de coupée, montèrent au-dessus de la chambre de décompression et s'accoudèrent au bastingage tribord. Le vent s'était levé ; la mer commençait à s'agiter. Cependant, le système de positionnement dynamique étant activé, ses capteurs GPS, gyroscopes et propulseurs assuraient une stabilité impressionnante, ce qui était primordial lorsqu'on utilisait une grue pour remonter un artefact situé à soixante mètres de profondeur. Une grande vague alla se briser contre les récifs. Au loin dans la lagune, Knox aperçut les voiles blanches de plusieurs pirogues de pêche qui retournaient vers le rivage.

— C'est mieux, ici ? demanda-t-il.

— Parfait, répondit Lucia. Vous alliez me parler de la Chine du XIIIe siècle.

— C'était l'époque des khans mongols. Le conquérant Gengis Khan avait mis à sac la Russie et la Chine. Les Européens avaient peur de lui comme de la peste.

De fait, les chrétiens voyaient en lui et ses armées l'incarnation de Gog et Magog annonçant la fin des temps.

— Mais ses successeurs se sont révélés très différents, en particulier son petit-fils Kūbilaï, précisa Knox.

— « À Xanadu, Kūbilaï Khan se décréta un fastueux palais des plaisirs », récita Lucia.

— C'est l'homme de ce poème, en effet, confirma Knox. Il se voyait comme un souverain et non comme un général. La Chine était le joyau de sa couronne. Il a fondé une nouvelle capitale à Pékin et essayé de gagner la confiance de ses sujets chinois en les nommant à des postes-clés. Mais ça n'a jamais vraiment marché. Les Hans et les Mongols se considéraient mutuellement inférieurs les uns aux autres. Et de toute façon, c'était une époque tourmentée. La Chine a été frappée par la peste noire presque aussi durement que l'Europe et il y a eu d'énormes inondations, qui ont provoqué pauvreté et famine. Les Hans ont commencé à se rebeller, de même que d'autres groupes ethniques. Les premières insurrections ont été réprimées, mais elles ont fini par affaiblir le pouvoir mongol. L'empire s'est effondré en 1368. Un des chefs rebelles, un Han dénommé Zhu Yuanzhang, s'est emparé du trône du Dragon et proclamé premier empereur des Grands Ming.

— C'est le début de la dynastie Ming, je suppose.

— Exactement. Zhu Yuanzhang a gardé le pouvoir pendant une trentaine d'années, mais sa succession a été compliquée. Son aîné, le Prince de la Couronne, est mort avant lui, ce qui l'a contraint à choisir entre le plus capable de ses fils survivants – un dénommé Zhu Di – et son petit-fils Zhu Yunwen. Il a décidé de sauter une génération.

— Et Zhu Di l'a mal pris, c'est ça ?

— Tout dépend de qui l'on croit. On sait que Zhu Yunwen était obsédé par ses rivaux. Après son accession au pouvoir, il a défendu à Zhu Di de rendre hommage à son père défunt – une terrible humiliation – et spolié ses sympathisants pour le forcer à capituler ou à combattre. Zhu Di a préféré combattre. Les escarmouches avec l'armée impériale ont pris des allures de guerre civile. En 1402, Zhu Di a marché sur Nankin, la nouvelle capitale de la Chine, et son neveu a pris la fuite. Il s'est alors déclaré empereur Yongle, empereur de la Joie éternelle.

— Que demander de mieux !

— L'un dans l'autre, il ne s'en est pas mal sorti. Il a rayé son neveu des livres d'histoire et éliminé ses sympathisants, mais c'était classique à l'époque. Il a repoussé les Mongols et les Vietnamiens, lancé un programme de valorisation des terres et autres politiques agricoles efficaces, reconstruit le Grand Canal, et ramené la capitale à Pékin. Il a également commandité une magnifique armada.

— Ah ! La fameuse flotte des trésors.

— C'était sans précédent. Les Hans étaient confucianistes ; seule la Chine comptait. Si le monde barbare voulait faire du commerce avec eux, il fallait qu'il se déplace. Mais Zhu Di ne l'entendait pas ainsi. Il voulait faire étalage de son pouvoir et faire savoir à ses contemporains qu'il valait mieux ne pas se frotter à lui. Et puis, à en croire la rumeur, son neveu était toujours en vie ; personne ne devait remettre sa légitimité en question. Bref, quelles qu'aient été ses motivations, il a ordonné à un certain Zheng He de construire une immense flotte et de naviguer sur les mers de Chine afin d'établir des relations diplomatiques et commerciales, de réprimer toute révolte dans les territoires chinois d'outremer, etc.

— Zheng He ? L'eunuque ?

— Oui, c'était un Chinois musulman, dont la famille avait combattu contre les Mongols. Il avait été fait prisonnier et castré dans son enfance. C'était courant à l'époque, mais il s'est fait un nom jusqu'à devenir un des favoris de Zhu Di.

Lucia leva un sourcil. Knox éclata de rire.

— Pas dans ce sens-là, précisa-t-il. Zhu Di aimait les femmes, les Coréennes, de préférence. Et c'est précisément pour cette raison qu'il s'entourait d'eunuques. Ceux-ci n'avaient pas de vues sur son harem, ni d'ambitions dynastiques.

— D'accord, donc, monsieur Joie éternelle envoie son eunuque préféré en mer. Il y a eu plusieurs voyages, je suppose.

— Sept, en tout, mais le dernier bien après les autres. Zheng He s'est rendu à Sumatra, à Java et sur les autres grandes îles indonésiennes, au Vietnam, en Thaïlande, au Sri Lanka, en Malaisie occidentale et en Inde, des lieux déjà bien connus des Chinois. Lors de son quatrième voyage, il est allé jusqu'en Arabie et en Afrique de l'Est. Le sixième est celui qui intrigue le plus. Zheng He lui-même n'est pas allé très loin, mais plusieurs de ses vice-amiraux ont pris la tête de contingents dont nous avons perdu la trace. Un grand incendie s'est déclaré à Pékin juste après le départ de la flotte et l'empereur y a vu une admonestation divine. Toutes les archives concernant le voyage ont donc été détruites.

— Et vous pensez que votre ancre provient de ce sixième voyage ?

— C'est très probable. Les navires chinois ne pouvaient pas naviguer contre le vent. Ils étaient pratiquement contraints d'aller là où il les emportait. En général, cela ne posait pas de problème, car les alizés étaient tout à fait prévisibles entre l'Afrique et la Chine. Mais si un navire en provenance de Chine avait été dérouté par le vent au mauvais moment, il aurait forcément atterri ici. Cette flotte était immense. Trois cent dix-sept navires transportant vingt-huit mille personnes auraient participé au premier voyage. Même si l'on considère que ce chiffre a été exagéré, c'est absolument énorme. Les besoins en bois étaient si considérables que des régions entières de la Chine ont été déforestées. La plupart des navires étaient des bateaux de provisions ou des transports de troupes ; les autres, des cargos, car les objectifs étaient également commerciaux. Les Chinois troquaient de la soie et de la porcelaine contre des biens extrêmement prisés, comme les perles, l'ivoire et les bois exotiques. Mais la flotte comportait également un certain nombre de navires-trésors. Il s'agissait de véritables palais flottants ou, pour être plus précis, d'ambassades conçues spécialement pour impressionner et intimider les autorités étrangères. Ils auraient mesuré plus de cent vingt mètres de long et cinquante-cinq mètres de large, ce qui équivaut aux dimensions d'un stade de football. C'était environ quatre-vingt-dix ans avant Christophe Colomb, et pourtant la largeur de ces embarcations correspondait au double de la longueur de la *Santa Maria*. Les navires-trésors avaient neuf mâts, dont le plus grand aurait mesuré une centaine de mètres.

— Cent mètres ? s'étonna Lucia. Est-ce possible ?

— Pour la plupart des historiens et des constructeurs navals, non. Ils pensent que ces navires avaient plus probablement six mâts d'environ soixante mètres de haut. (Knox sourit en regardant en direction du lit marin.) C'est pour ça que cette découverte est si palpitante ! Nous ne le saurons que lorsque nous aurons...

Des cris de joie et des sifflements fusèrent du pont arrière. Knox se retourna et vit l'ancre, qui venait de rompre la surface, telle une baleine émergeant de l'eau. Ruisselante, hissée par un câble en acier, elle s'élevait lentement, de plus en plus haut.

— Wouah ! murmura Lucia en sortant un appareil photo de son sac.

— Vous voulez qu'on se rapproche ? proposa Knox.

Elle hocha la tête vigoureusement et ils retournèrent sur le pont arrière. Le bras articulé de la grue se mit à tourner pour positionner l'ancre noircie et rouillée au-dessus du navire. Les câbles crissaient sous le poids de la charge et tout le monde se tenait à distance. Lorsque l'ancre se trouva au-dessus de l'écoutille ouverte de la cale, le grutier immobilisa le bras. Les hommes d'équipage se pressèrent autour d'elle pour faire cesser son balancement. Ils la maintinrent fermement et guidèrent la descente dans la cale, où les conservateurs étaient déjà réunis.

— Ça, c'est quelque chose ! s'exclama Lucia en mitraillant l'artefact. Je ne pensais pas qu'elle…

Un bruit la fit sursauter. C'était comme si un circuit électrique avait grillé. Tout le monde se figea. Le navire gîta légèrement à bâbord et l'ancre se remit à se balancer, tel un immense pendule suspendu à un doigt céleste. Knox regarda Miles et vit sur son visage l'inquiétude qui se lisait aussi sur le sien.

Un des propulseurs du système de positionnement dynamique avait explosé. Les ennuis commençaient.

Chapitre 3

I

Siège de Kirkpatrick Films, Covent Garden, Londres

Rebecca Kirkpatrick s'efforçait de se concentrer sur ce que lui disait Titch Osmond, son directeur financier, mais ce n'était pas facile. Elle avait la note griffonnée par Nicola sur les genoux et y jeta encore un coup d'œil furtif.

« Pierre Demullin (???) a appelé. De Madagascar (!?!). Va rappeler plus tard. »

Tous ces points d'exclamation et d'interrogation lui tapaient sur les nerfs. Elle recevait constamment des appels du monde entier ; en outre, sa mère était malgache et ce n'était un secret pour personne, d'autant qu'elle portait sur elle les traces de son métissage polynésien, africain et européen. Alors pourquoi ce message avait-il nécessité autant de points d'exclamation ? Elle respira profondément en essayant de garder son calme. Ce n'était pas si surprenant que Pierre ait appelé. C'était son voisin à Madagascar et le meilleur ami de son père. Et puis, c'était le compagnon de sa sœur, Emilia, et le père du petit Michel. Cependant, Rebecca ne lui avait pas parlé depuis onze ans et, pour être honnête, elle ne voyait pas ce qui avait pu le pousser à lui téléphoner de façon si inattendue.

— Tu n'as pas la tête à ça, dit Titch. On en reparle plus tard, si tu veux.

Rebecca sourit avec une jovialité artificielle. Elle ne pourrait rien faire tant que Pierre ne la rappellerait pas, de toute façon.

— Non, je t'écoute, assura-t-elle. Tu me parlais de notre trésorerie.

— Oui, confirma Titch en tournant une page de son classeur. Il nous manque soixante-sept mille livres pour boucler le mois de juillet.

— Soixante-sept mille ? C'est tout ?

— Ce n'est pas rien, tu sais.

— On ne peut pas emprunter ? suggéra Rebecca en baissant de nouveau les yeux vers la note de Nicola.

En fait, elle avait tort de penser qu'elle n'avait aucune idée de la raison pour laquelle Pierre l'avait appelée, car c'était précisément cela qui la rendait nerveuse. En cas d'urgence, si ni Adam ni Emilia ne pouvaient lui téléphoner directement, qui d'autre que Pierre le ferait ?

— Tu crois que je n'ai pas essayé ? se renfrogna Titch, comme si elle doutait de lui. Plus personne ne veut nous prêter d'argent.

— Et pourquoi ? Nous sommes bénéficiaires, non ?

— Sur le papier, oui.

Titch leva les yeux vers Rebecca, puis détourna aussitôt le regard, le feu aux joues. Quelques mois auparavant, lors d'un dîner d'affaires, il lui avait pris la main, avant de lui déclarer sa flamme. Elle avait mis ça sur le compte de l'alcool et de son récent divorce mais, dans ces moments-là, elle se demandait s'il n'était pas sérieux. Elle espérait sincèrement que ce n'était pas le cas. Elle l'appréciait beaucoup mais n'avait pas le moindre sentiment pour lui. Il baissa la tête et tourna une autre page.

— Mais nous n'avons pour ainsi dire aucun actif, reprit-il, ce qui, outre nos éternels problèmes de trésorerie, n'incite pas les banques à nous prêter de l'argent.

— Alors qu'est-ce que tu conseilles ?

Une seule question hantait Rebecca, en réalité : quel incident pouvait empêcher à la fois Adam et Emilia de lui téléphoner ?

— Eh bien, répondit Titch, nous avons trois grands axes d'action, en tant que société, bien sûr. Le premier consiste à réclamer notre dû à nos débiteurs.

— C'est-à-dire moi, je suppose.

— Essentiellement, admit Titch en faisant tourner son stylo entre ses doigts.

— Ça représente combien, maintenant ?

— Deux cent quatre-vingt mille livres. Un peu plus. Et notre contrat de prêt prévoyait un remboursement…

— Et la deuxième option ?

Rebecca réfléchit un instant : si quelque chose était arrivé à Emilia, Adam lui aurait téléphoné et, si quelque chose était arrivé à Adam, c'est Emilia qui aurait téléphoné. Elle ferma les yeux un instant, préférant ne pas pousser le raisonnement plus loin.

— Nous nous sommes développés très rapidement ces derniers mois, rappela Titch. Nous avons recruté du personnel. Or, la plupart de nos projets nous coûtent beaucoup plus qu'ils ne nous rapportent.

— Tu veux que je licencie ?

— Tu m'as demandé quelles étaient nos options. C'en est une.

— Quoi d'autre ?

— C'est une belle entreprise que tu es en train de bâtir, Rebecca. Nous avons déjà été approchés par plusieurs sociétés. Elles seraient prêtes à payer le prix fort.

— Hors de question. C'est *mon* entreprise.

— Rebecca, s'il te plaît, essaie d'y songer un instant. Tu es une grande présentatrice. Une très grande présentatrice même. Mais tu n'es pas une femme d'affaires. D'une part, tu n'es pas là assez souvent. Tu es toujours en train de tourner à l'autre bout du monde. Et d'autre part, ça ne t'intéresse pas vraiment. Sois honnête avec toi-même.

— Je n'ai pas d'ordres à recevoir.

— Personne ne te donnera d'ordres ! ricana Titch. Personne n'oserait, je t'assure. Si tu partais, cette entreprise n'existerait plus.

Rebecca savait qu'il flattait son ego, mais cela ne la laissait pas indifférente.

— Il doit y avoir un autre moyen. On ne peut pas tenir jusqu'à ce qu'on aille aux États-Unis ?

— Nous ne sommes même pas sûrs que les Américains soient intéressés ! Et puis, nous n'aurons pas de réponse avant plusieurs semaines et il faudra encore attendre des mois avant une éventuelle rentrée d'argent. Entre-temps, nous allons devoir payer les salariés, le loyer, les fournisseurs...

On frappa à la porte. Nicola passa la tête dans le bureau.

— Vous m'aviez demandé de vous prévenir lorsque le Français rappellerait, dit-elle.

Rebecca sentit sa bouche se dessécher et son pouls s'accélérer.

— C'est Pierre ? demanda-t-elle.

— Oui, je l'ai mis en attente.

— Bien, passez-le-moi.

— Tout de suite.

— Tu peux me laisser un moment ? demanda Rebecca à Titch. Il faut vraiment que je prenne cet appel.

— Bien sûr, répondit Titch en se levant. On verra ça plus tard.

Rebecca inspira profondément et s'essuya les mains sur son pantalon. Son téléphone se mit à sonner.

II

La *Maritsa* bascula au creux d'une autre vague ; l'ancre se balança de plus belle dans l'écoutille, comme un boulet de démolition. Knox s'accroupit et fit signe aux conservateurs qui se trouvaient dans la cale de s'écarter. Une nouvelle vague heurta la coque. La *Maritsa* roula encore plus fort. L'ancre gagna de la vitesse. Klaus tendit les bras dans l'espoir de la retenir, mais elle l'emporta dans son mouvement. Il trébucha et tomba à la renverse. Malgré la cocasserie de la situation, personne ne rit. Un objet aussi lourd pouvait causer des dommages considérables. L'ancre se balança en direction de Lucia. La jeune femme tarda tant à déterminer dans quelle direction s'esquiver que Knox dut la pousser. Elle tomba de tout son long sur le pont.

Le grutier regarda par-dessus bord. De toute évidence, il envisageait de rejeter l'ancre à la mer, mais il y avait encore des plongeurs sous l'eau et ce serait bien trop risqué pour eux. Knox attendit que l'ancre se balance de nouveau de son côté et s'y cramponna, avant de se hisser jusqu'à son sommet en se servant de son propre poids pour compenser le roulis du navire, comme un enfant aurait arrêté une balançoire. Miles comprit aussitôt le but de la manœuvre et grimpa à son tour. Ensemble, ils ralentirent suffisamment le mouvement pour que le grutier puisse reprendre la descente de la charge à travers l'écoutille. Dès que l'ancre eut passé le niveau du pont, les deux hommes sautèrent et fermèrent l'écoutille afin de réduire l'espace et les risques de dégâts. Ils entendirent l'artefact heurter lourdement le plancher de la cale et rouler jusqu'à ce qu'il trouve son angle de repos. Ils rouvrirent alors l'écoutille tandis que les conservateurs étaient déjà occupés à retirer les sangles. Ricky avait trouvé le temps de les rejoindre et, comme à son habitude, criait des consignes à son cadreur. Knox regarda autour de lui. Personne ne semblait blessé. Lucia, néanmoins, gisait toujours sur le dos et semblait un peu pâle.

— Désolé, dit Knox en l'aidant à se relever.

— Bon sang ! jura-t-elle. La taille de ce truc ! Vous n'envisagez pas de tout remonter de cette façon, j'espère.

— Ça va aller. Un des propulseurs a lâché au mauvais moment, c'est tout. Nous en avons plusieurs de secours. Et il est peu probable que nous trouvions d'autres artefacts de cette taille.

— Si vous le dites.

Un mouvement au loin attira leur attention. C'était Garry, à la barre de son Bayliner. Il amenait Dieter Holm, qui venait faire sa présentation. Knox se pencha au-dessus du plat-bord et regarda le bateau à moteur rebondir inélégamment sur la crête des vagues.

— Vous aviez l'intention de retourner à Morombe ce soir ? demanda-t-il.

— Ça pose un problème ? s'inquiéta Lucia.

— Le temps n'est guère propice. S'il ne s'améliore pas rapidement...

— Est-ce que je pourrais dormir à bord ?

— Bien sûr, mais ça ne sera sans doute pas la peine.

— Je croise les doigts. En attendant, puis-je vous poser une autre question ?

— Je vous en prie.

Lucia sourit du coin des lèvres, comme pour s'excuser d'avance.

— C'est juste que votre patron m'a parlé de son histoire familiale...

— Ah !

— Apparemment, un de ses ancêtres est arrivé en Californie à bord d'un immense navire en provenance de Chine. C'était il y a au moins cinq siècles, plus vraisemblablement six, soit plus de cent ans avant le débarquement des Européens.

— C'est tout à fait plausible. Les Espagnols ont découvert les Philippines en 1520 et ouvert la voie à un commerce important entre Manille et le Mexique. Il est donc possible que des Chinois soient ensuite allés jusqu'en Amérique. L'ancêtre de Ricky en faisait peut-être partie.

— Ce n'est pas ce que dit Ricky.

— Je sais, admit Knox.

Ricky était convaincu que son ancêtre était arrivé en Amérique à bord d'un des navires-trésors de Zheng He, bien avant Christophe Colomb et les Espagnols, et que les Chinois, par conséquent, avaient été les premiers à découvrir et à coloniser l'Amérique.

— Alors vous croyez qu'il fabule ? demanda Lucia.

— Schliemann a été qualifié de fabulateur, et il a découvert Troie. Colomb aussi, et il a découvert le Nouveau Monde.

— Vous pensez que votre patron joue dans la même cour qu'eux ?

— Parfois, on fait d'importantes découvertes en restant fidèle à des convictions peu orthodoxes et raillées par le monde entier. La plupart des chercheurs auraient laissé tomber depuis longtemps, mais Ricky n'abandonne pas, et je l'admire beaucoup pour ça.

En effet, trente ans plus tôt, Ricky s'était promis de prouver la véracité de son histoire familiale. Il avait fouillé toute la côte ouest des États-Unis dans l'espoir de trouver des indices de la présence de navires chinois du XVe siècle. Bredouille, il avait fait la même chose sur la côte est, avant de s'attaquer à l'Amérique centrale et à l'Amérique du Sud. Il avait passé les plages au peigne fin, discuté avec les conservateurs des musées locaux, les historiens amateurs, et suivi toutes les pistes prometteuses. Après avoir exploré tout le littoral américain, il s'était intéressé aux îles de l'Atlantique et du Pacifique, puis à l'Afrique. En trente ans, il avait annoncé sept fois la découverte d'un navire-trésor. Les six premières fois, il n'avait réussi qu'à être humilié publiquement, mais il avait continué. Et il était allé à Madagascar, où il avait vu un canon rouillé dans la cour d'un hôtel, à Morombe. Les canons n'étaient pas rares ici car, au fil des siècles, de nombreux navires en provenance d'Europe et des Indes avaient sombré le long de la côte. Mais Ricky avait tout de suite remarqué que celui-là était différent des autres. C'était un canon chinois du XVe siècle.

— Vous aussi vous pensez qu'un navire-trésor aurait pu aller jusqu'en Amérique ? insista Lucia.

— Je suis un scientifique, répondit Knox. Je me fie aux indices.

— Et que disent les indices ?

Knox hocha la tête en direction de Dieter Holm, qui arrivait en haut de l'échelle de coupée, son ordinateur portable en bandoulière et un épais dossier à la main.

— C'est justement ce que nous allons découvrir.

Chapitre 4

I

Rebecca décrocha, le cœur serré.

— Allô ?

— Rebecca ? C'est Pierre, ma chérie. Pierre Desmoulins.

— Pierre, qu'y a-t-il ? Que s'est-il passé ?

— Je t'en prie, dit Pierre d'une voix tendue, étouffée par la distance, inutile de paniquer, nous ne sommes sûrs de rien pour l'instant.

— Je t'écoute.

— Chérie, on a trouvé le bateau de ton père en mer. Vide.

— Quand ?

— Hier soir, mais personne n'a revu ton père ni ta sœur depuis hier matin.

— Emilia ? s'étrangla Rebecca. Emilia aussi ?

— Je suis désolé, mais ne perds pas espoir.

— Et le petit Michel ?

— Il va bien. Emilia l'avait confié à Thérèse avant de partir.

— Avez-vous lancé les recherches ?

— En ce qui me concerne, pas encore. Je suis à Antananarivo pour un congrès. Je viens d'apprendre la nouvelle. Je voulais te tenir au courant le plus vite possible, mais bien sûr, tout le monde les recherche.

— Je pars immédiatement. Je prends le premier avion.

Maintenant que ses pires craintes étaient confirmées, Rebecca se sentait étrangement calme.

— Bien, je crois que c'est plus sage et...

La ligne avait été coupée.

— Pierre ? cria Rebecca. Pierre ?

Mais elle n'entendit que la tonalité. Les communications avec Madagascar étaient toujours précaires. Elle raccrocha et se mit à fixer le téléphone. Elle s'attendait presque à ce que Pierre rappelle, mais la porte de son bureau s'ouvrit brusquement. Titch entra, l'air anxieux, comme s'il en avait entendu assez pour s'inquiéter.

— Qu'est-ce qui se passe ? demanda-t-il.

Abasourdie, Rebecca lui répéta ce que Pierre venait de lui raconter.

— Je suis vraiment désolé, dit Titch, très affecté. Qu'est-ce qu'on peut faire ?

— Il faut que j'aille à Madagascar, répondit Rebecca. Dès que possible. Tout de suite. Cet après-midi.

— Je m'en occupe.

Rebecca eut une vision fugace de son père et de sa sœur, tels qu'elle les avait vus pour la dernière fois : Adam, un peu voûté par le deuil, avait les cheveux blancs et les yeux toujours humides ; Emilia, de trois ans sa cadette, n'était alors qu'une adolescente obstinée, débordante d'idées qui germaient plus vite qu'elle ne pouvait les exprimer. Aujourd'hui, sa sœur était une femme, mère d'un petit garçon. Un trou noir s'ouvrit en elle, suivi d'un terrible vertige. Nicola apparut de nouveau à la porte. Elle apportait un chocolat chaud et des biscuits au gingembre. Les yeux baissés pour ne pas renverser son plateau, elle posa celui-ci sur le bureau en noyer et posa la main sur l'épaule de sa patronne avec compassion. Rebecca prit la tasse de chocolat entre ses mains et savoura sa chaleur réconfortante en regardant fixement la surface marron qui épaississait et se ridait au contact de l'air frais. Par la porte restée ouverte, elle entendait son personnel s'affairer, s'informer sur les visas, reporter des réunions, annuler des passages à la télévision. Tout le monde semblait entraîné dans sa propre tragédie. Ken cria que le premier avion à destination d'Antananarivo décollait de Heathrow un peu plus tard dans l'après-midi. Escale à Paris. Classe affaires uniquement. Trois mille cinq cent vingt-huit livres. Est-ce qu'il le prenait ? Si oui, comment payait-il ? Il y eut un moment de silence. Rebecca en avait le souffle coupé. Elle retira une main de sa tasse et s'accrocha à son bureau. Elle était loin de pouvoir régler une telle somme avec sa carte bancaire.

— Sur le compte de la société, dit Titch.

— Mais je croyais qu'on n'avait pas le droit de...

— Le compte de la société, répéta Titch plus fermement. Nous arrangerons ça plus tard.

Nicola se mit à lire à voix haute une liste de maladies répandues à Madagascar, que Lindsay confronta au carnet de vaccination de Rebecca : bilharziose, méningite, rage, helminthiases intestinales, fièvre dengue hémorragique. Rebecca était consternée par cette longue énumération. Choléra, filariose, tuberculose, fièvre jaune, typhus, hépatite. Elle avait vécu dix-huit ans à Madagascar et ne se rappelait rien de tout cela. Région paludique à haut risque avec résistance à la chloroquine et au Fansidar. Le Lariam lui donnait des cauchemars, la Doxycycline lui rendait la peau orange. Elle préférait le Malarone. Ils en avaient pour un mois dans la réserve. Titch apporta une boîte, ainsi qu'une épaisse liasse de billets, qu'il glissa subrepticement dans son sac. Puis il s'accroupit et lui expliqua d'une voix calme ce qui allait se passer. Tout était prêt. Un taxi allait venir la chercher pour l'emmener chez elle afin qu'elle fasse ses bagages, puis il la conduirait à l'aéroport. Son billet d'avion pour Antananarivo était réservé et réglé, de même que le billet à destination de Toliary, l'aéroport le plus proche de la maison de sa famille. Ils cherchaient encore un chauffeur qui vienne la chercher à l'aéroport de Toliary avec une voiture de location. Il lui enverrait un texto dès que ce serait fait. En attendant, elle devait oublier la conversation qu'ils venaient d'avoir ; il s'occuperait de tout jusqu'à son retour. Elle lui prit la main et la serra entre les siennes avec gratitude. Leurs regards se croisèrent. Il sembla sur le point de dire quelque chose, avant d'y renoncer. L'interphone sonna. Le taxi était déjà là. Elle prit son ordinateur portable, son adaptateur électrique international, et se précipita à la porte. Lorsqu'elle se retourna une dernière fois, elle vit ses employés rassemblés en demi-cercle, avec un air à la fois solennel et tourmenté, comme s'ils se trouvaient à un enterrement, comme s'ils avaient déjà accepté le pire.

Elle s'arrêta et fit un pas vers eux.

— Ils ne sont pas morts ! lança-t-elle. Vous m'entendez ? Ils ne sont pas morts.

Titch la prit dans ses bras et la serra si fort qu'elle sentit leur cœur battre la chamade.

— Non, ils ne sont pas morts, murmura-t-il. Tu vas les retrouver. Si quelqu'un peut les retrouver, c'est bien toi.

II

Knox entra dans la salle de conférences pour assister à la présentation de Holm. Seul Miles était déjà là. Les pieds sur la table de conférence, il arrachait des feuilles de son bloc pour les lancer dans la corbeille à papier. À en juger par tout ce qui traînait par terre, il n'était pas très doué.

— Il n'y a que nous ? demanda Knox.

— Ce sont les ordres de Ricky, répondit Miles. Nous brieferons les autres ensuite.

Knox approuva. Les conservateurs étaient occupés à étudier l'ancre et les hommes d'équipage à changer le propulseur ou à évaluer les dommages subis par la coque. Quant à ses collègues de la M.G.S., s'ils avaient de l'expérience en matière de plongée sous-marine, ils étaient pour la plupart issus de l'armée ou de l'industrie pétrolière et ne s'intéressaient pas vraiment à l'aspect scientifique et archéologique du projet. Du reste, la moitié d'entre eux plongeait cet après-midi et aurait besoin d'un briefing ce soir, de toute façon.

Knox s'assit, mais il ne tenait pas en place. Il se releva pour arpenter la pièce. Les plongeurs avaient d'abord scanné le site et prélevé des échantillons de sédiments. Dieter Holm et son équipe avaient ensuite travaillé vingt-quatre heures sur vingt-quatre pour analyser ces nouvelles données et créer un profil tridimensionnel de l'épave, en vue de déterminer la meilleure façon d'y entrer. Ce soir, le sauvetage proprement dit allait pouvoir commencer, et Knox éprouvait une excitation particulière, qu'il n'avait pas ressentie depuis au moins deux ans.

C'était dans cette pièce que la plupart des interviews étaient données à la presse. Ricky l'avait donc tapissée de portraits de Zheng He, de gravures de la flotte des trésors, de photographies d'artefacts reposant sur le lit marin et de reproductions de mappemondes médiévales. Une des mappemondes était attribuée, de façon relativement optimiste, à Zheng He. On y voyait les deux hémisphères, avec l'Asie, l'Afrique et l'Europe d'un côté, et l'Amérique de l'autre. Elle datait du XVIIIe siècle, mais Ricky était convaincu, comme beaucoup d'autres, qu'il s'agissait d'une copie d'une carte plus ancienne, réalisée par Zheng He vers 1420, et que c'était la preuve que les Chinois avaient été les premiers à découvrir et à cartographier l'Amérique. Knox aurait peut-être été beaucoup plus ouvert à cette possibilité si l'auteur de la mappemonde n'avait pas utilisé les projections de Mercator un siècle avant que Mercator ne les formalise, ainsi que le nom « Amérique » trente ans avant la naissance d'Amerigo Vespucci.

— Ron menace de nous faire encore un de ses foutus currys, ce soir, maugréa Miles en froissant une autre feuille de papier.

— Bon sang ! s'exclama Knox, mon estomac vient à peine de se remettre du dernier.

Il concentra son attention sur une photographie du site de l'épave. L'archéologie marine avait fait des progrès extraordinaires, qui n'étaient hélas pas dépourvus d'inconvénients. Les nouvelles technologies sous-marines permettaient aux chasseurs de trésors de repérer et de piller n'importe quelle épave, en dépit de sa valeur historique. En réaction à cette réalité, la communauté internationale avait conclu un accord contraignant les archéologues à être plus attentifs aux épaves qu'à leur cargaison. Par conséquent, on parvenait aujourd'hui à reconstituer de façon assez complète les conditions des naufrages. Ici, par exemple, il était très probable que le navire ait brisé sa coque sur le récif situé à proximité. Les dommages avaient sans doute été importants, car les Chinois fabriquaient des cloisons étanches très sophistiquées pour limiter les dégâts. En cas de fracture de la coque, les navires pouvaient sombrer de deux façons différentes : soit le poids de l'eau à l'intérieur de la coque était tel que la poupe se désolidarisait de la proue ; soit, ce qui était plus courant, l'eau balayait la coque d'un côté à l'autre et provoquait un roulis de plus en plus violent, qui finissait par faire chavirer le navire. Les artefacts s'éparpillaient dans l'eau avant d'atterrir sur le lit marin. Quant au navire, il était cloué au sol par son lest, sa ferronnerie et sa cargaison. Les courants dominants poussaient les sédiments contre lui, comme des congères contre un mur, et augmentaient la pression sur la membrure jusqu'à ce que celle-ci craque et déverse ses entrailles. Les bernaches, les tarets, les champignons de carie molle et les bactéries de cavitation entraient ensuite en action. Dans une mer aussi chaude et féconde, la coque pourrissait rapidement, et les textiles, la nourriture, les tissus d'origine humaine ou animale et autres substances organiques étaient réduits à de simples traces. Lorsque les cloisons intérieures pourrissaient à leur tour, tous les artefacts de pierre et de métal s'entassaient comme le mobilier funéraire d'un roi guerrier enterré sous un grand tumulus de sable, semblable à celui de la photo, prise à soixante mètres de profondeur.

Dieter Holm entra sans un mot, déposa son dossier sur la table et alluma son ordinateur portable. Petit et fluet, il avait les cheveux gris, coiffés en arrière avec du gel, des lunettes demi-lune à monture dorée, et une barbiche blanche et pointue, qui laissait supposer qu'il aimait à se considérer comme un petit démon. Il avait une excellente réputation en tant que scientifique maritime et Knox avait hâte de le rencontrer. Cependant, à peine était-il monté à bord de la *Maritsa* qu'il avait piqué une colère à cause de l'étroitesse de sa cabine et du laboratoire. D'un certain côté, Knox le comprenait, car Ricky lui avait promis un navire de sauvetage conforme à l'état de l'art et c'était loin d'être le cas de la *Maritsa.* Mais la réaction de Holm avait été lamentablement disproportionnée : toute son équipe était retournée à Morombe, où elle s'était installée dans une villa.

Enfin, Ricky arriva, suivi de son fidèle cadreur. Knox ne put s'empêcher de se demander s'il ne les avait pas observés de l'extérieur, car il avait la fâcheuse habitude d'arriver en dernier à toutes les réunions.

— Parfait ! lança Ricky en s'asseyant. Vous êtes tous là. Alors allons droit au but.

— Comme vous voudrez, dit Holm.

Il sortit trois chemises de son dossier et les fit glisser sur la table fraîchement astiquée.

— Vous trouverez ici mon analyse des dernières données, déclara-t-il, mais ma conclusion tient en quelques mots.

— On vous écoute, l'encouragea Ricky.

Holm sourit discrètement mais avec un air triomphant.

— Il n'y a rien ici, annonça-t-il.

Chapitre 5

I

Ricky avait les mains croisées sur les genoux. Lorsqu'il entendit les paroles de Holm, il serra les poings.

— Rien ? s'écria-t-il. Comment ça, rien ?

— Rien, répéta Holm. Il n'y a pas d'épave. Il n'y en a jamais eu. Et, par conséquent, il n'y a pas de cargaison ensevelie.

— Comment pouvez-vous dire ça ? protesta Ricky, furieux. Et tous les artefacts que nous avons trouvés ? Les canons ? Les ancres ?

— Qui sait ? Peut-être sont-ils passés par-dessus bord au cours d'une tempête. À moins que vos Chinois n'aient été poursuivis par des pirates et qu'ils se soient délestés d'objets lourds pour gagner de la vitesse.

— C'est absurde !

— Ou alors quelqu'un les a achetés au marché noir chinois, avant de les disperser sur le lit marin.

— Comment osez-vous ? s'indigna Ricky, qui se leva d'un bond. Comment osez-vous ?

— Je ne prétends pas que ce soit vous.

— Si, justement !

— Et les anomalies repérées par le sonar ? s'enquit Knox.

— Des formations rocheuses, déclara Holm.

— Toutes les anomalies ne peuvent pas être des formations rocheuses, c'est impossible ! se récria Ricky.

— C'est possible et c'est le cas, rétorqua Holm. Je reconnais que les premiers résultats prêtaient à confusion, mais les dernières données sont irrécusables. (Il tapota une des chemises.) Vérifiez par vous-mêmes, si vous ne me croyez pas. Même si les résultats du sonar et de l'imagerie magnétique n'étaient pas concluants, et ils le sont, l'analyse des sédiments suffirait à prouver ce que j'avance. Si un navire-trésor était enseveli ici, le sable comporterait des traces de bois, de jute et d'huile d'abrasin issue du calfatage. Nous aurions trouvé des résidus de poudre à canon ou des particules de rouille provenant de clous, d'ancres et autres objets en fer. Or, nous n'avons rien trouvé de tout cela. Dans aucun des échantillons que vous nous avez confiés. Pas de traces, pas d'épave. Ce que vous avez annoncé comme étant le site d'une épave est en réalité une longue saillie rocheuse recouverte de sable.

Le silence étreignit la pièce. Knox n'entendit plus que le ronronnement du ventilateur situé à l'intérieur de l'ordinateur portable de Holm et les reproches discrets d'une vague, qui vint se briser sur la coque. Puis Ricky pointa le doigt vers Holm.

— Vous êtes viré, dit-il.

— Cela ne changera rien à...

— J'ai dit : vous êtes viré. Descendez de mon bateau. Tout de suite.

— Comme vous voudrez.

Holm ferma calmement son portable et l'emporta avec lui.

— N'oubliez pas que vous avez signé un accord de confidentialité, lui rappela Ricky en le suivant jusqu'à la porte. Pas un mot de ce que vous savez ne doit sortir de cette pièce.

— Et comment avez-vous l'intention d'empêcher cela ?

— Je vous collerai un procès au cul ! Vous ne travaillerez plus jamais dans ce secteur !

Ricky claqua la porte derrière Holm et se retourna.

— Et éteins cette putain de caméra ! hurla-t-il à son cadreur.

— Bien, monsieur, murmura celui-ci en retirant la caméra de son épaule.

— Et sors d'ici !

Ricky rouvrit la porte, attendit que son cadreur sorte, et la claqua de nouveau, un peu moins fort.

— Nom de Dieu ! s'exclama-t-il en revenant à la table de cònférence.

Miles et Knox le virent passer peu à peu de la colère à l'incrédulité, puis de l'angoisse à la panique. Il s'assit lourdement, la tête entre les mains, et sa respiration s'accéléra.

— Que se passe-t-il ? s'enquit Knox.

— Comment ça ? demanda Ricky.

— Tu n'es pas simplement déçu par cette nouvelle. Tu as peur.

— Tu racontes n'importe quoi.

— Il a raison, renchérit Miles.

Ricky se radoucit, l'air contrit.

— Vous ne savez pas à quel point il a été difficile de financer ce projet, se lamenta-t-il.

— Je croyais que tu avais obtenu un financement de Pékin, dit Knox, intrigué.

— Oui, confirma Ricky, mais c'était avant ce foutu coup d'État.

Knox regarda Miles. Le sauvetage devait avoir lieu l'année précédente, mais un coup d'État inattendu avait obligé le président de Madagascar à démissionner. Le nouveau dirigeant avait nommé ses fidèles aux différents ministères et la M.G.S. avait été contrainte de reporter le sauvetage. Cependant, ni Knox ni Miles ne savaient que ces événements avaient compromis le financement du projet par le gouvernement chinois.

— Explique-toi, dit Knox.

— C'était la crise, raconta Ricky. Mes contacts à Pékin ont préféré investir ailleurs, mais ils m'ont recommandé à une guilde. Cette guilde commerciale et industrielle est fortement implantée à Nankin, où la flotte des trésors a été construite, et au Guangdong, où une grande partie de la ferronnerie a été réalisée. Elle avait donc à cœur de participer à ce projet.

— Une guilde commerciale et industrielle ? s'étonna Miles, qui avait effectué plusieurs opérations de sauvetage dans les mers de la Chine du Sud. Laquelle, exactement ?

— J'ai oublié son nom. « Paix et vertu », quelque chose comme ça.

— « Vertu nouvelle et Paix » ? suggéra Miles.

— Oui, ça doit être ça, admit Ricky du bout des lèvres.

— Tu es en train de nous dire que nous avons un contrat avec Sun Yee On ?

Ricky ne répondit pas et se contenta d'un sourire sinistre.

— Qui ? demanda Knox à Miles.

— Une triade, répondit Miles d'un ton neutre, qui ne parvint pas à dissimuler sa colère noire. Je suis tombé plusieurs fois sur les types de « Vertu nouvelle et Paix » à Macao. Ils essaient de redorer leur blason. Ils ont œuvré aux côtés de la police et de partis politiques locaux. Ils s'achètent une morale politique avec des projets patriotiques comme celui-ci, mais ça reste une triade.

— Elle m'a été recommandée par le ministère de la Culture ! protesta Ricky. Elle ne peut pas être si terrible.

— C'est une triade ! cria Miles. Comment as-tu pu être aussi stupide ? Nom de Dieu, je n'arrive pas à y croire. Nous sommes foutus !

— *Il* est foutu, rectifia Knox.

— *Nous* sommes foutus, persista Miles en lançant un regard haineux à Ricky. S'il nous a embauchés, c'est parce qu'il n'avait plus la moindre crédibilité et qu'il avait besoin de la nôtre. Je suis venu ici avec Frank, tu te souviens ? Nous avons discuté avec le pêcheur qui avait trouvé le premier canon. C'est nous qui avons effectué les premières plongées et recherches au sonar. Sans nous, il n'aurait jamais obtenu de financement, même de la part de la racaille de Sun Yee On. Quand ces crapules vont découvrir la vérité, ils ne vont donc pas s'en prendre uniquement à lui, mais à nous aussi. Et tu peux me croire, il ne fait pas bon être dans leur collimateur !

— Bon sang ! murmura Knox.

Décomposé, Ricky se dirigea vers le bar et rapporta une bouteille de whisky avec des verres.

— Puisque nous sommes dans le même bateau, réfléchissons ensemble à une solution, proposa-t-il.

II

Rebecca faisait ses valises dans sa chambre lorsqu'elle fut prise d'une horrible crampe à l'estomac. Elle se tordit de douleur et se mordit le doigt pour ne pas crier. Elle avait essayé de chasser ses souvenirs depuis sa conversation avec Pierre, mais ce n'était plus possible.

Dix-huit mois plus tôt, sa sœur Emilia lui avait téléphoné pour lui dire qu'elle envisageait de faire un stage de sylviculture dans le sud de l'Angleterre. Même si elle avait annoncé ce projet avec une certaine désinvolture, elles savaient toutes deux que c'était un événement important. Rebecca avait quitté la maison familiale des années auparavant après une querelle avec son père. Depuis, elle n'était jamais retournée à Madagascar et n'avait revu ni son père ni sa sœur. Emilia s'était toujours efforcée d'ouvrir la voie vers la réconciliation et, cette fois, elle avait fait preuve de plus d'audace que jamais. Malheureusement, cela ne pouvait pas tomber plus mal. Grâce à ses documentaires, Rebecca était devenue une star du jour au lendemain et passait sans cesse dans les talk-shows télévisés. Ses origines malgaches étaient si exotiques qu'on lui posait toujours des tas de questions à ce sujet. Incapable d'affronter la réalité, elle s'était inventé une enfance très romanesque. Si Emilia était venue à Londres, on aurait fini par connaître toute l'histoire et elle n'était pas prête à l'assumer.

— Je ne sais pas si je serai là, avait-elle bredouillé. Je serai peut-être sur un tournage.

— Je comprends, avait dit Emilia sur un ton pincé. Peut-être une autre fois.

Mais bien sûr, il n'y avait pas eu d'autre fois. Et maintenant, il n'y en aurait plus jamais. Rebecca respira profondément pour réprimer cette pensée sournoise. Elle allait retrouver sa sœur et son père en vie. Point barre. Elle boucla ses valises, les descendit au rez-de-chaussée et les tendit au chauffeur de taxi, qui les rangea dans le coffre.

— Vous êtes prête ? demanda-t-il.

— Cinq minutes, répondit Rebecca. Il faut encore que je ferme la maison.

— Comme vous voudrez.

Elle retourna à l'intérieur et s'apprêtait à enregistrer une nouvelle annonce d'accueil sur son répondeur, quand elle réalisa qu'elle ne savait pas pour combien de temps elle partait. Elle ne pouvait pas passer plus de dix jours à Madagascar, car une série de documentaires était sur le point d'être diffusée sur le câble aux États-Unis et elle avait prévu de faire une grande tournée pour la promouvoir. Elle laissa son annonce d'accueil telle quelle et fit le tour de la maison, pièce par pièce, pour débrancher les appareils électriques et vérifier qu'elle n'avait rien oublié. Elle avait l'impression que ça n'en finissait pas. Il y avait tant de pièces qu'elle n'utilisait jamais ! Elle avait acheté cette maison à un couple qui avait quatre enfants et en attendait un cinquième. Il y avait des jouets partout, des meubles cassés, des barbouillages au crayon sur le papier peint, mais toute cette vie et la joie communicative qui régnait dans la famille avaient fini par la gagner. D'une certaine façon, elle avait eu le sentiment d'acheter tout cela avec les murs. En réalité, tout ce qu'elle avait acheté, c'était du vide, du vide et encore du vide.

Elle alluma les lampes du jardin d'hiver et regarda ses plantes. Lorsqu'elle s'était assise ici, le premier soir, elle avait entendu un bébé crier. L'espace d'une seconde, son cœur s'était arrêté et elle s'était imaginé que les anciens propriétaires avaient laissé un de leurs enfants. Elle s'était précipitée dehors pour les rattraper, mais ce n'était qu'un chat noir. Le miaulement ressemblait tant aux cris d'un enfant qu'elle s'était demandé si l'animal n'avait pas fait exprès de faire appel à son instinct maternel. La nature avait un don pour identifier les faiblesses susceptibles d'être exploitées. Rebecca avait fait un documentaire sur ce sujet. Les coucous, par exemple, pondaient leurs œufs dans le nid d'autres oiseaux pour ne pas avoir à élever leur progéniture. Ils profitaient d'un réflexe des parents, qui consistait à nourrir davantage les oisillons les plus gros et les plus agressifs dans le but de ne pas gaspiller leurs ressources pour des rejetons non viables. Comme ils ne tenaient pas compte de l'apparence physique des oisillons, les parents finissaient par nourrir des bébés coucous plus gros qu'eux pendant que leur véritable progéniture mourait de faim.

Rebecca s'était toujours délectée de ces vérités embarrassantes. Elle adorait provoquer, montrer à ses contemporains la face obscure de leur nature. Explorer les comportements n'était pas juste un métier pour elle ; c'était sa façon d'appréhender le monde. Quand elle voyait les gens faire la queue au supermarché, tenir la porte à quelqu'un, promener leur chien, elle se demandait pourquoi ils le faisaient, ce qu'ils en retiraient. Et plus elle avançait dans la psychologie évolutionniste, plus sa vision du monde était sombre : nous n'étions que des machines à nous reproduire, composées essentiellement de carbone ; notre conscience n'était que le bourdonnement d'ordinateurs organiques en marche ; nos raisonnements et nos émotions étaient le fruit de réactions chimiques ; nos qualités et nos défauts étaient des stratégies de survie ; la liberté n'était qu'une illusion. Ses travaux avaient eu des répercussions subtiles sur sa vie privée, comme si elle ne pouvait que faire l'expérience d'une émotion ou la comprendre, mais pas les deux à la fois. Lorsqu'elle éprouvait une émotion, elle s'observait comme un spécimen : est-ce de la jalousie ? Est-ce de l'avidité ? Est-ce que les autres ressentent la même chose que moi ? Suis-je différente des autres ? Et à chaque fois qu'un homme essayait de l'approcher, elle l'examinait avec une démarche presque scientifique. Elle étudiait son comportement, écoutait sa conversation, et le provoquait parfois en faisant des commentaires ou des gestes déplacés uniquement pour voir sa réaction, jusqu'à ce qu'il finisse par partir. Et pourtant, elle s'était acheté une maison assez grande pour une famille entière et y vivait seule.

On frappa à la porte.

— Tout va bien ? cria le chauffeur de taxi. C'est juste que, si vous voulez avoir votre avion...

— J'arrive !

Rebecca éteignit les lampes du jardin d'hiver avant de s'en aller.

Chapitre 6

I

— Nous avons loué la *Maritsa* pour six semaines, c'est ça ? s'enquit Knox. Le matériel aussi ?

— Oui, et alors ? demanda Ricky en reposant bruyamment son whisky sur la table.

— Alors nous ne sommes pas obligés de mettre un terme au projet dès maintenant. On peut gagner du temps.

Miles secoua la tête.

— Tu ne connais pas ces types-là, dit-il. S'ils découvrent qu'on savait qu'il n'y avait rien et que nous ne le leur avons pas dit…

— Mais nous ne sommes pas sûrs qu'il n'y ait rien ici, rétorqua Knox. Le lit marin est jonché d'artefacts chinois et les premiers résultats du sonar étaient très encourageants.

— Mais ils ont été contredits par des résultats plus récents, lui rappela Miles. Et par l'imagerie magnétique.

— Oui, et par les échantillons de sédiments. Mais si quelqu'un avait falsifié ces résultats ?

— Quoi ? s'écria Ricky. Qui ?

— Ne t'emballe pas, je pose simplement la question. Ne peut-on pas envisager cette possibilité ? Quelqu'un aurait-il pu échanger nos échantillons contre d'autres ?

— Mais pourquoi ?

— Pour nous inciter à quitter le site, afin de pouvoir venir le piller à loisir. S'il y a vraiment un navire-trésor là-dessous, sa cargaison doit valoir des dizaines ou même des centaines de millions de dollars. Ça vaut le coup d'échanger des échantillons.

— Holm ! s'exclama Ricky. Je n'ai jamais fait confiance à ce salaud.

— Du calme, c'est juste une possibilité, insista Knox. Mais peut-être devrions-nous essayer de découvrir la vérité avant de mettre un terme à l'expédition, non ? Il serait plus prudent de faire de nouveaux tests et de prélever d'autres échantillons. Cette fois, on veillerait à ce que personne ne puisse interférer dans le processus d'analyse, en envoyant des doubles en Europe, par exemple. On obtiendrait peut-être des résultats différents, qui sait ? Et de toute façon, cela nous permettrait de gagner une semaine pour nous préparer à la réaction de nos amis chinois. Nous avons quatorze plongeurs professionnels à bord, plus Miles et moi. Nous avons un bateau à moteur, deux canots pneumatiques et tout le matériel d'exploration dont nous pouvons avoir besoin. L'épave n'est peut-être pas juste sous nos pieds, mais à cinq cents mètres à l'ouest ou à un kilomètre au sud. Profitons du temps qu'il nous reste pour essayer de la trouver.

— Tu as raison, admit Miles. Nous explorerons l'océan entier, s'il le faut.

Knox se dirigea vers le hublot. La mer était encore trop agitée pour que le bateau à moteur regagne la côte et il commençait à faire nuit. Impossible de rentrer à Morombe ce soir.

— Je suis sûr que Holm est encore à bord, dit Knox. Il peut nous piéger si c'est son intention. Il vaudrait peut-être mieux arrondir les angles avec lui.

— Je m'en occupe, proposa Ricky. Et vous deux ?

— Il faut qu'on briefe l'équipe, déclara Knox, qu'on mette au point un nouveau planning de plongée. Alors, c'est d'accord ?

— Oui, répondirent Miles et Ricky en chœur.

— Bien, allons-y !

II

Boris éprouva une pointe d'euphorie lorsque son avion décolla pour Madagascar en le plaquant doucement au fond de son siège. D'une part, il était soulagé. Il avait déjà montré son passeport trois fois et n'avait pas eu le moindre problème. Certes, les Nergadze ne prenaient pas ce genre de détail à la légère, mais il avait suffisamment d'expérience pour savoir qu'il ne fallait jamais se fier au matériel tant qu'on ne l'avait pas utilisé sur le terrain. D'autre part, il était heureux de reprendre du service. C'était un homme d'action et ces derniers mois avaient été très difficiles pour lui. Mais ce n'était pas tout.

Il avait passé quinze mois dans différentes prisons grecques avant que les Nergadze ne l'aident à s'échapper. Quinze mois ! Il s'était toujours plu à penser qu'il était assez résistant pour endurer toutes les épreuves, mais il s'était trompé. La prison l'avait anéanti. Le simple fait de se trouver à l'étranger et de ne pas connaître la langue l'avait considérablement handicapé. Et puis, il s'était laissé entraîner dans une bagarre avec les mauvaises personnes dès le troisième jour. Il avait été puni pour ça de façon innommable. Mais surtout, le fiasco d'Athènes avait fichu toute sa vie en l'air. Même après sa sortie de prison, il n'était plus rien. En tant que chef de la sécurité de Sandro Nergadze, il avait été puissant et craint. Or, ceux qui avaient tremblé devant lui faisaient comme s'il n'était pas là. Dans ce monde, tout était affaire de respect. Il fallait donc qu'il soit de nouveau respecté. Le meilleur moyen d'y arriver, c'était de faire une nouvelle victime, afin que le monde sache qu'il n'était pas du genre à se laisser marcher sur les pieds. Et que rêver de mieux que de tuer Daniel Knox, l'homme qui lui avait causé tant de tort ?

Le signal de la ceinture s'éteignit. Une hôtesse remonta l'allée comme si elle faisait un défilé de mode.

— Champagne ? suggéra-t-elle.

— Vin rouge, répondit Boris.

Il la regarda s'éloigner avec convoitise, ferma les yeux et revit le jour où Knox, à l'aéroport d'Athènes, l'avait livré à la police grecque, après avoir juré sur la tête de sa fiancée qu'il le conduirait jusqu'à la Toison d'or. Ce souvenir le contraria mais, lorsqu'il pensa à la façon dont il allait se venger, il se détendit aussitôt, d'autant qu'il allait être payé pour ça !

L'hôtesse revint avec un ballon de vin rouge, dont il but une bonne gorgée en en savourant le goût âpre. Cinq cent mille euros ! Ce type avait intérêt à être Knox ! Tout à coup, Boris songea que c'était à lui que Sandro et Ilya avaient confié le soin de s'en assurer. Ils le croiraient, quoi qu'il leur dise. Il éclata de rire et trinqua avec son propre reflet dans le hublot.

Oui, décidément, tout allait de mieux en mieux.

Chapitre 7

I

Il était déjà tard lorsque Knox alla se coucher. Épuisé par sa longue journée, il ne trouvait pas pour autant le sommeil. Il était archéologue depuis assez longtemps pour savoir qu'il y avait toujours des hauts et des bas dans ce métier. S'il avait été déçu par l'annonce catastrophique de Holm, il s'en était remis rapidement. En revanche, il craignait que les conséquences ne soient désastreuses en termes d'argent et de réputation pour Miles et son frère Frank, cofondateur de la M.G.S., qui était resté au siège de la société, à Hove. Tous deux avaient été bons avec lui. Ils lui avaient offert ce travail après la mort de Gaëlle et l'avaient soutenu pendant toute la première année, alors qu'il n'avait pas fait grand-chose pour mériter cette loyauté. Il se faisait du souci pour eux et espérait trouver un moyen de les aider.

Madagascar n'était encore qu'une masse indistincte sous le ciel de l'aube lorsqu'il se leva. Il se fit un café et emporta sa tasse à la passerelle de commandement. Il relut le planning de plongée que Miles et lui avaient élaboré avec les plongeurs la veille au soir. Pendant ce temps, il se connecta à Internet. L'accès à Internet, qui se faisait *via* un réseau local de téléphonie mobile, était cher, sporadique et lent, mais pratique pour le courrier électronique. Dans sa boîte, Knox ne trouva rien d'extraordinaire, excepté un message de Braddock, du Landseer Trust.

Cher monsieur Richardson,

Je viens d'apprendre une nouvelle préoccupante et souhaite vous en faire part le plus tôt possible. Le bateau des Kirkpatrick a été retrouvé au large. Adam et Emilia ont disparu. Je ne veux pas vous inquiéter pour rien – ils partent souvent plusieurs jours d'affilée en forêt – mais je préfère vous prévenir, car vous voudrez peut-être différer votre départ. Je vous tiendrai au courant si j'apprends quoi que ce soit.

Amitiés,
Braddock Lightman

Knox se rappela avoir entendu Lucia dire qu'elle avait essayé de joindre les Kirkpatrick, sans succès. Pas étonnant... Il essaya de ne pas y penser pour se concentrer sur le planning. Il avait déjà assez à faire, mais cette histoire l'intriguait. On pouvait se perdre en forêt, bien sûr, mais pas sur un bateau. Ils ne s'étaient tout de même pas volatilisés. Que leur était-il arrivé ? Knox se souvenait parfaitement du jour où Emilia Kirkpatrick avait débarqué dans sa vie, quatorze mois auparavant. Elle l'avait sorti de la torpeur dans laquelle il se trouvait depuis que Mikhaïl Nergadze avait tué Gaëlle sous son regard impuissant, et il lui en serait éternellement reconnaissant. Il ne pouvait pas se contenter de fermer les yeux.

Et puis, il y avait autre chose qui le troublait. Le projet de l'Éden devait démarrer quelques semaines plus tard. Avait-il un rapport avec la disparition des Kirkpatrick ? Knox s'efforça de se concentrer pendant encore cinq minutes avant de laisser tomber. Il imprima le message et alla frapper à la porte de Miles, qui dormait encore. En entrant, il tendit le courrier à son ami.

— Regarde ça, dit-il.

— Bon sang ! murmura Miles. Les pauvres !

Le cœur n'y était pas vraiment. D'une part, il était loin d'avoir connu Emilia aussi bien que Knox et, d'autre part, il avait lui-même assez de soucis comme ça. Mais lorsqu'il comprit pourquoi Knox était venu le réveiller, il s'assit brusquement.

— Non, j'ai besoin de toi ici, vieux ! s'exclama-t-il.

— Pas autant qu'elle a besoin de moi.

— Les gens du coin ont dû entreprendre des recherches. Ils connaissent bien la région. Qu'est-ce que ça changerait que tu y sois ?

— Peut-être beaucoup de choses, surtout si cette disparition a un rapport avec le *Winterton.*

— Comment veux-tu que ça ait un rapport ? Personne d'autre n'est au courant.

— Peut-être que si. C'est le gouvernement qui nous a délivré nos licences. Quelqu'un a pu commettre une indiscrétion. Et puis, le *Winterton* n'est qu'à une trentaine de mètres de profondeur. Un pêcheur ou un plongeur a pu tomber dessus par accident. Si c'est le cas, et si c'est la raison de la disparition d'Adam et d'Emilia, la police n'a aucune chance.

— Les Kirkpatrick n'aimeraient pas que la police s'en mêle de toute façon. Emilia tenait à ce que le secret soit bien gardé.

— C'est pour ça qu'il faut que j'y aille. Si ça n'a rien à voir avec le *Winterton,* je reviens immédiatement. Mais si mes doutes se confirment... (Knox sentit que Miles n'était pas convaincu.) Écoute, c'est une amie. Je lui dois beaucoup. Je ferai tous les plannings avant de partir. Pour le reste, tu n'as pas vraiment besoin de moi, pas pour une fouille comme celle-ci. Tu as beaucoup de plongeurs qui sont meilleurs que moi.

Miles hocha la tête et leva les yeux vers Knox avec un sourire entendu.

— On allait te virer, tu sais, avoua-t-il.

— Je sais.

— Pas parce que tu ne faisais pas ta part de travail – et pourtant c'était le cas –, mais parce que tu n'étais vraiment pas de bonne compagnie. Tu cassais le moral de tout le monde.

— Je sais.

— Le moral, ça compte dans une petite entreprise comme la nôtre.

— Oui, reconnut Knox. Franchement, je n'ai jamais compris pourquoi vous m'aviez gardé si longtemps.

— Je suppose qu'on compatissait après... ce qui s'était passé. On se disait que tu avais besoin de temps. Et puis, elle est arrivée. (Miles lança un regard interrogateur à Knox.) Tu ne nous as jamais raconté ce qui s'est produit ce week-end-là.

— C'est vrai.

— D'accord, soupira Miles. Va voir ce qui se passe. Retrouve-les, elle et son père, si c'est encore possible. Mais, quoi que tu penses, moi aussi, j'ai besoin de toi ici. J'ai fini par me reposer sur toi plus que tu ne le crois. Alors je veux que tu me promettes que tu rappliqueras ici dès que possible.

— Je te le promets et... merci.

II

Rebecca atterrit en milieu de matinée à l'aéroport Ivato d'Antananarivo. Lorsqu'elle pénétra dans le hall d'arrivée miteux et plein à craquer, elle découvrit que Pierre était venu l'accueillir. Il était facile à repérer : avec sa barbe noire sur son goitre saillant, ses grands yeux foncés et sa boucle d'oreille en or qui lui donnaient des airs de pirate, il dépassait de presque une tête la plupart des Malgaches entassés autour de lui. Dès qu'il l'aperçut, il la rejoignit en se frayant un chemin à travers la foule, la prit par les épaules, l'embrassa sur les deux joues et la serra dans ses bras, la chatouillant au passage avec sa barbe... Elle tenait toujours ses bagages et dut secouer les épaules pour qu'il la lâche.

— Des nouvelles ? demanda-t-elle.

Il baissa la tête, recula d'un pas et essuya une larme.

— Je n'arrive pas à y croire ! Ma petite Becca !

— Pierre, je t'en prie ! Où en sommes-nous ? Il faut que je sache.

— Il n'y a rien de neuf. J'ai contacté la police de Toliary tout à l'heure et on n'a pas retrouvé leur trace.

Il prit les bagages de Rebecca puis se dirigea vers les portes du terminal.

— Où va-t-on ? s'enquit-elle.

— Ma voiture est garée là.

— Ta voiture ?

— Si on part maintenant, on sera à Toliary ce soir.

— Je prends l'avion. J'y serai en fin d'après-midi. Tu devrais venir avec moi.

— Je ne peux pas, ma voiture est là.

— Bon sang, Pierre !

— Tu veux que je la laisse ici ?

— Je veux que tu fasses tout ce qui est humainement possible pour retrouver mon père et ma sœur. Emilia est ta compagne. C'est la mère de ton enfant. Mon père est ton meilleur ami depuis plus de trente ans. Et tu t'inquiètes pour ta foutue bagnole ! Qu'est-ce que tu fais encore là ? Pourquoi n'es-tu pas déjà sur place pour diriger les recherches ?

Pierre rougit un peu.

— Je voulais être là pour toi. Je ne pouvais pas te laisser revenir au pays sans personne pour t'accueillir, pas après toutes ces années, pas après cette terrible nouvelle. Et j'ai pensé que tu apprécierais que quelqu'un vienne te chercher en voiture.

— Je te l'ai dit, je prends l'avion.

— Oui, mais je ne le savais pas.

Rebecca secoua la tête, toujours indignée, bien qu'elle ait des difficultés à justifier son comportement. Ils se trouvaient si près des portes automatiques qu'elles ne cessaient de s'ouvrir et de se fermer en offrant de brefs aperçus du soleil radieux. Elle franchit les battants et constata que le sol fraîchement goudronné du parking luisait d'une récente averse. L'humidité faisait ressortir des odeurs âcres : celle du fumier de zébu répandu comme engrais sur le gazon, en tas semblables à des pattes d'éléphants amputées ; celle des vêtements gorgés de sueur des porteurs, ouvriers agricoles et autres marchands ambulants ; celle des gaz d'échappement crachés par les taxis, les bus et les camions délabrés. Et pourtant, loin derrière ces odeurs, Rebecca perçut des parfums plus doux de frangipane, de vanille et d'hibiscus. Elle prit une profonde respiration. L'odorat était le plus évocateur des sens, disait-on. Onze ans ! Onze longues années ! Malgré tout, elle se sentit aussitôt chez elle, assaillie de souvenirs. L'espace d'un instant, elle eut l'impression d'avoir dix-huit ans, d'éprouver de nouveau l'angoisse qui l'avait étreinte lorsqu'elle avait quitté ce qu'elle avait toujours connu. Elle tressaillit comme si un fantôme venait de la traverser de part en part.

Madagascar : la Grande Île rouge, le huitième continent, la terre de sa naissance !

III

Le Bayliner était déjà bondé lorsque Knox descendit l'échelle de coupée avec son matériel de plongée et son sac de voyage pour monter à bord. Garry était à la barre. Derrière lui, se trouvaient Dieter Holm, blême de rage, Ron, le cuistot du navire, qui allait chercher des vivres à Morombe, et Lucia, assise à l'arrière. Knox posa ses affaires contre les bagages des autres et prit place aux côtés de la jeune femme.

— Vous quittez le navire ? lui demanda-t-elle en souriant.

Il hésita un instant, puis décida de lui dire la vérité. Après tout, elle avait prévu d'aller à l'Éden, elle aussi, et finirait par savoir ce qui se passait.

— Vous savez pourquoi vous ne pouviez pas joindre les Kirkpatrick ? commença-t-il. Il se trouve qu'ils ont disparu. Je me rends sur place pour participer aux recherches.

— Je croyais que vous ne les connaissiez pas.

— Je n'ai pas dit ça. J'ai dit que tout le monde les connaissait dans le coin.

Elle lui lança un regard amusé.

— Dois-je mettre en doute tout ce que vous m'avez dit hier ?

Elle ne lui en voulait pas, cependant. Elle était journaliste et savait comment le monde marchait.

— Alors, d'où est-ce que vous les connaissez ? s'enquit-elle.

— En fait, c'est surtout Emilia que je connais. Elle a passé quelques jours en Angleterre et c'est là que je l'ai rencontrée

— Ah ! Par hasard, c'est ça ?

Garry démarra à cet instant et le rugissement du moteur évita à Knox de répondre. Mais la question de Lucia plongea celui-ci dans de tristes souvenirs. Il avait traversé une période très difficile et échoué lamentablement à trouver un moyen de vivre sans sa compagne. Avant de perdre Gaëlle, il n'avait jamais vraiment eu conscience de la façon dont leurs vies étaient imbriquées, dépendantes l'une de l'autre. Ses journées avaient fini par devenir supportables, grâce à son travail à la M.G.S., mais ses nuits étaient affreusement douloureuses et autodestructrices. Miles et Frank avaient fait de leur mieux pour le sortir de sa déprime. Ils l'invitaient au pub ou chez eux pour dîner. Mais il redoutait l'ambiance faussement joyeuse de ces soirées, d'autant qu'il démoralisait tout le monde et détestait ça. Au bout d'un moment, il avait décliné les invitations de ses amis, préférant rester dans le studio qu'il avait loué, à manger des pizzas sur son canapé et à boire jusqu'à s'endormir devant la télévision. Il se laissait tellement aller qu'il arrivait au travail avec la gueule de bois, négligé, l'haleine encore chargée d'alcool. Il avait beau savoir qu'il risquait le licenciement, il s'en fichait éperdument.

C'était alors qu'Emilia Kirkpatrick était entrée dans sa vie.

Un vendredi, en fin d'après-midi. Il faisait particulièrement froid ce jour-là. Elle avait rendez-vous avec Frank, mais son avion avait pris du retard et, lorsqu'elle était arrivée, il était déjà parti voir un bateau à Harwich. Les autres étaient en train de rentrer chez eux pour le week-end. Ils avaient tous quelque chose de prévu pour la soirée et avaient laissé à Knox le soin de s'occuper d'elle. Il lui avait dit de revenir le lundi, quand Frank serait de retour, mais elle était venue exprès de Madagascar et avait tout simplement refusé de s'en aller. Il avait donc accepté de l'écouter autour d'un verre, dans un bar à vin du quartier. Avant de prendre un deuxième verre et un troisième. Au bout du compte, ils avaient dîné ensemble. Et là, peut-être parce qu'il se trouvait au restaurant avec une femme charmante et sympathique, le chagrin que lui causait la mort de Gaëlle l'avait submergé. Il s'était mis à sangloter et à déverser tout ce qu'il avait sur le cœur.

Voyant qu'il avait attiré l'attention de ses voisins de table, il s'était enfui précipitamment. Après lui avoir trouvé un taxi, Emilia l'avait raccompagné à son appartement. Puis elle l'avait mis au lit, où il était resté la majeure partie du week-end. Elle l'avait écouté avec une patience et une tendresse extraordinaires. Le barrage ayant cédé au fond de son cœur, Knox avait enfin pu s'épancher librement.

Et le lundi, lorsqu'il avait conduit Emilia à la M.G.S., afin qu'elle organise avec Frank le sauvetage du *Winterton*, il avait constaté avec surprise qu'il était impatient de commencer sa journée. Pour la première fois depuis la mort de Gaëlle, il était presque heureux d'être en vie. Aussi, comme il l'avait dit à Miles, il avait vraiment une dette envers Emilia. Sans elle, à l'heure actuelle, il aurait probablement été au chômage, ivre mort dans un appartement miteux de la banlieue de Hove.

Chapitre 8

I

Boris dut attendre Davit pendant une heure à l'aéroport d'Antananarivo. Le tableau des arrivées était en panne et il commençait à craindre qu'ils ne ratent leur correspondance pour Morombe. Mais il finit par apercevoir une silhouette immense dans la foule.

— Bonjour, patron, dit Davit, apparemment épuisé par le voyage, mais enjoué malgré tout.

Boris hocha la tête avec rudesse pour lui montrer qu'il n'avait pas oublié la Grèce.

— Il faut qu'on y aille.

L'avion à destination de Morombe était un vieux Twin Otter minuscule qui empestait le carburant. Si Boris dut baisser la tête pour remonter l'allée jusqu'à sa place, Davit avança plié en deux et s'assit de côté sur son siège. Le vieux coucou décolla péniblement. Les réacteurs rivalisèrent d'efforts pour gagner de l'altitude, avant de faiblir d'un seul coup. L'avion piqua du nez. Plusieurs passagers poussèrent un cri, Boris lui-même se cramponna aux bras de son fauteuil, puis la carlingue se redressa.

En bas, la capitale de Madagascar était entourée de rizières luxuriantes, qui s'éclipsèrent rapidement en faveur d'un paysage montagneux, riche en lacs et en forêts. Malgré la faible altitude de croisière, on ne voyait aucune route. L'avion traversa une zone de turbulence, qui secoua les passagers. À travers le rideau usé qui isolait le cockpit, Boris vit le pilote actionner les commandes avec de grands gestes brusques.

L'odeur de carburant s'intensifia. Ce fut donc avec un immense soulagement que les passagers atterrirent sur la piste cahoteuse de Morombe. Une fois la porte ouverte, ils descendirent sur le tarmac brûlé par le soleil.

— C'était une expérience, murmura Boris en s'étirant.

— M'en parlez pas, dit Davit.

Ils récupérèrent leurs bagages avant de se diriger vers la borne de taxis. Il n'y avait que deux voitures jaunes et délabrées. Aucun des deux chauffeurs ne parlait anglais. Boris et Davit se regardèrent avec consternation.

— *Hotel speak English* ? demanda Davit.

Le plus grand des chauffeurs sourit et les invita à monter. Ils suivirent une route pleine de nids-de-poule. De jeunes Malgaches au visage renfrogné les regardaient à travers les vitres avec l'air d'évaluer leur richesse. Le taxi se gara devant un bâtiment protégé par une haute palissade en bois.

— *Hotel speak English,* annonça le chauffeur.

Boris et Davit le payèrent et entrèrent. Deux planches de surf et un moteur hors-bord étaient posés sur le sol carrelé rouge de la réception, mais il n'y avait personne. Impatient, Boris appela. Un vieil homme ensommeillé approcha en se frottant les yeux.

— *Speak English* ? demanda Boris.

L'homme secoua la tête.

— Claudia ! cria-t-il. Claudia !

Une belle jeune femme sortit de l'ombre en traversant plusieurs rais de lumière. Le teint café au lait, elle avait les cheveux tressés et longs jusqu'aux épaules.

— *English,* lui dit l'homme.

— Vous voulez une chambre ? demanda-t-elle en anglais, avec un sourire chaleureux.

— Deux chambres, répondit Boris.

— Je vais vous montrer ce que nous avons de mieux, déclara Claudia.

Ils empruntèrent un sentier sablonneux. Ils virent des piles de transats, contre lesquels reposaient des parasols enroulés, des mobylettes et des buggys couverts de poussière, ainsi qu'un petit bateau en bois retourné sur le sable. Il ne semblait y avoir aucun autre client. Ils arrivèrent devant un cabanon double monté sur pilotis à environ trente centimètres du sol, agrémenté d'un porche donnant sur la plage et la mer. Claudia ouvrit le cadenas de la première porte et fit entrer les deux hommes. À l'intérieur, il faisait sombre, même après qu'elle eut ouvert les rideaux en loques.

— C'est joli, non ? lança-t-elle en souriant.

Le lit double était mou, la moustiquaire déchirée avait été rafistolée à l'aide d'épingles de sûreté, il n'y avait pas de lunette sur les toilettes, et la douche avait été remplacée par une grande bassine en plastique aux trois quarts pleine. Mais Boris et Davit n'étaient pas en vacances. Et puis, avoir quelqu'un qui parlait anglais à portée de main comptait davantage que le confort. Boris songea, en outre, que Claudia était vraiment charmante et qu'il lui serait très agréable de tuer le temps avec elle en attendant de pouvoir s'acquitter de sa mission. Il hocha la tête en posant ses bagages. Après avoir raccompagné Davit et Claudia, il ferma sa porte, se déshabilla et se trempa dans l'eau froide. Une fois sec, il enfila une chemise noire propre sur un short, mit ses Ray-Ban et alla faire un tour en ville.

II

Garry coupa le moteur et laissa le Bayliner s'échouer sur la plage de Morombe. De nombreuses femmes s'approchèrent pour présenter à Ron des jattes remplies de lutjans, de poulpe et de sardines, avant de lui proposer papayes, manioc et oignons de leurs jardins. Knox sauta à terre, prit ses bagages qu'il jeta sur la plage, puis se retourna pour aider Lucia à descendre. La route côtière n'allait pas jusqu'à l'Éden. Par ailleurs, le pont situé au sud de la ville avait été détruit par le dernier cyclone et n'avait pas encore été réparé. Le seul moyen de gagner l'Éden était de louer une pirogue de pêche.

Knox expliqua la situation à Lucia, qui l'accepta sans broncher. De toute façon, elle voulait prendre une pirogue pour pouvoir ensuite raconter son expérience dans un article. Ils décidèrent donc d'aller à l'Éden ensemble. Ensuite, elle descendrait seule jusqu'à l'aéroport de Toliary pour son vol de retour, prévu deux jours plus tard. Ils avaient tous deux des choses à faire en ville. Knox voulait changer de l'argent, et Lucia, régler sa note d'hôtel. Néanmoins, ils préférèrent longer la côte pour trouver une pirogue à louer dès maintenant, afin de pouvoir se débarrasser de leurs bagages. Tandis que ses pieds s'enfonçaient profondément dans le sable, Knox regretta de ne pas avoir voyagé plus léger. Mais Adam et Emilia avaient disparu en mer et il avait besoin de son matériel de plongée.

Assis contre leurs embarcations, les piroguiers flairèrent une bonne affaire. Ils se levèrent d'un bond pour accueillir leurs clients potentiels. La pénurie de touristes provoquée par le coup d'État avait de graves conséquences économiques. Knox et Lucia annoncèrent leur destination puis demandèrent le prix. Les jeunes Malgaches se lancèrent aussitôt dans des enchères au rabais, chacun proposant moins que son voisin pour emporter le marché. Deux d'entre eux finirent par atteindre le même prix, mais seul le premier parlait le français de façon compréhensible. La décision fut donc facile à prendre. L'heureux élu s'appelait Thierry. Il conduisit Knox et Lucia jusqu'à sa pirogue, près de laquelle son frère Alphonse raccommodait un filet. Knox jeta un rapide coup d'œil à l'embarcation. Taillée dans un tronc, celle-ci était dotée de deux bancs à lattes et de robustes stabilisateurs destinés à renforcer l'équilibre. Le mât et la voile, déployée sur le sable, semblaient en bon état.

— Vous croyez qu'on pourra être à l'Éden ce soir ? demanda Knox.

Thierry haussa les épaules et donna une réponse de marin.

— Ça dépend du vent, dit-il, mais ce n'est pas un problème : mon frère habite à Ambatomilo. Nous pouvons aussi dresser une tente et dormir sur la plage.

— Parfait ! s'exclama Lucia. J'adore dormir sur la plage.

— Est-ce qu'on peut vous laisser nos bagages ? s'enquit Knox. Il faut d'abord qu'on aille en ville.

— Bien sûr, répondit Thierry. On vous attend ici.

— D'accord, alors à tout à l'heure.

III

Un chien noir se prit d'affection pour Boris dans la rue principale de Morombe. Il se mit à lui renifler les talons et à le regarder d'un air affamé. Boris lui donna un coup de pied dans les côtes, mais il continua à le suivre. L'animal était toutefois un compagnon approprié au décor... Boris n'avait jamais vu d'endroit aussi déprimant. La route était si défoncée que les automobilistes donnaient l'impression de participer à une course d'obstacles, autour desquels ils zigzaguaient avec prudence. Il y avait des ordures partout, des paquets de cigarettes écrasés, des bouteilles de soda vides… Un jeune mendiant diabétique au pied ulcéré grattait une mandoline de sa fabrication, à côté d'une femme prostrée, qui vendait des couches et des patates douces, pendant que ses enfants jouaient à ses pieds avec des voitures improvisées à l'aide de boîtes de sardines.

Dans une vitrine, Boris vit des ustensiles de cuisine, des couteaux de chasse, des guides en langues étrangères et des cartes routières. Il s'étonna que ce magasin n'ait pas encore mis la clé sous la porte, car il n'avait encore croisé aucun touriste. Il acheta un guide et une carte de la côte, de Morondava à Toliary, qu'il étudia en marchant. D'après les articles de presse que Sandro lui avait donnés, la *Maritsa* mouillait de l'autre côté du récif, à plusieurs milles du rivage. Approcher Matthew Richardson pour voir s'il s'agissait de Knox n'allait pas être facile. Cela dit, le responsable de l'opération de sauvetage ne crachait pas sur la publicité. Par conséquent, Boris pourrait peut-être se faire passer pour un journaliste et solliciter une interview. D'un autre côté, il serait bien moins risqué de trouver un moyen d'attirer Richardson sur la terre ferme, loin de son refuge, où il était entouré de ses amis.

Boris était en train de réfléchir à la question lorsqu'il leva les yeux et aperçut sa cible, qui marchait sur le trottoir dans sa direction.

Chapitre 9

I

Un jeune homme vêtu d'un large short de basket-ball et d'un vieux tee-shirt de Black Sabbath attendait Rebecca à l'aéroport de Toliary avec un morceau de carton déchiré sur lequel il avait grossièrement griffonné son nom au marqueur. Il semblait d'une jeunesse déconcertante, malgré les airs qu'il se donnait pour paraître plus âgé : un paquet de cigarettes souple et un briquet coincés dans une manche retroussée, des lunettes miroir relevées comme un serre-tête sur de longs cheveux bruns, et une fine moustache. À peine s'était-il présenté sous le nom de Zanahary que, peut-être conscient de ne pas faire bonne impression, il se lança dans une explication fébrile de sa présence à l'aéroport : son frère aîné s'était foulé la cheville en sautant du toit de leur maison et l'avait envoyé à sa place. Mais Rebecca n'avait aucun souci à se faire, c'était un très bon conducteur. Trop épuisée pour protester, Rebecca récupéra ses bagages et le suivit sous un soleil de plomb.

Au moins la voiture de location, un pick-up Mitsubishi bleu marine et gris métallisé avec quatre phares auxiliaires, paraissait-elle en bon état. Ce ne serait pas du luxe… Rebecca avait quelques démarches à faire à Toliary. Ensuite, il lui faudrait encore trois heures pour gagner la réserve de l'Éden par la route, une simple piste faite de sable, de boue et de roche. Elle vérifia la bande de roulement des pneus et s'assura qu'il y avait une roue de secours dans le coffre ainsi que des bidons d'essence, d'huile et d'eau. Lorsqu'elle ouvrit la portière côté passager, elle fut assaillie par un souffle d'air chaud.

Les bouches de climatisation avaient été arrachées et le tableau de bord était couvert d'autocollants publicitaires à moitié décollés, qui avaient laissé d'horribles traces de colle. Une forte odeur de cigarette s'ajoutait à la chaleur ; le cendrier était plein à craquer. Les sièges étaient protégés par une housse en plastique, qui colla aussitôt aux jambes de Rebecca. Zanahary monta d'un pas leste, puis sortit une cigarette de son paquet et la porta à ses lèvres avec un chic façon années cinquante, le coude levé comme s'il exhibait un bijou luxueux.

— Non, dit Rebecca.

— Mais...

— Pas dans la voiture.

Un quart d'heure plus tard, ils arrivèrent à Toliary. Ils s'arrêtèrent devant une épicerie, où la jeune femme acheta un sac de riz et d'autres provisions, puis ils se dirigèrent vers le cabinet de Delpha, le vieil avocat de son père. Delpha se rendait souvent à l'Éden. Il apportait des bonbons à Rebecca, lorsqu'elle était petite, et des poupées en bois qu'il avait taillées lui-même. Elle l'aimait beaucoup mais, onze ans avaient passé, et elle ne savait pas comment elle serait reçue. La réceptionniste lui sourit d'un air absent lorsqu'elle lui indiqua son nom. Monsieur Delpha était occupé. « Que madame attende dans... » Delpha dut toutefois entendre la voix de Rebecca, car la porte de son bureau s'ouvrit et il en sortit aussitôt. Il était plus vieux, plus frêle, ses cheveux avaient blanchi et sa peau brune s'était couverte de taches noires.

— Rebecca, c'est toi ? demanda-t-il en français en plissant les yeux dans l'obscurité.

— Oui, c'est moi, répondit la jeune femme.

Il fondit en larmes et elle le serra dans ses bras pendant un moment pour lui laisser le temps de se reprendre. Il recula en s'essuyant les yeux.

— J'ai cru que tu ne reviendrais jamais, avoua-t-il. J'aurais préféré que les circonstances...

— Oui.

— S'il y a quoi que ce soit que je puisse faire...

— Oui, j'ai besoin d'aide.

Rebecca jeta un coup d'œil à la réceptionniste. Elle n'avait pas envie de parler de ses affaires de famille devant quelqu'un qu'elle ne connaissait pas. Delpha l'invita à entrer dans son bureau. Les murs étaient couverts de livres reliés en cuir qui rendaient la pièce chaleureuse. Les rideaux à moitié tirés devant les hautes fenêtres créaient un effet de somnolence. Rebecca s'assit et s'efforça de mettre de l'ordre dans ses pensées.

— Le problème, confia-t-elle, c'est que je ne sais pas ce que vous pouvez faire pour m'aider. Ça fait trop longtemps que je suis partie. Je ne connais plus rien ici. Je ne sais même pas si de véritables recherches sont menées. Si ce n'est pas le cas, comment les lancer ? À qui dois-je m'adresser ? En qui puis-je avoir confiance ? Qui dois-je soudoyer ? Qui dois-je malmener ? J'aurai peut-être besoin d'un bateau. Où est celui de mon père ? Puis-je le récupérer ? Et l'Éden ? Et Michel ? Sans parler de toutes les questions que je ne me suis même pas encore posées. (Elle semblait dépassée par les événements.) C'est aussi pour ça que j'ai besoin d'aide.

Delpha avait pris des notes pendant qu'elle parlait. Il s'adossa à son fauteuil.

— En ce qui concerne les recherches et l'enquête, tu peux t'adresser à Andriama, déclara-t-il. C'est le commissaire de police de Toliary.

— Je peux lui faire confiance ?

— Je l'ai toujours trouvé honnête, mais des rumeurs circulent à son sujet, répondit Delpha d'un air songeur. Tu sais, il y a toujours des rumeurs à propos de tout le monde ici. Je suis sans doute une cible facile, moi aussi. Andriama a promis de mettre fin à la corruption à Toliary. Or, non seulement il a échoué, mais il rajoute une pièce à sa maison tous les ans. Ces rumeurs ne sont peut-être que l'expression de la jalousie, à moins que ses ennemis – et il en a beaucoup – n'essaient de le discréditer. Il n'a pas peur des hommes puissants.

Il baissa les yeux vers ses notes.

— Quant au bateau de ton père, poursuivit-il, tu sais qu'il a été retrouvé en mer par des marins d'Afrique du Sud ?

— Oui, Pierre me l'a dit.

— Ils réclament des droits de sauvetage. La législation maritime internationale leur donne droit à une indemnité correspondant à la moitié de la valeur du bateau. Il y aura aussi d'autres frais à régler avant que le capitaine de port n'autorise la restitution du bateau : droits de douane, immigration, police, etc. Mais ne t'inquiète pas, ton père est assuré contre ces risques. C'est moi-même qui m'en suis chargé. Seulement, les papiers sont à l'Éden. Apporte-les-moi et je ferai le nécessaire pour que tu puisses récupérer le bateau.

— Merci.

Delpha consulta de nouveau ses notes et prit un air sombre. Il allait maintenant devoir aborder un sujet difficile.

— Ne m'en veux pas pour ce que je vais te dire. Je ne pense pas à mal. J'espère et je prie pour que ton père et ta sœur soient en vie, mais...

— Ils sont en vie.

— Mais tu dois te préparer à toutes les éventualités. C'est ce que ton père voudrait.

— Oui.

— Tu sais que, en tant qu'avocat de ton père et de ta sœur, je ne peux pas m'entretenir avec toi de leurs affaires tant qu'ils ne sont pas...

— Je sais.

Rebecca savait que, si son père faisait confiance à Delpha, c'était parce que celui-ci était extrêmement scrupuleux.

— Cela dit, nous pouvons discuter de cas hypothétiques. Prenons un homme riche, par exemple, un homme qui décide de répartir son argent équitablement entre ses enfants. Le premier de ses fils, Rupert, n'a pas d'enfants. Le second, Étienne, a une petite fille qui sera son héritière lorsqu'il mourra à son tour. Tu me suis ?

— Oui.

Rupert était clairement Rebecca et Étienne, Emilia.

— Bien, maintenant, imagine deux cas de figure. Premier cas : le père meurt. Sa fortune est répartie équitablement entre Rupert et Étienne. Étienne meurt à son tour quelques jours plus tard. La loi est claire : la part qui lui revient va automatiquement à sa fille. Mais il existe un deuxième cas de figure : Étienne meurt avant ou en même temps que son père. Dans ce cas, tout l'argent va à l'unique héritier survivant du père. La fille d'Étienne n'a droit à rien.

Rebecca fronça les sourcils. Delpha avait presque l'air de lui expliquer comment dépouiller Michel de la part d'héritage qui lui revenait. Mais elle le connaissait trop bien pour avoir de tels soupçons à son égard.

— Où voulez-vous en venir ? demanda-t-elle.

— J'attire simplement ton attention sur un fait juridique. Lorsqu'un enfant hérite d'une fortune qu'il est trop jeune pour gérer, la législation malgache prévoit que cette fortune soit confiée en fidéicommis au tuteur légal de l'enfant, généralement le parent survivant.

— Ah ! murmura Rebecca. Pierre.

— Bien sûr. Si ce parent agit dans l'intérêt de l'enfant, alors il n'y a aucun problème.

— Mais Pierre risque de ne pas agir dans l'intérêt de Michel ?

— Je n'ai pas dit cela. Je parlais d'une situation hypothétique.

Rebecca hocha la tête pour montrer qu'elle avait compris le message.

— Merci.

II

Boris leva la carte devant lui pour dissimuler son visage jusqu'à ce que l'homme soit passé. Il fit encore quelques pas, se retourna et vit le passant gravir à la hâte l'escalier d'une banque locale. C'était Knox. Cela ne faisait aucun doute. C'était sa démarche athlétique, sa mâchoire, l'implantation de ses cheveux. Un vrai miracle ! Des jours et même des semaines risquaient de s'écouler avant que Boris n'ait une autre chance.

Mais comment en profiter sans se faire prendre ?

Pas le temps d'aller chercher Davit. De toute façon, il ne serait d'aucune utilité dans ce genre de situation. Boris enfouit la main dans sa poche pour s'assurer qu'il avait son portable sur lui. Il devrait prendre des photos pour Ilya. Il retourna au magasin et essaya d'improviser. Il acheta un couteau de chasse de vingt centimètres doté d'une lame en dents de scie, un sac à dos, une casquette de base-ball et une bâche. Il rangea son guide et sa carte dans le sac. Puis il retira la bâche de son emballage, la déplia partiellement et la posa en équilibre sur son épaule, prête à l'emploi. Il se regarda dans une vitrine et baissa la visière de sa casquette sur ses yeux, avant de traverser la rue pour aller se poster contre un mur, en face de la banque.

Là, il attendit que Knox ressorte.

Chapitre 10

I

Ces derniers mois, il y avait eu des moments où Davit Kipshidze avait sérieusement envisagé le suicide. Contre toute attente, il se sentait mieux en prison, en Grèce, car il avait de l'espoir. Les Nergadze lui avaient promis de le sortir de là et de le ramener au pays. En revanche, dès le début de sa cavale, il avait compris qu'il ne retrouverait jamais son ancienne vie. Or, il détestait sa vie de truand. C'était un homme sociable, qui aimait être entouré de sa famille et de ses amis. Mais la police surveillait ses proches au cas où il reviendrait auprès d'eux. Il ne pouvait donc plus aller les voir. C'était trop risqué, pour eux comme pour lui. Par conséquent, jusqu'à aujourd'hui, il avait passé toutes ses journées seul à regarder la télévision dans son minuscule appartement du rez-de-chaussée, d'où il écoutait avec nervosité le vrombissement des voitures et les conversations des passants.

Désormais, il se prélassait sous le porche de son cabanon et regardait, au-delà du sable blanc qui étincelait, la mer déferler sur les brisants. Que c'était bon de sentir le soleil après un long hiver ! Que c'était bon de ne pas avoir peur que l'on frappe à la porte !

Claudia apparut, des draps propres et un balai à la main. Elle sourit et alla faire le lit. Davit se leva pour la rejoindre. La mer était belle mais ne pouvait rivaliser avec une jolie jeune femme.

— Comment se fait-il que vous parliez si bien anglais ? demanda-t-il.

— J'ai vécu dans une famille américaine, répondit Claudia. Cinq ans.

— Aux États-Unis ? s'étonna Davit.

— À Toliary, une grande ville au sud de Morombe. Ils avaient une grande, grande maison pour tous les enfants qui n'avaient pas de père, ni de mère, vous savez...

— Un orphelinat ?

— Oui, un orphelinat.

— Je suis désolé.

— Désolé ? Pourquoi ? C'était bien, là-bas. On allait à la messe, on avait toujours à manger. Ça me plaisait beaucoup.

— Alors pourquoi êtes-vous partie ?

— J'ai grandi, fit remarquer Claudia en feignant de le regretter. Beaucoup d'enfants ont besoin d'un foyer, pas assez de lits. (Elle leva des yeux candides vers Davit.) Maintenant, c'est le boulot, encore le boulot, toujours le boulot !

— Eh oui ! s'exclama Davit en riant.

Elle rit avec lui et lui tira la langue. Elle avait les dents du haut un peu de travers. Elles se chevauchaient en partie, comme les chevilles d'une jeune mariée faussement timide au soir de sa nuit de noces. Il éprouva une agréable sensation de chaleur dans la poitrine. Ces deux dernières années, la compagnie d'une jolie femme lui avait cruellement manqué.

Claudia acheva de faire le lit et se mit à balayer le cabanon. Elle envoya un peu de sable aux pieds de Davit, puis recommença en lui décochant un de ses sourires enchanteurs. Il joua le jeu : les mains levées en signe de reddition, il battit en retraite avant l'assaut. Elle le suivit jusque sous le porche en poussant toujours plus de sable vers lui. Il se mit à danser d'un pied sur l'autre, comme dans les westerns, lorsqu'un cow-boy armé d'un six-coups tirait dans les pieds de sa malheureuse cible. Elle rit si fort qu'elle posa la main devant sa bouche. Puis elle se pencha en avant pour balayer sous le banc du porche. Son débardeur se décolla de son buste et laissa apparaître un soutien-gorge défraîchi, des ombres et des recoins de chair affriolants. Elle leva les yeux et surprit Davit en train de regarder dans son décolleté. Elle sourit joyeusement.

— Claudia ! appela le vieil homme du complexe hôtelier. Claudia !

— J'arrive ! cria la jeune femme. On se voit plus tard, d'accord ?

— J'espère, répondit Davit.

Il se pencha sur la rambarde du porche pour la regarder partir et se réjouit de la voir accentuer, juste pour lui, sa démarche balancée.

II

Knox dévala l'escalier de la banque, exaspéré par la paperasse qu'il fallait remplir pour changer quelques euros. Enfin, c'était fait. À présent, il allait devoir faire des provisions. Il s'enfonça dans les rues et trouva un petit marché débordant de vêtements colorés, de bijoux fantaisie clinquants et de produits frais étalés sur des tables en bois branlantes : bananes jaunes tirant sur le marron, mandarines vert-orange, olivettes encore vertes, bottes d'ails et d'oignons, grosses carottes courtes, manioc blanc cassé, noix de coco velues ou déjà décortiquées, cœurs de laitue serrés, potirons, papayes, riz et haricots dans des jattes en acier étincelant.

Dans le ciel vierge de toute pollution, le soleil était si lumineux qu'on avait l'impression étrange d'être sous l'eau. Les étals graisseux de steaks de zébu bourdonnaient de grosses mouches saphir et émeraude. Des sardines salées scintillaient comme des pièces d'argent tombées d'un coffre. Une vieille femme assise devant deux paniers en osier remplis de crabes et de homards rouge orangé enfonçait sa canne dans la masse grouillante, et titillait les pinces jusqu'à ce qu'elles s'ouvrent et se referment sur la tige de bambou. Ainsi, elle soulevait les bêtes et les faisait tomber dans une bassine. Knox acheta du poisson et du riz, de quoi dîner au cas où Lucia et lui n'arriveraient pas à l'Éden avant le coucher du soleil. Il prit également quelques biscuits et des bouteilles d'eau.

Pour retourner à la pirogue, il mit un moment à se repérer dans la ville. Puis il discerna une rangée de palmiers sur sa droite, dont les feuilles volaient au vent comme les cheveux de hippies. Ils devaient longer le rivage. Il suivit cette direction et finit par apercevoir la plage au bout d'une ruelle étroite, qu'il emprunta d'un pas tranquille, sans avoir conscience d'être suivi à distance.

Chapitre 11

I

À Toliary, le commissariat central était un bâtiment jaune de deux étages, situé près du centre-ville. La façade était criblée de trous, comme en temps de guerre. Rebecca demanda à voir M. Andriama. Un jeune homme vêtu d'un jean et d'une chemise à manches courtes d'un blanc éclatant la conduisit au bureau du commissaire et lui ouvrit grand la porte. Un courant d'air provenant des fenêtres ouvertes fit voler des papiers. Andriama les plaqua de la paume de la main avant qu'ils ne s'éparpillent autour de lui. Au même moment, il vit Rebecca et sembla les oublier sur-le-champ. Il se leva d'un bond pour aller l'accueillir, lui prit la main entre les siennes et la lui caressa comme un hamster.

— À votre service, madame, dit-il avec un sourire qui découvrit des dents noircies et pourries presque jusqu'aux gencives. Que puis-je pour vous ?

— Je suis Rebecca Kirkpatrick. Je viens aux nouvelles concernant mon père et ma sœur.

— Ah ! Oui, bien sûr.

Andriama lâcha aussitôt la main de Rebecca et adopta une expression plus sobre.

— Quelle terrible nouvelle ! reprit-il. Mais je vous en prie, asseyez-vous.

Comme de nombreux Malgaches, il était du métissage : petit et sec comme un Polynésien, noir comme un Africain de l'Est, il avait cependant les cheveux satinés d'un Chinois.

— Votre père, soupira-t-il, un homme si bon ! Si dévoué à Madagascar ! Et votre sœur... si jeune, si jolie ! Quelle terrible perte !

— Perte ? s'étrangla Rebecca.

— Pardonnez-moi, mais vous êtes sans doute consciente de la situation...

— Vous avez déjà baissé les bras ?

— Bien sûr que non, nous faisons tout ce que nous pouvons.

— C'est-à-dire ?

— Mes hommes sont allés à la réserve et dans les villages environnants. Ils ont discuté avec de nombreuses personnes, dont deux pêcheurs qui ont vu le bateau de votre père de l'autre côté des récifs – qui ont affirmé l'avoir vu, du moins. Vous savez, ici, les gens sont prêts à dire n'importe quoi pour se faire bien voir. Et puis un soir, des Sud-Africains ont retrouvé le bateau, abandonné au large. J'ai une copie de leur déposition, si cela vous intéresse.

— Volontiers.

Andriama farfouilla dans ses tiroirs et sortit de mauvaises photocopies de plusieurs feuilles noircies à la main, que Rebecca parcourut pendant qu'il lui parlait.

— Il y avait des traces de sang sur le bastingage et sur le pont. On est en train de les analyser. Il s'agit sans doute du sang de votre père ou de votre sœur, mais mieux vaut s'en assurer.

— Vous voulez que je vous communique leur groupe sanguin ?

— Votre père et votre sœur tiennent une clinique à l'Éden. Vous y trouverez certainement leurs dossiers médicaux.

— Je jetterai un coup d'œil. En attendant, parlez-moi des recherches en cours. Vous avez des hélicoptères ? Des bateaux ?

— Mademoiselle Kirkpatrick, comprenez que Madagascar est un pays pauvre, dit Andriama en souriant poliment, et que Toliary est la province la plus pauvre. En temps normal, nos ressources sont déjà limitées. Or, nous traversons une période difficile. Et puis, nous ne savons pas encore ce qui est arrivé à votre père et à votre sœur, mais ce n'est sans doute pas du ressort de la police.

On frappa à la porte. Un homme d'âge moyen aux cheveux noirs et luisants passa la tête dans le bureau. Lorsqu'il vit Rebecca, son visage s'éclaira aussitôt. Il entra sans y être invité et se présenta : Mustafa Habib, un grand ami d'Adam. Rebecca ne devait pas se souvenir de lui, mais il l'avait connue quand elle était petite. En fait, elle se souvenait bien de lui : il travaillait dans l'import-export et avait fourni d'obscurs appareils à son père. Lorsqu'elle le lui dit, il rayonna de joie.

— S'il y a quoi que ce soit que je puisse faire, lança-t-il, n'importe quoi… (Il toussa et continua sur un ton mal assuré.) Écoutez, cela peut vous paraître déplacé, mais je sais, pour en avoir fait l'expérience personnellement, qu'il est parfois très pénible de faire des démarches… officielles dans un pays étranger. Si vous avez besoin d'aide, ce sera un privilège pour moi de vous aider. Votre famille a tant fait pour notre pays…

— Merci, dit Rebecca.

— Vous avez un moyen de transport ? Un chauffeur ?

— Oui.

— Un endroit où passer la nuit ? Ma maison est modeste, bien sûr, mais nous serions honorés de votre…

— Pierre va m'héberger.

Rebecca ne pourrait pas faire grand-chose à l'Éden avant la fin de la journée et elle avait hâte de voir son neveu pour s'assurer qu'il allait bien.

— J'irai à la maison demain, ajouta-t-elle.

— Bien sûr.

Rebecca se tourna de nouveau vers Andriama.

— Vous me disiez que la disparition de mon père ne présentait aucun intérêt pour vous, lui rappela-t-elle.

— Je n'ai pas dit ça, soupira Andriama. J'ai dit que ce n'était sans doute pas du ressort de la police. La côte est dangereuse. Il y a les courants, les récifs. Et surtout, les vagues scélérates. Vous avez dû en voir vous-même pendant votre enfance. Elles peuvent surgir d'une mer parfaitement calme et prendre les pêcheurs les plus expérimentés par surprise. C'est peut-être ce qui est arrivé à votre père et à votre sœur.

— Donc vous n'envisagez même pas l'enlèvement, ni le vol ?

— Bien sûr que si, mais votre père n'était pas assez riche pour faire l'objet d'un enlèvement. Et les ravisseurs n'auraient pas pris votre père et votre sœur en otage ensemble. Ils auraient laissé l'un des deux en liberté, pour qu'il puisse payer la rançon. Du reste, à l'heure qu'il est, nous aurions déjà reçu une demande de rançon. En ce qui concerne le vol, votre père et votre sœur étaient connus et appréciés dans la région. Tout le monde savait qu'ils auraient volontiers partagé ce qu'ils avaient avec quiconque le leur aurait demandé. Il était *fady* de les voler. Vous connaissez le mot *fady* ? Interdit.

— Je connais le mot *fady*.

— Et puis, quel voleur laisserait un bateau de valeur dériver vers le large ? Non. Le vol n'a pas de sens. C'est un accident. Un tragique accident.

— Vous avez déjà renoncé à les retrouver.

— Je suis réaliste.

— Ils ne sont pas morts.

— Je prie pour que vous ayez raison, affirma Andriama en prenant un air triste, vraiment, mais je crains que…

— Ils ne sont pas morts, répéta Rebecca. Et je vais les retrouver.

II

Boris ouvrit l'étui de son couteau neuf tout en suivant Knox dans la ruelle. Il sortit son arme et la tint fermement par le manche. Cette sensation lui rappela sa première expérience de la violence, près de vingt ans auparavant. À l'époque, il n'était encore qu'un jeune agriculteur qui cherchait à se venger du viol et du meurtre de sa mère, une des nombreuses atrocités de la guerre civile géorgienne, mais la seule qui lui ait importé. En embuscade derrière une fine rangée d'arbres, ses amis et lui avaient attendu que la patrouille approche. Il se revoyait encore viser sa cible de loin. L'homme était tombé dans la neige. Il avait produit des sons inhumains en luttant contre son sort, avant de tendre un bras implorant vers ses camarades, qui avaient déjà pris la fuite. Les balles étaient trop précieuses pour être gaspillées. Aussi Boris avait-il sorti son couteau et rejoint sa victime mais, de toute évidence, l'homme était en train de mourir. Il s'était contenté de le regarder, jusqu'à la fin, entouré de ses compagnons. Plus tard, il avait été frappé par son propre détachement, par son absence totale d'émotion.

Des poteaux s'étaient effondrés sous le poids d'une décharge sauvage, puante et grouillante de mouches, qui se déversait jusque dans la ruelle. Boris ne pouvait pas rêver mieux. Pour réussir ce genre d'opération, il ne fallait rien laisser au hasard. Par conséquent, il prépara chacun de ses gestes, tel un athlète s'apprêtant à effectuer un saut en hauteur. Il bâillonnerait Knox de la main gauche et l'égorgerait de la main droite. Ensuite, il le hisserait de l'autre côté de la décharge, prendrait quelques photos avec son portable, et ferait disparaître le corps sous la bâche, qu'il recouvrirait d'ordures. Avec un peu de chance, même si sa disparition donnait lieu à des recherches, Knox ne serait pas retrouvé avant un jour ou deux. Boris aurait donc largement le temps d'aller chercher Davit et de prendre la fuite avec lui.

Il allongea le pas, fit pivoter son couteau entre ses doigts pour orienter la lame vers la gorge de Knox. Il n'était qu'à un mètre de sa cible lorsque deux fillettes jouant à chat perché déboulèrent dans la ruelle en criant. En voyant Knox et Boris, elles crièrent de plus belle, et s'enfuirent en tournant les talons. Knox dut voir que leurs yeux s'étaient posés sur quelqu'un d'autre que lui. Il se retourna : Boris était si près qu'il sursauta.

— Bon sang ! s'exclama-t-il. Je ne m'étais pas rendu compte que vous étiez là.

L'espace d'un instant, Boris envisagea de mener sa mission à bien malgré tout, mais il se rappela que Knox avait vaincu Mikhaïl Nergadze en combat singulier – Mikhaïl Nergadze, la seule personne dont il ait jamais eu peur ! Il hésita une fraction de seconde, mais il était trop tard. Il cacha son couteau contre son poignet et adressa à Knox un sourire poli. Puis il continua à marcher vers la plage en maudissant son sort et en se demandant quand il aurait de nouveau l'occasion de prendre sa revanche et de devenir riche.

III

Lorsqu'il arriva à la pirogue, Knox pensait encore à l'homme à la chemise noire. Celui-ci lui rappelait quelqu'un et l'avait mis quelque peu mal à l'aise. Puis Lucia revint à son tour et Knox se concentra sur les préparatifs pour le départ. Ils aidèrent les piroguiers à pousser l'embarcation jusqu'au bord de la mer et chargèrent leurs bagages. Lucia monta à bord, puis les hommes lancèrent la pirogue sur les vagues avant de la rejoindre.

Thierry s'installa à l'arrière pour gouverner et Alphonse, assis de côté à l'avant, entreprit de lever le mât et la voile. Knox et Lucia prirent place sur les bancs centraux. Il y avait si peu de vent que Thierry et Alphonse durent pagayer. Knox s'arma d'une troisième pagaie pour les assister. Elle était taillée dans un bois lourd, mais il ne tarda pas à prendre le rythme et les trois pagaies se mirent à heurter la coque de la pirogue avec la régularité de battements de cœur.

Knox jeta un coup d'œil vers le rivage. L'homme à la chemise noire marchait le long de la plage. Il semblait se déplacer presque aussi vite qu'eux. Après la mort de Mikhaïl, Knox avait toujours vécu avec la peur d'être démasqué par un chasseur de têtes visant la récompense de cinq millions d'euros promise par les Nergadze. Mais les années avaient passé sans que l'on découvre sa véritable identité et il avait fini par se croire en sécurité. Il se rappela la proximité de l'homme dans la ruelle, sa brève expression de contrariété. Soudain, sa peur revint avec une telle force qu'il enfonça sa pagaie de travers et envoya de l'eau sur le ventre de Thierry. Il se retourna pour s'excuser et se ressaisit. Lorsqu'il regarda de nouveau vers le rivage, l'homme à la chemise noire avait disparu.

Chapitre 12

I

Rebecca pestait. La route de Toliary à l'Éden était encore plus mauvaise que dans son souvenir. À peu près acceptable sur les vingt premiers kilomètres, elle se dégradait ensuite pour devenir un simple chemin caillouteux, plein d'ornières, qui finissait par disparaître au nord de l'Éden. Même s'il avait des circonstances atténuantes, Zanahary conduisait aussi vite qu'une bonne sœur. Il franchissait tous les obstacles au pas comme s'il s'agissait de bombes non explosées. Rebecca perdit patience.

— Donnez-moi le volant ! lança-t-elle.

— Impossible, répliqua Zanahary. Question d'assurance.

— Alors faisons au moins une pause. J'ai besoin d'étendre mes jambes.

Zanahary ne se fit pas prier. Il se gara et sortit son paquet de cigarettes dès qu'il ouvrit sa portière. Rebecca attendit qu'il soit dehors, glissa sur son siège, verrouilla la portière de l'intérieur, puis mit le contact et démarra. Il avait les larmes aux yeux lorsqu'elle ralentit juste assez pour lui laisser le temps de la rattraper et de monter en marche. Dès qu'elle eut accéléré de nouveau, il se mit à appuyer sur une pédale de frein imaginaire et à gigoter sur son siège en étouffant des cris de peur. Paradoxalement, plus il était effrayé, plus elle était imprudente. Elle arriva trop vite sur un archipel de rochers, en heurta un, et la voiture rebondit dans les airs. Elle jura à voix haute. L'essieu était fichu, à coup sûr ! Tomber en panne sur ce genre de route, c'était un cauchemar ! On pouvait attendre une éternité avant de voir passer un autre véhicule... Par chance, la voiture atterrit entre deux saillies rocheuses, sur du sable mou. Cette mésaventure incita Rebecca à prendre davantage de précautions mais eut l'effet inverse sur Zanahary.

— Vous conduisez comme mon frère, dit-il comme s'il ne servait plus à rien d'avoir peur. Il est fou, lui aussi.

Il y avait des cassettes sur le tableau de bord. Rebecca en glissa une dans l'autoradio. Elle augmenta le volume et se mit à hocher la tête au rythme des percussions malgaches, qui la ramenèrent des années en arrière. Tenir le volant entre ses mains lui procurait une sensation gratifiante. Ici, la conduite était une affaire d'anticipation et de confiance en ses propres réflexes. À gauche, la forêt céda la place à la mer. De grands échassiers arpentaient les eaux, où serpentaient des algues comme autant de motifs peints de la main de Dieu. La cassette arriva à sa fin et le silence revint. D'immenses papillons traversèrent le pare-brise. Un coua huppé s'enfuit devant la voiture et s'écarta au dernier moment. La route tortillait de village en village : Fitsitka, Fiserenamasy, Tsifota, Tsiandamba. Les petits hameaux que Rebecca avait connus dans son enfance s'étaient transformés en véritables villages, composés de huttes de chaume dont le toit de fer-blanc était soutenu par des sacs de riz de cinquante kilos.

— C'est quoi, cette chanson ? s'enquit Zanahary.

— De quoi parlez-vous ? demanda Rebecca.

— La chanson que vous chantiez, c'était quoi ?

— Je ne chantais pas.

Rebecca ne se souvenait même pas de la dernière fois qu'elle avait chanté en présence de quelqu'un. Mais elle se rendit compte qu'elle avait dans la tête une berceuse que sa mère lui chantait et se mit à douter d'elle-même. Elle inséra une autre cassette dans l'autoradio.

II

Knox commençait à avoir des ampoules aux mains quand le premier souffle de vent rida la surface de l'eau et s'intensifia. Les hommes se regardèrent en souriant et posèrent leur pagaie avec soulagement. Les deux piroguiers ajustèrent le gréement et déployèrent la voile. Bientôt, la pirogue fendit les eaux à une telle vitesse qu'Alphonse dut monter sur le stabilisateur pour lui donner plus de poids. Debout sur un étroit bloc de bois, éclaboussé d'écume comme un skieur nautique, il avait un sens de l'équilibre extraordinaire. Thierry, quant à lui, avait coincé une pagaie sous son bras et s'en servait comme d'un gouvernail tout en manœuvrant le gréement avec ses pieds.

Knox ouvrit une bouteille d'eau et un paquet de biscuits, qu'il partagea avec ses compagnons. Lucia disposa ses bagages sur le fond de la pirogue de façon à former une chaise longue, sur laquelle elle s'étendit. Elle ne tarda pas à somnoler, malgré le craquement de la coque. Knox s'installa, lui aussi, plus confortablement. Adossé à ses bagages, il regarda les amers grossir, puis disparaître. Il vit des pêcheurs traîner leur filet derrière eux et avancer en une spirale de plus en plus petite, comme les spires d'un coquillage, avant de battre la surface de leurs pagaies pour faire peur aux poissons et les pousser à fuir en direction de leur piège. Au loin, au-dessous des mouettes qui semblaient suspendues dans les airs, quelques dauphins s'ébattaient en dessinant des croissants noirs sur l'horizon.

Knox sortit de son sac un dossier contenant les notes qu'il avait prises sur le projet de l'Éden et se mit à les parcourir. Dès lors qu'ils avaient commencé à naviguer loin des terres, les marins avaient cherché des moyens de calculer leur position. Pour les courtes distances, les amers et les directions suffisaient : naviguer une journée vers l'est de telle à telle île, puis une journée vers le sud jusqu'à la destination finale. Cette méthode était toutefois totalement inefficace lorsqu'on était dévié de son cap par une tempête ou par des vents contraires. Ce qu'il fallait, c'était un moyen de déterminer sa position en mer sans se référer à la terre.

L'Alexandrin Ératosthène avait été le premier à élaborer les concepts de latitude et de longitude. Pour connaître la latitude, il fallait dessiner des bandes parallèles sur la Terre, comme l'équateur et les tropiques. Et pour connaître la longitude, il fallait diviser le globe en tranches, comme une orange. La latitude était relativement facile à calculer, même en pleine mer. Une fois qu'on avait mesuré la position du soleil à son zénith, on confrontait le résultat à un tableau de la déclinaison du soleil pour la journée correspondante. En revanche, pour la longitude, c'était plus compliqué. En théorie, il suffisait de connaître l'heure relative à un point donné. Seulement, il était très difficile de déterminer l'heure de façon fiable et précise à bord d'un bateau. Il fallait tenir compte du roulis, des changements de pression atmosphérique et de la corrosivité de l'air marin. Mais surtout, les horloges de bord étaient soumises aux changements de température, qui contractaient ou dilataient les pièces du mécanisme interne et le rendait imprécis.

Tandis que l'Europe s'enrichissait de nouveaux empires et que le commerce se développait, de plus en plus de navires disparaissaient en mer. Il avait donc fallu trouver une solution, et vite. Les Britanniques avaient alors fondé la Commission de la longitude et les Français, l'Académie royale. Les astronomes avaient cherché l'inspiration dans le ciel et tenté de se servir des lunes de Jupiter comme horloge universelle. Mais au bout du compte, c'était John Harrison, inventeur obsessionnel, qui avait réalisé l'avancée la plus importante : le balancier bimétal de longueur invariable quelle que soit la température. Il avait créé des garde-temps si précis que l'un d'eux n'avait pris que cinq secondes de retard lors d'un voyage-test à destination de la Jamaïque.

Malgré cette avancée, le *Winterton* n'avait pas été épargné. C'était un *Indiaman*, un navire de la Compagnie anglaise des Indes orientales, qui, une nuit de 1792, avait remonté le canal du Mozambique en direction du nord. Grâce à son chronomètre de marine flambant neuf, le capitaine était sûr de sa position. Hélas, à l'époque, les horlogers avaient une longueur d'avance sur les cartographes et la carte marine plaçait Madagascar bien trop à l'est par rapport à sa véritable situation. Ainsi, en dépit de conditions relativement favorables, le *Winterton* était allé se fracasser sur les récifs, situés à un ou deux milles de la réserve de l'Éden. Il était resté bloqué sur les coraux pendant trois jours, malgré les efforts de l'équipage pour le remettre à flot, avant de se disloquer.

La pirogue piqua de façon inattendue au creux d'une vague, qui aspergea et réveilla Lucia. Les documents de Knox semblaient couverts de larmes translucides. Alphonse fit un geste d'excuse avant d'ajuster le gréement. La coque se remit à raser la surface de l'eau. Lucia se rallongea et Knox reprit sa lecture.

L'emplacement de l'épave était connu, mais on ne savait pas avec certitude ce que la cargaison était devenue. Or, le *Winterton* transportait trois cent mille dollars espagnols, destinés à payer les soldats britanniques en Inde. Plusieurs coffres contenant des pièces d'argent avaient été retrouvés non loin du rivage et d'autres avaient été progressivement récupérés par des plongeurs. Cependant, il manquait encore au moins la moitié du trésor. Et c'était ce que les Kirkpatrick avaient trouvé, ce qui avait conduit Emilia en Angleterre, le but du prochain sauvetage de la M.G.S., lorsqu'elle aurait terminé sa mission auprès de Ricky.

Knox referma le dossier. Le soleil était bas sur l'horizon. Un vent contraire s'était mis à souffler et la pirogue progressait difficilement. Knox se retourna vers Thierry.

— L'Éden, annonça le piroguier en montrant un promontoire au loin, mais pas ce soir.

Le promontoire semblait si proche que cette nouvelle était vraiment frustrante.

— Peut-on y aller à pied ? demanda Knox.

Thierry se pencha pour en discuter brièvement avec Alphonse.

— Pas ce soir, répondit-il. Trop sombre. Mais on campe ici. Si on repart avant le lever du soleil, vous prendrez votre petit déjeuner à l'Éden.

— D'accord, allons-y.

III

Il était temps pour Boris de faire son premier rapport à Sandro. Il regarda attentivement Davit établir la connexion afin de pouvoir se débrouiller seul la prochaine fois.

— Ça, c'est le terminal I.P., expliqua Davit en reliant un appareil de la taille d'un petit livre à son ordinateur portable. Il va se connecter à un réseau de satellites géostationnaires. Le plus proche se trouve au-dessus de l'Afrique, au nord-ouest.

Il sortit une boussole, la posa sur la table et orienta le terminal vers le nord-ouest jusqu'à ce que celui-ci trouve le satellite. Puis il ouvrit un logiciel, attendit quelques secondes et double-cliqua.

— Parfait, dit-il.
— Ça y est ? demanda Boris.
— Ça y est, vous êtes connecté.
— Et comment je fais pour appeler la Géorgie ?
Davit saisit le numéro. Un opérateur répondit ; ils suivirent les protocoles de sécurité. Une nouvelle fenêtre s'ouvrit puis fit apparaître Sandro, qui regarda sur sa gauche avec un air irrité, avant de se tourner vers la caméra.
— Vous êtes bien arrivé ? s'enquit-il.
— Je t'appellerai si j'ai besoin de quelque chose, dit Boris à Davit. (Il attendit qu'il s'en aille.) C'est lui, annonça-t-il à Sandro. C'est Knox.
— Déjà, vous êtes sûr ? demanda Sandro après une seconde ou deux de décalage.
— Je suis allé faire un tour en ville et devinez sur qui je suis tombé.
Encore ce retard dans la réaction de Sandro. C'était un peu déconcertant, même si Boris savait que c'était dû au délai de transmission par satellite.
— Comment pouvez-vous être sûr que c'est bien lui ? insista Sandro. Vous a-t-il reconnu ?
— Non. C'est sa façon de se tenir, j'en suis sûr.
— Sa façon de se tenir, répéta Sandro avant de poser sur Boris un regard long et pesant. Écoutez, j'espère que vous ne vous imaginez pas que nous allons vous payer pour buter n'importe quel inconnu. Nous voulons la preuve qu'il s'agit bien de Knox avant que vous ne tentiez quoi que ce soit.
— C'est lui, je vous assure.
— Bien, vous n'aurez donc aucun mal à le prouver.
Boris soupira mais se garda de tenir tête à Sandro.
— Et pour l'arme, comment on fait ? demanda-t-il.

— Petr a trouvé un revendeur, qui va vous apporter une sélection de pistolets. Nous pensons qu'il est réglo, mais mieux vaut être prudent. Vous devriez peut-être chercher un endroit neutre pour la livraison, à moins que vous ne voyiez pas d'inconvénient à le recevoir à votre hôtel.

— J'irai en reconnaissance dans la matinée.

— Bien, rappelez-moi demain.

L'image disparut. Boris déconnecta le terminal et le débrancha de l'ordinateur portable. Il s'assit et commença à ruminer. Cela faisait des années qu'il était le chef de la sécurité de Sandro et jamais son intégrité n'avait été mise en doute de la sorte. Il était piqué au vif. Puis il se demanda s'il n'était pas passé à côté de quelque chose. Ilya Nergadze avait toujours été avide de revanche, mais Sandro était trop pragmatique pour s'intéresser à de telles vendettas. Boris avait souvent vu son patron manipuler son père dans ce genre de situation. Sandro ne disait jamais « non » directement. Au contraire, il approuvait avec enthousiasme et s'arrangeait pour noyer le poisson jusqu'à ce qu'Ilya passe à autre chose. Était-ce ce qui était en train de se produire ? Après tout, Ilya était mourant… Tout ce qui comptait pour lui, c'était d'emporter Knox avec lui dans sa tombe, quelles qu'en soient les conséquences. Mais Sandro ne devait pas l'entendre de cette oreille, car le meurtre de Knox ne manquerait pas de déclencher un tollé. Certes, il n'allait pas s'opposer ouvertement à son père, d'autant que celui-ci serait assez cruel pour le rayer de son testament, mais peut-être travaillait-il dans l'ombre.

Boris envisagea de prévenir Ilya, mais y renonça aussitôt. Étant donné que Sandro serait bientôt le chef de clan, il avait tout intérêt à ne pas se le mettre à dos. Il n'avait pas le choix. Si Sandro voulait des preuves, il allait devoir lui en fournir, mais comment ?

Chapitre 13

I

La nuit commençait à tomber. Rebecca alluma les phares. Les étoiles brillaient déjà dans le ciel lorsqu'elle arriva dans la petite ville de Salary. Des feux avaient été allumés pour le repas du soir, du riz trempait dans des chaudrons noircis, tandis que les familles se réunissaient pour parler de leur journée. Rebecca s'arrêta au cœur de la ville poussiéreuse et descendit de voiture. Elle entendit, derrière le ronronnement sourd d'un groupe électrogène, de la musique malgache qui provenait d'un café perché au sommet d'une dune. Certaines personnes commencèrent à s'agglutiner autour d'elle en faisant semblant de ne pas la regarder. Elle reconnut un ou deux visages, pas plus. Un homme en chemise bleue brillante descendit d'une dune, provoquant de petites avalanches de sable : Jean-Luc. Il avait toujours eu une certaine classe : grand, beau, sûr de lui, plus cultivé et plus ambitieux que ses camarades. Il avait un peu grossi, mais cela lui allait bien : il avait l'air plus solide, plus établi. Il embrassa Rebecca sur les deux joues et lui prit la main.

— Rebecca, dit-il, ça faisait si longtemps…

— Des nouvelles ?

— Non, aucune.

— Vous participez aux recherches ?

— Bien sûr. (Jean-Luc détourna les yeux et s'efforça de sourire.) Tu sais, nous avons tous une famille à nourrir.

— Vous avez une famille à nourrir, répéta Rebecca, les poings sur les hanches. (Elle regarda les visages autour d'elle, un par un.) Mon père a été bon avec vous. Il a fait en sorte que vous ne connaissiez jamais la faim. Jamais. Ma sœur était votre amie. Elle s'est occupée de vous et de vos enfants quand vous avez été malades. Et maintenant qu'ils ont besoin de vous, vous avez une famille à nourrir ! Mon père et ma sœur faisaient partie de votre famille. Vous croyez qu'ils seraient restés chez eux si vous aviez été portés disparus ?

Tel un pasteur sermonnant ses ouailles, elle vit les hommes baisser la tête de honte. Elle sortit du pick-up le sac de riz qu'elle avait acheté à Toliary. Attachés à un vieil arbre, deux zébus broutaient l'herbe rare en balançant la queue et en faisant vibrer leurs muscles pour chasser les mouches.

— À qui sont-ils ? demanda Rebecca en les montrant du doigt.

— À mon père, répondit Jean-Luc, mais...

— Combien ?

— Ils ne sont pas à...

— Combien ?

— Trois millions, soupira le jeune homme.

Rebecca sortit son portefeuille et tendit à Jean-Luc tout son argent liquide.

— Je te donnerai le reste la prochaine fois que j'irai en ville.

Jean-Luc prit l'argent avec réticence, s'apprêta à parler puis se ravisa.

— Un couteau, réclama Rebecca. Qui a un couteau ?

Après quelques instants d'hésitation, un adolescent à bec-de-lièvre émergea de la foule en lui tendant un long couteau. Elle prit l'arme par le manche et testa la lame du bout du pouce. Celle-ci n'était ni aussi affûtée ni aussi propre qu'elle l'aurait voulu, mais cela ferait l'affaire. Rebecca s'approcha du zébu, lui coinça la gueule au creux de son coude et lui secoua la tête de haut en bas. Il fit quelques pas pour garder l'équilibre, en s'appuyant contre elle en toute confiance. Bien qu'ils soient d'une puissance redoutable, les zébus étaient dressés de façon à être dociles. Rebecca plongea le couteau dans le cuir épais de la gorge de l'animal, sentit le larynx se perforer et resta un moment immobile, avant de faire jaillir, d'un geste circulaire, un geyser de sang. La foule se mit à crier et recula. Les mains, les jambes et le ventre poisseux, Rebecca regarda le zébu essayer de se rebiffer, en vain. Il tomba à genoux, puis sur le flanc, étendu dans son propre sang sur le sol poussiéreux, et la fixa d'un œil réprobateur.

— Voilà ! lança-t-elle. Il devrait y avoir de quoi nourrir vos familles. Si cela ne suffit pas, n'hésitez pas à me le dire.

Jean-Luc leva les yeux vers elle, conscient d'avoir perdu la face. Elle essuya la lame sur sa manche, rendit le couteau à l'adolescent et monta sur le plateau du pick-up.

— Trois millions d'ariares à celui qui retrouvera mon père ! annonça-t-elle. (Le sang l'avait investie d'une sorte d'autorité grotesque.) Cinq millions s'il est en vie. Même chose pour ma sœur. Vous entendez ?

Elle regarda autour d'elle. Dix millions d'ariares, pour un Malgache, c'était une fortune. Et ici, le téléphone arabe fonctionnait à merveille. Demain, toute la région serait au courant. Quant à l'argent, Rebecca s'arrangerait pour le trouver en temps et en heure.

II

Alphonse et Thierry abaissèrent la voile et le mât, puis, avec l'aide de Knox et Lucia, tirèrent la pirogue sur la plage, au-delà de la laisse de haute mer. Thierry trouva un endroit plat où il improvisa, avec la voile et deux pagaies, une tente juste assez grande pour eux quatre. Alphonse ramassa du bois et prépara un feu. Ils firent cuire du riz et griller du poisson, qu'ils mangèrent avec leurs doigts, assis en face de la mer.

— Vous ne m'avez pas fait part de votre conclusion, observa Lucia.

— C'est-à-dire ? demanda Knox.

— Les Chinois ont-ils vraiment découvert l'Amérique ?

Knox jeta un regard en coin à Lucia. Elle avait dû remarquer la tension qui régnait, la veille, à bord de la *Maritsa*. Cette question était peut-être un moyen détourné d'essayer d'en savoir plus sur le sauvetage.

— Je ne suis jamais vraiment sûr de ce que les gens entendent par là, répondit Knox avec circonspection. Cela m'a toujours paru un peu arrogant de dire que le Nouveau Monde avait été « découvert » par Christophe Colomb, les Chinois ou n'importe qui d'autre. Et les tribus qui ont traversé le détroit de Béring, il y a seize mille ans ? Est-ce qu'elles ne comptent pas ? Et les Nordiques des sagas du Vinland ? Ou les hommes de Bristol, qui allaient pêcher au large des côtes américaines, bien avant l'arrivée de Christophe Colomb ? Le mot « découverte » est un euphémisme. Ce dont la plupart des gens parlent, en réalité, c'est de la « conquête ». Alors, non, les Chinois n'ont pas conquis l'Amérique.

— Belle esquive ! s'exclama Lucia.

Knox éclata de rire et hocha la tête en direction d'Alphonse et de Thierry, qui se resservaient du riz.

— Vous savez que des types comme eux traversent parfois tout le canal jusqu'au Mozambique avec de simples pirogues ? Deux cents milles sur une mer dangereuse à bord d'une pirogue de quatre mètres cinquante, avec juste un peu de nourriture, de l'eau et un paquet de cigarettes ! Les hommes sont capables d'exploits extraordinaires, et ils ne laissent pas toujours de trace derrière eux. Franchement, je serais très surpris qu'aucun Chinois ne soit allé en Amérique avant Christophe Colomb.

— Vraiment ?

— Il suffit de consulter une carte. Quand on navigue vers le nord depuis la Chine, en contournant la presqu'île du Kamtchatka, on voit la terre sur la gauche jusqu'au détroit de Béring. Ensuite, si l'on redescend en longeant l'Alaska et la Colombie britannique, on atteint la côte occidentale des États-Unis. Et pour ceux qui n'aiment pas le froid, il y a toujours moyen de naviguer d'île en île en passant par les archipels des Kouriles et des Aléoutiennes. Est-il possible qu'aucun pêcheur ou marchand ne soit jamais arrivé là-bas, ne serait-ce que par accident ?

— Arriver quelque part ne compte que si l'on revient en parler.

— Et c'est peut-être ce qui s'est passé. Les Chinois croyaient en l'existence d'une terre appelée « Fusang », située à dix mille kilomètres en direction de l'est, ce qui correspond presque exactement à l'emplacement de la Californie. Au IIIe siècle avant notre ère, l'empereur Shi Huang a envoyé un groupe de colons sur place. D'après les récits parvenus jusqu'à nous, ceux-ci se sont installés sans problème et ont été suivis, des siècles plus tard, par un moine bouddhiste, Hui Shen, accompagné de quelques missionnaires.

Curieusement, Hui Shen avait eu un homologue irlandais, un abbé appelé Brendan, qui, au VIe siècle, avait entraîné un groupe de moines vers l'ouest dans l'espoir de trouver une terre promise, couverte de prairies et regorgeant de fruits. On racontait qu'en chemin, il avait entendu des oiseaux doués de parole et vu de mystérieuses tours flottantes en cristal. Brendan avait véritablement existé et son voyage transatlantique était tout à fait plausible. Quand les Vikings étaient arrivés en Islande, ils avaient découvert que l'île était déjà colonisée par des chrétiens irlandais. Et si les bateaux nordiques étaient bien moins sophistiqués que les navires-trésors chinois, Leif Eriksson était tout de même parvenu jusqu'à la côte nord-américaine. Puis d'autres Vikings s'étaient établis à L'Anse aux Meadows, à Terre-Neuve, où ils avaient laissé des preuves indiscutables de leur présence avant l'arrivée de Christophe Colomb.

— Donc, Zheng He et ses amiraux pouvaient s'attendre à trouver une terre à l'emplacement de l'Amérique, suggéra Lucia.

— Ils n'auraient pas été surpris, en effet, mais cela ne veut pas dire qu'ils sont allés jusque-là.

Knox et Lucia avaient terminé leurs assiettes. Ils allèrent les plonger dans l'eau pour les rincer.

— Mais il ne faut pas oublier que les navires chinois étaient très difficiles à gouverner, rappela Knox, et ne pouvaient pas naviguer contre le vent. Ils étaient donc totalement dépendants de la mousson et des alizés. S'il ne partait pas au bon moment, un bateau se trouvant dans le canal du Mozambique était contraint d'attendre un an ou de prendre le risque d'aller où le vent le pousserait.

— Peut-être jusqu'au Fusang…

— Peut-être bien.

Chapitre 14

I

Rebecca monta dans le pick-up et se dirigea vers la plage pour laver le sang qu'elle avait sur elle et mettre des vêtements propres avant de poursuivre sa route jusque chez Pierre. Lorsqu'elle arriva, il faisait nuit et elle ne trouva personne. La voiture de Pierre n'était pas là, ce qui n'était pas surprenant, car il fallait une journée entière pour faire le trajet depuis Antananarivo, mais il n'y avait ni ses femmes ni ses enfants.

Pierre avait adopté un style de vie colonial comme seuls les pays tel Madagascar le permettaient encore. Son père, militaire dans l'armée française, avait été envoyé ici avant l'Indépendance. Convaincu que l'endroit attirerait les touristes, il avait acheté toute une partie de la côte, y compris ce qui allait devenir la réserve de l'Éden. Mais cela ne lui avait rien rapporté, et sa femme et lui avaient été tués dans un accident de voiture. Pierre, son unique héritier, était venu avec l'intention de vendre, mais n'était jamais reparti. Il avait compris que, s'il s'y prenait bien, il n'aurait plus jamais besoin de travailler. Et les Malgaches étaient si belles…

Les stratégies d'accouplement fascinaient Rebecca. Toute créature vivante était le produit d'un nombre presque infini de reproductions réussies. Et pourtant, chacune d'elles n'avait qu'un nombre limité de chances de procréer. Par conséquent, pour un biologiste évolutionniste, le sexe, c'était la guerre, et chaque enfant était une victoire. Pierre avait tout fait pour gagner cette guerre. Il avait commencé par construire des cabanons, bien qu'il n'y ait eu aucun touriste à l'époque. Puis il avait embauché en guise de personnel tout un tas de jeunes Malgaches, qui, en réalité, n'étaient là que pour partager son lit et porter ses enfants. Mais cela ne lui avait pas suffi. Après qu'il avait vendu au père de Rebecca une partie de ses terres, la création de la réserve de l'Éden avait attiré des zoologues et autres voyageurs intrépides.

Un biologiste marin hollandais, Cees, était venu passer une semaine à la réserve avec sa fiancée Ardine, une jeune femme rêveuse aux cheveux roux et à la peau blanche couverte de taches de rousseur, qui arborait autour de ses longs doigts osseux des bagues en argent surmontées de pierres semi-précieuses. Un jour, Adam avait emmené Cees faire de la plongée. Pierre avait alors proposé à Ardine de lui montrer une grotte sacrée dans la forêt d'épineux. Rebecca avait peut-être dix ans à l'époque. Sans vraiment savoir pourquoi, elle les avait suivis, délicieusement émoustillée par cette escapade. Marcher dans la forêt n'était pas facile quand on ne connaissait pas les sentiers. Pierre n'avait cessé de rattraper Ardine lorsqu'elle trébuchait, de retirer les épines de ses vêtements. Pour descendre jusqu'à la grotte, il fallait emprunter un chemin étroit et ardu. Pierre était passé en premier, puis il avait aidé Ardine en la prenant par les hanches. Ensuite, il l'avait laissé glisser entre ses mains jusqu'à ce que ses pouces touchent ses seins en retroussant son tee-shirt.

Rebecca s'était couchée sur un rocher de la grotte surplombant un bassin. De là, elle avait regardé Pierre se dévêtir entièrement avant de plonger dans l'eau. Ardine portait un bikini sous son pantalon. Elle avait avancé dans le bassin, où se trouvait un banc naturel en pierre. Pierre l'avait convaincue de venir s'asseoir à côté de lui. Puis il lui avait pris la main en lui parlant avec passion. Elle avait rougi et détourné le regard. C'était là qu'il lui avait passé la main derrière la tête pour l'embrasser. Elle s'était débattue, mais pas longtemps. Il y avait chez Pierre quelque chose que les femmes ne pouvaient ignorer.

Plus tard, Rebecca avait souvent vu Pierre séduire les femmes de passage à la réserve. Il était beau, grand et fort, mais surtout doué d'un charme irrésistible. Et il n'avait aucun scrupule. Rebecca en avait conclu qu'il n'était pas rare de céder face à la détermination de l'autre. L'objectif avait peu d'importance, ce qui comptait, c'était la volonté de l'atteindre. Certains moustiques mâles survolaient les œufs dans les eaux stagnantes et fécondaient les femelles dès l'éclosion, avant qu'elles ne puissent se défendre. Les papillons Heliconius mâles transperçaient les chrysalides et s'accouplaient avec les larves femelles. Pierre avait ce côté impitoyable. La vulnérabilité l'excitait. L'adultère le remplissait de joie.

Adam était au courant de tout cela, mais Pierre et lui étaient les deux seuls Européens sur cette terre si éloignée de leurs racines. L'amitié avait donc été la seule option raisonnable. Et puis, Pierre s'était avéré utile. La gestion de la réserve nécessitait d'interminables réunions à Antananarivo, avec des bureaucrates dont il fallait graisser la patte. Adam détestait cet aspect de Madagascar. Pierre, lui, s'en délectait. En outre, il aimait lire les exposés rédigés par son ami lors des innombrables congrès sur la faune et la flore, qui avaient lieu à Antananarivo, comme celui auquel il avait participé cette semaine. Il était ainsi aux premières loges pour séduire les jeunes congressistes faciles à impressionner.

— Becca ! Becca !

Rebecca se retourna et vit une Malgache en vêtements clairs, qui s'approchait d'elle avec un bébé en écharpe et un autre sur le bras.

— Becca ! cria de nouveau la femme en lui faisant de grands signes.

Rebecca plissa les yeux dans l'obscurité.

— Thérèse ?

Bien sûr, Thérèse ! Avait-elle tant vieilli que ça ? Rebecca avait-elle déjà oublié sa vieille amie ? Malgré ses réprimandes, la jeune femme semblait si heureuse de la voir que Rebecca en eut chaud au cœur. D'aussi loin qu'elle s'en souvienne, elle avait toujours fait partie de sa vie. Enfant, Thérèse s'était tant passionnée pour la médecine et les soins aux malades qu'elle passait tout son temps libre à aider sa mère à la clinique de l'Éden. Aujourd'hui, c'était elle qui dirigeait la clinique lorsque celle-ci était ouverte, deux matinées par semaine et en cas d'urgence sanitaire.

— C'est Michel ? demanda Rebecca en montrant le bébé que Thérèse tenait dans ses bras.

Thérèse secoua la tête timidement.

— L'est ma fille, Xandra Évelyne. Xandra, la grand-mère de Pierre. Et Évelyne, ta mère. L'était si gentille avec moi.

— Elle est magnifique.

— Oui, dit Thérèse en souriant fièrement, avant d'écarter un pan de son écharpe. Voilà Michel, ton neveu.

Rebecca prit le garçon sur son bras. Plus petit, mais plus lourd qu'elle ne s'y attendait, il avait de fines lèvres pourpres, un petit nez retroussé et les paupières bien fermées. Il ressemblait beaucoup à Emilia. Le cœur serré, Rebecca lui caressa la joue. Il ouvrit les paupières, sous lesquelles étincelèrent de grands yeux marron. Puis il lui prit un doigt et le porta à sa bouche.

— L'aime sa tata ! s'exclama Thérèse.

Rebecca ne pouvait pas détacher son regard du bébé. Soudain, elle se vit l'emmener en Angleterre, reconstruire sa vie autour de lui. Mais elle tâcha de ne pas y penser. Elle était là pour sauver Emilia, pas pour l'enterrer.

— Tu as des nouvelles ? demanda Thérèse.

— Rien.

— Ta jolie sœur, si gentille, si jeune... se lamenta Thérèse. Et ton père, le malheureux !

— Nous les retrouverons, déclara Rebecca. Ils reviendront.

— Oui.

Thérèse s'essuya les joues du revers de la main, puis afficha de nouveau un sourire radieux, comme un rayon de soleil après une averse.

— Sûr que nous allons les retrouver, maintenant que tu es là, reprit-elle. Mais demain, oui ? Ce soir, tu manges. Tu ne vas pas à l'Éden. Il n'y a rien à manger là-bas. Tout est vide, sombre et mauvais. Oui. D'abord, tu manges, et tu dors. Demain matin, tout ira mieux. D'accord ! Oui ! (Elle fit signe à Zanahary, adossé contre le pick-up.) Et toi aussi, mon garçon ! Viens manger. Viens ! Viens !

Ils marchèrent à travers les dunes et rejoignirent trois des femmes de Pierre et neuf de ses enfants, qui mangeaient et riaient autour d'un feu. Thérèse entassa du riz sur un plat et leur servit du ragoût. Celui-ci était chaud, épicé, à la fois nourrissant et délicieux. Rattrapée par la fatigue, Rebecca réprima un bâillement.

— Ton lit, annonça Thérèse, je te montre.

Elle emmena les deux bébés avec elle, mais Michel se mit à se tortiller et à pleurer, ce qui réveilla Xandra. Elle ouvrit sa chemise et donna un sein à chacun.

— Emilia me manque tant, dit-elle d'un air triste. Z'avons eu nos bébés ensemble. Nous partageons tout. Tout.

Sa façon d'insister semblait trahir un désir de communiquer.

— Tout ? l'encouragea Rebecca.

— Tout, car c'est bien plus facile quand on a une amie.

Rebecca regarda les bébés téter avec fascination.

— Tu serais une bonne mère, songea Thérèse à voix haute. N'as encore pas d'enfants, pourquoi ?

— Ce n'est pas le moment, répondit Rebecca, qui avait oublié à quel point les Malgaches pouvaient être directes. Un jour, peut-être.

— Un jour ! Hier était un jour. Aujourd'hui est un jour. Dépêche-toi, ce jour-là sera bientôt passé.

II

Boris s'assit à une table du restaurant de l'hôtel, complètement vide. Il commanda une bière et déplia sa carte en se demandant où Knox avait pu aller à bord de sa pirogue.

— Quelles sont les nouvelles du pays ? demanda Davit en le rejoignant.

— J'ai vu Knox tout à l'heure.

— Quoi ? Où ça ?

Boris hocha la tête en direction de la mer pour s'épargner des explications.

— Il est parti en pirogue avec des pêcheurs, en direction du sud.

— Et vous êtes sûr que c'était lui ?

— Oui.

— Pourquoi n'êtes-vous pas allé lui parler ?

Boris éclata de rire. Davit était vraiment un imbécile !

— Il nous tient pour responsables du meurtre de sa fiancée. Il n'aurait sans doute pas été très accueillant avec nous…

— Oh !

— Oui : « Oh ! » se moqua Boris. (Il alluma une cigarette et cracha la fumée au visage de Davit, un peu sur le côté afin que celui-ci ne puisse pas être sûr qu'il s'agisse d'un affront.) Il faut qu'il soit seul pour que nous puissions lui parler.

— Vous avez raison, patron.

— Ravi de te l'entendre dire. Le problème, c'est que nous ne savons pas où il est allé.

— Je peux demander à Claudia. Je parie qu'elle connaît les gars avec qui il est parti. Sinon, elle peut peut-être se renseigner.

— Discrètement, alors. Il ne faut pas que ça parvienne aux oreilles de Knox.

— Elle aura besoin d'un début d'information. À quoi ressemblaient ces pêcheurs ?

Boris réfléchit un instant.

— Il y avait un gros logo de la Western Union sur la voile.

— Parfait ! s'exclama Davit. Je vais tout de suite en parler à Claudia.

III

Thierry et Alphonse partageaient une cigarette en répondant aux questions de Lucia, qui s'inquiétait de savoir si elle aurait son avion à temps à Toliary. Cela dépendrait du vent mais, si elle s'arrêtait à l'Éden, elle prendrait forcément du retard. Elle regarda Knox d'un air contrit et lui expliqua qu'elle devrait faire vite. Elle se coucha peu de temps après, tout comme les piroguiers, mais Knox n'avait pas sommeil. Il s'assit sur le sable et regarda la mer, s'imprégna de son rythme. À un moment donné, il aperçut une tache pâle. Il n'aurait su dire s'il s'agissait d'une volute de brume, d'une voile ou simplement de son imagination, mais cela lui rappela l'homme à la chemise noire et la possibilité que les Nergadze aient fini par découvrir sa nouvelle identité.

Lorsqu'il était allongé dans son lit d'hôpital, où il se remettait péniblement de ses brûlures et de la perte de Gaëlle, c'étaient ses rêves de vengeance qui l'avaient aidé à tenir le coup. Sachant que le temps atténuait le chagrin, et donc le besoin de vengeance, il s'était promis de ne pas laisser sa détermination faiblir. Dès qu'il avait commencé à travailler à la M.G.S., il s'était renseigné sur Ilya et Sandro, sur les endroits où ils passaient l'été, au bord de la mer Noire. Il avait décidé d'aller explorer la côte de la Géorgie avec Frank et Miles. Il s'était chargé de trouver un financement auprès de contacts de la M.G.S. et d'autres personnes susceptibles de s'intéresser aux secrets que recelait la mer Noire. Cela avait été plus simple que prévu, car cette mer attirait de nombreux archéologues sous-marins. Au-delà d'environ deux cents mètres de profondeur, l'eau était si dépourvue d'oxygène qu'il n'y avait plus la moindre trace de vie – ni vers ni bactéries. Par conséquent, c'était quasiment le seul endroit au monde où il était possible de trouver une épave en parfait état.

Pourtant, plus la date de l'expédition avait approché, plus Knox avait eu conscience des sentiments contradictoires qui l'animaient. Il aimait Gaëlle pour sa gentillesse et sa compassion. Elle aurait voulu qu'il fasse son deuil d'elle et qu'il aille de l'avant, non pas qu'il gâche sa vie en la vengeant. Seulement, quand la colère était tout ce qu'il vous restait de la personne que vous aviez aimée, il était difficile d'y renoncer.

Derrière lui, une lune incomplète s'était levée bas sur l'horizon. Sa lumière était assez forte pour projeter des ombres sur le sable clair. Knox avait l'impression qu'elle essayait de lui dire quelque chose. Il sourit lorsqu'il comprit son message. Le clair de lune allait lui permettre de continuer à pied. Il entra sous la tente et réveilla Thierry pour lui faire part de ses intentions. Après les avoir payés, lui et son frère, il prit congé de Lucia. Puis il hissa son sac de plongée sur ses épaules, prit ses autres bagages et longea la plage en direction du sud.

Chapitre 15

I

Épuisée, Rebecca se contenta de se déshabiller et de se laisser tomber sur le lit. Elle s'endormit, mais fut aussitôt réveillée par le claquement d'un volet dans la brise et l'écho de chants au loin. Sans doute Thérèse et ses amis écoutaient-ils la radio, mais il y avait là quelque chose de très troublant. Quand un être cher mourait, les Malgaches dansaient et buvaient jusqu'à l'aube, parfois des nuits d'affilée. Rebecca ne put s'empêcher de penser que ces chants étaient destinés à Adam et Emilia.

Enfant, inconsciente de ce qu'était la mort, elle aimait se laisser bercer par la musique de ces veillées mortuaires, d'autant que le lendemain, les pêcheurs étant trop épuisés pour aller pêcher, son père en profitait pour abattre un animal. Néanmoins, il avait toujours dit, en ardent carnivore, qu'il fallait être capable de tuer ce que l'on mangeait. Et Rebecca avait longtemps redouté que son tour n'arrive. Cela n'avait pas été facile la première fois. Les poules étaient ses amies. Elle leur avait donné des noms. Mais son père avait été implacable. Elle avait donc poursuivi la volaille sans enthousiasme dans l'enclos. Une des poules s'étant enfuie moins vite que les autres, elle l'avait attrapée et tenue la tête en bas jusqu'à ce qu'elle s'endorme. Puis elle avait posé le cou fin sur le billot, pris la hache… Et la poule s'était réveillée.

Si le libre arbitre existait, c'était dans ces moments-là, lorsque l'on choisissait sa voie. Rebecca avait fait des cauchemars pendant des semaines ensuite. Elle revoyait l'instant où elle avait porté le coup, la poule qui courait avec la tête suspendue à un morceau de peau, le sang qui jaillissait. Mais elle était fière d'avoir pu le faire. Le courage d'infliger la souffrance était inestimable dans ce monde. Emilia n'avait pas eu cette force de caractère. Elle avait préféré devenir végétarienne plutôt que de tuer des animaux, à part les poissons, bien sûr. Avec les poissons, c'était facile. Il suffisait de les jeter sur la plage, où ils se débattaient désespérément jusqu'à ce qu'ils...

— *Onze ans ! Comment as-tu pu passer onze ans sans revenir ?*

— *Je suis là, maintenant.*

— *Il est trop tard. Tu sais qu'il est trop tard.*

— *Ne dis pas ça, Emilia !*

Rebecca posa la main sur sa bouche pour ne pas qu'on l'entende pleurer. Elle ne pouvait plus attendre ; il fallait qu'elle rentre chez elle. Elle s'habilla, griffonna un mot à Thérèse et s'en alla. L'Éden n'était qu'à vingt minutes de là par le sentier mais, de nuit, c'était périlleux et angoissant. Elle préféra longer la plage. Les dunes étincelaient comme de la neige. Ici, le sable était sacré. Les autochtones s'en servaient à des fins divinatoires et en éparpillaient autour de leur maison pour se protéger du mauvais sort. Rebecca retira ses sandales et laissa ses pieds s'enfoncer dans le talc froid et sec. Des crabes à la carapace claire la sentirent approcher et s'enfuirent, immédiatement trahis par leur ombre, avant de se camoufler de nouveau dans le sable, dont ils avaient la couleur. Comment ne pas être assaillie de souvenirs dans un endroit comme celui-ci ? Comment rester détachée ? Un jour, Adam avait emmené Rebecca et Emilia sur une plage où le sable et les crabes étaient plus foncés. Puis il avait lâché des crabes clairs venant d'ici. Ils étaient lumineux, extrêmement visibles pour leurs prédateurs. Leur mort était assurée. Rebecca connaissait la loi du plus fort mais, pour la première fois, elle avait vu la sélection naturelle dans toute son élégance et sa sauvagerie.

L'Éden n'était plus très loin. Rebecca commençait à reconnaître les arbres et les étendues d'algues sur la plage. Ses souvenirs se bousculaient dans sa tête. Elle se revoyait grimper sur les épaules de son père, qui se mettait à beugler comme un taureau avant de partir en courant dans les vagues ; construire des châteaux de sable, dont la marée emportait les murs ; faire des batailles de méduses avec les garçons du coin ; chercher des coquillages et des mollusques sur la plage et dans les rochers. Puis Adam avait grisonné et vieilli d'un seul coup après la mort d'Évelyne, comme si quelque chose avait cessé de fonctionner en lui. Et Rebecca se rappela la première fois où elle l'avait surpris en train de la regarder avec une brutale amertume. Ce jour-là, elle avait vu de manière limpide que son cher père, le héros de son enfance, la détestait.

II

Davit trouva Claudia en train de laver des chemises dans une grande baignoire. Elle les essora et les mit à sécher sur une corde tendue entre deux cabanons, sous le regard d'une vieille Malgache flétrie qui l'observait depuis un porche, comme si elle espérait la prendre en faute.

— Le boulot, encore le boulot, toujours le boulot ! s'écria Davit.

— Eh oui ! confirma Claudia en essuyant la mousse qu'elle avait sur le nez.

Il se tourna vers la vieille femme pour éviter d'attirer des ennuis à Claudia.

— Puis-je vous l'emprunter un instant ? demanda-t-il. J'ai un problème dans mon cabanon.

Claudia traduisit sa requête et la femme acquiesça avec réticence. Elle entraîna Davit dans un passage sombre qui donnait sur la plage.

— Quel problème ? s'enquit-elle.

— Aucun, la rassura Davit. Je voulais juste vous avoir pour moi tout seul.

Elle sourit avec une telle candeur qu'il ne put s'empêcher de sourire à son tour.

— Mais j'ai tout de même une question, reprit-il, un service à vous demander.

— Oui, qu'est-ce que c'est ?

Il lui parla de la pirogue avec la voile portant le logo de la Western Union et lui expliqua que Boris et lui voulaient savoir où les pêcheurs étaient allés. Elle lui promit de se renseigner plus tard, mais, après la lessive, elle devait partir travailler dans un bar, non loin de là.

— Vous travaillez aussi le soir ? s'étonna-t-il.

— Oui.

— Le boulot, toujours le boulot, récita-t-il d'un air triste en comprenant à quel point c'était vrai.

— Oui…

Leurs regards se croisèrent un instant. Il lui toucha la main. Elle recula, remonta le passage jusqu'à l'immense pile de linge qui l'attendait et lui souhaita bonne nuit avant de se remettre au travail.

III

L'Éden ! Quel autre nom aurait-on pu donner au paradis d'Adam et Évelyne ? Rebecca avait toujours trouvé le sens de l'humour de son père douteux. La réserve s'étendait sur cinquante hectares de forêt d'épineux, dont huit kilomètres de côte, mais son cœur se trouvait dans une clairière naturelle, accessible en voiture depuis la route côtière. Tout paraissait vide, plus sombre et plus petit, et pourtant rien n'avait changé.

Sur la droite se dressait le pavillon, un grand bâtiment en pierre blanchi à la chaux, qui abritait entre autres pièces le bureau d'Adam, la clinique et le réfectoire. La vieille Jeep d'Adam était garée devant la véranda, à côté de la moto de cross qu'il utilisait pour circuler dans les endroits impraticables en voiture. En face, quelques tables et chaises entouraient la cuisine extérieure, près d'une corde à linge qui servait aussi de filet de badminton. À gauche se dressaient des cabanons et l'annexe du groupe électrogène, bâtis sur pilotis pour éviter les inondations en cas de fortes pluies. Adam avait pratiquement tout construit lui-même, avec l'aide modeste des villageois, qui constituaient la main-d'œuvre la moins fiable du monde – ils lâchaient tout dès que le poisson commençait à mordre. Cela lui avait beaucoup plu d'assembler des pierres comme les pièces d'un puzzle, d'apprendre à reconnaître les différents types de bois pour les utiliser en fonction de leurs propriétés – il destinait le bois dur comme le manioc aux maisons et aux mâts, et le *farafatsy*, plus léger, aux bateaux. Il adorait montrer aux autres comment fabriquer une corde à partir d'écorce de *faraihosy* ou recueillir de l'eau douce dans du *babo*.

Rebecca se dirigea vers le pavillon et remarqua qu'il y avait désormais une porte en acier, peut-être à cause du récent coup d'État. Les nouveaux volets, en acier eux aussi, étaient fermés ; impossible d'entrer. Elle allait devoir attendre le lendemain matin et emprunter les clés à Thérèse. Les cabanons, en revanche, n'étaient pas fermés à clé. Elle ouvrit la porte de celui d'Adam et aperçut une bougie blanche à côté du lit, qu'elle alluma. La pièce était remplie d'objets et de petits détails qui lui rappelèrent son père de façon poignante : des cheveux blancs pris dans un peigne, une photo en noir et blanc de toute la famille, un pyjama bleu à cordon sous l'oreiller.

Rebecca ressortit avec la bougie. La nuit était devenue plus fraîche et toutes les étoiles avaient disparu. Il allait faire mauvais. Elle était tentée de retourner chez Pierre, mais il fallait d'abord qu'elle voie le cabanon d'Emilia. Le berceau de Michel était contre le lit. Juste au-dessus, se dandinaient les poissons récifaux d'un mobile aux couleurs éclatantes. Rebecca se rappela avec émoi le jour où, environ un an auparavant, Emilia lui avait téléphoné pour lui annoncer qu'elle était enceinte. Elle avait essayé de la féliciter mais, étrangement, ses paroles avaient sonné creux. Puis, trop étourdie par la nouvelle pour reprendre le travail, elle avait quitté le bureau et marché pendant des heures. Dans une librairie, elle avait trouvé un livre sur la maternité et l'avait tenu contre elle pour le cacher comme s'il s'était agi de la pornographie la plus obscène. Cela avait été une véritable émotion pour elle de le tenir entre ses mains, de sentir la souplesse de ses pages, la fermeté de son dos, le parfum enivrant de la nouveauté. Tous les jours, pendant une semaine, elle avait fait les magasins de puériculture, laissé courir ses mains sur les articles. La soie et le satin filaient entre ses doigts comme du sable fin. C'était de la folie. Elle était bien trop connue. Les clients faisaient des messes basses avec le personnel ; des rumeurs avaient commencé à circuler. Une ambitieuse présentatrice de télévision aux yeux pétillants avait fini par lui demander de but en blanc si elle avait un heureux événement à annoncer. Rebecca avait été obligée de parler d'Emilia. C'était la première fois qu'elle communiquait d'elle-même des informations sur sa famille à la télévision. Et comme son père avait lui-même été présentateur de télévision, elle avait soudain été assaillie de questions sur son enfance.

— Comment était-il, votre père ? avait demandé la présentatrice.

Rebecca s'était tout simplement figée. Comment répondre à une telle question ? Était-elle censée parler de l'homme doux et avisé qu'il avait été avant que sa mère ne soit emportée par une leucémie ? Ou de l'ivrogne lunatique qu'il était devenu ? De l'homme vociférant, qui, rouge de colère, lui avait crié des insanités en la menaçant du poing ? Était-ce à propos de cet homme-là qu'on l'interrogeait ?

Ces mauvais traitements avaient duré des années. Chaque fois, il s'était senti misérable et avait juré de ne jamais recommencer. Mais il n'avait pas tenu parole. Et de toute façon, ce n'étaient pas les cris ni les menaces qui avaient le plus bouleversé Rebecca, mais la haine sous-jacente de son père, d'autant qu'elle ne savait pas ce qu'elle avait fait pour la mériter et qu'il ne le lui avait jamais dit. Et si, d'un côté, elle s'était réjouie qu'Emilia ait été épargnée par ces accès de colère, d'un autre côté, l'injustice manifeste de cette différence de traitement l'avait indignée. Au bout du compte, elle s'en était prise à sa sœur et avait fini par se détester elle-même.

La solution, ils l'avaient trouvée ensemble. Adam avait joué de son influence auprès de ses anciens collègues d'Oxford pour faire inscrire Rebecca en zoologie. La distance avait pansé les plaies, mais pas effacé les cicatrices. Pendant des années, Rebecca avait refusé tout contact direct avec son père. Avec le temps, Emilia avait fini par négocier une trêve fragile en envoyant des lettres, des e-mails et même en téléphonant à de rares occasions. Cependant, à la moindre proposition d'aller plus loin, Rebecca se figeait et tout était à recommencer.

Dans le tiroir d'une commode, Rebecca trouva un kit de grossesse et un paquet de dompéridone, un stimulateur de lactation. Elle sourit. Toute sa vie, Emilia s'était préparée à la maternité. Si c'était pour plaire aux garçons que la plupart des filles attendaient avec impatience d'avoir des seins, c'était pour allaiter ses bébés qu'Emilia en avait voulu. Et si d'autres fantasmaient sur l'homme de leur vie, elle avait toujours considéré que le partenaire parfait était celui qui la mettrait enceinte et s'en irait.

— Pierre ! Comment as-tu pu choisir Pierre ?

— Une femme a besoin de tendresse.

— Mais Pierre !

— Un enfant a besoin d'un père.

— Mais Pierre, tout de même !

— Comme si tes choix étaient meilleurs que les miens...

Rebecca entendit le bruit d'un moteur. Elle se précipita à la porte et vit des phares à travers la pluie, qui avait commencé à tomber. Pierre était enfin rentré d'Antananarivo. Mais les phares s'éteignirent et un pick-up avança au pas dans l'allée. Rebecca souffla sa bougie. Le pick-up fit un demi-tour puis s'arrêta. Deux hommes descendirent, une écharpe sur le visage et une casquette de base-ball rabattue sur les yeux. Ils coururent sous la pluie jusqu'au pavillon. À la grande surprise de Rebecca, ils déverrouillèrent la porte d'entrée et disparurent à l'intérieur. Elle se demanda s'ils avaient volé les clés du pavillon à son père ou à Emilia pour venir le cambrioler pendant qu'il n'y avait personne. Elle suivit la lumière de leurs torches, qui s'infiltrait autour des volets, tandis qu'ils se déplaçaient dans les différentes pièces. Cela aurait été de la folie d'aller les affronter directement, mais elle pouvait tout de même aller voir le pick-up et noter le numéro d'immatriculation. Son tee-shirt blanc risquait de la trahir. Elle retourna en silence jusqu'à la commode d'Emilia pour chercher un vêtement foncé.

Chapitre 16

I

La promenade au clair de lune avait depuis longtemps perdu de son charme pour Knox. Il s'enfonçait dans le sable mou et trébuchait sur des cailloux ou des racines de palétuvier. Lorsqu'il retira ses chaussures pour traverser une crique, il sentit quelque chose qui ressemblait à un serpent onduler sous un de ses pieds. Il leva la jambe si brusquement que son sac de plongée glissa sur ses épaules et le fit tomber sur le côté. Trempé, il jura à voix haute.

La nuit devenait de plus en plus froide, sombre et nuageuse. Il en profita pour sortir sa lampe de plongée. Sur un autre promontoire rocheux, glissant d'écume, il vit un éclair dans le ciel. Une mini-tornade souleva un cercle de poussière et de feuilles mortes, qui avança vers lui en tourbillonnant. Il se mit à pleuvoir, quelques gouttes d'abord, puis de plus en plus fort. Knox chercha un abri, en vain. Il se fraya un chemin parmi la mangrove et continua à avancer par étapes, entouré d'un rideau de pluie. Les éclairs se rapprochaient. Il était sur le point d'abandonner lorsqu'il aperçut un petit bâtiment blanc. La porte était verrouillée et le toit n'offrait qu'un abri étroit. Knox éclaira la petite fenêtre à l'aide de sa lampe, et vit du matériel de plongée, ainsi qu'un compresseur pour remplir des bouteilles. Il ne devait pas être loin de l'Éden.

Réconforté, il hâta le pas et atteignit bientôt un panneau indiquant un chemin de terre qui menait à un ensemble de cabanons au milieu d'une clairière. Il remarqua un grand bâtiment, courut entre les voitures garées devant la façade et s'abrita sous la véranda. Étonné, il constata que la porte d'entrée était entrouverte et que les faisceaux de torches électriques dansaient à l'intérieur, comme s'il y avait eu une coupure de courant. Il posa ses sacs et appela. Quelques secondes plus tard surgirent deux hommes au visage camouflé. De toute évidence, ils préparaient un mauvais coup. Ils se précipitèrent sur lui et le poussèrent avec brutalité hors de la véranda. À terre, il attrapa instinctivement une cheville. Un des hommes tomba de tout son long. Knox sauta aussitôt sur lui, mais l'autre revint en le menaçant de lui donner un coup de pied au visage. Contraint de se défendre, il lâcha son adversaire. Les deux voyous coururent jusqu'au pick-up, s'installèrent en prenant soin de verrouiller leurs portières avant de démarrer sur les chapeaux de roue en couvrant leur poursuivant de boue. Ils prirent le chemin en direction du sud et disparurent.

Knox retourna d'un pas lourd sous la véranda. Une femme en vêtements foncés sortit d'un des cabanons, la tête couverte. Pendant un instant, il crut que c'était Emilia, qu'elle était saine et sauve, puis il s'aperçut qu'il s'agissait de sa sœur. Il avait entendu parler de Rebecca, car c'était la seule personne à laquelle Emilia lui avait fait promettre de ne pas parler du projet *Winterton*. Elle le rejoignit, l'air inquiet.

— Est-ce que ça va ? demanda-t-elle.

— Oui, c'était qui, ces types ? Qu'est-ce qui se passe ici ?

— Je ne sais pas. J'étais dans le cabanon, là, et je les ai vus arriver. Apparemment, ils avaient la clé, dit-elle en se tournant vers la porte ouverte.

— Ça tombe bien, je suis trempé !

Knox entra en pataugeant dans ses chaussures et les retira.

— Matthew Richardson, dit Rebecca à voix haute.

Knox se retourna, surpris qu'elle connaisse son nom et vit qu'elle lisait simplement les étiquettes de ses bagages.

— Tout le monde m'appelle Daniel.

— La *Maritsa* ? s'enquit Rebecca, qui continuait à lire. C'est un bateau ?

— Oui.

— Ce nom me dit quelque chose… comment ça se fait ?

Knox hésita mais, si Rebecca avait entendu parler de la *Maritsa*, un mensonge se retournerait forcément contre lui.

— C'est un navire de sauvetage, répondit-il. Des fouilles sous-marines sont en cours du côté de Morombe.

— Oui, c'est ça ! J'ai lu un article là-dessus. Ils cherchent une épave chinoise, non ?

— Exact.

— Et qu'est-ce que vous faisiez là-bas ?

Knox hésita de nouveau. Il n'avait pas envie de s'empêtrer dans de nouveaux mensonges mais, à moins de trahir Emilia, il y était bien obligé.

— Je suis journaliste free-lance, déclara-t-il en pensant à Lucia. J'y suis allé pour écrire un article sur le sauvetage.

— Et c'est aussi pour ça que vous êtes ici ? Pour écrire un article sur l'Éden ?

— Je suis toujours à l'affût d'informations intéressantes, mais je voulais surtout prendre un peu de vacances. J'ai entendu dire beaucoup de bien de la réserve.

— Je crains que nous ne soyons vraiment pas en mesure de recevoir des visiteurs en ce moment. (Rebecca regarda la pluie, qui continuait de tomber.) Mais vous pouvez passer la nuit ici. Et il y a de beaux bungalows le long de la plage.

— Merci, c'est très gentil à vous. (Knox baissa les yeux vers la flaque d'eau boueuse qui s'agrandissait autour de ses pieds et constata à quel point il était dégoûtant.) Y a-t-il moyen de prendre une douche ici ?

Rebecca lança un regard peu encourageant vers l'extérieur.

— Je suppose qu'il faudrait que j'aille allumer le groupe électrogène.

— Alors ne vous dérangez pas, Dieu pourvoit ! s'exclama Knox.

Il sortit sa trousse de toilette et une serviette de son sac de voyage, retourna sous la véranda, ferma la porte derrière lui et se déshabilla, avant d'aller se laver sous la pluie torrentielle.

II

Rebecca alluma une lampe à pétrole et regarda autour d'elle. Un livre d'or rouge et un présentoir métallique à dépliants étaient posés sur le comptoir. Des doubles de clés étaient suspendus sur un panneau, derrière le bureau. Serpents, caméléons, papillons, tortues, oiseaux et makis figés par un photographe semblaient la fixer depuis des cadres accrochés aux murs. Les intrus avaient laissé des empreintes de pas humides sur le sol. Elle les suivit jusqu'à la porte du bureau de son père et jeta un œil à l'intérieur. Tout était comme dans son souvenir, à l'exception de l'ordinateur portable qui se trouvait devant le fauteuil. Le lit de camp était toujours dans un coin, au fond, pour les jours où l'Éden débordait de bénévoles. Le fusil était dans le placard vitré, derrière le bureau. Rebecca s'approcha des étagères de livres et de CD. Il n'y avait pas d'espaces vides ; apparemment, rien n'avait été volé.

Elle retourna à l'accueil. Le vent avait entrouvert la porte. Dehors, la pluie avait redoublé d'intensité et couvert le sol de flaques et de serpents d'eau qui ondulaient dans le chemin en pente. Elle aperçut Daniel. Des torrents de pluie ruisselaient le long de son dos avant de se séparer sur ses fesses comme à un delta. Il avait les épaules hérissées de bourrelets qui ressemblaient à des cicatrices de brûlures. Son dos aussi avait quelques marques mais, à part cela, Rebecca ne trouva rien à redire chez lui.

Il poussa une chenille de dentifrice dodue sur sa brosse à dents, qu'il tint un instant sous la pluie. Puis il renversa la tête en arrière pour se remplir la bouche d'eau. Un éclair l'illumina comme un sapin de Noël en faisant scintiller une chaîne en argent autour de son cou et un tatouage en forme d'étoile sur son biceps droit. Quelques paires d'yeux luminescents s'allumèrent, trahissant la présence de créatures nocturnes autour de la clairière. Le tonnerre gronda. Les gouttes de pluie frappaient le sol comme des nains en colère jetant leur minuscule couronne en l'air à chaque impact. Daniel ne broncha pas. À cet instant, Rebecca eut une sorte de prémonition, la certitude que cet homme était davantage que ce qu'il ne laissait paraître, et qu'il allait avoir, d'une façon ou d'une autre, un rôle à jouer dans sa vie.

Le vent referma la porte. Rebecca secoua la tête et se dirigea vers la pièce principale, qui servait à la fois de réfectoire, d'espace de jeux, de salle de conférences, de bibliothèque et de dortoir. C'était là qu'elle dormirait ce soir. Daniel irait dans le bureau de son père. Plus loin, il y avait les cuisines, les toilettes, le cellier et la clinique. Rien ne semblait avoir changé de place, même si elle avait été absente trop longtemps pour en être sûre. Lorsqu'elle revint sur ses pas, elle trouva Daniel dans la pièce principale. Vêtu d'un tee-shirt olive et d'un short bleu, il s'était lui aussi procuré une lampe à pétrole, qui donnait à sa peau un éclat particulier.

— Ça peut vous paraître dingue, dit-il, mais est-ce que nous ne nous sommes pas déjà vus quelque part ?

Elle apprécia sa franchise. La plupart des hommes faisaient semblant de ne pas la reconnaître. Pour une raison étrange, ils semblaient plus à l'aise ainsi.

— Vous m'avez peut-être vue à la télévision, déclara-t-elle.

Il plissa les yeux et fit claquer ses doigts.

— C'est ça ! Vous êtes Rebecca quelque chose. Rebecca Kirkpatrick. Vous faites des émissions animalières.

— Exact.

— Génial ! (Il s'assit sur un fauteuil orienté vers une table basse.) Et qu'est-ce que vous faites là ? Vous êtes sur un tournage ?

— Non, pas vraiment, non, répondit Rebecca en s'asseyant en face de lui. J'ai grandi ici. Mon père et ma sœur...

Elle s'arrêta, prise au dépourvu par un pic d'émotion.

— Ça va ?

— Oui, assura-t-elle.

Dehors, l'orage se calmait. Dans quelques heures, l'aube allait se lever. Il fallait que Rebecca dorme un peu. Et pourtant, elle avait besoin de parler.

— Il s'agit de mon père et de ma sœur, murmura-t-elle. Ils ont disparu.

Chapitre 17

I

Bien qu'elle se soit couchée tard, Rebecca se réveilla tôt et se leva sur-le-champ, impatiente d'aller de l'avant. Ses bagages étaient chez Pierre. Elle n'avait pas sa trousse de toilette. Elle se contenta donc de se rincer la bouche avec de l'eau minérale, enfila ses vêtements de la veille et jeta un coup d'œil furtif dans le bureau de son père. Daniel dormait encore. Il avait repoussé son drap dans son sommeil et ne portait rien, excepté un boxer en coton : le sous-vêtement des rois ! La lumière du matin miroitait sur le fin duvet de son nombril et de sa poitrine. Son bras était tombé du lit et ses doigts refermés reposaient sur le sol. Rebecca éprouva une pointe d'embarras en se rappelant jusqu'à quel point elle lui avait ouvert son cœur la veille. Elle lui avait fait des confidences sur son enfance qu'elle n'avait jamais faites à personne – et il était journaliste ! Elle avait su tout de suite que c'était de la folie mais, une fois sur sa lancée, elle n'avait pas pu s'arrêter. Et puis, il y avait quelque chose chez lui qui l'avait incitée et l'incitait encore à lui faire confiance. Aussi, même si elle lui avait dit qu'il devrait partir aujourd'hui, une part d'elle-même espérait qu'il allait rester.

Il faisait frais dehors. Dans la forêt d'épineux, elle prit un sentier qu'elle connaissait bien et marcha les bras croisés jusqu'à ce que l'exercice la réchauffe. Elle dut traverser plusieurs flaques d'eau. Ses chaussures étaient trempées et elle commençait à avoir froid aux pieds, mais elle ne rebroussa pas chemin. Cela faisait plus de dix ans qu'elle repoussait l'échéance. Elle n'attendrait pas plus longtemps.

Autour d'elle, tout étincelait d'humidité. Les oiseaux chantaient ; les criquets sautaient. Les nids de termites avaient pris une couleur rouille. Une immense toile d'araignée scintillait comme des fils d'argent. Le déluge de la veille était étonnant. Cette région était desséchée la majeure partie de l'année. En raison du tourbillon océanique de l'océan Indien et de l'arête montagneuse de Madagascar, la côte est était toujours pluvieuse, mais la côte ouest, aride. Ici, les plantes devaient absorber suffisamment d'eau pendant les rares pluies pour résister aux longues périodes de sécheresse. Les fleurs et les arbres s'étaient donc armés d'aiguilles afin de protéger ce précieux liquide. Les araignées et les caméléons aussi. Le tenrec et le hérisson de Madagascar, véritables boules d'épines, étaient des exemples typiques d'évolution convergente. Comme le hérisson, le tenrec était un animal hibernant, qui engraissait pendant les pluies et se mettait dans un état de torpeur pour survivre à la saison sèche. C'était une stratégie courante sur cette côte. Le microcèbe roux, le plus petit primate du monde, pouvait abaisser la température de son corps jusqu'à sept degrés. Quand elle était petite, Rebecca avait un don pour trouver ces minuscules lémuriens dans leurs trous d'arbres douillets. Quand elle les prenait au creux de sa main, ils vibraient littéralement de terreur. Et ils avaient raison d'avoir peur, car elle en avait trouvé des ossements dans des déjections de rapaces, de serpents, de hiboux et de fossas, mais ils n'avaient jamais rien eu à craindre d'elle. Elle avait toujours adoré les lémuriens, d'autant que de nombreuses espèces étaient farouchement matriarcales. Elles avaient un sens très particulier de la relation mâle-femelle. Chez les lémurs à queue annelée, les femelles étaient prioritaires en matière d'espace et de nourriture. Elles giflaient même les mâles en toute impunité.

Ce n'était qu'après avoir quitté l'Éden que Rebecca s'était rendu compte de l'enfance privilégiée qu'elle avait eue. Ses camarades de l'université d'Oxford, avec leur connaissance livresque de la nature, l'enviaient beaucoup, ce qui l'étonnait toujours. Madagascar était La Mecque des biologistes. Quatre-vingt-huit millions d'années auparavant, l'île avait fini par se séparer du supercontinent de Gondwana, où elle était prise en sandwich entre l'Afrique, l'Inde et l'Australie. Depuis lors, sa faune et sa flore avaient évolué de manière indépendante. Et ses divers écosystèmes, plateaux volcaniques, récifs, forêt tropicale, d'épineux et savane, abritaient une proportion extraordinaire d'espèces endémiques, d'une variété étonnante.

Rebecca gravit une petite colline. À l'entrée d'une vieille clairière qu'elle connaissait bien, le tronc d'un baobab se dressait tel un pylône égyptien. Évelyne adorait cet endroit, pour son isolement et sa vue sur la lagune. Elle y était venue très souvent, jusqu'à ce qu'elle tombe malade. Puis elle avait fait promettre à Adam de l'y enterrer et il avait tenu parole. Sa tombe se trouvait au beau milieu de la clairière. C'était un caveau aux murs blancs plâtrés grossièrement, qui râpaient la peau quand on les effleurait de la main. Six marches menaient à une porte fermée. Une photo aux couleurs défraîchies représentant Évelyne jeune était fixée au mur et protégée par une vitre ternie, à gauche de la porte. La mère de Rebecca était merina. La peau brune, des traits polynésiens, elle avait un sourire éblouissant qu'elle était parvenue à garder jusqu'à la fin, comme le chat d'*Alice au pays des merveilles*. De l'autre côté de la porte, deux pierres tombales gisaient côte à côte. Sous celle de gauche se trouvait la dépouille d'Évelyne, enveloppée dans un beau linceul rouge. Celle de droite attendait Adam. Il avait toujours su qu'il ne se remarierait pas. Il avait taquiné sa femme en lui disant qu'il allait enfin pouvoir choisir de quel côté il allait dormir. Mais elle savait très bien qu'il lui donnerait le côté gauche, dans la mort comme dans la vie. Et c'était ce qu'il avait fait. Il s'en était toujours remis à elle avec plaisir pour toutes les choses importantes.

Un four en brique était appuyé contre le mur gauche du caveau. Sur la cendre mouillée, Rebecca trouva les restes calcinés d'une cassette et de plusieurs photos. Évelyne avait également fait promettre à Adam de lui donner des nouvelles de la famille, au moins une fois par an, à l'anniversaire de sa mort. Aussi, il s'enregistrait sur une cassette pour lui raconter ce qui s'était passé dans l'année, ajoutait des photos de l'Éden, du bateau, des récifs et des villageois, puis faisait un grand bûcher funéraire, qu'il arrosait d'essence pour y mettre le feu. Ses vieux amis anglais se moquaient de lui car, autrefois, il méprisait la religion. Il était devenu catholique uniquement pour plaire à Évelyne, mais avait fini par avoir la foi.

Lorsque les hôpitaux de Madagascar avaient fait tout ce qu'ils avaient pu sans succès, Évelyne avait refusé qu'Adam l'envoie dans un hôpital européen. Elle était malgache. Ici, elle était chez elle. Globalement, elle avait affronté la mort avec courage. Et Adam aussi. Leur sérénité et leur bonne humeur s'étaient avérées insupportables pour Rebecca, bien plus que leurs rares querelles. Ils s'étaient lu des passages des *Derniers Instants de la vie*, d'Elisabeth Kübler-Ross. Et ils avaient ri en reconnaissant certains aspects de leur propre comportement, comme s'il s'était agi d'un recueil de blagues. Rebecca voulait que sa mère se batte contre la maladie, même si elle n'avait aucune chance de la vaincre. Dans toute la confusion de l'adolescence, ses émotions s'étaient manifestées sous forme de bouderies et d'accès de colère. Elle en voulait à Adam de laisser sa mère mourir, aux médecins d'être incompétents, aux cellules cancéreuses d'envahir l'organisme d'Évelyne, aux oiseaux de pousser des cris stridents interdisant tout repos, au soleil de briller avec une telle férocité, au vent de faire du bruit, aux accalmies de ne pas laisser souffler une brise rafraîchissante. Toute la création semblait conspirer contre elle.

Au cours des derniers mois de sa vie, Évelyne avait traversé quelques périodes de dépression. En partie gagnée par l'humeur sombre de sa fille, elle avait fini par se voir comme une mauvaise mère, consacrant trop de temps aux enfants malgaches et pas assez aux siens. Rebecca avait essayé de la rassurer, mais ses paroles sonnaient tellement creux qu'elles n'avaient fait qu'aggraver sa morosité. Elles avaient fini par se sentir horriblement mal à l'aise ensemble. Et Rebecca s'était mise à éviter sa mère.

Un jour, Adam l'avait envoyée faire des courses. Lorsqu'elle était revenue, elle l'avait trouvé devant la porte du pavillon, un doigt sur les lèvres. Elle avait craint le pire, la fin. Mais il l'avait fait entrer à l'intérieur, loin du cabanon, afin qu'Évelyne n'entende pas leur conversation. Il lui avait dit de s'asseoir et lui avait expliqué la terrible vérité à propos de la leucémie : quand l'organisme était atteint à ce point, l'issue était presque toujours fatale. Les personnes confrontées à la mort – ainsi que leurs proches – passaient par différentes étapes émotionnelles, bien connues et tout à fait naturelles : le déni, l'isolement, la colère, le marchandage et la dépression. Évelyne avait atteint le dernier stade. En général, la dépression frappait les personnes qui craignaient d'avoir gâché leur vie.

— Soyons francs, avait dit Adam sans détour, quand on s'isole du reste du monde, comme nous l'avons fait, on le fait pour soi et non pour ses enfants. Je sais qu'Évelyne n'a pas été une aussi bonne mère pour toi qu'elle aurait pu l'être mais, quand elle est déprimée à ce point, j'aimerais que tu fasses semblant de...

— Comment peux-tu dire ça ! avait crié Rebecca en le rouant de coups. Qu'est-ce que tu racontes ? C'est la meilleure mère qu'on puisse avoir ! Elle a tout fait pour nous ! Tout ! Mais toi, tu ne la mérites pas ! Tu ne l'as jamais méritée ! Elle est trop bien pour toi ! Tu ne l'aides pas, tu ne l'aides qu'à mourir !

Comme une écharde plantée dans son cœur, cette dernière accusation l'avait stoppée. Incapable d'ajouter quoi que ce soit, elle avait éclaté en sanglots et s'était mise à trembler d'émotion. Adam l'avait traînée par le poignet jusqu'à son bureau. Évelyne était là, allongée sur le lit de camp, redressée contre une pile d'oreillers à côté de son fauteuil roulant. Après un moment de silence, défigurée par l'angoisse, elle avait ouvert les bras. Le cœur serré, Rebecca s'était précipitée contre sa mère dans un élan irrépressible.

Ensuite, Évelyne s'était détendue. Sa santé s'était améliorée. Rebecca avait même eu la faiblesse de reprendre espoir, mais ce n'était qu'un mirage. Récemment, au Kenya, elle avait vu une vieille antilope se faire attaquer par des lions. Une fois le combat perdu, la proie avait levé la tête et regardé sa propre éviscération avec un silence résigné et obsédant, exactement comme Évelyne au cours des dernières semaines de sa vie. Pour Rebecca, la mort ne devait pas se passer comme ça. La mort était la pire chose au monde et devait être combattue jusqu'au bout, même lorsqu'il n'y avait plus d'espoir. Mais Évelyne avait déjà renoncé. Elle était devenue indifférente au monde. Et Rebecca avait compris, trop tard, qu'Adam avait provoqué sa réconciliation avec sa mère pour que celle-ci soit en paix avec elle-même et puisse mourir.

Le caveau était entouré d'un parterre d'orchidées, les fleurs préférées d'Évelyne, qui provenaient de ses montagnes natales. Il fallait les arroser copieusement et régulièrement pour qu'elles survivent dans ce climat aride. Rebecca se rappela avec amertume son chagrin ostentatoire pendant les obsèques d'Évelyne, ses larmes, ses gémissements, son rejet de tout réconfort, de toute compagnie, son refus de manger et de boire. *Quand ils verront mon chagrin, les gens sauront à quel point je souffre,* s'était-elle dit. Et quand ils me compareront à mon père, ils le trouveront insensible. Mais cette tombe tendrement entretenue était la preuve irréfutable de l'amour sincère, profond et éternel d'Adam. C'était un véritable monument à la mémoire d'Évelyne. Et Rebecca ne s'y était pas rendue depuis plus de dix ans.

La seule personne qui avait eu l'air insensible, c'était elle.

II

Knox se réveilla en sursaut et découvrit que le soleil était déjà haut dans le ciel. Il commençait à faire chaud. Lorsqu'il se leva pour se laver et s'habiller, il constata qu'il avait encore son pendentif médical autour du cou. Miles insistait pour qu'il le porte lors des missions à l'étranger. Or, ce pendentif arborait le logo de la M.G.S. Knox ne voulait pas qu'il mette en péril sa couverture de journaliste free-lance. Il s'empressa de le retirer et de le ranger dans ses bagages. Puis il se fit un café sur la gazinière en se demandant par où il allait commencer.

Une pile de dépliants concernant les bungalows de la plage était posée sur le comptoir de la réception. Il en prit un, qu'il alla lire dehors en buvant son café. Le texte, en français et en anglais, était entrecoupé de photos touristiques : des vacanciers luisants de crème solaire sur le sable blanc ; un ange de mer dans une eau transparente comme du cristal ; un homme barbu, que Knox prit pour le propriétaire, à bord d'un Zodiac qui rebondissait sur les vagues ; un voilier dont la silhouette se découpait sur un coucher de soleil couleur nectarine. Knox entendit des pas et vit Rebecca sortir de la forêt d'épineux.

— Un café ? proposa-t-il en levant sa tasse vers elle.

— Volontiers, répondit Rebecca.

Il remplit une seconde tasse, se resservit puis retourna s'asseoir à côté d'elle, sur le banc de la véranda. Elle respira l'odeur du café en lui coulant un regard en coin.

— Vous ne vous sentez pas vraiment en vacances si vous vous rasez, c'est ça ? plaisanta-t-elle.

— En quelque sorte, admit-il en souriant.

Le ciel était clair. La brume s'élevait au-dessus des dernières flaques. Des inséparables à tête grise folâtraient et se poursuivaient dans les arbres. Une tortue se déplaçait lentement le long de la limite de l'ombre en profitant au maximum de la fraîcheur du matin pour se nourrir.

— Les tortues sont vos animaux de compagnie, on dirait, observa Knox.

— La réserve est leur sanctuaire. Personne ne les chasse ici.

— Elles sont chassées ?

— Bien sûr, pour leur chair ou le commerce d'animaux.

— Et que vont-elles devenir maintenant ?

Knox comprit trop tard à quel point sa question était maladroite. Il fit la grimace et leva la main pour s'excuser.

— Je suis désolé, souffla-t-il, ce n'est pas ce que je voulais dire.

— Ce n'est pas grave, le rassura Rebecca. Il faut bien que j'y réfléchisse.

Elle regarda autour d'elle, il lui semblait voir les choses avec d'autres yeux.

— Je vais certainement garder la réserve, déclara-t-elle. C'est ce que mon père et Emilia voudraient. Mais je ne vais pas rester ici. Ma vie est en Angleterre maintenant.

— Ça ne devrait pas être difficile de trouver quelqu'un qui veuille s'occuper d'un endroit comme celui-ci.

— Plus difficile que vous ne le croyez. Diriger une réserve naturelle est un sacré boulot. Ça fait rêver, bien sûr, mais il n'y a pas que le soleil et les récifs.

— Je m'en doute, dit Knox.

Cependant, ces paroles lui firent penser au dépliant touristique. Il le tendit à Rebecca.

— Oh ! s'exclama-t-elle. Alors, ça y est, vous partez ?

— Non, à moins que vous ne vouliez toujours que je parte, répondit-il. (Il lui montra la photo du voilier.) Je me demandais simplement : est-ce que c'est le bateau dont vous m'avez parlé hier soir ? Celui de votre père ? Celui que vous voulez récupérer à Toliary ?

— Oui, en effet.

— Un sloop à fond plat, pas très rapide mais difficile à manœuvrer. Il me faudrait quelqu'un qui connaisse les récifs, bien sûr. Ou, du moins, les passes entre les récifs.

— Vous savez naviguer ? s'écria Rebecca, surprise.

— Bien sûr. Je pensais qu'il s'agissait d'un plus gros bateau, mais un voilier de ce genre, pas de problème.

Rebecca hocha la tête lentement.

— Je connais les récifs. Ça fait longtemps que je ne suis pas venue ici, mais je suppose qu'ils n'ont pas bougé...

III

Assis sous le porche, Davit cherchait des yeux, sans grand enthousiasme, une pirogue avec un logo de la Western Union. Claudia apparut à l'angle de son cabanon.

— Hé ! s'exclama-t-il en souriant. Vous voilà !

— Oui, me voilà.

— Alors, vous avez appris quelque chose ?

— Oui, répondit Claudia.

Elle rejoignit Davit sous le porche, s'assit sur la balustrade et se mit à balancer les jambes.

— J'ai interrogé mes amis, annonça-t-elle. Ils disent que cette pirogue appartient à Thierry et Alphonse et qu'ils ont emmené deux étrangers avec eux : un homme qui va à l'Éden et une femme qui va à Toliary.

— L'Éden ?

— Vous avez une carte ?

Boris avait loué une moto après le petit déjeuner. Il était parti faire une mystérieuse course, mais il avait laissé son guide sous le porche. Davit le lui emprunta, déplia la carte qu'il contenait et revint s'asseoir. Claudia s'approcha de lui, s'appuyant contre sa cuisse. Lorsqu'elle baissa la tête, ses tresses se répandirent autour d'elle comme un rideau de perles.

— Là, c'est l'orphelinat dont je vous ai parlé, indiqua-t-elle en pointant le doigt vers le sud.

— Et l'Éden ? demanda Davit.

— J'y viens, dit-elle en laissant glisser son doigt avec une lenteur délibérée, pour prolonger cet instant. Voilà, c'est là.

Il sentait sa jambe merveilleusement chaude contre la sienne. Il leva les yeux vers elle. Elle ramena ses tresses en arrière en passant un bras derrière la tête.

— Vous voulez peut-être un massage, proposa-t-elle.

— Vous faites des massages ? l'interrogea-t-il d'un air sceptique.

— Oui, je fais des massages.

Il regarda autour de lui. Aucun signe de Boris. Knox, quant à lui, était à l'Éden. Ce n'était donc pas la peine de le chercher ici. Et puis, quel mal y avait-il à se faire masser ?

— Eh bien, avec plaisir.

— Je vais chercher mon huile.

Il entra dans le cabanon, se mit en caleçon et s'allongea à plat ventre sur le lit. Claudia revint rapidement.

— Ouverte ou fermée ? demanda-t-elle en gardant une main sur la porte.

— Ouverte.

Elle s'agenouilla à côté de lui et commença par la nuque et les épaules. Sans avoir la force des kinésithérapeutes qui le massaient lorsqu'il jouait au rugby, elle savait s'y prendre. Quand elle lui tapota sur l'épaule, il se tourna sur le dos. Autour d'eux, la moustiquaire brillait dans la pénombre et donnait à la scène une certaine splendeur médiévale. Claudia massa les pectoraux, les bras et les cuisses de Davit. Puis elle s'assit au bout du lit, lui prit un pied et le posa contre sa poitrine pour lui masser la cheville. Il sentit son sein chaud et moelleux, fit doucement glisser son pied dans son décolleté et aperçut le mamelon. Elle le regarda avec un faux air d'indignation et rajusta son tee-shirt. Puis elle descendit le long des métatarsiens en appuyant avec ses deux pouces, comme si elle essayait de vider un tube de dentifrice.

— C'est agréable ? s'enquit-elle dans un murmure.

— Très agréable.

Elle laissa ses mains remonter au-dessus du genou, jusqu'à la cuisse. Elle recommença, encore et encore, en allant un peu plus loin à chaque fois. Il sentit une étrange torpeur s'emparer de son esprit, celle qui faisait oublier aux hommes leurs inhibitions et leur crainte des conséquences jusqu'à ce qu'il soit trop tard.

— Quel âge as-tu ? demanda-t-il d'une voix qui semblait venir de très loin.

— Vingt-trois ans. Tu veux voir ma carte ?

— Non.

Elle hocha la tête, posa sa jambe et alla fermer la porte à clé. Puis elle revint vers lui en se déshabillant.

Chapitre 18

I

Rebecca fouillait le bureau de son père dans l'espoir de trouver ses papiers d'assurance, lorsque Zanahary arriva au volant de la Mitsubishi, avec ses bagages à l'arrière. Ils rentrèrent les valises à l'intérieur, mirent quelques affaires dans des sacs de voyage, fermèrent la porte à clé et retournèrent à Toliary. Cette fois, c'était Rebecca qui conduisait. Daniel se trouvait à côté d'elle et Zanahary, sur le plateau du pick-up, où il pouvait fumer tout son saoul.

— Ce que je vous ai raconté hier soir, c'était entre nous, n'est-ce pas ? risqua Rebecca. Vous n'allez pas écrire une horrible chronique sur moi ?

— Bien sûr que non, assura Daniel.

— Mon père est quelqu'un de très respecté et, si toute cette histoire était éventée, je ne me le pardonnerais jamais.

— Je vous ai déjà donné ma parole.

Knox inséra une cassette dans l'autoradio et baissa le volume.

— Cela dit, ajouta-t-il, si mon père ou qui que ce soit d'autre m'avait traité de la sorte, je ne me soucierais guère de sa réputation.

— Ça s'est passé après la mort de maman. Elle était tout pour lui.

— Ce n'était pas une raison pour s'en prendre à vous.

— Non.

— Et il ne s'en est pris qu'à vous ? Jamais à votre sœur ?

— Non, il adorait Emilia. Il s'est brouillé avec Pierre, en revanche, mais ils ont fini par se réconcilier.

— Et une fois que vous êtes partie en Angleterre ?

— C'était fini. Il ne se mettait en colère que lorsqu'il était ivre et, après mon départ, il n'a plus jamais bu une goutte d'alcool.

— Vous y croyez, à ça ?

— Emilia y a veillé personnellement. Elle ne m'aurait pas menti, pas là-dessus.

— Et c'est pour ça que vous n'êtes jamais revenue ? Vous aviez peur qu'il se remette à boire ?

— Je le rendais malheureux. C'est horrible de rendre malheureux quelqu'un qu'on aime.

— Pourquoi l'auriez-vous rendu malheureux ?

— Je ne sais pas exactement.

Ils franchirent un petit ruisseau. Sur l'autre rive, deux Malgaches ramassaient du linge sec, le visage couvert d'un masque jaune pour garder le teint pâle.

— Tout ce que je sais, poursuivit Rebecca, c'est que je ressemblais beaucoup à ma mère quand elle avait mon âge. Parfois, lorsqu'il criait, c'était comme s'il s'en prenait à elle.

— Il lui en voulait d'être morte et il se défoulait sur vous ?

— Le chagrin n'est pas toujours logique, vous savez. Et puis, j'étais une sale gosse. Je tapais là où ça faisait mal.

— Vous aviez quatorze ans.

Rebecca sentit les larmes lui monter aux yeux. Elle tourna la tête pour les sécher.

— On se disputait beaucoup. Il m'obligeait à aller à l'église. Je détestais ça. Je ne croyais pas en Dieu et, même si j'y avais cru, je n'aurais pas eu envie d'aller lui rendre un culte après qu'il m'avait pris ma mère. Et ça me choquait que mon père le fasse. Il nous avait appris à penser en scientifiques. Pour moi, la religion s'adressait aux… lâches.

— Alors vous vous moquiez de sa foi jusqu'à ce qu'il s'enivre et s'en prenne à vous ?

Un vieil homme marchait dans leur direction au bord de la route. Il portait une tortue verte sur l'épaule. Rebecca secoua la tête lorsqu'ils se croisèrent. C'était illégal de tuer les tortues, toutes espèces confondues, de prendre leurs œufs et de vendre leur carapace ou leur chair, mais tout le monde s'en fichait. Abattre une tortue était encore un événement important dans certaines communautés malgaches. Par ce sacrifice, rendu sur un autel de palétuvier et suivi de libations en l'honneur de leurs ancêtres, les autochtones espéraient se garantir un avenir radieux. Ils ne voyaient pas que cette décimation ne pouvait que compromettre leur avenir.

— Il n'avait pas vraiment la foi, estima Rebecca. C'était un moyen de garder ma mère en vie, vous voyez ?

— Oui, je vois.

— Il disait : « On n'a pas la foi par conviction mais par amour. » Je ne comprenais pas ce qu'il voulait dire à l'époque.

— Et vous comprenez, maintenant ?

— Disons que je sais que je ne suis pas parfaite non plus. Mais vous savez, je vais le retrouver. Je vais les retrouver tous les deux.

— Je n'en doute pas. Et si je peux vous aider...

— Quoi, en plus de m'accompagner jusqu'à Toliary pour aller chercher mon bateau ?

— Oui.

— Merci. Il se pourrait que je vous prenne au mot...

II

Boris avait mis beaucoup plus de temps que prévu à trouver un endroit approprié pour son rendez-vous avec le revendeur d'armes. Il arriva à l'hôtel d'une humeur massacrante, qui ne fit qu'empirer lorsqu'il trouva le porche de Davit vide et entendit des crissements caractéristiques en provenance de sa chambre.

— Davit ! hurla-t-il en frappant comme un sourd à la porte. Ouvre, bordel !

— Une minute ! cria Davit.

— Tout de suite !

Boris perçut du mouvement à l'intérieur. La porte finit par s'ouvrir et Davit apparut dans l'entrebâillement, une serviette autour de la taille.

— Ça ne peut pas attendre ?

— Non.

Davit essayait de boucher la vue. Cependant, Boris aperçut Claudia, allongée sous un drap froissé. Il éprouva une pointe de jalousie, qui le surprit. Cette fille était pour lui.

— Je t'ai dit de regarder si tu voyais Knox ! pesta-t-il. Tu n'es donc bon à rien ?

— Du calme, patron. Je sais où il est. (Davit sortit sous le porche en refermant la porte derrière lui.) Il est à l'Éden, annonça-t-il, un doigt sur la carte du guide touristique. Claudia dit que la route n'a pas été dégagée depuis le dernier cyclone. On ne peut donc pas y aller en voiture, mais nous devrions pouvoir louer une pirogue facilement.

Boris réfléchit à la question en lisant le passage du guide sur l'Éden. S'il louait une pirogue, il allait être dépendant d'autres personnes, ce qu'il détestait. Et puis, il laisserait des traces derrière lui. D'un autre côté, il lui serait bien plus simple d'accomplir sa mission dans une réserve naturelle isolée qu'à bord d'un navire de sauvetage. Il regarda le bateau en bois retourné sur le sable et se rappela avoir vu un moteur hors-bord à la réception. S'ils achetaient une tente et du matériel de camping au magasin du centre-ville, Davit et lui pourraient se faire passer pour des randonneurs partis explorer la forêt d'épineux. Mais d'abord, il leur fallait ce bateau.

— Va chercher ta petite amie, ordonna Boris. J'ai un travail à lui confier.

III

Knox et Rebecca franchirent un grand pont enjambant une large rivière et arrivèrent à Toliary, une ville faite de logements délabrés et de routes cahoteuses. Des hommes secs traînaient des pousse-pousse colorés, devant des rangées de jeunes femmes alanguies contre les murs. Rebecca descendit de voiture pour aller voir son avocat, pendant que Knox l'attendait dehors avec Zanahary. Elle fournit les papiers d'assurance à Delpha, afin que le capitaine de port lui restitue le bateau de son père, et passa le reste de la journée à accomplir toutes les démarches administratives. Le soir tombait déjà lorsque Rebecca arriva au port, une île artificielle située au bout d'un promontoire d'un kilomètre de long. Elle repéra immédiatement l'*Évelyne*, dont le pont se trouvait à près d'un mètre du niveau de la jetée. Knox sauta le premier. Elle le suivit et se tordit la cheville en atterrissant. Elle serait tombée s'il ne l'avait pas rattrapée par l'avant-bras.

— Faites attention ! dit-il.

Il allait falloir qu'ils partent avant le lever du soleil s'ils voulaient arriver à l'Éden avant la nuit. Il devait donc se familiariser avec l'*Évelyne* dès maintenant et commença à l'examiner. Celle-ci avait un moteur in-board, mais c'était avant tout un voilier, conçu pour être manœuvré depuis la poupe. Il ouvrit l'écoutille principale, descendit dans la cale, et jeta un coup d'œil au moteur, à l'arbre d'hélice, à la pompe de cale et à la dérive rétractable. Il y avait assez de diesel pour naviguer quelques heures, mais pas pour aller jusqu'à l'Éden. Un jeu de clés était suspendu à un crochet derrière le réservoir d'eau. Il s'agissait sans doute des doubles du pavillon. Knox remonta sur le pont, regarda l'état de l'ancre et passa en revue le contenu des coffres : gilets de sauvetage orange, fusées de détresse et pistolet lance-fusées, gaffe, cordes synthétiques, et radeau de sauvetage gonflable. Il y avait aussi du matériel de plongée : deux masques, deux tubas, deux jeux de plombs de lestage, une bouteille de plongée avec une étiquette rouge indiquant qu'elle était pleine, une combinaison de plongée, un gilet stabilisateur et un détendeur. Knox trouva par ailleurs des biscuits, des boîtes de conserve, des bouteilles d'eau, des sodas et de la bière. Tout cela avait de la valeur sur un bateau, et pourtant rien n'avait été volé.

La passerelle était basse par rapport au pont mais offrait une bonne vue de tous côtés, même si les vitres étaient vieilles et rayées. Elle était étonnamment bien équipée : radio V.H.F., G.P.S. et sonar, ainsi qu'un compas encastré en laiton et une barre en bois verni. Knox mit le G.P.S. en route, dans l'espoir de trouver une trace des déplacements du bateau depuis qu'Adam et Emilia avaient disparu. Mais soit il n'avait pas été allumé, soit les informations avaient été supprimées. La passerelle était trop exiguë pour accueillir une table à cartes. Adam avait donc fixé à un système de poulies un tableau en liège, qui pouvait être levé ou abaissé selon les besoins et sur lequel était actuellement punaisée une carte plastifiée des récifs de l'Éden. Outre les courbes bathymétriques classiques et les prévisions des marées, cette carte comportait des annotations : des caractères latins et grecs, des signes zodiacaux et des dates, entourés d'un cercle, d'un carré ou d'un triangle. Aucune légende n'expliquait ces symboles et il faisait trop sombre pour les étudier.

Knox déploya la grand-voile, vérifia l'état du mât et du gréement, avant de la ferler de nouveau. À l'arrière, une écoutille donnait sur la cabine. Il descendit une échelle et entra dans un espace étroit abritant des couchettes superposées et une petite coquerie, composée d'un réfrigérateur, d'une cuisinière et d'un petit placard rempli de boîtes de conserve et de bocaux de condiments. Sur le mur était encadrée une photo d'Emilia et de son fils Michel. Une porte coulissante dissimulait les W.-C., le lavabo et une grande armoire à pharmacie.

— Vous en avez encore pour longtemps ? demanda Rebecca en descendant rejoindre Knox. On devrait peut-être se chercher un hôtel.

— J'ai terminé. Allons-y !

Chapitre 19

I

Boris dut attendre pour en savoir plus sur le bateau et le moteur hors-bord, car ils appartenaient tous deux à un guide touristique, qui était parti pour la journée. Le propriétaire revint pour le dîner et, lorsque Boris lui demanda son prix, il lui répondit que son bateau n'était pas à vendre. Ses clients aimaient aller pêcher et se promener sur les îles. Boris pouvait le lui louer pour une somme modique, mais il fallait qu'il comprenne que ce n'était pas juste un bateau, c'était aussi son gagne-pain.

Boris n'était pas intéressé par une location. Il ne savait pas pendant combien de temps il aurait besoin du bateau, ni s'il reviendrait par la mer. De plus, il risquait d'y avoir du grabuge. Et de toute façon, ce n'était pas avec son argent qu'il allait payer. Il sortit une liasse de billets de cinquante euros qu'il commença à aligner sur la table. Le guide touristique s'arrêta de parler et se passa la langue sur les lèvres.

Ils tirèrent le bateau jusqu'à l'eau et le bercèrent dans les vagues pour vérifier qu'il ne fuyait pas. Le hors-bord était un vieux moteur Honda à quatre temps, simple à installer, à démarrer et à gouverner. Ce n'était pas l'idéal pour un long trajet en mer, mais parfaitement approprié pour caboter le long de la côte. Les deux hommes se serrèrent la main, tous deux satisfaits de leur transaction. Maintenant, Boris n'avait plus qu'à acheter son matériel de camping. Et son arme, bien sûr…

II

Zanahary jura ses grands dieux qu'il connaissait le meilleur hôtel de la ville. Celui qui donnait les meilleurs pots-de-vin, songea Rebecca quand elle le vit. Mais il était tard ; elle était trop fatiguée pour chercher ailleurs et Daniel aussi. Étant donné que la Jeep de son père l'attendait à l'Éden, elle n'avait plus besoin de voiture de location. Par conséquent, elle remercia Zanahary et lui paya son dû. Daniel et elle montèrent dans leurs chambres voisines. De grandes moustiquaires métalliques grises étaient fixées aux fenêtres. Des morceaux de plâtre tombaient des murs. Il n'y avait ni tiroirs ni tringle pour suspendre les vêtements.

— Ça vous dit d'aller manger quelque chose ? proposa Daniel.

— Je préfère me rafraîchir d'abord, répondit Rebecca.

Elle posa son sac de voyage sur le lit double, qui crissa bruyamment sous ce modeste poids, puis le transféra sur le lit simple. Elle entendait Daniel vaquer à ses occupations de l'autre côté de la cloison. Sans raison apparente, elle se souvint de la façon dont il l'avait rattrapée par le bras lorsqu'elle s'était tordu la cheville à bord de l'*Évelyne*. « Faites attention ! », avait-il dit.

Oui, elle devait faire attention.

Ces dernières années, elle s'était habituée à être celle qui prenait les décisions, signait les chèques, endossait toutes les responsabilités en tant que patron. Elle ne se souvenait même pas de la dernière fois où elle avait passé toute une journée avec un homme dont elle avait besoin, mais sur qui elle n'avait ni autorité ni la moindre influence. Et elle n'était pas sûre d'aimer ça. Tandis qu'elle sortait de la douche, Daniel frappa à sa porte.

— Vous êtes prête ? demanda-t-il.

— Encore une minute.

— Je vous attends en bas.

Elle étala ses vêtements sur le lit en regrettant de ne pas avoir pris le temps de faire ses bagages avec plus de discernement. Elle enfila un jean et un tee-shirt couleur rubis, et se maquilla devant un miroir fissuré et terne, à la lueur d'une lampe exaspérante, qui clignotait. Elle finit par sortir et ferma sa porte à clé. Assis sur une balancelle, Daniel bavardait avec une Malgache aux cheveux blonds décolorés, vêtue d'un maillot de bain turquoise. Sous les yeux de Rebecca, la jeune femme se mit à genoux sur la balancelle et murmura quelque chose à l'oreille de Daniel. Celui-ci éclata de rire en secouant la tête. Elle fit mine d'être vexée mais, loin de se décourager, elle baissa la fermeture éclair de son maillot de bain, lui prit la main et la posa contre sa poitrine.

Rebecca fut assaillie d'émotions contradictoires. La froideur l'emporta. Elle descendit en faisant claquer ses talons sur le béton à nu.

— Vous voulez toujours aller manger ou vous avez mieux à faire ? lança-t-elle.

— Je vous présente Mimi, dit Daniel. Je crois que je lui plais.

— Je suis sûre qu'elle sera là à votre retour, si vous le lui demandez gentiment.

Rebecca fut surprise par le ton acerbe de sa réplique. Daniel leva un sourcil, amusé, ce qui acheva de la mettre en colère. Elle sortit de l'hôtel la première, héla un taxi et indiqua au chauffeur l'adresse d'un restaurant qu'elle connaissait. Ils prirent place sur la terrasse.

— Un apéritif ? suggéra Daniel.

— Pas pour moi.

Daniel alla au bar et revint avec une grande bouteille de Stella blonde, si dégoulinante de fraîcheur que l'étiquette se décollait. Il remplit leurs verres et leva le sien pour trinquer.

— À votre santé !

— Ne buvez pas trop, on se lève tôt demain matin.

— Allez ! Cette fille voulait juste être gentille avec moi.

— Je ne vois pas de quoi vous parlez.

Une jeune serveuse vint prendre leur commande. Sa peau de jais semblait tirée sur ses pommettes. Elle se tenait à distance, comme si elle craignait de toucher les clients par accident. Et lorsqu'elle marchait entre les tables, elle se tournait sur le côté, l'air effacé, un bras devant et l'autre derrière, tel un personnage échappé d'une peinture funéraire égyptienne.

Un groupe malgache, accompagné de danseuses, commença à jouer. C'était une musique primitive à base de percussions. Vingt ans auparavant, en raison de sa forme bossue, Madagascar ne captait encore que Radio Mozambique. Toliary avait donc développé un son issu d'un mélange d'influences malgaches et africaines. Tandis que les hommes tapaient sur leurs instruments à un rythme effréné, les femmes poussaient des gémissements en secouant leur derrière comme un marteau-piqueur. D'une seule pression sur leurs épaules, on aurait pu creuser des routes entières. L'aspect ouvertement sexuel de leur danse aggrava encore la mauvaise humeur de Rebecca. Et puis, le service était lent. La serveuse finit tout de même par apporter une corbeille de pain et un bol de noix. La main de Rebecca s'empressa de piocher parmi les noix, généreusement salées.

Daniel préleva un petit morceau de mie blanche d'une tranche de baguette, et le jeta par terre, derrière Rebecca. Celle-ci se retourna et constata qu'un lémur à queue annelée était attaché par une longue laisse noire à une grosse branche d'arbre. Avec leur grande queue cerclée de noir et de blanc, les lémurs, sortes de kangourous miniatures, étaient des créatures adorables. Ils faisaient des bonds en tous sens et semblaient avoir des ressorts aux pattes. D'après l'ombre noire qu'il avait sous l'arrière-train, celui-ci était un mâle. Il se mit à sauter en l'air d'excitation lorsqu'il vit le pain, tombé trop loin de lui pour qu'il puisse s'en emparer. Daniel se leva, ramassa la boule de mie et la lui tendit. Le lémur la saisit entre ses pattes antérieures, la mangea avec avidité et en réclama une autre en se remettant à faire des bonds. Daniel éclata de rire et alla chercher un autre morceau de pain. Puis il s'accroupit pour inciter le lémur à grimper sur son bras, sur son épaule et enfin sur sa tête. Il regarda Rebecca et sourit comme un gamin qui se croit intelligent.

— Ne faites pas ça, lui dit-elle.

— Pourquoi ?

— Les lémurs ne sont pas des animaux domestiques.

Daniel prit le lémur et le posa par terre.

— Il a pourtant l'air content.

— Qu'est-ce que vous en savez ? Vous êtes un expert en *Lemur catta* ?

— Ce n'est pas ce que...

— Les lémurs à queue annelée sont des animaux sociaux. Ils ont besoin de leurs semblables.

Rebecca parlait d'une voix tendue, avec une agressivité inutile. Elle se rendit compte que les autres clients s'étaient tus autour d'elle, mais quelque chose en elle avait besoin de sortir.

— Ils s'épouillent mutuellement, continua-t-elle. Ils sont faits pour vivre au sein de leur famille, pour faire partie d'un groupe, et non pour être isolés et attachés au bout d'une laisse pour le plaisir de touristes débiles.

Daniel posa sur elle un regard intrigué avant de retourner s'asseoir.

— Je suis désolé, dit-il, je n'ai pas réfléchi.

— Apparemment pas, confirma-t-elle sèchement.

À cet instant-là, un touriste d'une quarantaine d'années au ventre proéminent et à la calvitie naissante entra dans le restaurant. Vêtu d'un pantalon en cuir et d'une chemise colorée, il tenait par la main une jeune Malgache d'une beauté éblouissante. Il y avait des tas d'Européens comme lui à Madagascar. N'étant pas à la hauteur chez eux, ils venaient ici et profitaient de la pauvreté pour s'acheter des adolescentes et s'envoyer en l'air comme s'ils étaient de véritables tombeurs. Le quadragénaire s'assit à une table voisine, s'adossa à sa chaise et demanda d'une voix tonitruante une carafe de vin rouge, de façon à ce que tout le monde sache qu'il connaissait le patron. Il regarda Rebecca de la tête aux pieds et adressa à Daniel un sourire admiratif en levant un sourcil d'un air interrogateur, comme pour suggérer un échange à l'occasion.

Craignant le pire, Daniel s'affaissa sur sa chaise. Mais Rebecca resta très calme.

— Est-ce que je vous ai déjà parlé de l'étude sur le tourisme sexuel que j'ai faite quand j'étais à Oxford ? demanda-t-elle en élevant délibérément la voix.

Visiblement étonné de l'entendre parler en anglais, son voisin reconnut sa gaffe et s'en excusa avec une petite moue contrite. Elle l'ignora.

— C'était fascinant, poursuivit-elle. Savez-vous que les hommes qui paient pour avoir des relations sexuelles ont un pénis plus court et plus fin que les hommes normaux ? Qu'ils se masturbent plus et gagnent moins ? Qu'ils ont davantage tendance à habiter chez leur mère après trente ans ?

— Rebecca, l'interrompit Daniel, laissez tomber.

— Ce n'est qu'une étude, se défendit-elle. Je pensais qu'elle vous intéresserait. Je suis sûre que vous, vous ne faites jamais appel à des prostituées. Vous n'avez pas le profil, d'ailleurs. Cette fille, à l'hôtel, était juste gentille avec vous, comme vous le disiez. Les hommes qui font du tourisme sexuel sont généralement obèses, laids et d'une intelligence inférieure à la moyenne. Or, vous êtes loin d'être obèse.

— Bon sang ! Rebecca !

Leur voisin de table commençait à en avoir assez, lui aussi.

— Je crains de vous avoir offensée, dit-il à voix basse en se penchant vers Rebecca. Je vous prie de m'excuser si je...

— Mais pas du tout ! s'exclama la jeune femme. Je parle juste d'une étude que j'ai faite à l'université.

Elle se tourna de nouveau vers Daniel.

— Où en étais-je ? reprit-elle. Ah oui ! Savez-vous que, parmi les hommes qui font du tourisme sexuel, il y a deux fois plus de chauves que chez les hommes normaux ? Ils sont, en outre, beaucoup plus nombreux à souffrir d'éjaculation précoce. C'est vrai ! Et ce n'est pas, contrairement à ce qu'on pourrait croire, parce qu'ils payent à la minute et qu'ils sont trop radins pour se retenir. Non, c'est parce qu'ils sont socialement inadaptés. Ce sont les oméga de la société, si vous voulez. En général, ils ne peuvent avoir de relations sexuelles spontanées...

— Ça suffit ! s'écria Daniel.

— ... qu'en l'absence de vrais hommes. L'éjaculation précoce leur permet de déposer leur sperme et de s'enfuir avant que les alpha ne reviennent leur botter le...

— J'ai dit : ça suffit ! répéta Daniel en saisissant le poignet de Rebecca et en le serrant si fort qu'elle tressaillit de surprise. Biologiste jusqu'au bout des ongles, hein ? Vous tolérez la faiblesse chez toutes les espèces sauf la vôtre.

— Nous sommes censés être plus intelligents.

— Et vous, vous l'êtes, je suppose. Ça doit être bon !

Daniel tint fermement Rebecca pendant encore quelques secondes, puis la lâcha et s'adossa de nouveau à sa chaise. Elle avait des élancements là où il l'avait serrée, mais elle se garda bien de baisser les yeux vers son poignet. Elle ne lui ferait pas cette joie. Leur dîner arriva enfin. Ils mangèrent, réglèrent l'addition et s'en allèrent sans plus s'adresser la parole.

Chapitre 20

I

Knox avait des remords lorsqu'il frappa à la porte de Rebecca, le lendemain, à 5 heures du matin : l'homme du restaurant s'était conduit en parfait salaud ; elle avait le droit de se venger, surtout qu'elle était sous pression. Il aurait dû la soutenir, et non la rabrouer. Mais lorsqu'il essaya de faire amende honorable en lui proposant de porter son sac jusqu'au taxi, elle lui affirma froidement qu'elle pouvait très bien le porter elle-même.

Le soleil n'était pas encore levé, et le port était pourtant déjà en pleine ébullition. En haut d'une grue, un soudeur faisait jaillir des étincelles comme s'il lançait des feux d'artifice. Des cordes crissaient de façon inquiétante tandis qu'un navire porte-conteneurs déchargeait un énorme filet gonflé de caisses en bois. Les prostituées de la veille préparaient du café et du riz pour les hommes. Sur la digue, des enfants blottis sous des couvertures pêchaient des crabes. L'*Évelyne* dansait sur les flots, contre des pneus de tracteurs fixés à la digue pour amortir les chocs. Knox sauta sur le pont et se retourna pour aider Rebecca, mais elle l'ignora et descendit ostensiblement par ses propres moyens.

Il fit de nouveau le tour du bateau, poussé contre la jetée par un vent d'ouest. Il démarra et laissa tourner le moteur pendant qu'il retirait les haussières des bittes d'amarrage en acier, à l'avant et à l'arrière. Puis il s'éloigna lentement du port et, une fois en mer, éteignit le moteur pour déployer la grand-voile. Enfin, il s'installa à l'arrière et mania le gréement jusqu'à ce que le vent s'y engouffre brusquement et pousse l'*Évelyne* à travers de fines nappes de brume pré-matinale.

Peu à peu, le ciel s'éclaircit au-dessus du littoral rocheux et laissa apparaître des baraques de chaume, les carcasses pourries de coques en métal ou en bois. Avec leur curieuse démarche saccadée, hérons, courlis et pluviers pataugeaient dans les laisses de vase et les bas-fonds. Des pêcheurs poussèrent leur pirogue sur les flots, sautèrent à bord et ramèrent vigoureusement vers le large. Knox regarda Rebecca, assise sur le banc tribord, le regard fixé sur les terres.

— Alors, c'était vrai ? l'interrogea-t-il.

Elle se retourna avec un sourcil levé, mais il était sûr qu'elle savait très bien de quoi il parlait.

— Quoi ? demanda-t-elle.

— Ce que vous avez dit hier soir, que les touristes sexuels ont un pénis de Lilliputien et qu'ils habitent chez leur mère jusqu'à quatre-vingt-dix-neuf ans ?

— C'était vrai concernant ce type, répondit Rebecca en relevant le menton avec un air de défi.

Knox ne put s'empêcher de s'esclaffer. Son rire était si spontané qu'il finit par la dérider. Leurs regards se croisèrent un instant, mais elle s'empressa de tourner la tête, presque gênée.

— Alors vous êtes journaliste free-lance ? reprit-elle. Et vous avez une spécialité ?

Knox haussa les épaules. Pris au dépourvu, il décida de coller le plus possible à la réalité.

— L'archéologie et l'histoire, essentiellement.

— D'où votre intérêt pour ce navire de sauvetage ?

— Oui.

— D'après l'article que je l'ai lu, le responsable du projet pense que les Chinois sont allés en Amérique avant Christophe Colomb.

— Oui, c'est ce qu'il pense.

Rebecca éclata de rire.

— Alors les Chinois n'avaient pas peur de tomber au bout du monde, contrairement à tous les Européens ?

Knox hésita un instant.

— Vous savez, dit-il, cette histoire tient surtout du mythe. Personne n'a jamais vraiment cru que la Terre était plate.

Il montra la ligne d'horizon, à l'ouest.

— Quand on y réfléchit, n'importe quel marin était capable de voir que la Terre était ronde, déclara-t-il. Il lui suffisait de grimper en haut du mât et de regarder la courbure de la mer. Même quand on n'avait pas de bateau, on pouvait le voir depuis le sommet d'une falaise. Et quand on n'habitait pas près de la mer, on avait des tas d'autres moyens à sa disposition. On pouvait observer l'ombre portée de la Terre sur la Lune pendant une éclipse ou mesurer la longueur de l'ombre d'objets similaires à différentes latitudes. (Il se pencha en avant, gagné par l'enthousiasme.) C'est d'ailleurs de cette façon qu'Ératosthène, un formidable astronome alexandrin, a calculé la circonférence de la Terre vers 300 avant J.-C. Et il a obtenu un résultat exact à un pour cent près.

— Alors d'où est venue l'idée que la Terre était plate ?

— Eh bien, à vrai dire, c'est de la faute de vos prédécesseurs.

— C'est-à-dire ?

— Des darwinistes, des évolutionnistes. Enfin, pour être exact, tout a commencé avec Washington Irving, un essayiste américain, qui a écrit un récit romancé des voyages de Christophe Colomb, vers 1830, je crois. Il présentait Christophe Colomb comme celui qui avait défié les idées de son époque et pris le risque d'aller au-delà du bout du monde, dans le but d'élargir les connaissances de l'homme. Mais rien de tout cela n'était vrai. Il ne faut pas oublier que Colomb n'était pas en quête d'un nouveau monde ; il cherchait simplement un raccourci pour la route des Indes. Ses détracteurs considéraient que ce voyage était loin d'être réalisable d'un point de vue pratique, puisqu'ils pensaient, avec raison, que la Terre mesurait près de quarante mille kilomètres de circonférence. Mais Colomb rejetait cette estimation, convaincu que la circonférence de la Terre était d'environ vingt-huit mille kilomètres, ce qui plaçait le Japon à seulement quatre mille kilomètres à l'ouest de l'Espagne.

— Et à quelle distance se trouve-t-il en réalité ?

— À environ dix-sept mille kilomètres, quelque chose comme ça. Mais ce qui est incroyable, c'est que Washington Irving savait tout ça. Tout le monde le savait. Il n'a jamais prétendu que sa version des faits était historiquement exacte. Et pourtant, l'idée a fini par faire son chemin. On a commencé à croire que les défenseurs de la théorie de la Terre plate avaient vraiment existé. Et puis Darwin est arrivé avec ses idées perturbantes sur l'évolution. Effrayées par son discours, de nombreuses personnes ont tenté de le discréditer. La science s'est égarée et transformée en guerre de propagande. Deux défenseurs de Darwin, Draper et Dickson White, si mes souvenirs sont bons…

— Tout à fait probable, confirma Rebecca.

— … ont pensé que l'attaque était la meilleure défense. Ils ont voulu montrer que ce n'était pas parce qu'une idée était révolutionnaire qu'elle était fausse. Et ils se sont moqués de ceux qui s'accrochaient à des modes de pensée stupides, y compris en la présence de preuves irréfutables.

— Ils les ont soupçonnés de penser que la Terre était plate ? Joli !

— Exactement. Pure propagande. Incroyablement efficace. Trop efficace, même. Maintenant, dès qu'un individu critique une nouvelle théorie, on dit qu'il croit que la Terre est plate. C'est une accusation injuste, quand on y pense. Et inutile, car on pourrait le comparer à ceux qui ont reproché à Copernic et à Galilée de mettre le Soleil au centre du système solaire. Ou à ceux qui pensaient que la Terre flottait sur l'eau.

— Qu'elle flottait sur l'eau ?

— Oh ! C'est compliqué à expliquer. Finalement, je comprends pourquoi ce n'est pas devenu une critique courante à l'égard des sceptiques. Cela remonte à l'époque des Grecs. Ils pensaient que tout était composé de quatre éléments : la terre, le feu, l'air et l'eau. Les Indiens, les Japonais et beaucoup d'autres peuples considéraient qu'il y en avait cinq, mais les Européens ont subi l'influence des Grecs et développé cette croyance selon laquelle la Terre flottait sur l'eau. La terre était l'élément le plus lourd, bien sûr, car il tombait à travers l'air et l'eau. Il fallait donc qu'il se trouve au centre de l'Univers. Ensuite, venait l'eau, qui entourait la terre, puis l'air, qui entourait l'eau, et le feu, dont les flammes s'élevaient au-dessus de l'air. Mais cette vision était en opposition avec le christianisme, car l'Univers était la création de Dieu et devait donc être parfait. Or, il semblait vraisemblable qu'un Univers parfait se compose d'une série de cercles concentriques, avec la Terre au centre, puis le Soleil, la Lune, les planètes et les étoiles.

— Et en quoi cela posait-il problème ?

— Parce que, si l'on plaçait ces cercles concentriques selon le poids des éléments, la Terre était une sphère parfaitement ronde et totalement submergée d'eau.

— Ah ! Donc, nous aurions dû tous être noyés, à moins d'être des poissons ?

— C'était une véritable énigme à l'époque, un casse-tête insoluble pour les intellectuels du Moyen Âge.

— Et quelle explication ont-ils trouvée ?

— Cela peut paraître étrange, mais ils ont pensé que Dieu avait voulu créer l'homme et qu'il avait eu besoin d'une parcelle de terre ferme. Selon eux, il avait donc organisé les éléments de l'Univers et les champs gravitationnels de telle sorte que la Terre flotte sur un grand océan, comme une pomme dans une bassine.

— De façon à ce que seul le sommet du globe émerge de l'eau ?

— Tout à fait, mais cette idée posait d'autres problèmes. Elle impliquait notamment que les terres émergées soient toutes rassemblées au même endroit. Il ne pouvait pas y avoir de terre de l'autre côté du monde.

— Et cette théorie s'est vraiment ancrée dans les esprits ?

— Oh, oui ! C'était une croyance très répandue en Europe, à l'époque de Colomb. Par conséquent, ce qu'affirmaient les détracteurs de celui-ci, c'était non seulement que le voyage était beaucoup plus long qu'il ne le pensait, mais aussi qu'il consistait à traverser une vaste étendue d'eau, où il n'y avait ni terre ni possibilité de se réapprovisionner. Seulement, Colomb savait qu'il y avait des terres en direction de l'ouest. Il avait vu l'Islande de ses propres yeux et entendu parler du Groenland, de Terre-Neuve et peut-être même du nord des États-Unis par les hommes de Bristol, qui pêchaient régulièrement au large des côtes américaines. Et c'est pour cette raison qu'il a rejeté les arguments des courtisans espagnols et trouvé le courage de partir.

— La Terre flottant sur l'eau, songea Rebecca à voix haute. Il faudra que j'en parle dans mes prochains documentaires.

II

Boris avait rendez-vous avec le revendeur d'armes dans l'après-midi. Après le petit déjeuner, il emmena donc Davit en ville pour acheter du matériel de camping. Les tentes deux places étaient trop petites pour Davit, qui ne tenait qu'en diagonale. Ils prirent donc une tente chacun et allèrent essayer les sacs de couchage.

— Saloperies ! murmura Davit, qui dépassait largement de son sac. C'est de la discrimination anti-grands, voilà ce que c'est !

Boris était agacé par sa bonne humeur, qui ne l'avait pas quitté de la matinée.

— Alors, elle est comment, la fille ? demanda-t-il.

— Je l'aime bien, répondit Davit en souriant. Je resterais bien quelques jours de plus quand on en aura fini avec Knox.

— À ta place, je n'y compterais pas trop.

Depuis le début, Boris avait eu un faible pour Claudia. La veille au soir, il lui avait offert cinquante euros pour qu'elle couche avec lui. Cette sale petite garce avait refusé.

— Après une mission comme celle-ci, prévint-il, nous allons peut-être devoir partir précipitamment.

— J'aimerais juste faire quelque chose pour elle, lui faire passer du bon temps, lui acheter de beaux vêtements... Elle a eu une vie difficile et ils la traitent comme de la merde dans cet hôtel.

Boris était encore plus attiré par Claudia depuis qu'elle l'avait repoussé. Allongé dans son lit, il l'avait entendue gémir pendant que Davit et elle faisaient l'amour comme des bêtes de l'autre côté de la cloison. Et quand on avait vraiment une femme dans la peau, il n'y avait qu'une chose à faire : la prendre jusqu'à être dégoûté d'elle.

— Tu pourrais lui proposer de venir avec nous, suggéra Boris. Elle nous servirait de cuisinière, d'interprète et d'éclaireur une fois qu'on serait à l'Éden.

Davit et Boris allaient forcément se faire remarquer à l'Éden, mais personne ne prêterait attention à Claudia si elle se rendait à la clinique pour une rage de dents.

— Je ne sais pas, patron, hésita Davit. Je ne veux pas la mêler à nos affaires.

— Nous ne lui ferons prendre aucun risque. Et nous la paierons bien, disons, cinq cents euros. Ça représente une belle somme ici, de quoi améliorer son quotidien.

— Il faudrait qu'elle laisse tomber son travail à l'hôtel.

— Mille euros, alors. Ça m'est égal.

C'était l'argent de Sandro. Boris n'en avait que faire. Ensuite, il trouverait bien un moyen d'éloigner Davit assez longtemps pour parvenir à ses fins avec Claudia.

— Génial ! s'exclama Davit. Je lui en parlerai dès notre retour.

III

En onze ans, le littoral était devenu méconnaissable. Les vieux villages s'étaient agrandis, d'autres étaient nés et la mangrove avait presque entièrement disparu au profit d'une longue plage. Rebecca et Daniel se regardèrent au même moment. Cela arrivait sans cesse et finissait par la perturber. Elle était ici pour une affaire importante, pas pour des frivolités. Elle croisa les bras et se tourna vers le nord. Ils atteignirent et dépassèrent Ifaty. Pourtant, elle n'avait pas l'impression qu'ils avançaient vite. De toute évidence, Daniel avait le pied marin. Lorsqu'il se levait, il marchait en parfaite harmonie avec le roulis, tandis qu'elle se cognait partout.

— Que diriez-vous de manger un morceau ? proposa-t-il.

— Bonne idée !

Rebecca ouvrit deux des petits paquets que l'hôtel avait préparés pour eux la veille. Ils contenaient du riz blanc, avec du poulpe et des légumes. Elle en prit une bouchée pour goûter. C'était fade, malgré le sel de mer qu'elle avait sur les lèvres. Elle descendit chercher une bouteille de piment fait maison par son père. En ouvrant les placards au hasard, elle finit par trouver ce qu'elle cherchait. Elle retourna sur le pont et ajouta prudemment trois gouttes de piment sur son riz, tel un scientifique avec une pipette, avant de mélanger le tout à l'aide de sa fourchette.

— Vous en voulez un peu ? demanda-t-elle en tendant la bouteille à Daniel.

— Volontiers.

— Méfiez-vous, c'est très fort.

Daniel leva les yeux au ciel et aspergea son riz de piment, comme pour prouver sa virilité. Elle eut envie de l'arrêter, mais se ravisa. Il avala une bouchée et hocha la tête d'un air satisfait. Il en enfourna une deuxième puis, au bout d'un certain temps, une troisième. Le front couvert de sueur, il porta la quatrième à sa bouche et hésita.

— Ouah ! s'écria-t-il en reposant sa fourchette. C'est vraiment très fort !

— Je vous avais prévenu.

— Ch'est vrai... Qu'est-che qu'il y a là-dedans ?

— C'est du piment fait maison par mon père, répondit Rebecca en essayant de ne pas éclater de rire. Rien de ce qu'il trouve dans le commerce n'est jamais assez fort pour lui.

Daniel leva de nouveau sa fourchette, puis la reposa, préférant capituler.

— Est-che que nous javons de l'eau ?

Rebecca regarda dans le sac de provisions.

— Du jus d'orange, ça vous va ?

— Palfait, melchi.

— He vous-j-en plie.

— Che n'est pas dlôle ! He me chuis littélalement écolché la langue.

Incapable de se retenir plus longtemps, Rebecca éclata de rire. Il lui lança des grains de riz avec sa fourchette.

Lorsqu'elle eut terminé, elle lui donna ses restes et s'assit à côté de lui sur le banc. Les nuages avaient totalement disparu et il faisait chaud. Elle n'était pas à son aise en pantalon et alla se mettre en short. De retour sur le pont, elle sortit sa crème solaire, posa un pied sur le banc et se passa de la crème sur la jambe. Elle sentait que Daniel la regardait, ce qu'elle trouvait très agréable. Elle recommença avec l'autre jambe en prenant son temps pour faire durer le plaisir.

Soudain, le bateau tangua brusquement et elle tomba sur les genoux de Daniel. Il la rattrapa par la taille. Elle leva les yeux vers lui mais, de toute évidence, il n'avait pas l'intention de profiter de la situation.

— Attention ! dit-il en l'aidant à se relever.

Chapitre 21

I

Des îlots sablonneux apparurent et le lit marin devint de plus en plus visible sous la coque de l'*Évelyne*. Knox montra à Rebecca comment garder le cap, avant de se rendre à la passerelle pour consulter les cartes marines et évaluer les risques. Ils n'avaient pas encore atteint les eaux de l'Éden, mais d'autres cartes étaient enroulées et rangées dans un porte-parapluies en bois. Knox sortit un des tubes, qui contenait en réalité deux cartes dos à dos : une de Toliary et une autre d'Ifaty. Il en sortit un deuxième : Morombe et Morondava. Le troisième lui réservait une surprise. Les deux cartes qu'il contenait étaient les sœurs jumelles de celles qu'il avait vues trois jours auparavant sur le mur de la salle de conférences de la *Maritsa*.

— Qu'y a-t-il ? demanda Rebecca, qui avait dû remarquer son étonnement.

— Rien.

— Rien ?

— Ce sont juste de vieilles cartes.

Visiblement insatisfaite de cette réponse, Rebecca quitta son poste pour rejoindre Knox. La grand-voile se mit aussitôt à claquer au vent et le bateau perdit de la vitesse.

— La carte de Waldseemüller et celle de Piri Reis, annonça Knox en montrant les deux reproductions à Rebecca.

Elle leva un sourcil, étonnée qu'il les connaisse.

— Elles sont très connues dans le domaine où je travaille, expliqua-t-il.

— Pourquoi ?

— Parce que ce sont, dans l'état actuel de nos connaissances, les premières cartes sur lesquelles figure l'Amérique.

— Il faut un début à tout.

— Oui, mais celles-ci ont été réalisées au début du XVIe siècle et personne ne comprend comment elles peuvent être aussi précises et détaillées.

— Qu'y a-t-il de surprenant ? Je croyais que les Européens avaient découvert l'Amérique dans les années 1490 ?

— Oui, mais sans savoir qu'ils l'avaient découverte. Christophe Colomb cherchait la route des Indes, rappelez-vous, et il est mort en croyant que c'était ce qu'il avait trouvé. Tout comme Vespucci et les autres. Ce n'est qu'en 1513, lorsque Vasco Núñez de Balboa a traversé le Panamá et atteint l'océan Pacifique, qu'il a été admis qu'ils avaient découvert un nouveau continent. Alors comment ces cartographes ont-ils pu dessiner l'Amérique du Sud aussi précisément, en particulier la côte ouest, qui était encore inconnue à l'époque ?

— Connaît-on la réponse ?

— Tout dépend de la personne à qui l'on pose la question. Le type que j'ai interviewé sur le bateau de sauvetage, par exemple, pense que ces cartes constituent une preuve supplémentaire de la découverte de l'Amérique par les Chinois.

— Comment des cartes européennes peuvent-elles constituer une telle preuve ?

— Les cartographes s'inspiraient les uns des autres. Piri Reis était turc. Les Turcs étaient à la tête du commerce des épices et il a dû avoir accès à des sources orientales.

— Cela semble plausible.

— Oui, mais il existe des explications encore plus simples. Par exemple, les Portugais et les Espagnols ont peut-être exploré ce nouveau territoire beaucoup plus vite que ne le pensent la plupart des historiens. Seulement, ils n'en ont pas parlé. Il ne faut pas oublier que le pape venait d'attribuer aux

Portugais toute nouvelle terre découverte au sud-est d'une ligne tracée arbitrairement à l'ouest des Açores, et aux Espagnols tout ce qui se trouvait au sud-ouest. Mais seuls comptaient les faits sur le terrain. Chacune des deux nations a donc fait d'énormes efforts pour explorer et coloniser ces terres avant l'autre, tout en ne rapportant que ce qu'elle pouvait revendiquer. C'étaient les grands secrets d'État de l'époque.

— Et vous pensez qu'il y a eu une taupe ?

— De nombreuses personnes ont accusé Vespucci. Il travaillait pour les Espagnols, mais nous n'en aurons sans doute jamais la preuve. (Knox enroula de nouveau les cartes.) Ça m'a juste surpris que votre père ait ces cartes. Il s'intéresse à ce genre de chose ?

— Il s'intéresse à tout, répondit Rebecca en souriant, en particulier à la géographie. Il disait toujours que l'évolution, c'était de la géographie.

— C'est sûrement vrai.

Une bourrasque fit claquer la voile.

— Bon, on ferait bien d'avancer un peu ou nous ne serons jamais à l'Éden avant la nuit, dit Knox.

Il rangea les cartes, trouva celle dont il avait besoin et retourna à son poste. Il manœuvra le gréement jusqu'à ce que la voile se regonfle de vent et le bateau reprit de la vitesse.

II

Rebecca regardait la côte en laissant traîner une main dans l'eau. Au loin, elle aperçut une pirogue. Un pêcheur armé d'un harpon, assis à califourchon sur la proue étroite, criait des indications à un garçon installé à l'arrière. Les pêcheurs au harpon étaient des hommes importants et admirés de tous. Les meilleurs rapportaient jusqu'à cinquante kilos de poisson par jour. Certains se lestaient à l'aide de pierres et s'allongeaient sur le lit marin, où ils se tenaient en embuscade. D'autres poursuivaient effrontément les bancs de poissons. Ils devaient être très musclés pour lutter contre le courant. Par conséquent, ils avaient une silhouette parfaite, sans la moindre trace de graisse. Lorsque la pirogue et le bateau se croisèrent, le pêcheur fit de grands signes à Rebecca.

— *Salaam, Becca !* s'écria-t-il.

Il ordonna au jeune garçon d'approcher la pirogue, qui s'immobilisa à quelques mètres de l'*Évelyne*. Il avait une grosse cicatrice sur la hanche gauche, sans doute le vestige d'un coup de harpon. C'était le détail dont Rebecca avait besoin pour le reconnaître. Elle le revit boiter jusqu'à la clinique, la jambe en sang, l'os apparent sous le morceau de chair arraché.

— *Salaam, Toussaint !* cria-t-elle à son tour. *Inona no vaovao ?*

— *Tsy misy.*

Il était visiblement ravi de constater qu'elle se souvenait de lui, mais s'efforçait de cacher sa joie.

— Désolé pour Adam et Emilia, dit-il.

— Merci.

— Ton père est un homme très bon. Et ta sœur, une femme très bonne. Si je peux faire quoi que ce soit...

— Tu peux essayer de les retrouver.

— C'est ce qu'on fait, assura le pêcheur, avant de baisser légèrement les yeux, mais la mer est vaste.

— Oui.

— Viens nous rendre visite un jour, d'accord ?

— Avec plaisir.

— *Vezo blanc ?* demanda Toussaint en montrant Daniel.

— *Vezo blanc,* confirma Rebecca.

Le pêcheur fit signe à son compagnon et ils s'éloignèrent aussitôt avec un geste d'adieu.

— *Vezo blanc ?* répéta Daniel, perplexe.

— C'est un compliment, le rassura Rebecca. Cela signifie : « étranger qui connaît la mer ». Il a fallu des années avant que mon père ne soit appelé *Vezo blanc.* Et quand ce jour-là est arrivé, il en a été très fier.

— Ce pêcheur a eu l'air un peu penaud à un moment donné. Lui avez-vous demandé s'il participait aux recherches ?

— Oui.

— Comment se fait-il que personne ne bouge ?

— Ce n'est pas si simple. Les hommes fuient les récifs de l'Éden comme la peste.

— Pourquoi ?

Rebecca réfléchit un instant. Ce n'était pas facile à expliquer.

— Avez-vous entendu parler de la tragédie des biens communaux ? C'est une théorie selon laquelle la mise en commun des ressources ne peut pas fonctionner. Imaginez que vous viviez près d'une forêt remplie d'arbres. En vertu de la législation locale, votre famille possède une zone de cette forêt, comme toute autre famille. Vous pouvez faire ce que vous voulez avec les arbres de votre secteur mais, si vous les abattez tous pour les vendre, c'est fini, vous n'avez pas le droit de prendre ceux des autres. Par conséquent, vous êtes attentif à votre parcelle de terre. Vous plantez de jeunes arbres et vous n'abattez que ce dont vous avez besoin, car l'avenir de votre famille en dépend, n'est-ce pas ?

— Oui, bien sûr.

— Maintenant, imaginez un autre village, à côté d'une autre forêt, où les arbres sont la propriété de tous.

— Tous les arbres vont être abattus en un clin d'œil.

— Une bonne opération à court terme, mais la pénurie assurée. C'est ça, la tragédie des biens communaux. La pêche est un cas d'école. La mer n'appartient à personne, mais tout ce que les hommes pêchent est à eux. Par conséquent, ils vont pêcher sans retenue jusqu'à ce qu'il n'y ait plus rien. Avant, il y avait suffisamment de poissons pour tout le monde ici. Mais les villages s'agrandissent, la lagune s'ensable et les ressources s'épuisent. Mon père a demandé à tout le monde de ne pas pêcher au large de l'Éden, pour créer une zone de reproduction susceptible de renouveler les ressources. Ça a marché pendant un moment, mais certaines personnes ont triché et celles qui avaient été honnêtes en ont conçu du ressentiment. Au bout du compte, tout a recommencé comme avant.

— Et comment votre père a-t-il réagi ?

— À Madagascar, il existe ce que nous appelons les *fady*. Ce sont des tabous respectés et craints. Mon père s'est dit que le meilleur moyen d'éradiquer la pêche au large de l'Éden était de la rendre *fady*. Mais comment ? Les Malgaches ont toujours aimé les histoires. Avant l'arrivée de la télévision, ils se rassemblaient le soir, s'enivraient de rhum et de marijuana, et se racontaient des histoires à dormir debout. Mon père a appris le malgache afin de pouvoir se joindre à eux. Il s'est inspiré de l'*Odyssée* et d'autres mythes grecs, qu'il a transposés ici : des histoires de bateaux brisés sur des rochers, de pêcheurs happés par des cyclopes marins dotés de bras épais comme des troncs d'arbres, de familles maudites pendant des générations, de calmars géants dont les tentacules laissaient d'horribles cloques sur la peau et s'enroulaient autour du pénis des hommes pour les arracher.

— Aïe !

— Il a même truqué des photos, qu'il a ensuite montrées autour de lui. Les pêcheurs n'ont pas tardé à déclarer qu'ils avaient vu de leurs yeux les monstres décrits par mon père, sauf que ceux-ci étaient encore plus gros et plus effrayants. Personne ne croit autant à une fable que ceux qui contribuent à l'inventer. Au bout d'un an, les villageois avaient même peur de venir à la clinique. Ma mère devait proférer des incantations pour ouvrir des voies sûres à travers les eaux. C'était une sacrée sorcière, ma mère !

— Donc, les Malgaches sont prêts à mener des recherches partout, excepté au large de l'Éden, c'est-à-dire là où vous avez besoin qu'ils cherchent ?

— Le *fady* a perdu de l'importance avec les années, mais il est toujours présent. Et si je le romps, ce sera une catastrophe pour les ressources poissonnières. Je ne peux pas faire ça. Mais surtout, mon père ne me le pardonnerait jamais.

— Alors nous allons devoir fouiller ce secteur-là nous-mêmes.

Chapitre 22

I

Le rendez-vous avec le revendeur d'armes était prévu à 16 heures, mais Boris arriva peu après 15 heures. C'était une opération risquée, non seulement parce que les revendeurs étaient des crapules, mais aussi parce que certaines armes étaient fournies par l'armée ou la police, qui procédait ensuite à une arrestation exemplaire pour montrer qu'elle prenait le problème au sérieux. Boris avait donc pris beaucoup de précautions, la veille, pour choisir le lieu de la transaction. Celui-ci se trouvait dans la forêt d'épineux, assez loin de Morombe, pour qu'il puisse essayer les armes sans attirer l'attention. Et s'il n'y avait qu'un seul chemin pour y accéder en voiture, Boris avait néanmoins repéré un sentier par lequel il pourrait s'enfuir à moto si nécessaire. Il gara donc sa moto dans les fourrés, puis fit le tour de la clairière à pied pour contrer toute embuscade et trouver un poste d'observation. Il souleva sa chemise, cacha son couteau dans sa ceinture, au cas où les choses tourneraient mal, et attendit.

16 heures. 16 h 30. 17 heures. Boris jura entre ses dents et se demanda si ses indications avaient été claires. Le soir commençait à tomber lorsqu'il entendit enfin le bruit d'un moteur. Un 4 x 4 Mercedes bleu entra lourdement dans la clairière. Deux hommes étaient assis à l'avant. Cela éveilla immédiatement les soupçons de Boris, qui n'attendait qu'un seul homme. Le chauffeur descendit de voiture, mais le passager resta à l'intérieur. Petit et obèse, l'homme était vêtu

d'un tee-shirt rouge tomate. Boris se détendit. S'il ne pouvait pas se mesurer à ce type, autant prendre sa retraite tout de suite... Il mit ses lunettes de soleil et alla le rejoindre. La tomate ouvrit le coffre du 4 x 4 et retira le couvercle d'une grande caisse en acier, qui contenait trois pistolets de différents poids et styles, ainsi que des chargeurs, des boîtes de munitions et autres équipements propres à faire rêver ceux qui se voyaient déjà dans les forces spéciales : couteaux, cagoules, étuis, menottes flexibles, viseurs de nuit.

Boris prit le Beretta 92G semi-automatique, puis éjecta le chargeur, l'observa et le remit en place. Il en avait déjà utilisé un. Il se sentait donc à l'aise avec cette arme, mais il y avait une fissure dans la carcasse. Il jeta un regard en coin à la tomate en le reposant dans la caisse. Il ignora le Taurus Raging Bull, qui n'était pas tant un pistolet qu'un appel à l'aide pour mourant, et prit le Heckler & Koch. Celui-ci était plus ancien mais ne semblait avoir aucun défaut. Il était équipé d'un dispositif de visée laser et d'un canon long, sur lequel on pouvait fixer un silencieux et un suppresseur de flash. Boris le brandit devant lui et fut envahi d'un sentiment de puissance.

— Silencieux ? demanda-t-il en montrant le canon.

La tomate alla se renseigner. Le passager descendit de voiture. Ses cheveux ressemblaient à du vinyle fondu. Grand, cadavérique, il paraissait nerveux, ce qui inquiéta Boris. Il fouilla dans le coffre de la voiture et se redressa en secouant la tête. Tant pis. Boris n'y comptait pas trop, de toute façon. Il positionna le point rouge sur un arbre situé de l'autre côté de la clairière et appuya sur la détente : un morceau d'écorce explosa, à peine plus bas que le point visé. Il visualisa Knox et tira encore trois coups : ventre, cœur, tête. Parfait.

— Combien ? s'enquit-il.

— Combien avez-vous ? l'interrogea la tomate.

Le ton amusé de sa voix suffit à convaincre Boris, sans qu'il ait besoin de se retourner, que le Raging Bull et le Beretta étaient braqués sur lui.

II

C'était la fin de l'après-midi lorsque l'*Évelyne* atteignit les eaux de l'Éden. La mer était de plus en plus agitée. Les vagues se brisaient avec fracas contre les récifs. Un banc de méduses passa tel un escadron de revenants sous la coque. Rebecca se demanda quelles horreurs pouvaient receler les profondeurs marines, mais finit par chasser ses idées noires. Adam et Emilia étaient en vie. S'il y avait quoi que ce fût sur le lit marin, cela ne pouvait être que des indices qui l'aideraient à les retrouver. Et plus tôt elle découvrirait ces indices, plus vite ses recherches avanceraient. Elle ouvrit un coffre dont elle sortit un masque, un tuba et une paire de palmes.

— Qu'est-ce que vous faites ? s'inquiéta Daniel.

— C'est vous qui avez dit que nous allions devoir fouiller cette zone nous-mêmes.

— Oui, mais pas ce soir. La mer est trop agitée. Et il va bientôt faire nuit.

— Mon père et ma sœur sont forcément passés par là pour sortir de la lagune. Il faut que j'aille jeter un œil.

— Vous irez demain.

— Et s'il y avait quelque chose là-dessous ? Je leur dois bien ça.

— Ne dites pas de bêtises ! Tout ce que vous leur devez, c'est de ne pas prendre de risques inutiles.

— J'y vais.

Rebecca monta sur le banc et sauta par-dessus bord avant que Daniel ne puisse l'arrêter. Elle laissa entrer dans sa bouche un peu d'eau de mer, chaude et salée, et descendit au creux d'une vague avant de se laisser remonter loin au-dessus de la surface. Elle n'avait pas pris la mesure de la hauteur de la houle, ni de la vitesse de l'*Évelyne*. Vingt mètres la séparaient déjà du bateau, que Daniel manœuvrait furieusement pour lui faire amorcer un virage.

— Écoutez-moi ! cria Daniel. Vous ne verrez rien, croyez-moi. Je connais les récifs. Attendez que la mer soit plus calme. Je vous emmènerai...

— Mais quand ? l'interrompit Rebecca, un genou sous le menton pour enfiler une palme. Vous ne connaissez pas ces récifs-là.

Il ne pouvait rien faire...

— D'accord, mais pas longtemps. Et ne vous approchez pas des coraux. Les courants seront extrêmement forts quand vous...

— J'ai grandi ici, vous savez.

Elle enfila sa seconde palme, abaissa le masque sur ses yeux et enfonça dans sa bouche l'embout du tuba, dont le goût de caoutchouc et de sel lui avait été si familier. Elle mit la tête sous l'eau. La houle avait soulevé du sable et des sédiments. Cependant, la visibilité n'était pas mauvaise. Le plateau corallien dessinait une ombre indistincte sur la droite mais, lorsqu'elle s'en approcha, Rebecca discerna des teintes différentes : violet, noir, mauve, émeraude et ocre. Ces couleurs n'étaient pas forcément un signe de bonne santé car, pour la plupart, c'étaient celles d'algues qui poussaient sur les coraux vivants comme sur les coraux morts. L'observation des poissons, en revanche, était très révélatrice. Par exemple, les chétodons rayés et les poissons porcs-épics n'étaient pas de bon augure, car ils pouvaient vivre d'algues. À l'inverse, les poissons-papillons côtelés, les poissons-limes à taches orange, les mérous rouges et les lutjans noir et blanc se nourrissaient de coraux vivants.

Rebecca fut soudain submergée par une grosse vague, qui remplit son tuba d'eau salée. Elle toussa sous le regard indifférent des poissons du récif, dont rien ne pouvait perturber le paisible ballet. Le plateau du cordon corallien commença à décrire une pente. Rebecca approchait de la passe. Elle se promit de rester prudente. C'était en quelque sorte toute la lagune qui allait et venait au rythme de la houle. Et toute l'eau qui se faufilait à travers ce chas étroit était semblable à une foule se pressant à travers une petite porte. Les courants étaient incroyablement forts. Rebecca vit un sac en plastique translucide flotter à côté d'elle. Elle essaya de l'attraper de peur qu'une tortue ne le prenne pour une méduse et ne meure en s'étouffant, comme cela arrivait parfois. Mais il lui échappa et elle nagea dans sa direction pour le saisir. Elle entendit Daniel lui crier de faire attention et se retourna au moment même où une vague s'abattait sur elle. Elle se mit à cracher l'eau qui s'était engouffrée dans son tuba en toussant. Une deuxième vague l'emporta en se brisant sur elle. Rebecca se mit à tourner sur elle-même de façon incontrôlable. Elle se débattit, mais son pied gauche heurta quelque chose de dur et la douleur lui remonta jusqu'en haut de la jambe. Poussée contre le récif par une troisième vague, elle se cogna le coude gauche et l'arrière du crâne. Étourdie, elle laissa la houle la traîner sur les coraux, puis poussa sur ses pieds. Elle était gênée par ses palmes mais n'osait pas les retirer en raison des éponges, oursins et étoiles de mer à épines qui vivaient dans le récif et l'auraient fait boiter pendant des jours. Elle s'efforça de se tenir debout, perpendiculairement aux vagues, et écarta les jambes. Son épaule gauche lui faisait mal. Elle se l'était déjà démise à deux reprises mais, autant qu'elle pouvait en juger, cette fois, elle n'avait que des contusions.

Elle sentit une nouvelle vague s'écraser contre sa cuisse et sa taille. Le ressac essaya de la plier en deux comme une chaise longue et, quand elle regarda vers le bas, elle vit son genou et sa cuisse en sang. Les coraux étaient coupants comme des couteaux, elle risquait l'infection. Une autre vague s'abattit contre sa cuisse. Le soleil avait déjà à moitié disparu derrière la ligne d'horizon. Des nuages s'amoncelaient dans le ciel. L'*Évelyne* se trouvait à cinquante mètres. Pour Rebecca, c'était comme si elle avait été à cinquante kilomètres.

Chapitre 23

I

Boris laissa tomber le Heckler & Koch et se retourna en levant les mains en l'air.

— C'est inutile, dit-il. Votre prix sera le mien.

— C'est exact, confirma le passager du 4 x 4.

Boris comprit pourquoi celui-ci l'avait mis mal à l'aise : sa nervosité n'était pas celle d'un homme impliqué dans une transaction comportant des risques, mais celle d'un toxicomane en manque.

— Mes amis vont s'en prendre à vous, prévint-il. Ils enverront d'autres hommes.

— C'est ça ! s'esclaffa l'homme. Donne ton fric !

— Je l'ai laissé dans les fourrés. Je vais aller le chercher.

Le toxicomane dit quelque chose en malgache. La tomate hocha la tête et s'approcha de Boris avec précaution en veillant à ne pas se mettre dans la ligne de tir de son collègue. Elle fouilla Boris, trouva une liasse de billets dans une poche arrière et la brandit avec un air triomphant.

Boris se demanda ce qu'ils allaient faire de lui. S'ils avaient seulement l'intention de le voler, ce n'était pas un problème. Il demanderait à Sandro de lui renvoyer de l'argent, mais ce n'était pas l'impression qu'ils lui donnaient. Lorsqu'il avait parlé de ses amis, ils avaient trouvé ça drôle. C'était Petr qui avait arrangé cette transaction. Il lui avait succédé comme chef de la sécurité. Peut-être avait-il peur qu'il ne veuille reprendre son poste à son retour ? Et si c'était lui qui lui avait envoyé cette vermine ?

Le soir tombait ; c'était le moment d'en profiter. Boris fit un pas de côté en dégainant son couteau, qu'il planta dans le dos de la tomate au moment où il passait derrière elle pour se protéger du toxico. Une balle tirée par le Raging Bull se ficha dans la tempe de la tomate, qui tourna sur elle-même. Boris arracha le Beretta des mains de la victime et tira deux fois à l'aveuglette, non dans le but d'atteindre une cible, mais pour gagner du temps. Le Raging Bull se remit à cracher du feu. Boris se jeta à terre, roula sur le dos, brandit son arme en direction du toxicomane et appuya trois fois sur la détente. L'homme tomba en arrière en pivotant sur le ventre. Le Raging Bull se déclencha sous lui et souleva son corps dans les airs comme celui d'un héros de bande dessinée sautant sur une grenade.

Boris s'approcha avec précaution, le Beretta à bout de bras, mais c'était inutile. Il jura avec colère. Les coups de feu risquaient d'attirer l'attention. Il fallait qu'il décampe, et vite. Après avoir effacé ses empreintes du Beretta, il mit l'arme entre les mains de la tomate. Avec un peu de chance, la police penserait à un règlement de comptes. Il replaça son couteau dans sa ceinture, prit son argent ainsi que le Heckler & Koch, et se dirigea vers le coffre du 4 x 4. Il prit quelques boîtes de munitions et un paquet de menottes flexibles tant qu'il y était, puis il regagna sa moto en courant.

II

Knox ravala sa colère et chercha un moyen de ramener Rebecca à bord. Il ferla la grand-voile, se dirigea vers la proue et s'empara d'une corde qu'il agita devant lui pour que Rebecca la voie. Il répéta son geste jusqu'à ce que celle-ci lui fasse signe. Puis il fit passer une extrémité de la corde dans un écubier, la noua fermement, et attacha un gilet de sauvetage orange avec une ceinture lestée de plomb à l'autre extrémité. Il exagérait ses mouvements, afin de montrer à Rebecca ce qu'il faisait. Il fallait qu'elle ait confiance en lui, qu'elle sache qu'il était capable de gérer la situation.

Il démarra le moteur, puis il aligna l'*Évelyne* sur le plateau corallien après lui avoir fait décrire un grand arc de cercle. Une fois arrivé au niveau de Rebecca, il bloqua la barre et retourna à la proue. Il lança la ceinture lestée de toutes ses forces, pas assez loin. Une vague rapprocha le gilet de sauvetage de Rebecca, mais le ressac le reprit et la ceinture l'emporta par le fond. Knox vit que la jeune femme s'apprêtait à plonger pour le récupérer, malgré sa blessure au bras gauche qui lui ferait risquer gros si elle échouait. Il lui fit signe de laisser tomber.

Le soleil s'était couché mais se reflétait encore en fines bandes orange et roses sous la masse nuageuse de plus en plus épaisse. La houle continuait à s'intensifier. Rebecca luttait contre chaque vague pour rester debout. Knox positionna l'*Évelyne* près de la passe, sans se rapprocher pour autant de Rebecca. Il songea à passer un appel radio, mais aucun bateau ne se trouverait assez près des récifs pour leur venir en aide. Il envisagea de franchir la passe et d'essayer d'atteindre Rebecca depuis la lagune, mais il n'était pas sûr d'en avoir le temps. Il approcha le bateau le plus possible, laissa le moteur au point mort et jeta l'ancre. Le lit marin était trop sablonneux pour qu'elle puisse s'y accrocher. Elle allait traîner derrière l'*Évelyne*, que les vagues pousseraient inexorablement vers le récif.

Knox alla enfiler un jean, des chaussures et un sweat-shirt. Lorsqu'il remonta sur le pont, l'*Évelyne* avait déjà été ballottée par la houle. La proue n'était plus qu'à quinze mètres des coraux. Il retira le gilet de sauvetage et la ceinture lestée de la corde et noua celle-ci autour de sa taille. Puis il monta sur le bastingage et plongea dans les vagues en laissant filer la corde derrière lui. Lorsqu'il émergea à la surface, il se laissa emporter par la première vague en pliant les genoux comme s'il faisait du ski nautique. Puis il nagea à toute allure vers Rebecca, à travers les coraux.

— Accrochez-vous à moi, lui dit-il en lui tournant le dos.

Elle lui passa le bras droit autour du cou et les jambes autour de la taille.

— Quand nous serons arrivés, ne vous occupez pas de moi, ni de l'ancre, ordonna-t-il. Précipitez-vous à la barre, tournez-la à fond et mettez les gaz. Compris ?

— Oui, répondit Rebecca en se débarrassant de ses palmes.

L'*Évelyne* s'approchait des coraux à chaque seconde. Les vagues se brisaient violemment contre la coque. Knox tira sur la corde, résista de toutes ses forces à la vague suivante et avança à travers l'écume un bras après l'autre. Lorsqu'il atteignit l'*Évelyne,* celle-ci n'était plus qu'à quelques mètres du récif. Rebecca suivit ses instructions : elle grimpa sur ses épaules, sur sa tête et bascula en avant sur le pont. Il se hissa à son tour, courut vers la poupe et commença à remonter l'ancre. Le moteur crachota et cala. Une vague poussa le bateau contre le récif. Les coraux éraflèrent la coque, la dérive se rétracta. L'*Évelyne* gîta dangereusement, avant d'être éloignée par le ressac, et le moteur démarra. Une dernière vague vint se briser contre le bastingage et éclaboussa le pont avec suffisamment de force pour faire chanceler Knox, mais Rebecca accéléra à fond et ils jaillirent sains et saufs vers le large.

Chapitre 24

I

Davit était au lit avec Claudia lorsqu'il lui demanda de venir à l'Éden avec lui.

— Je ne peux pas, répondit-elle.

Couchée sur le dos, elle lui tenait la main et la faisait courir sur son ventre.

— J'ai mon travail ici, expliqua-t-elle. S'ils embauchent une autre fille, ils ne me reprendront pas.

— Ils n'ont pas besoin de toi. Il n'y a personne à part nous et nous allons partir. Demande-leur des vacances.

Elle éclata de rire.

— Les vacances n'existent pas pour nous.

— S'il te plaît, viens. On te paierait bien : mille euros.

À la surprise de Davit, Claudia sembla plus blessée qu'intéressée par sa proposition.

— Je ne veux pas de ton argent, pas pour ça.

— Ça ne serait pas pour ça… Tu pourrais servir d'interprète et nous faire la cuisine, par exemple. Tu nous serais très utile.

Elle tourna la tête vers lui.

— Tu veux me payer mille euros pour cuisiner et parler malgache ? Pendant combien de jours ?

— Quatre, cinq, je ne sais pas encore.

— Et qu'est-ce que vous allez faire à l'Éden ? Vous recherchez cet homme, c'est ça ? Pourquoi ? Qu'est-ce que vous lui voulez ? Vous avez l'intention de lui faire du mal ?

— Les hommes pour qui je travaille veulent simplement lui parler, c'est tout.

— Lui parler ! Alors pourquoi vous ne lui passez pas juste un coup de fil ? Il n'y a pas de téléphone dans ton pays ?

— Ce n'est pas aussi simple, soupira Davit.

L'espace d'un instant, il se dit : « Pourquoi pas ? » Mais il n'approfondit pas cette pensée. Caresser le ventre de Claudia était bien plus agréable.

— S'il te plaît, insista-t-il. On a vraiment besoin de toi. En fait, c'est une idée de Boris, finit-il par déclarer.

Cette révélation ne produisit pas l'effet escompté.

— Je ne l'aime pas, ton ami, rétorqua Claudia. C'est un homme mauvais.

— Non, ne dis pas ça.

— Des hommes comme lui, j'en vois tout le temps ici. Je sais les reconnaître. C'est pour ça que je suis avec toi et pas avec lui.

Ces paroles procurèrent un réconfort inouï à Davit, qui fut transporté par un élan de tendresse pour Claudia.

— S'il te plaît, viens, implora-t-il. Je ne sais pas comment je vais survivre sans toi pendant cinq jours !

— C'est ça ! se moqua Claudia.

— Je suis sérieux, murmura Davit. Je suis fou de toi, vraiment.

Elle le regarda d'un air perplexe.

— Tu es sincère ?

Il lui prit les mains et les embrassa.

— Oui, je suis sincère. J'ai envie de passer tout mon temps avec toi.

— D'accord, alors je viens ! annonça-t-elle joyeusement.

II

Rebecca évalua rapidement les dégâts. Elle avait mis du sang sur les commandes et sur la barre. Environ un centimètre d'eau teintée de rouge allait et venait sur le sol de la passerelle au rythme du roulis. En regardant dehors, Rebecca ne vit pas Daniel. Horrifiée, elle craignit qu'il n'ait été projeté par-dessus bord par la dernière grande vague, quand il apparut derrière le moteur. Elle sentit son cœur battre normalement de nouveau. Il la toisa des pieds à la tête avec une expression glaciale avant de s'en aller. Habillé de vêtements secs, il revint avec des bouteilles d'eau, une trousse de secours, deux serviettes et une pile de literie. Il absorba l'eau à l'aide d'une serviette pour sécher le sol. Puis il étendit des couvertures, des draps, et posa un oreiller. Enfin, il prit la barre des mains de Rebecca et la bloqua en direction du large après avoir ralenti la course de l'*Évelyne*.

— Allongez-vous, ordonna-t-il à Rebecca.

Celle-ci prit un air nonchalant.

— Je ne suis pas à vos ordres, dit-elle.

— Taisez-vous ! explosa-t-il. Je suis trop en colère. Maintenant, allongez-vous.

Elle s'étendit sur le lit de fortune. Il vida un sachet d'antibiotique dans un verre, ajouta de l'eau, remua et lui fit boire le tout.

— Votre main, exigea-t-il dès qu'elle eut terminé.

— Thérèse est...

— Donnez-moi votre putain de main !

— Thérèse est une infirmière expérimentée. Nous pouvons être à l'Éden dans moins de...

— Plus on tarde à soigner les coupures de coraux, plus elles s'infectent, expliqua-t-il avec une patience exagérée, comme s'il avait affaire à une enfant ou à une idiote. Et plus elles s'infectent, plus la cicatrisation est difficile. Vous voulez être marquée à vie ? Non ? Alors donnez-moi votre main.

Elle se laissa faire, tandis qu'il tremblait d'indignation. Il lui tint la main fermement. Déchiquetés, la paume et le poignet étaient en sang. Il rinça les plaies à l'eau, retira les saletés et les grains de sable avec du coton, et sécha soigneusement la peau. Puis il passa une crème antiseptique sur les coupures, appliqua une compresse de gaz et banda la main. Il se levait sans cesse pour s'assurer qu'ils se trouvaient toujours à bonne distance des récifs. De temps à autre, il avançait un peu plus vers le large, où la mer était plus calme. La nuit était tombée et la lumière de la lampe semblait plus éclatante. Quand il eut bandé les deux mains de Rebecca, il s'occupa des chevilles, des tibias et des mollets. En examinant la plante de ses pieds, il la chatouilla ; elle serra les orteils.

— Tournez-vous, dit-il.

— Quoi ?

— Tournez-vous sur le ventre.

— Je vais me débrouiller.

— Ne faites pas l'enfant. Vous ne pouvez rien faire les mains bandées.

Elle se tourna sur le ventre avec réticence. Le voyant faire la grimace en découvrant ses blessures, elle passa la tête sous un bras et regarda l'intérieur de sa cuisse. Celle-ci était si déchiquetée par les coraux que le sang lui avait collé la peau au short. Daniel essaya de retirer le tissu délicatement, afin d'avoir accès aux plaies, mais elle sursauta de douleur.

— Faites-le d'un seul coup, lui enjoignit-elle.

— Vous êtes sûre ?

— Allez-y ! lança-t-elle.

Il arracha le tissu comme s'il frottait une allumette contre un mur et lui écorcha la fesse, mais elle ne poussa pas un cri.

Elle jeta un coup d'œil à la plaie, moins profonde qu'elle ne le craignait, et regarda Daniel la nettoyer en s'attendant à ce qu'il prenne des libertés. Il n'en fit rien. Il y avait de quoi intriguer une femme.

— Vous avez quelqu'un dans votre vie ? demanda Rebecca. En Angleterre ?

— C'est-à-dire ?

— C'est-à-dire une femme. Ou un homme, peut-être.

Daniel se concentra sur sa tâche et coupa soigneusement des morceaux de gaze, de bande et de sparadrap.

— Ce n'est pas pour rien qu'on appelle ça la vie privée, répondit-il.

— Allez ! s'exclama-t-elle en essayant de l'amadouer. Vous pouvez me faire confiance.

— Non, vous venez justement de me prouver que je ne peux pas.

Rebecca sentit quelque chose palpiter en elle. Cet homme n'était pas gay. Elle l'avait deviné à son comportement, la veille, au pavillon, et lorsqu'il l'avait regardée se mettre de la crème solaire. Il avait juste une parfaite maîtrise de lui-même… Il fixa le dernier bandage à l'aide d'une épingle.

— Vous devrez changer vos pansements demain, déclara-t-il. Votre amie pourra peut-être le faire pour vous.

— Oui, affirma Rebecca. (Elle se releva en prenant soin de ne pas montrer qu'elle souffrait.) Et merci, ajouta-t-elle en hochant la tête en direction du récif. Merci pour tout.

— De rien.

— Vous voulez que je vous guide à travers les récifs ?

— Avec les cartes, le G.P.S. et le sonar, je vais me débrouiller.

Daniel tourna le dos à Rebecca, accéléra et remit le cap en direction du rivage. La jeune femme resta là, indécise, mais il ne lui adressa plus la parole. Elle sortit de la passerelle, boita jusqu'à la cabine et passa des vêtements secs. Ses plaies se rouvraient au moindre mouvement ; c'était une sensation aiguë mais pas franchement désagréable. Le moteur s'arrêta. Ils étaient déjà arrivés. Elle remonta sur le pont, marche après marche. Daniel saisit la bouée d'amarrage à l'aide d'une gaffe et attacha grossièrement l'*Évelyne*. Puis il se déshabilla et sauta par-dessus bord en boxer pour évaluer la profondeur de l'eau. Elle lui arrivait à la poitrine. Il fit signe à Rebecca d'avancer jusqu'à la proue, la porta sur son épaule avant de la déposer sur la plage.

— Il faut que je l'amarre correctement pour la nuit, dit-il en désignant le bateau. Vous pouvez m'attendre une minute ?

— Pas la peine, répondit Rebecca. Je vais bien.

Elle boita le long des dunes, jusqu'au sentier sombre qui menait à l'Éden. Des merles noirs poussèrent des cris stridents sur le toit du pavillon et se dispersèrent. Des dindons sauvages se mirent à glousser. Rebecca eut l'étrange sentiment d'être observée lorsqu'elle ouvrit la porte d'entrée. Une enveloppe en papier kraft gisait sur le sol. La jeune femme sentit son cœur s'emballer et s'empressa d'allumer une lampe à pétrole. Elle ramassa l'enveloppe, sur laquelle son nom était écrit en lettres capitales, avec des grimaces de douleur. Puis elle l'ouvrit et y trouva une photo couleur de son père avec sa sœur, qui, debout contre un mur blanchi à la chaux, tenait un journal en langue anglaise. Elle retourna la photo. Quelques mots étaient griffonnés au verso : *Cinq cents millions d'ariares. Place de l'Indépendance, Toliary. Lundi, 9 heures. N'alertez pas la police. N'en parlez à personne ou ils mourront.*

Chapitre 25

I

Euphorie. Terreur. La joie et le soulagement étaient ternis par la crainte de découvrir, en y regardant de plus près, qu'il s'agissait d'un canular. Rebecca ne savait que trop avec quelle facilité les images pouvaient être modifiées. Ses employés retouchaient régulièrement celles de ses documentaires. Elle boita jusqu'à la réception en s'efforçant de ne pas se bercer de faux espoirs. Oui, c'était ça. Quelqu'un avait mis la main sur une vieille photo d'Adam et Emilia, photographié un comparse tenant un journal et fait un montage.

Rebecca s'arrêta net, prise d'horribles crampes, les premières douleurs de l'espoir. Car elle savait aussi qu'il était très difficile de truquer des photos de manière convaincante. Il fallait un logiciel élaboré, de l'expérience et de l'expertise. Et les originaux devaient être de très bonne qualité. La lumière, les ombres et la perspective devaient correspondre parfaitement, sinon le résultat paraissait artificiel. Or, sur cette photo, tout semblait cohérent. À Toliary, il n'y avait pas de société d'infographie. Mais surtout, l'expression d'Adam était très révélatrice. Il semblait pris au piège, en colère.

Pourvu que ce soit vrai ! songea Rebecca.

Sa bouche s'ouvrit malgré elle pour émettre un cri presque sauvage. Dans son estomac, une nappe d'acide se mit à remuer ; elle en sentit le goût au fond de sa gorge. Elle se balança d'avant en arrière jusqu'à ce qu'elle reprenne son sang-froid. Ses yeux étaient embués de larmes et, quand elle essaya de les sécher, elle se cogna la main contre ses pommettes.

D'après ses calculs, cinq cents millions d'ariares équivalaient à quinze millions de livres ! Elle sentit venir une montée de bile, qu'elle vomit presque aussitôt. Cela lui fit du bien. Ses mains s'arrêtèrent de trembler. L'esprit plus clair, elle se rendit compte qu'elle avait mal placé la virgule : ce n'était pas quinze millions, mais cent cinquante mille livres. Les crampes reprirent, mais de façon moins violente. D'un certain côté, elles étaient presque rassurantes. Cent cinquante mille livres et elle récupérait son père et sa sœur.

Cent cinquante mille livres ! Comment était-elle censée réunir une telle somme ?

Peut-être était-il préférable qu'elle aille directement au commissariat. Tous les preneurs d'otages interdisaient de prévenir la police. Cela n'avait rien d'extraordinaire. Et Andriama, le commissaire qu'elle avait rencontré à Toliary, lui avait paru à la fois intelligent et bienveillant. Seulement, les policiers malgaches étaient connus pour leur incompétence et leur indiscrétion. Si les ravisseurs venaient à apprendre que la police était au courant, ils n'hésiteraient pas à... Rebecca ne pouvait même pas envisager cette éventualité. Il fallait au moins qu'elle essaie de trouver l'argent. Si elle échouait, alors seulement elle irait voir Andriama.

Elle relut la demande de rançon avec une incrédulité croissante. Le rendez-vous était fixé à lundi, 9 heures. Et le samedi touchait déjà à sa fin. Elle avait moins de quarante heures, or, demain, dimanche, les banques et les bureaux de change de Toliary allaient être fermés. Même si elle l'avait eue sur son compte, il lui aurait donc été impossible de réunir cette somme en liquide d'ici à lundi matin. Du reste, aucune banque n'aurait fourni autant de liquide à un étranger, quelle que soit la pièce d'identité qu'il ait été en mesure de produire et les fonds dont il ait disposé. C'était de la folie. Les ravisseurs ne lui laissaient pas la moindre chance. Rebecca fut de nouveau prise de panique et respira profondément pour se calmer.

Elle avait besoin d'aide. Mais qui solliciter ? Ses pensées allèrent immédiatement à Daniel. Hélas, il n'y avait aucune chance qu'il ait une telle somme sur lui ni qu'il y ait accès, pas plus que quiconque à l'Éden, d'ailleurs, à part peut-être Pierre. Qui d'autre ? Delpha, l'avocat d'Adam. Il n'était pas exclu qu'il ait autant d'argent de côté. Et de toute façon, il avait sans doute des contacts et serait de bon conseil. Il y avait aussi Mustafa Habib, cet homme d'affaires indien que Rebecca avait rencontré au commissariat et qui lui avait proposé son aide de façon si ostentatoire. Cela lui apprendrait à faire tant de manières ! Elle regarda si elle avait encore sa carte. Oui. De plus, il habitait sur la route de Toliary. Elle pourrait s'arrêter chez lui en allant chez Delpha.

Une chose était sûre, elle ne trouverait pas l'argent ici. Elle prit la clé de la Jeep, pendue à la réception, et s'en alla en boitant. Les coussins du siège du conducteur, arrachés depuis longtemps, avaient été remplacés par deux planches et un vieil oreiller. On voyait la route par un trou rouillé dans le plancher. Le pare-brise était couvert de boue et d'insectes. La survie de cette vieille guimbarde tenait du miracle, mais Rebecca n'avait que ça. Elle envisagea de demander à Daniel de la conduire à Toliary, mais les instructions étaient claires... Elle s'assit avec précaution au volant et tourna la clé. Le moteur toussota, comme si la batterie était presque à plat, mais elle accéléra à fond et la voiture démarra. Elle alluma les phares, qui animèrent la forêt de clairs-obscurs, avança jusqu'au groupe électrogène et siphonna le carburant du conteneur pour le déverser dans le réservoir de la voiture jusqu'à ce que celui-ci déborde.

Puis elle reprit le volant et partit dans la nuit.

II

Knox déchargeait ses bagages et ceux de Rebecca du bateau lorsqu'il entendit un moteur de voiture et vit des phares. Il ne pouvait s'agir que de Rebecca. Et pourtant, il était difficile d'imaginer qu'elle puisse être en état de conduire. Il jura en courant vers le chemin pour tenter de l'intercepter, mais se prit les pieds dans des buissons hérissés d'épines. Néanmoins, il eut le temps d'apercevoir son visage. Elle avait une étrange expression, où se mêlaient à la fois l'exaltation et la panique. Il en déduisit qu'elle avait eu des nouvelles d'Adam et d'Emilia.

Après avoir retiré les épines de ses vêtements, il marcha le long de la plage jusqu'au sentier qui menait à l'Éden. La porte du pavillon était grande ouverte et une lampe à pétrole vacillait à l'intérieur. Il sentit une odeur de vomi et vit une flaque devant la réception. Tout cela confirmait qu'il s'était passé quelque chose d'anormal. Il dénicha un balai à franges et un seau, nettoya le sol, puis se trouva désœuvré. L'endroit lui semblait vide sans Rebecca. Même si elle avait pris la décision absurde et irresponsable de plonger dans une mer agitée, elle avait fait preuve de courage et de détermination. En outre, Knox avait admiré son stoïcisme face à la douleur. C'était une battante ; personne ne pouvait le nier. Soudain, il pensa à Gaëlle et éprouva une pointe de culpabilité. Ce genre de pensée subite n'était pas rare – tout lui rappelait Gaëlle – mais il était étonné de se sentir coupable. Il avait eu plusieurs aventures dans l'année, sous l'impulsion de collègues pleines de sollicitude, et il n'avait jamais éprouvé la moindre culpabilité, seulement de l'ennui. C'était différent avec Rebecca. Il préféra ne pas se poser trop de questions…

Il sortit sous la véranda, nerveux à l'idée de rester là sans rien faire, alors que les Kirkpatrick, mais aussi Miles et ses collègues de la M.G.S., avaient besoin de lui. Il alluma le groupe électrogène et refit le tour des pièces en pleine lumière. Il fut tenté d'ouvrir l'ordinateur portable qui se trouvait sur le bureau d'Adam, mais il ne pouvait pas prendre le risque d'être surpris par Rebecca. Il regarda les étagères. La plupart des livres étaient des ouvrages universitaires, mais il y en avait aussi sur la charpenterie, la plomberie et autres disciplines de bricolage. Il en reconnut un, une histoire du *Winterton,* qu'il avait donnée à Emilia en Angleterre lorsqu'elle s'était plainte d'avoir des difficultés à trouver les livres dont elle avait besoin à Madagascar. Il sourit en le voyant au beau milieu des étagères, malgré la volonté d'Emilia de garder le secret sur son projet. Il n'y avait pas de meilleure façon de le cacher que de le mettre bien en vue, car le *Winterton* était une épave célèbre ici. Il chercha d'autres livres qu'il avait donnés à la sœur de Rebecca : un exemplaire du guide de la Société des archéologues sous-marins et une histoire de la flotte des trésors de Chine. Il ne trouva aucun des deux. Il y avait d'autres étagères dans le salon, mais ils n'y étaient pas non plus. Emilia lui avait aussi montré des photos de dollars espagnols qu'elle avait ramassés dans les coraux. Où étaient-elles ? Et où se trouvait tout ce qui avait rapport au projet ?

Quand elle était venue en Angleterre, Emilia avait déjà échafaudé un plan avec l'aide de son père pour que le sauvetage reste secret. Le Landseer Trust organisait deux à trois expéditions par an ici. Des bénévoles payaient le prix fort pour venir passer les récifs et les forêts au peigne fin pendant un mois ou six semaines. Aussi, rien n'éveillerait les soupçons si tous les bénévoles étaient en réalité des membres de la M.G.S., qui logeaient à l'Éden et utilisaient l'*Évelyne* comme bateau de plongée. La couverture était toute trouvée et ça ne coûterait pas trop cher. Cependant, il y avait une limite à la réduction des dépenses. L'*Évelyne* ne pouvait pas transporter davantage que les plongeurs eux-mêmes et leur équipement de plongée. Il allait donc falloir une base arrière pour stocker le reste du matériel : le magnétomètre au césium et le sonar latéral, les suceuses, les instruments de cartographie et les planches à dessin, les outils de marquage et d'étiquetage des artefacts, les truelles, les règles de maçon, les appareils photo et les ordinateurs portables. Et les artefacts ? Où allaient-ils être stockés ? Emilia avait harcelé Knox de questions à propos des chambres fortes et de la régulation atmosphérique. Elle lui avait garanti que tout serait en place à temps et il l'avait crue.

N'ayant rien trouvé d'intéressant dans le pavillon ni dans les cabanons, Knox prit les clés du hangar à bateaux et alla y faire un tour. C'était un bâtiment laid, une construction récente faite de parpaings recouverts de ciment, qui n'avait rien à voir avec le pavillon, construit à partir de matériaux locaux. À l'intérieur, une forte odeur d'eau de mer prenait à la gorge. Il y avait une table en bois à côté de la porte, avec quelques chaises pour que les plongeurs puissent prendre des notes. Plus loin se trouvaient un canot – sans doute pour accéder au point d'amarrage de l'*Évelyne* par marée haute –, deux rames et des caisses de poids de plongée. Deux cannes à pêche démontées reposaient contre le mur, entourées d'hameçons et de moulinets de différents types. Des gilets de sauvetage, des combinaisons de plongée et des gilets stabilisateurs étaient suspendus à un râtelier en bois. La plupart des crochets étaient libres. Sans doute étaient-ils destinés aux bénévoles qui apportaient leur propre équipement de plongée.

Contre le mur de gauche, un gros groupe électrogène trônait sur le sol en ciment, à côté d'un compresseur d'air, recouvert d'une bâche en toile de jute qui le protégeait de l'humidité, et monté sur des roues de buggy en vue d'être transporté sur le sable. Une quinzaine de bouteilles de plongée étaient empilées contre une grande cuve d'eau, dans laquelle elles seraient immergées lors de leur remplissage pour éviter la surchauffe. Une seconde cuve contenait du mazout pour l'*Évelyne* et le groupe électrogène. Il y avait d'autres crochets pour les palmes, les masques et les tubas, mais la plupart étaient libres également. Knox repéra par ailleurs des stylos étanches et des planches quadrillées en métal pour cartographier le site de plongée, mais il ne trouva rien qui réponde à ses questions. Découragé, il retourna au pavillon.

III

Dès que Rebecca arrêta la Jeep devant la maison de Pierre, la porte d'entrée s'ouvrit.

— Je me doutais que c'était toi ! lança Thérèse en souriant. J'ai dit à Pierre que...

Elle s'interrompit dès qu'elle vit les bandages de Rebecca.

— Que s'est-il passé ? s'écria-t-elle.

— Je suis allée dans les récifs, mais ça va. J'étais avec un ami. Il m'a soignée.

— *Un* ami ! s'étrangla Thérèse, stupéfaite à l'idée qu'on puisse confier des soins médicaux à un homme. Fais-moi voir.

— Ça va, insista Rebecca. Je suis juste venue voir Pierre.

— Mais je...

— S'il te plaît, Thérèse. Viens demain, si tu veux. Tu pourras changer mes bandages. Mais là, il faut vraiment que je voie Pierre.

Thérèse invita Rebecca à entrer. Pierre apparut aussitôt, comme s'il avait écouté la conversation. Il coupa l'extrémité d'un bâton de manioc avec son canif et mangea le morceau à même la lame.

— Nous avons fouillé la forêt cet après-midi, annonça-t-il, sans succès.

— Merci quand même, dit Rebecca.

— C'est normal, s'il y a quoi que ce soit que l'on puisse faire…

— Écoute, Pierre…

Rebecca hésita. Elle ne savait pas comment aborder le sujet sans parler de la prise d'otages.

— Je ne sais pas si tu es au courant, reprit-elle, mais j'ai offert une récompense à quiconque retrouverait Adam et Emilia.

— Bien sûr, tout le monde le sait, et c'est peut-être moi qui vais la gagner ! s'exclama Pierre en s'autorisant un sourire.

— Le problème, c'est que je n'ai pas autant de liquide sur moi. Et il se trouve que c'est un cauchemar de retirer de l'argent, ici. Alors je me demandais…

— … si je pouvais te fournir cette somme ? suggéra Pierre.

Il blêmit et posa la main sur sa poitrine.

— Navré, Rebecca, déclara-t-il, je ne dispose pas d'autant d'argent.

— Ce ne serait qu'un prêt. Je te rembourserais dans quelques jours.

— Je suis désolé. Si je pouvais, je le ferais volontiers, bien sûr, mais je ne peux pas.

Rebecca s'attendait à cette réponse. En tout cas, elle avait essayé… Elle remercia Pierre et remonta avec précaution dans la Jeep pour continuer sa route en direction du sud : d'abord Mustafa Habib, ensuite Delpha. Le chemin était cahoteux et les secousses rouvraient ses plaies. Elle ralentit, ce qui lui laissa tout le temps de réfléchir à l'enlèvement. Il fallait qu'elle trouve cet argent. Mais où ? Et comment le rembourser ? Ses cartes de crédit et ses comptes bancaires étaient déjà dans le rouge. Elle avait près de cinq cent mille livres de crédit sur le dos, couvertes par l'hypothèque de sa maison.

Qu'était-elle devenue ?

Tout avait commencé de façon assez anodine. Des années auparavant, son compagnon de l'époque, Nicholas, participait à des courses hippiques pour cavaliers amateurs. Elle détestait l'accompagner à l'hippodrome. Entourée de buveurs de punch qui se prenaient au sérieux, elle n'avait même pas le plaisir de parier. Elle avait si peu d'argent de côté qu'elle ne pouvait pas miser ne serait-ce que cinquante pence. Un jour, Nicholas lui avait offert quelques livres pour qu'elle fasse un pari, mais elle avait été trop fière pour accepter et il ne le lui avait plus jamais proposé. Pas directement, en tout cas. En revanche, un peu plus tard, il avait parié cinq livres sur un cheval appelé Madagascar Pride, qui courait lors de la quatrième course de l'après-midi. « Madagascar Pride ! » s'était-il écrié. « Il fallait bien que je parie pour toi ! »

Sans vraiment comprendre pourquoi, Rebecca n'avait pas eu autant de scrupules à prendre la feuille jaune. Et Madagascar Pride avait gagné. Dix contre un. Cinquante-cinq livres ! Une fortune ! À partir de ce jour-là, Nicholas avait trouvé des excuses pour parier au nom de Rebecca à presque toutes les courses. Au lieu de redouter ces moments-là, Rebecca s'était mise à les attendre avec impatience, revivant l'exaltation qu'elle avait éprouvée après chaque course.

Dans le cadre de ses études de biologie évolutionniste, elle avait appris que les joueurs avaient tendance à déformer la réalité en leur faveur. Mais avant de jouer elle-même, elle n'avait pas compris ce qu'était le jeu. Elle pensait que c'était une affaire d'argent. Grave erreur… Le jeu était une drogue. Les pertes d'argent étaient le prix à payer pour avoir sa dose. Lorsqu'elle avait rompu avec Nicholas, Rebecca avait mis un terme à son addiction, car elle ne pouvait pas prendre le risque de miser le peu d'argent qu'elle avait. Mais ensuite, le succès était arrivé et elle avait invité toute son équipe à fêter ça. Titch avait suggéré d'aller au casino. Elle avait su tout de suite que c'était risqué. Dès l'instant où elle avait marché entre les tables, son cœur s'était emballé et elle avait eu ce délicieux goût de métal au fond de la gorge. *Sors !* s'était-elle dit. *Sors pendant que tu peux encore le faire !* Mais c'était trop tard…

Il y avait quelque chose de rassurant dans le mot « addiction ». Un constat d'échec, une façon de rendre le problème si important que ce n'était même plus la peine d'essayer de le résoudre. Toutes les addictions fonctionnaient de la même façon : elles supplantaient les mécanismes de récompense présents dans l'organisme, qui inondaient celui-ci de dopamine, d'ocytocine, d'adrénaline ou autres hormones dont il avait soif. Le problème de Rebecca, c'était l'ennui ; sa drogue, l'adrénaline. En général, elle commençait par le black-jack, qui donnait l'illusion de pouvoir prendre le dessus. Elle se fixait une limite et se promettait de partir dès qu'elle l'aurait atteinte, mais n'était jamais vraiment honnête avec elle-même. Parfois, elle perdait si vite qu'elle finissait par se persuader que le croupier trichait. Pourtant, elle ne changeait même pas de table ; au contraire, elle se murait dans une attitude de défi et lui jetait son argent à la figure jusqu'à ce qu'elle n'ait plus rien. Ou bien, penchée au-dessus de ses jetons, elle aggravait sa défaite jusqu'à ce que la lassitude la gagne et qu'elle ait presque hâte de perdre. Puis dans le taxi, elle revenait à la raison, nauséeuse à l'idée d'avoir perdu – irrémédiablement perdu – encore dix, vingt, peut-être même cinquante mille livres. Et pourtant, malgré sa lucidité sur sa propre stupidité, elle se demandait déjà où elle trouverait l'argent pour se refaire. Cent cinquante mille livres ! Elle avait perdu le double dans l'année écoulée. Elle devait plus de deux cent cinquante mille livres à sa société et autant à ses différentes banques. Elle avait perdu la vie de son père et celle de sa sœur au jeu. Il ne lui restait plus rien.

Chapitre 26

I

Knox se prépara quelque chose à manger et refit un tour dans le pavillon. Il y avait des photos de toutes les expéditions du Landseer Trust sur les murs. On y voyait des bénévoles gorgés de soleil et de jeunesse. Knox sourit en se disant que ses collègues de la M.G.S. et lui allaient paraître bien défraîchis à côté d'eux. Derrière les photos, le plâtre du mur était constellé de coquillages, de cristaux de quartz et autres pierres, sans doute ramassés sur la plage pour décorer la pièce. Dans l'obscurité, Knox se trompait peut-être, mais le fragment en forme de cimeterre de deux centimètres de long qu'il avait sous les yeux lui paraissait être un tesson de terre cuite semblable à ceux qu'il avait trouvés sur le lit marin, au large de Morombe. Il examina les autres murs de la pièce pendant quelques minutes et repéra un autre tesson, puis un troisième. Celui-ci était blanc avec des taches de bleu. Knox le toucha du bout du doigt en se demandant comment un tesson de porcelaine Ming avait pu atterrir sur la plage de l'Éden. Puis une idée lui vint brusquement à l'esprit.

Emilia lui avait dit que son père et elle avaient trouvé des pièces issues du trésor du *Winterton*. Elle lui avait montré des photos de dizaines de dollars espagnols provenant du récif. Et c'était tout à fait plausible, si l'on en croyait la légende du trésor perdu du *Winterton*. Mais il ne fallait pas exclure que les Kirkpatrick aient découvert autre chose. Peut-être était-ce pour cette raison que le livre sur le *Winterton* trônait bien en vue sur les étagères, alors que celui sur la flotte des trésors de Chine restait introuvable. L'armada chinoise était immense et le canal du Mozambique, connu pour être balayé par de terribles cyclones. Si un navire s'était fracassé sur les récifs, pourquoi pas un second ?

Non, c'était absurde de tirer de telles conclusions à partir d'aussi petits tessons. Et pourquoi Emilia aurait-elle menti ? Si son père et elle avaient trouvé un navire chinois, elle l'aurait dit à la M.G.S. Néanmoins, elle avait beaucoup insisté pour que l'opération de sauvetage reste secrète. Elle craignait, avait-elle déclaré, que des chasseurs de trésors ne pillent l'épave et ne dynamitent les coraux pour y accéder. Mais elle savait que la M.G.S. travaillait avec Ricky Cheung. C'était même grâce à tout le battage fait autour du projet de Morombe que son père et elle avaient entendu parler de la compagnie de sauvetage. Peut-être avait-elle eu peur que la M.G.S. ne fasse part de cette nouvelle découverte à Ricky et que celui-ci ne l'annonce au monde entier. Dans ce cas, pourquoi s'était-elle adressée à cette compagnie ? Pourquoi ne pas avoir fait appel à la concurrence ? Certes, le sauvetage maritime coûtait extrêmement cher. Adam et Emilia allaient l'organiser et le financer eux-mêmes pour en garder le contrôle. Et la M.G.S. allait leur revenir beaucoup moins cher que la concurrence. Non seulement, elle pratiquait des tarifs compétitifs, mais surtout les plongeurs et l'équipement se trouvaient déjà à Madagascar, ce qui permettrait d'économiser une fortune en affrètement. En outre, avant de réaliser un sauvetage comme celui-ci, l'équipe devait passer des centaines d'heures à étudier le navire, son histoire, ses matériaux et sa cargaison. Ce travail, Knox et ses collègues l'avaient déjà effectué.

Un hibou hulula au-dehors et s'envola dans un bruissement d'ailes. À la table de négociation, en face de Miles et de Frank, Emilia avait plaidé le manque de moyens financiers et mis en avant le côté prestigieux du sauvetage du *Winterton.*

Frank avait rétorqué que ce ne serait pas grand-chose à côté d'un navire-trésor. Et Knox avait vu Emilia sourire en entendant cette remarque. C'était un sourire entendu, intérieur, qu'il n'avait jamais vraiment compris.

Jusqu'à aujourd'hui.

II

Rebecca ressortit la carte de Mustafa Habib pour s'assurer qu'elle ne s'était pas trompée d'adresse. Elle avait vu en lui un homme d'affaires ordinaire, mais sa propriété en bordure de mer était ceinte par un mur surmonté d'éclats de verre et des caméras de surveillance bourdonnaient de part et d'autre du haut portail en acier. Un jeune homme en uniforme kaki sortit de son poste de garde en allumant une cigarette avec celle qu'il venait de finir, avant de jeter le mégot et de l'écraser du bout du pied.

— Oui ?

— Je suis Rebecca Kirkpatrick. Je viens voir Mustafa Habib.

— Vous êtes attendue ?

— Il saura de quoi il s'agit, répondit Rebecca en montrant la carte de visite.

Le garde retourna à son poste d'un pas lourd. Une minute plus tard, il fit signe à Rebecca d'entrer et le portail s'ouvrit en silence. Elle s'engagea dans une allée de coquillages écrasés qui serpentait jusqu'à une hacienda blanche, éclairée par des spots et équipée de plusieurs antennes satellites. Deux hommes en uniforme se tenaient de part et d'autre d'une grande porte d'entrée à double battant, devant leur AK-47, posé contre le mur. Rebecca se gara près d'une fontaine en marbre et sortit péniblement de la Jeep.

Les deux gardes ouvrirent la porte et Mustafa arriva, un téléphone portable à l'oreille, en compagnie d'une jeune femme somptueusement vêtue de soie. Il sourit à Rebecca en descendant les marches en marbre d'un pas leste. Lorsqu'il remarqua ses blessures, il prit un air compatissant, mais il était trop poli pour en parler de façon directe.

— Veuillez m'excuser un instant, lança-t-il, une main sur son téléphone. Je n'en ai que pour cinq minutes.

— Je vous en prie, dit Rebecca.

— Je vous présente ma fille, Ahdaf, annonça-t-il. Elle est zoologue, comme vous. Enfin, elle étudie la zoologie. (Il fit un geste vague en direction des antennes satellites tout en remontant les marches.) Elle regarde toutes vos émissions !

— C'est vrai ? demanda Rebecca à la jeune fille.

— Ça m'arrive de les regarder, nuança Ahdaf d'un ton bien moins enthousiaste.

— Mais vous ne les aimez pas, en déduisit Rebecca.

Ahdaf jeta un coup d'œil à son père et attendit qu'il soit hors de portée de voix.

— Vous présentez l'homme comme un être à part, expliqua-t-elle. Ce n'est qu'une espèce parmi dix millions.

— Une espèce qui constitue cent pour cent de mon auditoire.

— La science ne devrait pas être sacrifiée à l'audimat. Si c'était mon émission, l'homme serait traité comme n'importe quel autre animal.

Tu parles ! se dit Rebecca en son for intérieur, mais elle ne contraria pas la jeune fille pour ne pas mettre ses chances en péril. Elle sortit son téléphone portable de son sac.

— Ça ne vous dérange pas que je consulte ma messagerie ? demanda-t-elle en jetant un coup d'œil aux antennes. Je n'ai pas de réseau depuis deux jours.

Sans attendre de réponse, Rebecca s'éloigna un peu et écouta ses messages. Elle en avait trois, tous de Titch, qui lui disait que tout le monde au bureau pensait à elle et priait pour que tout se passe bien. Qu'elle n'hésite pas à appeler si elle avait besoin de quoi que ce soit. Elle n'avait pratiquement pas pensé à lui ni à son travail depuis qu'elle avait quitté Londres, mais ses messages lui remontèrent le moral et elle le rappela aussitôt. Il décrocha dès la première sonnerie. Le plaisir évident qu'il éprouva à entendre le son de sa voix lui fit chaud au cœur. Elle commença à lui raconter son séjour, puis tout se bouscula de façon incohérente. Elle lui parla de la tombe de sa mère, de sa mésaventure dans les récifs, de l'intervention de Daniel et même de la demande de rançon. Elle était encore en train de s'épancher lorsqu'elle entendit un homme se racler la gorger derrière elle. C'était Mustafa, qui l'attendait avec un air embarrassé.

— Faut que je te laisse, dit-elle à Titch. Je te rappelle dès que possible.

— Excusez-moi, je n'avais pas l'intention d'écouter votre conversation, balbutia Mustafa.

— Mais vous l'avez entendue.

— Vous ne pouvez pas savoir à quel point cette nouvelle me réjouit. S'il s'agit bien de la vérité.

— Ils m'ont envoyé une photo, mais c'est facile de faire un trucage.

— En effet, cependant, vous préférez partir du principe que tout est vrai, c'est ça ?

— Je n'ai pas le choix.

— Et vous êtes venue me demander de l'aide ?

— Vous m'avez dit que s'il y avait quoi que ce soit que vous puissiez faire... rappela Rebecca, sur la défensive. Et puis, de toute façon, je ne peux pas rassembler l'argent, pas d'ici lundi, 9 heures !

— Quoi, ce lundi ? Mais c'est de la folie !

— Exactement, ils ne me laissent aucune chance.

— Où le rendez-vous doit-il avoir lieu ?

— Place de l'Indépendance, à Toliary.

— Combien veulent-ils ?

— Cinq cents millions d'ariares.

Mustafa fit une moue qui, d'une certaine façon, laissa penser que cela aurait pu être pire.

— Qui d'autre est au courant ?

— Mon collègue de bureau. C'est à lui que je téléphonais. Il fallait que j'en parle à quelqu'un.

— Bien sûr. Et vous avez prévenu la police ?

— Non.

Mustafa hocha la tête d'un air grave.

— Très bien, si vous en parlez à la police, tout le monde sera au courant. Comme vous pouvez le voir, je prends déjà d'absurdes précautions pour assurer la sécurité de ma famille. Alors si les gens venaient à apprendre que je paie des rançons...

— Je n'en parlerai à personne, je vous le jure. Mais avez-vous la possibilité de rassembler cette somme ? Je vous verserai des intérêts.

— Des intérêts... soupira Mustafa. Il n'est nullement question de ça ! Votre père est mon ami. Tout ce que je veux, c'est que votre sœur et lui rentrent chez eux sains et saufs. Écoutez, je n'ai pas autant d'argent dans mon coffre. Je vais devoir emprunter cette somme. Les personnes qui me la prêteront vont certainement me réclamer des intérêts et m'imposer diverses conditions. Je ne vous demanderai que ce qu'elles me demanderont, rien de plus.

— Merci, murmura Rebecca, les yeux baignés de larmes.

— Ça ne va pas être facile de réunir tout cet argent en si peu de temps, prévint Mustafa. Même pour moi, c'est une somme importante. Mais nous allons y arriver, d'une façon ou d'une autre. Je vous en donne ma parole. (Il sourit, avant d'ajouter avec grandiloquence :) Et quand Mustafa Habib donne sa parole, il la tient ! Mais en échange, vous devez me faire une promesse.

— Laquelle ?

— Vous êtes blessée et épuisée. Vous allez devoir être en forme pour affronter ce qui vous attend. Alors vous allez rentrer chez vous, vous reposer et reprendre des forces. Lundi matin, je vous attendrai ici à 8 heures. J'aurai l'argent, faites-moi confiance. Et si Dieu le veut, ensemble, nous ramènerons Adam et Emilia.

Chapitre 27

I

Tout à coup, Knox fut réveillé au milieu de la nuit par le bruit d'un moteur et la lumière de phares qui balayaient les murs du pavillon. Il enfila un pantalon et une chemise avant de se précipiter dehors. Visiblement endolorie de toutes parts, Rebecca descendit de voiture.

— Ça va ? s'enquit-il en la rejoignant pour l'aider.

— Oui, ça va, répondit-elle avec une grimace qui trahissait sa souffrance.

Il lui passa un bras autour de la taille pour la soutenir.

— Où êtes-vous allée ? Avez-vous reçu de mauvaises nouvelles à propos d'Adam et Emilia ?

— Qu'est-ce qui vous fait croire ça ? demanda-t-elle sèchement.

— Vous êtes partie si vite...

— Cela n'avait rien à voir avec eux.

Il était évident qu'elle lui cachait quelque chose, mais il n'insista pas.

— Vous avez faim ? Qu'est-ce que je peux faire pour vous ?

— Je prendrais bien de l'aspirine.

Il l'aida à s'asseoir sur son lit de camp, et alla chercher des analgésiques avec un verre d'eau.

— Écoutez, dit-il, je ne sais pas ce qui s'est passé. Si vous ne voulez pas m'en parler, tant pis, je vous fais confiance. Mais je peux quand même vous aider. Dites-moi ce qu'il faut faire et je le ferai, d'accord ? Sans vous poser de questions.

Elle sentit les larmes lui monter aux yeux et crut qu'elle allait craquer, mais elle se reprit et lui répondit avec brusquerie, comme s'il essayait de l'amadouer.

— Je ne vois pas de quoi vous parlez.

— Très bien, soupira-t-il. Dormez bien.

Il retourna se coucher dans le bureau, mais entendit les pleurs étouffés de Rebecca. Cela lui fendait le cœur de la voir souffrir et de ne pas pouvoir l'aider. Il gesticula sur son lit de camp sans trouver le sommeil. Dehors, il faisait moins noir. Il se rendit à la salle de bains sur la pointe des pieds, dans l'obscurité, s'habilla et sortit. Le soleil n'était pas encore levé. Il faisait gris et frais. Knox descendit sur la plage et retira ses chaussures. La fine croûte de sable froid crissait sous ses pieds, comme l'écorce sèche d'un arbre mort. Il baissa la tête et se mit en quête de tessons de poterie.

Au bout d'un moment, il s'accroupit pour ramasser un tesson blanc ; ce n'était qu'un morceau de coquille d'œuf. D'après la taille de ce fragment, il devait s'agir d'un œuf d'æpyornis, le plus grand oiseau de tous les temps, qui avait été une espèce endémique à Madagascar. En l'absence de grands prédateurs, l'æpyornis avait imposé sa loi sur l'île. Mais les premiers colons l'avaient chassé jusqu'à son extinction – pour sa chair, bien sûr, mais aussi pour ses œufs. Ceux-ci avaient la taille d'un ballon de rugby. Une omelette à base d'œufs d'æpyornis pouvait nourrir toute une famille pendant une semaine ! Bien connu des Anciens, cet oiseau avait été immortalisé sous le nom d'« oiseau-éléphant » par Marco Polo, qui le décrivait comme pouvant saisir un éléphant dans ses serres, le soulever dans les airs et le larguer comme une bombe. En réalité, il ne volait pas davantage qu'une autruche.

On s'était toujours demandé comment Marco Polo avait pu connaître l'æpyornis, car il n'avait sans doute jamais mis les pieds sur cette île. En réalité, lorsqu'il se croyait ici, il était à Mogadiscio, nom dont Madagascar était une déformation. Par conséquent, il avait sans doute entendu parler de cet oiseau par les marchands arabes, qui connaissaient l'endroit. Ceux-ci appelaient Madagascar l'« île de la Lune » et pensaient qu'elle marquait la limite méridionale de l'océan. Quiconque allait au-delà était perdu. Et pourtant, d'autres navigateurs étaient incontestablement allés plus loin. Une carte chinoise réalisée vers 1390 en l'honneur du premier empereur Ming montrait le monde de façon classique, avec une Chine exagérément grande au milieu et, à l'ouest, une version minimaliste de l'Afrique et de l'Europe méditerranéenne. Fait remarquable : la forme de l'Afrique était pratiquement exacte. Les côtes méridionale et occidentale étaient bien représentées, alors que les Chinois ne les avaient pas encore explorées.

Qu'elles qu'aient été leurs sources, Zheng He et ses amiraux devaient donc savoir qu'il était tout à fait possible d'atteindre et même de contourner le cap de Bonne-Espérance. Cependant, pour naviguer le long de côtes inconnues, il fallait avancer très lentement. Rester près des terres augmentait le risque de s'échouer. Il fallait sans cesse sonder les fonds marins et trouver tous les soirs un port naturel, car il aurait été suicidaire de longer les côtes de nuit. Si une flotte chinoise avait vogué ainsi jusqu'à l'extrême sud de la côte orientale de l'Afrique, les hommes avaient dû avoir hâte de rentrer chez eux. Il était donc plausible que les amiraux aient ensuite décidé de mettre le cap directement sur la Chine. Et si l'on traçait une ligne entre le cap de Bonne-Espérance et Pékin, elle passait pile par les récifs de Madagascar. Les coraux avaient très bien pu engloutir deux navires.

Les palétuviers disparaissaient sous l'eau de la marée montante, comme des chrétiens recevant le baptême par immersion. Knox fit demi-tour et longea la plage dans l'autre sens. Il passa devant l'*Évelyne*, l'Éden, et les bungalows de Pierre en continuant à scruter le sable. Plus loin, celui-ci était infesté de minuscules mouches, qui s'envolaient par nuées sous ses pas. Knox alla marcher dans l'eau pour les éviter. De petites vagues s'enroulaient timidement autour de ses chevilles avant de se retirer comme d'obséquieux serviteurs. Ses pieds laissaient des empreintes qui se remplissaient d'eau et s'effaçaient aussitôt. Soudain, là, dans le ressac, il vit un tesson de porcelaine. Il s'arrêta pour le ramasser. Le fragment avait les bords lisses et mesurait un peu plus de deux centimètres de long. Il était blanc avec une petite tache bleue de la même teinte que celle qu'on pouvait voir sur les tessons de Morombe. Knox le lança en l'air et le rattrapa en pensant aux implications de cette découverte. Il le rangea dans sa poche, avant de retourner à l'Éden.

II

Les plaies de Rebecca avaient commencé à cicatriser dans la nuit. À son réveil, chaque mouvement fut un supplice. Cependant, elle n'avait pas l'intention de perdre sa matinée à pleurer sur son sort. Elle serra les dents, leva les jambes en l'air et s'aida de la gravité pour se lever. Puis elle clopina jusqu'au bureau de son père. Elle espérait que Daniel préparerait le petit déjeuner pour eux deux, mais découvrit qu'il était déjà parti. Au moins, elle allait avoir la possibilité de fouiller le bureau d'Adam de façon plus méthodique que lorsqu'elle avait cherché les papiers d'assurance de l'*Évelyne*.

Les tiroirs étaient remplis de dossiers suspendus multicolores, soigneusement étiquetés : banque, compagnie d'assurances, impôts, agent de change, etc. Plus loin, au milieu de dossiers personnels, Rebecca repéra une étiquette à son nom et trouva un petit paquet de lettres. Elle les lut avec un désarroi grandissant, tant il était évident que le cœur n'y était pas. Il y avait aussi deux cartes postales de Londres qu'elle ne se souvenait pas avoir envoyées. Elle les retourna et, stupéfaite, reconnut l'écriture d'Emilia. Elle avait dû faire son stage de sylviculture malgré tout.

— *Tu es venue quand même ? Et tu ne m'as rien dit ?*

— *Tu ne voulais pas de moi.*

— *C'est faux ! Ne dis pas ça !*

— *Tu m'avais oubliée.*

— *Bien sûr que non ! J'ai juste fait une erreur. Comment as-tu pu...*

— Quelque chose ne va pas ?

Rebecca leva les yeux et vit Daniel sur le pas de la porte. Craignant que sa voix ne trahisse son émotion, elle se contenta de secouer la tête. Il entra.

— Comment vous sentez-vous ? demanda-t-il.

— Mieux, merci.

— Vous voulez que je change vos bandages ?

— Non, Thérèse va s'en charger.

— Petit déjeuner ?

— Avec plaisir, merci.

Une fois Daniel parti, Rebecca remit ses lettres et les cartes postales de sa sœur dans le dossier pour commencer à étudier les finances d'Adam. Là encore, elle alla de surprise en surprise. Elle savait que son père avait de l'argent en Angleterre, car il payait ses frais universitaires à partir d'un compte ouvert dans une banque anglaise. En revanche, ici, il faisait toujours attention. Elle avait cru que les fins de mois étaient difficiles. Il avait construit l'*Évelyne* lui-même et la Jeep était une antiquité. Et pourtant, les documents qu'elle avait sous les yeux témoignaient d'une tout autre réalité. Daniel revint avec un plateau chargé de toasts, de confiture, de salade de fruits et de café.

— Y a-t-il autre chose que je puisse faire ? s'enquit-il en le posant sur le bureau.

— Non, je ne crois pas.

— Vous ne voulez pas savoir ce qu'il y a dans les récifs ?

— Je ne peux pas plonger avec ces bandages et je suis nulle en navigation.

— Alors je pourrais peut-être prendre l'*Évelyne* et aller voir moi-même.

— Seul ? Ce n'est pas trop risqué ?

— Je sais ce que je fais.

— Alors merci, c'est très gentil à vous.

— De rien. À plus tard.

Rebecca regarda Daniel partir, un sac de voyage à l'épaule, et s'en voulut de le tenir à l'écart alors qu'il ne cherchait visiblement qu'à l'aider. Mais les ravisseurs lui avaient interdit de parler, et Mustafa aussi. Elle reprit son analyse de la situation financière d'Adam. Sans compter l'Éden, celui-ci avait plus de sept cent cinquante mille livres en comptes titres et produits d'épargne en Angleterre, et possédait encore une maison près d'Oxford. Outre les loyers, dividendes et intérêts, il avait également de nombreuses sources de revenu. Le Landseer Trust organisait au moins deux expéditions par an ici. Chacune réunissait douze à vingt bénévoles qui payaient une fortune pour avoir le privilège de fouiller la forêt et les récifs. Adam avait aussi écrit plusieurs articles dans des revues, testé un système de traçage G.P.S., et fait office d'agent pour des artisans locaux en vendant leurs créations à des négociants de Londres et de Munich. Et depuis que les touristes venaient en plus grand nombre sur cette côte, il en accueillait à l'Éden et proposait des excursions à bord de l'*Évelyne* ou des parties de pêche en haute mer. Tout était scrupuleusement consigné, déclaré et archivé dans ces tiroirs. Rebecca comprit alors que quiconque avait eu accès au pavillon avait pu découvrir la richesse de son père et voir en lui une cible très tentante.

Chapitre 28

I

Boris revit la scène de la fusillade et se redressa brusquement dans son lit. Ce n'étaient pas les remords qui l'étreignaient, mais la conscience subite d'avoir fait une erreur. Il avait poignardé la tomate avant que le Raging Bull ne lui éclate la cervelle, mais il avait essuyé son couteau, puis l'avait rengainé et gardé sur lui. Comment avait-il pu être aussi stupide ? La police malgache ne valait pas grand-chose, d'après ce qu'il avait pu en voir, mais elle allait forcément se demander où était passé le couteau. Au bout du compte, elle finirait par comprendre qu'une troisième personne avait participé à la fusillade.

Boris se leva, enfila un pantalon et alla trouver Davit. Celui-ci dormait à poings fermés. Claudia était pelotonnée contre lui et ils se tenaient la main comme des adolescents. Boris donna un violent coup de pied dans le lit.

— Quelle heure est-il ? grommela Davit.

— L'heure d'y aller.

Les deux hommes traînèrent le bateau jusqu'à la mer, chargèrent leur matériel de camping et leurs provisions, et montèrent le moteur hors-bord. Lorsque Davit eut aidé Claudia à s'asseoir sur le banc, ils poussèrent le bateau dans les vagues et sautèrent à bord, chacun d'un côté pour éviter qu'il ne chavire. Néanmoins, il s'affaissa profondément dans la mer agitée sous le poids de son chargement.

— On devrait peut-être laisser Claudia ici, suggéra Davit.

— C'est toi qu'on devrait laisser ici, maugréa Boris.

— Ça vous plairait, hein ?

— Je plaisantais, soupira Boris. Tu es deux fois plus lourd qu'elle.

— Bon, on verra comment ça se passe. Allons-y lentement et restons près du rivage au cas où on aurait un problème.

— Et si on a un problème, qu'est-ce qu'on fait ?

— On avisera, répondit Davit en haussant les épaules.

II

Knox avança dans l'eau jusqu'à l'*Évelyne* et prit quelques minutes pour étudier la carte des récifs de l'Éden, punaisée sur le tableau en liège. Jusqu'à présent, rien n'avait confirmé son intuition selon laquelle la disparition d'Adam et Emilia était liée au sauvetage qu'ils allaient entreprendre. Mais rien ne l'avait contredite non plus. Au lieu de fouiller les récifs au hasard, il pouvait donc aussi bien circonscrire ses recherches au site de l'épave. Du reste, il aurait un peu moins mauvaise conscience par rapport à Miles.

Emilia avait gardé l'emplacement de l'épave secret, tout en laissant échapper quelques indices. Knox savait, par exemple, que le site se trouvait à un peu plus de trente mètres de profondeur. Cela excluait toute la lagune de l'Éden, qui ne faisait pas plus de vingt-cinq mètres de profondeur, et tout ce qui se situait au-delà de la zone pélagique. Emilia avait également raconté que son père et elle avaient trouvé l'épave lors d'un examen de routine des coraux. Mois après mois, année après année, ils devaient explorer tous les récifs pour voir si les coraux blanchissaient ou présentaient d'autres signes de maladie. S'ils n'avaient certainement pas marqué l'emplacement de l'épave afin de le garder secret, il paraissait probable qu'ils aient indiqué sur la carte quels coraux avaient été examinés le jour de leur découverte. Mais quel symbole avaient-ils utilisé ? Il y avait trois à quatre cents signes sur la carte et Knox ne savait même pas lesquels représentaient des coraux.

Il retira les punaises pour regarder s'il y avait une légende au verso. Ne trouvant rien, il sortit et consulta d'autres cartes, sans plus de succès. Néanmoins, au fond du porte-parapluies, il en dénicha une à l'aspect défraîchi. Il ne l'avait pas repérée auparavant car elle était plus petite que les autres et ne dépassait pas. C'était une reproduction d'une carte ancienne du monde, qui lui rappelait quelque chose mais se révélait de très mauvaise qualité. Elle se composait d'impressions en noir et blanc, floues, assemblées et collées sur un carton. Il sortit pour mieux la voir et comprit pourquoi il avait du mal à la reconnaître : il la tenait à l'envers.

Aujourd'hui, les cartes plaçaient le nord en haut et l'Europe au centre. Il était de bon ton d'imputer cette orientation à l'arrogance des Occidentaux, mais Knox ne partageait pas ce point de vue. Il lui semblait naturel qu'un cartographe place son pays au centre de sa carte. Quant à l'emplacement du nord, ce n'était pas tant une question d'arrogance que de sens du courant. Les anciens Égyptiens, par exemple, avaient construit toute leur vie autour du Nil. Or, le Nil allait du sud vers le nord en suivant la pente naturelle du terrain. Par conséquent, ils avaient situé la Haute-Égypte au sud et la Basse-Égypte au nord. Les cartes modernes s'inspiraient d'un des grands traités de Ptolémée : *La Géographie*. Ayant vécu à Alexandrie, Ptolémée aurait pu adopter le style égyptien, mais il était grec. Or, les Grecs plaçaient le nord en haut. Cependant, après le schisme qui avait séparé Rome de Constantinople, Ptolémée était tombé dans l'oubli. Et lorsque les chrétiens du Moyen Âge avaient commencé à réaliser leurs propres cartes, c'était l'est qu'ils avaient placé en haut, et non le nord, car ils voyaient le monde comme une métaphore cosmique du Christ, dont la tête auréolée était représentée par le soleil levant. À la même époque, le haut de la carte était réservé au sud chez les Arabes. Comme ceux-ci étaient les grands navigateurs de leur temps, de nombreux cartographes s'étaient inspirés de leurs travaux et avaient opté pour la même orientation. C'était le cas de Fra Mauro, moine vénitien et auteur de la carte dont Knox tenait une copie entre les mains.

Réalisée en 1459, cette carte n'avait pas seulement la particularité d'être dessinée à l'envers. Fra Mauro l'avait annotée en indiquant ses sources, sans toutefois les nommer précisément. D'après un de ses informateurs, un immense navire en provenance de l'est était arrivé au cap de Bonne-Espérance vers 1420 et avait parcouru environ deux milles vers l'ouest, avant d'abandonner et de faire demi-tour. Cette description laconique n'apportait aucune preuve, mais il pouvait tout à fait s'agir d'un navire-trésor, d'autant que la date correspondait parfaitement à celle du sixième voyage de Zheng He. Si c'était le cas, c'était la seule mention connue du passage d'un navire-trésor à cet endroit. Aucun autre n'était allé aussi loin au sud et à l'ouest.

Knox était parti du principe que, si Adam et Emilia avaient trouvé une épave chinoise dans les récifs, il s'agissait d'un navire issu de la même flotte que celui de Morombe. Mais la présence de la carte de Fra Mauro à bord de l'*Évelyne* laissait entendre que les Kirkpatrick avaient émis une hypothèse beaucoup plus simple, à savoir qu'il n'y avait qu'un seul navire, celui qui avait été vu deux fois au cap de Bonne-Espérance.

Ricky Cheung avait ignoré Fra Mauro et son informateur. Le passage d'un seul navire-trésor ne concordait pas avec son idée d'une vaste flotte chinoise, qui aurait navigué jusqu'au Nouveau Monde, cartographié les terres et établi des colonies sur place, avant de retourner en Chine. De plus, la source de Fra Mauro avait clairement indiqué que l'équipage du navire n'avait rien trouvé au cours de son trajet de deux milles marins à l'ouest. Rien, à part la mer. Et pourtant, Knox s'était toujours interrogé à ce propos.

Ce n'était peut-être que la version officielle de la réalité.

III

Après avoir fouillé tous les tiroirs du bureau, Rebecca alluma l'ordinateur. Le gestionnaire de documents témoignait des nombreux centres d'intérêt de son père. Il y avait des dossiers sur la zoologie, la géologie, la géographie, l'astronomie, la médecine, l'anthropologie, l'anatomie et la linguistique. Chacun contenait des dizaines d'articles de revues scientifiques, qu'Adam téléchargeait environ une fois par mois dans un cybercafé de Toliary, où il consultait également sa messagerie électronique et postait de nouveaux textes, podcasts et photos sur le site de l'Éden.

Rebecca consulta la liste des fichiers que son père avait ouverts récemment et tomba sur une lettre destinée à sa mère.

Évelyne, ma chérie, encore une année de passée ! Je n'arrive pas à y croire.

Je commence par la grande nouvelle de l'année : nous sommes les heureux grands-parents d'un petit Michel, qui porte le nom de ton père. Il est magnifique. Il te ressemble. Sa mère et lui sont en excellente santé. Emilia viendra te dire bonjour et te racontera tout en détail à la fin de cette lettre. Elle te parlera de tous nos projets, qui progressent de façon satisfaisante. Juste un mot à son sujet, cependant : la maternité lui va à ravir, comme nous nous en sommes toujours doutés. Elle est épanouie, sûre d'elle et prête à défendre ses points de vue. Elle me rappelle à quel point devenir parent fixe notre place dans le monde et donne un sens à notre vie. Elle est si forte ! Elle marchait douze heures après l'accouchement. Elle a tout de suite voulu emmener Michel naviguer avec nous. Je lui ai dit que ce n'était qu'un bébé, que la mer pouvait attendre. Ton homonyme est un bon bateau, mon amour, mais j'hésitais à lui confier notre premier petit-fils ! Bien sûr, Emilia est parvenue à me convaincre, comme toujours. Mais lorsqu'elle est montée à bord avec Michel dans les bras, elle a glissé sur le dernier barreau de l'échelle et ils sont tous deux tombés sur le pont la tête la première. Le pauvre petit s'est mis à hurler, je n'ai pas pu m'empêcher de la sermonner un peu.

Quand je construisais les cabanons, scie et marteau en main, tu me regardais avec une profonde désapprobation, comme si le travail manuel n'était pas digne d'un professeur de biologie d'Oxford. Michel me regarde avec la même expression. Il regarde tout le monde de cette façon. C'est ainsi qu'il voit le monde. Et à chaque fois qu'il pose les yeux sur moi, j'en ai le cœur serré. Je pense à toi, c'est plus fort que moi. Tu me manques tellement, encore plus qu'avant, plus que je ne pourrais jamais le dire. Ce n'est pas raisonnable, je le sais bien. Des tas de gens vont et viennent à la réserve : des scientifiques, des zoologistes, des touristes, etc. Certaines femmes sont très entreprenantes et m'offrent ouvertement leurs charmes. Elles ont peut-être pitié de moi. Ou bien elles se sentent seules et c'est la raison pour laquelle elles voyagent. Mais je n'ai pas la moindre attirance pour elles. Ce serait comme entrer dans la bibliothèque d'un pays étranger dont on ne connaît pas la langue. Les livres me rappelleraient le plaisir de la lecture, mais je n'y trouverais rien.

Notre chère Rebecca poursuit son triomphe. Elle est devenue très belle. Elle a tes magnifiques cheveux bruns. En tournage, elle les porte en chignon, mais, parfois, elle les garde sur les épaules et les coiffe en arrière avec ses doigts, comme tu le faisais, et cela me ramène instantanément à la première fois que je t'ai vue. Ce jour-là, j'ai su tout de suite ce que j'attendais de la vie. Tout le monde devrait pouvoir vivre un tel moment ; sans cela, notre séjour ici-bas n'a pas de sens. Parfois, elle m'envoie des enregistrements de ses émissions. J'ai peur pour elle quand je la vois. Elle approche crocodiles, serpents et tigres comme s'il s'agissait d'animaux domestiques, puis elle leur tourne le dos pour faire face à la caméra. Elle n'a peur de rien ou, plutôt, la peur lui donne un supplément d'âme, comme une bougie à l'intérieur d'une citrouille. Elle crève l'écran au milieu de ces bêtes sauvages. D'après ce que j'ai compris, elle écrit elle-même ses textes, dont je suis extrêmement fier. Ils sont clairs, intelligents, pleins d'esprit et minutés à la perfection. Ce qui m'inquiète, c'est sa vision de plus en plus sombre de la nature humaine. Le comportementalisme est une discipline très dangereuse. On finit par regarder le monde à travers une vitre. On observe, on diagnostique, on classe les autres dans diverses catégories et, au bout du compte, on se croit supérieur à eux. Ce n'est pas une vie. Je le sais, car j'étais comme Rebecca avant de te rencontrer. Parfois, quand je suis à Toliary, je navigue sur Internet à la recherche d'articles la concernant. Sur les photos, je ne la vois jamais au bras du même homme. J'ai peur qu'elle soit trop marquée par ma terrible colère pour pouvoir totalement baisser sa garde. Cela me peinerait beaucoup si c'était le cas, mais j'ai encore l'espoir qu'un jour elle tombe amoureuse avant même de s'en rendre compte.

Elle a eu la gentillesse de chercher et de m'envoyer des copies de mes vieux documentaires. Enfin, elle ne me les a pas envoyées elle-même. Elle les a fait envoyer par un de ses employés, qui a signé pour elle en son absence. Quand je les ai regardées, j'ai eu envie de rentrer sous terre. J'avais oublié à quel point j'étais imbu de ma personne. Quel manque de naturel ! Je croyais que les connaissances suffisaient, que les grandes idées étaient contagieuses.

Rebecca leva les yeux au-dessus de l'écran. Adam avait raison à propos de ses documentaires : ils étaient académiques, patriciens, pompeux et horriblement datés. Et pourtant, lorsqu'elle les avait visionnés, elle y avait trouvé quelque chose qui manquait dans les siens et qu'elle lui avait envié, quelque chose comme l'intégrité, voire l'amour. En le regardant, en l'écoutant, elle s'était rappelé que l'étude des animaux dans leur environnement était une discipline exigeante, dans laquelle chaque nouvelle connaissance n'était acquise qu'au prix d'années de travail sur le terrain et dont les résultats faisaient rarement les gros titres. L'expérience de son père était palpable à travers ses documentaires. Si la BBC lui avait commandé cette série, d'abord radiodiffusée puis télévisée, ce n'était pas pour son apparence ni sa présence à l'écran, mais parce qu'il était un des plus grands biologistes de Grande-Bretagne. Depuis, par chance pour la carrière de Rebecca, la télévision avait compris qu'elle n'avait pas besoin de substance. Mais Rebecca, elle, avait été tout à fait capable de voir la différence.

Bien sûr, Emilia et moi n'osons rien lui dire. Elle peut couper les ponts à tout moment et nous ne pouvons pas prendre le risque de lui donner un prétexte. Un jour, elle sera prête et elle nous le fera savoir. Enfin, c'est ce que je me dis. Certains jours toutefois, j'ai peur qu'elle ne me pardonne jamais. Les remords n'appellent pas le pardon de toute façon, mais l'expiation. Lorsque tu m'as révélé ton secret, tu m'as fait promettre de ne jamais le répéter à Rebecca. Mais tu pensais que j'étais un homme bon, capable de se contrôler. Je ne peux pas croire que tu aurais laissé notre famille se déchirer à cause de ce secret. Je ne peux pas le croire. Il faut que je lui parle, Évelyne. J'ai besoin de m'expliquer avec elle, d'obtenir son pardon. Je voudrais au moins qu'elle comprenne. Je t'en prie, ma chérie, tu dois trouver un moyen de me libérer de ma promesse ou elle paiera toute sa vie les péchés de son père.

C'en était trop ! Rebecca se leva et boita jusqu'à la porte d'entrée du pavillon. Dehors, en entendant une fauvette chanter à pleins poumons, elle repensa au jour où, enfant, elle avait posé à son père cette question rebattue et pourtant fondamentale : inné ou acquis ? Elle posait régulièrement ce genre de question. Et ce n'était pas tant par curiosité que parce que son père prenait un immense plaisir à y répondre. Lui faire plaisir avait toujours été sa plus grande joie.

Comme à son habitude, Adam avait répondu par une expérience. Pourquoi dire quand on pouvait montrer ? Il avait construit, en compagnie de ses deux filles, une immense volière dans la forêt. Puis il avait volé des œufs dans un nid de fauvette et nourri trois oisillons à la main. Les fauvettes de Madagascar avaient un chant très caractéristique, que Rebecca connaissait bien pour l'avoir souvent entendu pendant la saison des amours. Si le chant des fauvettes en captivité était le même que celui des autres, cela signifierait qu'il était inné. S'il différait ou si les fauvettes ne chantaient pas, cela signifierait qu'il était acquis. Rebecca avait dû attendre des mois avant d'obtenir une réponse à sa question, mais les fauvettes de la volière avaient fini par chanter de façon légèrement différente. Le comportement était à la fois inné et acquis.

La fauvette continuait à chanter comme si elle avait un trop-plein de vie dans la poitrine. Avec le recul, cela pouvait sembler cruel d'avoir mis en cage des oiseaux aussi gais et débordants de vitalité pour une réponse qu'Adam aurait pu donner en une minute. Mais à l'époque, c'était différent. Le monde était devenu ridiculement sentimental. De nos jours, on ne pouvait pas écraser un cafard sans se faire insulter par les défenseurs de tout poil. Et les expériences sur les êtres humains étaient à proscrire, bien entendu. Pourtant, la vie fournissait parfois des exemples intéressants : vrais jumeaux séparés à la naissance ; enfants placés dans une famille nourricière ou adoptés ; enfants illégitimes. On avait beaucoup à apprendre des enfants adultérins, qui étaient beaucoup plus nombreux qu'on ne le pensait. Les études génétiques montraient que, parmi les enfants nés de couples apparemment stables, un sur dix était en réalité le fruit d'une infidélité. Un sur dix ! Parfois, lorsqu'elle rencontrait une grande famille, Rebecca se demandait lesquels de ses membres seraient surpris par le résultat d'un test A.D.N. Cependant, ce n'était pas un sujet à prendre à la légère. Les liens de parenté constituaient un élément si fondamental de l'identité que, lorsqu'on évoquait la simple possibilité de les remettre en question, la plupart des gens réagissaient avec colère, s'emmuraient dans le déni et refusaient d'envisager qu'ils puissent être le fruit d'une liaison, même en présence de preuves irréfutables.

Cette étroitesse d'esprit faisait toujours sourire Rebecca. Ses réflexions furent brusquement interrompues par les cris d'un bébé contrarié. Comme promis, Thérèse, qui portait Xandra et Michel, était venue changer ses bandages.

Chapitre 29

I

— Bon sang ! Fais attention ! cria Boris, de nouveau éclaboussé d'écume.

— Désolé, dit Davit.

— À quoi ça sert d'être désolé ? Arrête, c'est tout.

— Je n'y peux rien. Si je ralentis, on n'est pas près d'arriver.

Boris jeta un regard mauvais à Davit. Celui-ci considéra néanmoins qu'il n'était pas dans son tort. Claudia somnolait contre lui, c'était sûrement pour ça. Il cherchait à l'impressionner. La colère de Boris contre cette fille n'avait d'égale que son désir. Elle était vêtue d'une robe blanche qui s'arrêtait au-dessus du genou et sous laquelle elle ne portait qu'une culotte. À chaque fois qu'elle était aspergée d'eau, le tissu devenait transparent. Boris n'avait pas oublié l'insolence avec laquelle elle avait rejeté son offre, pourtant généreuse, et son irritation ne faisait que croître. Elle avait besoin d'être prise en main. Et il allait lui montrer qui était le patron.

Il déplia sa carte pour évaluer leur position d'après les îlots qui se succédaient au loin comme des coquilles d'huîtres retournées. Ils progressaient avec une lenteur désespérante. À ce rythme-là, ils ne seraient jamais à l'Éden avant la tombée de la nuit. Par conséquent, ils allaient devoir s'arrêter plus tôt pour installer leur campement avant qu'il ne fasse trop sombre. Boris rangea sa carte et ses yeux se posèrent spontanément sur Claudia : sa robe s'était un peu retroussée et laissait voir ses cuisses. Il se passa la langue sur les lèvres.

La proue du bateau plongea au creux d'une vague, si bien que Boris fut de nouveau trempé. Il lança un regard furieux à Davit, qui lui adressa un geste d'excuse avec un air innocent, mais il n'était pas dupe.

Que ça allait être bon de lui prendre Claudia !

II

Knox suivit la direction d'un groupe de symboles indiqués sur la carte à une trentaine de mètres de là avant de jeter l'ancre. Il vérifia son équipement puis enfila sa combinaison de plongée. Plonger en solo avec un recycleur était une mauvaise habitude, mais tout irait bien s'il respectait les règles et faisait des pauses. Il se laissa tomber en arrière et rompit bruyamment la surface. L'eau était froide, mais la visibilité excellente, bien qu'il y eût de moins en moins de lumière au fur et à mesure qu'il descendait. Le lit marin était jonché de coraux-cerveaux et corne-de-cerf. Impossible de dire lesquels avaient attiré l'attention d'Adam ni pourquoi celui-ci avait griffonné tant de symboles à cet endroit. Knox nagea en spirale autour de l'*Évelyne* et, au bout d'un moment, remonta sans se presser.

Pour mieux profiter du soleil, désormais haut dans le ciel, il ouvrit sa combinaison de plongée, alla s'asseoir sur le pont avec une bouteille d'eau et regarda les vagues se briser doucement mais inexorablement contre les récifs, comme elles le faisaient jour après jour depuis des siècles, depuis des millénaires.

Le *Winterton* avait été bloqué trois jours sur un de ces récifs avant de sombrer. Trois jours ! Quel calvaire pour l'équipage et les passagers ! Ils avaient dû prier pour avoir une place à bord des quelques canots de sauvetage ou pour être emmenés par les pêcheurs venus les aider pendant que leur embarcation se déchirait sous leurs pieds. Bien sûr, ils avaient essayé de sauver le navire. Leur premier réflexe, après la collision, avait été de tout jeter par-dessus bord pour l'alléger et le dégager du récif.

Knox se demanda ce qui avait bien pu arriver aux navigateurs chinois. Les yeux fermés, il essaya de se représenter l'immense navire-trésor en train de s'échouer sur le récif à son retour du cap de Bonne-Espérance. Il imagina le chaos, la terreur. Ce n'était déjà pas facile de donner des ordres sur un bateau de cette taille en temps normal, alors après une telle catastrophe, survenue, sans doute, comme c'était souvent le cas, au milieu de la nuit ou pendant une tempête. Mais les matelots savaient comment réagir, y compris en l'absence de commandement. Il fallait jeter tout ce qu'on pouvait par-dessus bord pour alléger le navire et essayer de le remettre à flot. Les ancres et les canons étaient bien sûr les premiers objets lourds à être sacrifiés. Et c'était précisément ce qui avait été retrouvé sur le site de Morombe. En outre, une cale de chargement avait pu être transpercée, ce qui aurait expliqué la présence de poterie et autres artefacts.

Les navires chinois étaient équipés de cloisons étanches pour limiter les dégâts en cas d'endommagement de la coque. Mais à supposer qu'il ait été remis à flot, le navire-trésor aurait été bloqué par le récif, dans le noir et la tempête. L'eau montant rapidement, il aurait fallu qu'il repère une passe avant de sombrer.

Une passe comme celle qui se trouvait ici.

III

Rebecca alla accueillir Thérèse. Michel lui sourit lorsqu'elle le prit dans ses bras, ce qui provoqua en elle une émotion étrange. Les deux amies marchèrent ensemble jusqu'à la clinique et déposèrent les enfants dans de petits lits en bois assortis.

— Tu n'aurais pas les dossiers médicaux de mon père et de ma sœur, par hasard ? demanda Rebecca.

— Sûr que je les ai, répondit Thérèse. Pourquoi ?

— La police a trouvé du sang sur le bateau et cherche à savoir s'il s'agit de celui d'Adam ou Emilia.

Thérèse parut consternée par cette nouvelle. Elle chercha les groupes sanguins des disparus et les nota pour Rebecca.

— Bon, dit-elle en hochant la tête en direction de la table d'examen, montre-moi ce qu'il a fait, ton homme !

Rebecca s'en remit à Thérèse sans la moindre hésitation. De nombreux Malgaches avaient des difficultés à comprendre la médecine occidentale, car ils pensaient que la maladie était provoquée par des grigris, des sortilèges et des malédictions que seule la magie pouvait lever. Mais Thérèse en avait tout de suite saisi les principes. Avec les années, elle était devenue expérimentée, intuitive et énergique.

— Tu as fait ça sur les coraux ? murmura-t-elle en voyant l'étendue des blessures de Rebecca. Tu es partie trop longtemps si tu as oublié que les coraux sont dangereux !

— Oui.

— Pourquoi tu es partie si longtemps ? Pourquoi tu es cruelle comme ça avec ton père et ta sœur ? Tu aimes faire du mal à ta famille et à tes amis, ma parole !

— Je n'ai jamais eu le temps de revenir.

— Tu l'as, le temps, maintenant ! ironisa Thérèse. Et c'est trop tard. Ton père, tu lui as brisé le cœur, c'est vrai. L'a perdu sa femme. Et après, toi. Tous ceux qu'il aimait sont partis. (Elle retira les pansements que Rebecca avait sur les mains pour examiner ses plaies, devenues multicolores.) Ton homme est un bon infirmier, déclara-t-elle sur un ton approbateur. Où a-t-il appris ?

— Il a de grosses cicatrices de brûlures, se souvint Rebecca. Peut-être a-t-il appris en changeant ses propres pansements.

— Des brûlures ? s'écria Thérèse, interloquée. Où ça ?

— Sur les épaules et le dos. Pourquoi ?

— Pour rien, pour rien.

Intriguée, Rebecca n'insista pas. Elle regarda Thérèse nettoyer et désinfecter ses plaies, avant de refaire les bandages.

— Je reviens demain, oui ? dit la jeune infirmière lorsqu'elle eut terminé.

— Pas demain, je ne serai pas là. Après-demain.

Thérèse fit la moue mais connaissait trop bien son amie pour lui faire la morale. Elle reprit Xandra dans ses bras. Rebecca la raccompagna jusqu'à la porte avec Michel, avant de le lui confier de nouveau. Puis elle retourna au bureau et se replongea dans la lettre d'Adam à Évelyne.

Mais ne sombrons pas dans la mélancolie. Voici donc les dernières nouvelles : Pierre vient souvent nous voir. Il paraît toujours aussi étonné par la vie et par sa propre nature. Rien de ce qui se passe autour de lui ne semble jamais l'ébranler. Il a commandé des brochures en couleur à une imprimerie de Toliary et refuse de les payer parce que deux photos sont légèrement floues ! Je sais que je devrais le blâmer davantage, mais c'est un enfant.

Thérèse m'a demandé de te faire ses amitiés. Elle a un bébé, elle aussi, une petite fille prénommée Xandra Évelyne, en souvenir de toi. Je prie chaque soir pour que cette enfant vive. Thérèse est merveilleuse, totalement désintéressée. Elle garde Michel à chaque fois qu'Emilia et moi allons en mer. Et elle refuse qu'on la paie, de même que pour son travail à la clinique. Cependant, Pierre vient chercher ce que nous lui devons.

Malheureusement, je suis souvent obligé d'aller à Toliary. Si je pouvais, je passerais tout mon temps à l'Éden. Je suis comme la rainette, qui ne supporte pas les coassements de ses semblables. Je tombe à chaque fois sur ce cher Mustafa Habib. Il sait toujours où me trouver. Un jour, il a même insisté pour qu'Emilia et moi allions déjeuner dans son foutu palace. Il n'a pas cessé de me harceler avec son projet pour l'Éden. Il voudrait investir dans la réserve, afin qu'Ahdaf puisse y travailler ! Je n'arrête pas de lui dire qu'il s'adresse à la mauvaise personne, mais il n'a pas l'air de me croire.

La lettre se poursuivait sur encore trois pages, dans lesquelles Adam décrivait les activités de personnes que Rebecca ne connaissait pas ou dont elle se souvenait à peine. Lorsqu'elle l'eut terminée, Rebecca retourna au dossier et constata qu'il y en avait une par an, écrite à l'anniversaire de la mort d'Évelyne. L'amour d'Adam pour sa défunte épouse, depuis quinze ans, était extraordinaire et très émouvant. En tant que spécialiste du comportement, Rebecca considérait presque l'amour comme une adaptation, destinée à lier un mâle et une femelle assez longtemps pour qu'ils puissent procréer. Mais l'amour de son père se trouvait en totale contradiction avec cette théorie. Il existait une espèce de lotte de mer, chez laquelle le mâle s'enchâssait littéralement dans la femelle et devenait dépendant d'elle pour son alimentation, sa survie et sa reproduction. Adam avait été un peu comme ça avec Évelyne. Il avait renoncé à son ancienne vie et à sa carrière pour elle.

Quand elles étaient petites, Rebecca et Emilia avaient absolument voulu savoir comment leurs parents s'étaient rencontrés. Adam était un célibataire endurci, qui méprisait l'idée du mariage. Puis il était venu tourner un documentaire à Madagascar. Arrivé dans le sud-ouest, il avait eu besoin d'un traducteur et on lui avait recommandé Évelyne. Celle-ci enseignait les langues à l'école internationale de Toliary. Dès qu'il avait posé les yeux sur elle, Adam était tombé amoureux. Ses difficultés à lui parler avaient laissé penser à Évelyne qu'il avait un retard mental (elle avait pris le producteur à part et lui avait demandé pourquoi une société aussi riche et respectée que la BBC avait recruté un présentateur aussi idiot). Ayant perdu l'appétit et le sommeil, Adam faisait tant d'erreurs que son équipe devenait folle. Au bout de quatre jours, il avait demandé Évelyne en mariage. Elle avait éclaté de rire, avant de lui répondre que c'était un drôle de bonhomme et que, de toute façon, elle ne quitterait jamais Madagascar. Il était retourné en Angleterre le cœur gros en se disant qu'il finirait par l'oublier, comme le suggéraient toutes ses théories. Mais le temps avait passé et son amour n'avait fait que grandir. Tout s'était vidé de son sens. Le succès et la célébrité étaient devenus sans importance. Il avait fini par tomber malade. Vaincu, il avait écouté son cœur. Après avoir quitté sa chaire universitaire et renoncé à sa carrière à la télévision, il était revenu à Madagascar.

Évelyne l'avait épousé un mois plus tard.

Chapitre 30

I

De l'autre côté des récifs, la mer offrait un spectacle d'une extraordinaire variété. Au cours de sa deuxième plongée, Knox traversa des champs d'algues et atteignit un jardin de corail spectaculaire, une cité engloutie aux couleurs éclatantes, où d'immenses bancs de labres et de chétodons ondulaient autour de lui comme du papier iridescent.

Sa troisième plongée fut également tout à fait différente. Le labyrinthe rocheux du lit marin ressemblait à un décor de western recréé au fond d'un lac. Knox nagea dans le dédale et, arrivé au bout d'un ravin, découvrit que le lit marin tombait pratiquement à pic. Il se trouvait au bout du plateau corallien. Il longea celui-ci en direction du nord pendant quelques minutes, jusqu'à ce qu'il aperçoive, loin dans les profondeurs de la mer, quelque chose qui rappelait l'orange fluorescent des gilets de sauvetage. Il craignit le pire, mais découvrit en s'approchant des bouées retenues par un câble qui disparaissait dans le noir. Il s'agissait sans doute d'un dispositif de concentration de poissons. Knox en avait déjà entendu parler, sans en avoir jamais vu. Les biologistes marins fixaient l'extrémité d'un câble à un vieil essieu de camion, par exemple, et l'autre à des bouées. Puis ils jetaient le tout en haute mer. L'essieu sombrait jusqu'au lit marin, tandis que les bouées remontaient à la surface, de telle sorte que le câble était tendu verticalement. Des algues poussaient tout autour du câble et attiraient des bancs de poissons végétariens, qui appâtaient à leur tour de plus gros poissons.

Ainsi, les biologistes marins disposaient d'un point fixe pour étudier les populations de poissons pélagiques et les pêcheurs locaux d'endroits où exercer leur métier sans endommager le récif. Le câble qui se trouvait au-dessous de Knox jouait bien son rôle. Il était entouré d'une nuée de petits poissons, dans laquelle on discernait l'ombre des prédateurs. Un jeune requin à pointes blanches vit Knox et avança paresseusement dans sa direction, plus par curiosité que pour le menacer, avant de s'éloigner dans des eaux moins profondes. De retour dans le labyrinthe, Knox découvrit une sorte de décharge sous-marine, où les courants avaient rassemblé au fil des siècles un gigantesque amas de détritus. Il passa quelques centimètres au-dessus en veillant à ne pas remuer les sédiments et se mit en quête d'artefacts. Aussitôt il repéra plusieurs fragments de porcelaine et de poterie, éparpillés au milieu de coquillages, de coraux morts, d'ossements et de cartilages. Mais il n'avait pas trouvé d'épave pour autant, ni même le moindre signe du passage d'Adam ou d'Emilia. Les heures passaient et le secteur qu'il avait exploré était minuscule par rapport à l'étendue des récifs de l'Éden.

La zone de fouille était trop vaste. Knox ne s'en sortirait pas tout seul. Il avait besoin d'aide. À Morombe, quinze autres plongeurs cherchaient l'épave dans l'urgence. Or, ils étaient certainement au mauvais endroit. Il fallait qu'il les fasse venir ici. Mais avant d'aborder le sujet avec Miles, il allait devoir dire la vérité à Rebecca.

Il ne pouvait plus lui mentir. Il fallait qu'elle sache qui il était.

II

Adam avait des centaines de photos personnelles sur son ordinateur et encore beaucoup d'autres sur des CD. Rebecca entreprit de les visionner pour voir si l'une d'elles avait pu faire l'objet d'un montage pour la prise d'otages. Elle ne trouva rien de la sorte, mais fut happée par toute l'histoire familiale qu'elle avait manquée ces onze dernières années : joies, chagrins, amitiés et séparations.

Arrivée au bout de tous les CD, elle décida de feuilleter les vieux albums de son père et, d'une main tremblante, sortit celui de l'année où elle était partie en Angleterre. Elle ne tarda pas à tomber sur une photo d'elle tenant Emilia par les épaules, sous la véranda. Il y en avait beaucoup d'autres, où on la voyait seule, avec Emilia ou avec son père, dans les bois ou à la plage. Elle était stupéfaite de voir à quel point elle semblait heureuse. Certes, les albums donnaient une vision partiale de la réalité, car on n'y mettait que les photos que l'on aimait, mais il lui était tout de même difficile de concilier ces portraits rayonnants avec ses souvenirs les plus sombres.

L'après-midi passa et elle commença à se préparer pour le lendemain matin. Elle fit le plein de carburant et d'huile, puis prit un sac dans lequel mettre l'argent, même si Mustafa en aurait sans doute un. L'idée de le donner aux ravisseurs lui donna la nausée. Ce n'était pas juste à cause de l'argent ; elle détestait qu'on la manipule. Si seulement elle pouvait trouver un moyen de...

Soudain, une information lui revint à l'esprit. Elle retourna dans le bureau. Oui, les comptes d'Adam faisaient bien état de tests qu'il avait effectués sur un système de traçage G.P.S. destiné à être utilisé dans la brousse. Rebecca fouilla le pavillon pièce par pièce et finit par trouver deux cartons dans un placard de la clinique, l'un plein, l'autre vide. L'émetteur était un petit cylindre blanc d'environ cinq centimètres de long, semblable à une cigarette sans filtre. Le traceur, plus volumineux, était équipé d'un écran intégré. Le carton comportait également un collier, un harnais et une colle pour fixer l'émetteur sur un animal, ainsi qu'un mode d'emploi, écrit dans un anglais si incompréhensible qu'elle préféra procéder de manière empirique. L'émetteur fonctionnait avec des piles au lithium pour réduire au maximum le poids et l'encombrement. Il envoyait des données par paquets à intervalles réglables. Rebecca le régla sur une heure, ce qui lui semblait suffisant pour tracer une cible sans épuiser les piles. Puis elle l'éteignit et se demanda comment elle allait pouvoir l'utiliser.

Les ravisseurs n'étaient pas stupides. Ils fouilleraient certainement le sac contenant l'argent avant de libérer les otages. Et s'ils voyaient l'émetteur, ils les tueraient. Si elle le gardait sur elle, en revanche, Rebecca pourrait le placer au meilleur endroit au moment le plus opportun. À moins qu'elle ne le conserve jusqu'au bout au cas où elle serait également enlevée. Dans ce cas, il faudrait qu'elle donne le traceur à une personne de confiance, qui aurait pour mission de l'apporter à la police si jamais elle venait à disparaître. Elle pourrait laisser un mot à la clinique. Thérèse le trouverait le surlendemain en venant changer ses pansements. Il y avait aussi Daniel. Soit elle lui confiait le traceur, soit elle lui disait toute la vérité. Elle se rendit compte qu'elle avait envie de l'avoir auprès d'elle et de lui expliquer pourquoi elle avait été si distante avec lui.

Elle sortit, regarda en direction de la mer, mais ne le vit pas. Elle gravit les marches menant au toit du pavillon, depuis lequel on avait une vue magnifique sur une petite pointe de forêt qui avançait dans la lagune. Son père avait installé une longue-vue sur le toit pour observer le ciel, la nuit, mais surtout pour surveiller les récifs de l'Éden et s'assurer que personne ne pêchait dans les eaux protégées. Elle retira la housse et le capuchon de l'objectif, et regarda le long du rivage. La résolution était excellente. Des enfants ramassaient des coquillages dans les rochers, loin en direction du sud, tandis que leurs mères lavaient du linge dans l'eau de mer en bavardant. Trois pêcheurs traînaient leur filet, puis assommaient leur prise contre les rochers. Rebecca orienta la longue-vue vers le large et repéra l'*Évelyne*, de l'autre côté du récif, voile ferlée et visiblement à l'ancre.

Elle fit le point sur Daniel, qui gravissait l'échelle de poupe. Vêtu d'une combinaison de plongée, il avait sur le dos un boîtier noir et jaune. Ce n'était pas une bouteille de plongée mais un recycleur à circuit fermé. Rebecca savait ce dont il s'agissait, car Anton, son cadreur sous-marin, en utilisait un pour rester sous l'eau plus longtemps et éviter que des bulles d'air n'entrent dans son champ. Ce qui la surprenait, c'était que Daniel en ait un, lui aussi. Les recycleurs étaient horriblement chers et exigeaient des centaines d'heures d'entraînement, voilà pourquoi seuls les plongeurs professionnels ou militaires les utilisaient. De plus, les transporter à l'étranger était une gageure, car il n'était pas rare que la sécurité des aéroports refuse catégoriquement de les charger dans les soutes en raison de la présence de produits chimiques volatils. Bref, il était impossible qu'un reporter en ait un dans ses bagages. Impossible.

Rebecca se redressa et replaça le capuchon sur l'objectif, avec la certitude que Daniel lui avait menti. Le cœur serré, elle clopina jusqu'à l'escalier et redescendit à l'intérieur du pavillon. Puis elle hissa le sac de Daniel sur son lit de camp et l'ouvrit.

Elle retira les vêtements de son sac en les empilant avec précaution, afin de pouvoir les remettre comme elle les avait trouvés. Tout au fond, se trouvait une boîte à archives en carton, lourde et si pleine que le rabat tenait à peine. Rebecca la sortit et feuilleta les documents qu'elle contenait : des listes de passagers, des manifestes et des articles de journaux sur le *Winterton.* Elle connaissait bien le *Winterton,* comme tout le monde ici. Les pêcheurs du coin ramassaient encore des dollars espagnols, qu'ils vendaient à son père au cours du moment. Elle savait aussi où se trouvait le site de l'épave. Elle y était souvent allée quand elle était petite. Le bois et autres matières organiques s'étaient décomposés mais, à l'époque, il y avait encore plusieurs canons, ancres, boulets, lingots de fer à seulement quelques mètres de profondeur. On voyait même des plaques de cuivre et de fer, trop lourdes à déplacer, derrière lesquelles les plus intrigués imaginaient des trésors d'argent. Mais un jour, les plongeurs d'un navire de sauvetage français avaient fait sauter les plaques avec de la dynamite. À la plus grande joie des autochtones, ils n'avaient rien trouvé. Malgré tout, les rumeurs avaient persisté. Et chaque année, il y avait toujours un étranger qui venait avec la ferme intention de trouver le trésor en croyant qu'il était le seul à connaître le secret. Apparemment, c'était le cas de Daniel.

Rebecca pensa avec amertume à la reconnaissance qu'elle lui avait témoignée lorsqu'il lui avait proposé de ramener l'*Évelyne* à l'Éden depuis le port de Toliary. Elle avait cru qu'il voulait l'aider. En réalité, tout ce qu'il voulait, c'était un bateau de plongée pour mener ses recherches.

Chapitre 31

I

Alors qu'ils étaient encore à quatre milles au nord de l'Éden, Boris préféra s'arrêter pour la nuit. Ils tirèrent le bateau au-delà de la laisse de mer et établirent leur campement dans une clairière de la forêt d'épineux. Boris envoya Davit chercher les bagages et Claudia rassembler du bois pour faire un feu. Puis il s'isola pour appeler son patron en Géorgie.

— J'ai une mauvaise nouvelle concernant mon père, déclara Sandro lorsqu'il apparut à l'écran.

— Il n'est pas...

— Non, Dieu merci, mais il a souffert d'insuffisance rénale la nuit dernière. Son équipe médicale l'a plongé dans un coma artificiel en attendant de trouver une solution.

— Je suis désolé.

— Merci, dit Sandro, qui semblait prendre la nouvelle avec une sérénité remarquable. Évidemment, cela n'est pas sans conséquences pour notre projet. Vous avez vu vous-même à quel point mon père souhaite y prendre part. Par conséquent, je pense qu'il est préférable de le suspendre jusqu'à ce qu'il aille mieux.

Boris s'efforça de dissimuler son désarroi : un homme atteint d'un cancer en phase terminale ne se remettait pas d'une insuffisance rénale.

— Je présume que votre père voudrait qu'on continue nos préparatifs. On ne sait pas combien de temps durera sa prochaine rémission. Il faut se tenir prêt à agir rapidement.

Sandro cligna des yeux.

— C'est vrai, admit-il. Cependant, je ne vois pas ce qu'on peut faire tant que mon père n'est pas...

— Je m'en occupe. C'est pour ça que vous m'avez envoyé ici.

— Je ne suis pas sûr que ce soit la meilleure...

Boris jeta un regard de côté, comme s'il avait entendu un bruit.

— Voilà quelqu'un ! murmura-t-il. Je vous rappelle.

Il coupa la connexion avant que Sandro n'ait le temps d'ajouter quoi que ce soit et s'assit pour réfléchir. Pour lui, les cinq cent mille euros promis étaient déjà dans sa poche. Il n'allait pas laisser Sandro s'en tirer comme ça. Sûrement pas ! Il retourna au campement à la recherche d'un remontant. Pendant que Davit montait les tentes et que Claudia préparait le dîner, il ouvrit une bouteille de rhum bon marché et se servit généreusement. Il avala son verre d'un trait, le remplit aussitôt et regarda Claudia. Après avoir remué de l'ail écrasé dans un petit bol de marinade à base d'huile, elle étala le tout sur la peau argentée de trois filets de poisson, qu'elle disposa sur une grille en métal.

— Alors comme ça, Davit et vous... dit Boris pendant qu'elle plaçait la grille au-dessus du feu.

Elle leva les yeux sans répondre et saupoudra des herbes sur les filets.

— J'ai dit : alors comme ça, Davit et vous... insista Boris. Il vous plaît ?

— Oui, répondit Claudia. Il me plaît.

— Vous êtes plus indulgente que moi. Si je devais passer la nuit avec quelqu'un qui ronfle comme ça...

— Ça ne me dérange pas.

— Eh bien, si ça devient insupportable, vous savez où me trouver.

Claudia fusilla Boris du regard. Il s'assura que Davit, en train de monter la deuxième tente, ne pouvait pas l'entendre et renouvela son offre.

— Cent euros, annonça-t-il. Ça me paraît honnête.

Cette fois, Claudia ne le regarda même pas.

— D'accord, sale petite garce : deux cents, renchérit-il.

— Laissez-nous tranquilles.

Davit acheva de monter la tente et les rejoignit en s'essuyant les mains sur son pantalon.

— Ça y est ! s'exclama-t-il d'un ton enjoué.

— Il était temps, maugréa Boris.

Claudia retourna les filets. Davit grappilla un petit morceau de chair, le fit passer d'une main à l'autre et le lança dans sa bouche.

— Mmm, c'est bon ! s'écria-t-il en embrassant fièrement Claudia sur la joue. Goûtez, patron ! C'est divin.

— Je te crois sur parole, dit Boris.

Davit prit Claudia par la taille. Elle se tourna vers lui et lui sourit chaleureusement. C'était plus que Boris ne pouvait en supporter.

— Tu es déjà allé à Gori avant l'arrivée des Russes ? demanda-t-il à Davit en géorgien.

Étonné, Davit fronça les sourcils.

— Une ou deux fois, pourquoi ?

— Les putes sont vraiment bonnes, là-bas. Un soir, j'ai vu une danseuse dans un night-club… je ne pouvais pas la lâcher.

— Claudia n'est pas une putain, martela Davit d'un ton glacial.

— Je n'ai jamais dit ça. Je te parlais juste de cette boîte de Gori.

— Claudia n'est pas une putain, répéta Davit en contournant le feu.

— Bien sûr que si ! explosa Boris. C'est une pute ! Qu'est-ce que tu crois ? Qu'elle est tout à coup tombée amoureuse de toi ? Tu es vraiment stupide à ce point ?

— Retirez ça tout de suite.

— C'est une pute. Regarde la vérité en face. Elle m'a proposé une pipe pour cent euros pendant que tu montais les tentes.

— Ça suffit ! Fermez-la !

Davit lança un coup de poing à Boris, qui l'esquiva et lui envoya un crochet du droit dans les côtes. Mais c'était comme frapper dans un mur. Davit était fort comme un bœuf. Il se jeta de nouveau sur Boris. Celui-ci recula, trébucha sur une racine, puis parvint à marcher à quatre pattes jusqu'à son sac. Il sortit son Heckler & Koch, retira la sécurité et se retourna pour le braquer sur Davit.

— Recule ! cria-t-il. Tout de suite !

— Qu'est-ce que c'est que ça ? demanda Davit en levant les mains en l'air.

— À ton avis ?

— Sandro a dit : « pas d'armes ».

— Eh bien Sandro a menti, apparemment. Tu te crois où ? En colonie de vacances ?

— Après ce qui s'est passé en Grèce, je ne fais pas...

— Tu feras ce que je te dirai de faire. C'est moi qui dirige les opérations. Je vais accomplir la mission qui m'a été confiée. Et toi, tu vas m'assister.

Boris leva son arme au niveau de la tête de Davit.

— Est-ce que c'est clair ? demanda-t-il.

— Oui, patron, très clair.

— Bien.

Boris se sentit un peu stupide. Il rangea le Heckler & Koch dans sa ceinture et se radoucit.

— Pardon si je t'ai contrarié, reprit-il, mais on se connaît depuis longtemps, toi et moi. Je ne voudrais pas qu'elle te fasse du mal.

— Je suis assez grand pour me débrouiller tout seul.

— Très bien, alors n'en parlons plus, d'accord ?

Cherchant à détendre l'atmosphère, Boris se dirigea vers Claudia en se frottant les mains.

— Goûtons le délicieux repas que tu nous as préparé, dit-il. Je meurs de faim.

II

Knox amarra l'*Évelyne* et remonta le sentier qui menait à l'Éden, de bonne humeur. Il se sentait soulagé à l'idée d'avouer à Rebecca ce qu'il faisait ici et pourquoi il avait gardé le secret jusqu'à aujourd'hui. Mais lorsqu'il la rejoignit dans le bureau d'Adam, elle ne le regarda même pas. Sentant que quelque chose n'allait pas, il s'aperçut que son sac était posé sur son lit de camp. Ses documents sur le *Winterton* débordaient de la boîte à archives.

Il se tourna vers Rebecca avec un air contrit mais, de toute évidence, elle n'était pas encline à le pardonner. Non seulement, elle avait un regard de marbre, mais surtout, elle avait pris le fusil de son père et le pointait vaguement dans sa direction.

— Journaliste free-lance, hein ? s'exclama-t-elle.

— Non, avoua Knox, archéologue sous-marin.

— Archéologue sous-marin ! se moqua-t-elle. Chasseur de trésors, vous voulez dire ! Vous êtes venu piller le *Winterton*, comme tous les autres.

— Ce n'est pas ce que vous croyez. J'allais justement vous dire la vérité.

— Ben voyons !

— Je vous le jure. Posez cette arme et laissez-moi tout vous expliquer.

— Je ne veux plus vous écouter, dit Rebecca, les yeux brillants. Je vous ai fait confiance. Mon père et ma sœur ont disparu. J'avais besoin d'aide et je vous ai tout raconté. J'ai cru que vous étiez de mon côté. Comment avez-vous pu me trahir ?

— Je n'avais pas le choix. J'avais donné ma parole à...

— Je ne veux pas le savoir ! Taisez-vous ! Sortez, maintenant. Sortez. Je ne veux plus vous voir ici.

— Rebecca, je vous en prie.

— Sortez !

Knox recula jusqu'à la véranda. Rebecca lui claqua la porte au nez, avant de pousser les verrous et de s'en aller. Il envisagea de lui crier son histoire à travers les murs, mais elle était trop en colère. Il valait mieux qu'il laisse passer la nuit et qu'il revienne le lendemain matin, quand elle serait calmée. Oui, demain il lui présenterait ses excuses et lui dirait toute la vérité. Mais où allait-il dormir ? Rebecca était trop furieuse pour qu'il prenne le risque de s'installer dans un des cabanons. Il y avait des couchettes à bord de l'*Évelyne*, Rebecca n'allait certainement pas aller le chercher là-bas.

Il s'immergea jusqu'à la taille, gravit l'échelle de coupée et s'assit sur le pont. Il regarda le soir tomber sur le rivage en se laissant bercer par le craquement de la coque et le clapotis des vagues. Quelqu'un alluma un feu au loin. C'étaient peut-être les femmes de Pierre, qui préparaient le dîner. Knox n'avait pas vraiment faim. La dispute et la culpabilité lui avaient coupé l'appétit. Il s'ouvrit une bière et grignota quelques biscuits. Ses pensées le ramenaient sans cesse à Rebecca, dont la colère l'avait beaucoup atteint, d'autant qu'il était dans son tort. Gaëlle ne se serait jamais mise dans cet état, songeait-il. Elle lui aurait au moins laissé la possibilité de s'expliquer. Mais c'était une conciliatrice dans l'âme, qui voyait toujours les autres sous leur meilleur jour. Il existait tout de même des points communs entre les deux femmes . la vitalité, l'intelligence et cette façon qu'elles avaient de s'animer lorsqu'elles parlaient de leur passion. Knox se remémora un de ses souvenirs les plus précieux à propos de Gaëlle. C'était un soir, à Alexandrie. Elle lui avait montré des photos d'une peinture murale qu'elle avait mise au jour. Le rayonnement de son visage était une des premières choses qui l'avaient séduit chez elle. Rebecca s'éclairait de la même manière dès qu'elle parlait du comportement des animaux. Et elles avaient toutes deux l'esprit scientifique. Elles étaient pleines de ressources, loyales, courageuses et prêtes à tout pour ceux qu'elles aimaient. Et puis, elles étaient aussi jolies l'une que l'autre.

Knox s'en voulut un peu de comparer Rebecca à Gaëlle. Gaëlle avait été l'amour de sa vie, et elle était morte par sa faute. Pas uniquement, bien sûr. C'était Mikhaïl Nergadze qui lui avait tiré une balle dans la tête, alors qu'elle était dans l'incapacité totale de se défendre. Mais si Knox avait été plus courageux, plus rapide ou plus intelligent, Mikhaïl n'aurait peut-être jamais eu le désir ni l'occasion de la tuer. Par conséquent, elle méritait d'être traitée avec la loyauté dont elle-même aurait fait preuve, et non avec la désinvolture qui rendait Knox sensible au charme de Rebecca ou l'avait fait succomber à celui d'Emilia en Angleterre, uniquement parce qu'il s'était apitoyé sur son sort.

Emilia était un véritable phénomène. C'était la femme la moins sentimentale que Knox ait rencontrée. Elle tenait tant à sa liberté qu'avant de coucher avec lui elle s'était assurée, avec un certain manque de tact, qu'il ne participerait pas au sauvetage de l'Éden. Et lorsque le coup d'État de Madagascar avait retardé le projet d'un an et permis à Knox d'y prendre part, elle avait eu peur que celui-ci ne vienne l'encombrer de sentiments. C'était compréhensible puisque entre-temps, d'après Rebecca, non seulement elle avait entamé une relation avec Pierre, mais elle avait eu un enfant de lui.

Knox réfléchit un instant. Emilia lui avait dit qu'elle prenait la pilule et qu'il n'avait pas à s'inquiéter des conséquences. Et pourtant, elle était tombée enceinte juste après son retour à Madagascar, à quelques mois près, selon la date précise de la naissance de Michel. Légèrement étourdi, Knox sentit sa respiration s'accélérer. Il y avait une photo d'Emilia avec Michel sur le mur de la cabine. Il finit sa bière, se leva, descendit l'échelle et alluma la lumière. La lampe était reliée à la batterie du navire. Elle éclairait si peu que Knox dut retirer la photo du mur et la tenir sous l'ampoule pour discerner les traits de l'enfant. Il n'arriva à aucune conclusion, ni dans un sens ni dans l'autre. Par conséquent, le doute subsistait.

Michel n'était peut-être pas le fils de Pierre, mais le sien…

III

Couché sur le dos, un bras autour des épaules de Claudia, Davit regardait les parois de la tente remuer au rythme du vent. Le clair de lune transperçait la toile bleue. Des bêtes rampaient, couraient et poussaient des cris au-dehors. Davit se tourna vers Claudia et l'embrassa sur le front.

— Je ne veux plus vous accompagner, murmura-t-elle. Je ne veux pas participer à ça.

— Ça va aller, la rassura Davit.

— Non, au contraire. Pourquoi ton ami a-t-il une arme ? Qu'a-t-il fait, l'homme que vous recherchez ?

— C'est compliqué.

— Tu ne veux pas me le dire, c'est tout. Tu as honte de ce que tu es venu faire ici, mais tu vas le faire quand même.

— Tu ne comprends pas. Dans mon pays, je mène une vie… Il faut que je change de vie. Il le faut.

Le corps de Claudia fut brusquement agité de petits soubresauts. Davit comprit qu'elle sanglotait. La voir si malheureuse lui brisa le cœur. Il essaya de la consoler en lui caressant les cheveux, mais elle secoua la tête.

— Pourquoi ne veux-tu pas changer de vie ici ? se lamenta-t-elle. Pourquoi ne veux-tu pas le faire avec moi ?

Davit ne répondit pas tout de suite. Il avait envisagé de rester ici quelques jours, de profiter de la mer, du soleil et de la présence de Claudia, mais il n'avait jamais pensé rester pour de bon. C'était un Géorgien jusqu'au bout des ongles. Il ne pouvait pas renoncer à son pays, à sa famille, à ses amis. Pourtant, il comprit qu'il y avait déjà renoncé. Ou plutôt qu'ils l'avaient déjà laissé tomber. Simplement, il ne l'avait pas encore accepté, telle une âme qui refusait de quitter son corps.

— Qu'est-ce qu'on ferait ici ? demanda-t-il. De quoi vivrait-on ?

Ils réfléchirent un moment en silence.

— Le boulot, encore le boulot, toujours le boulot, suggéra Claudia.

Davit éclata de rire.

— Oui, le boulot.

Chapitre 32

I

Il faisait nuit noire quand le réveil de Rebecca sonna le lendemain matin. Elle se lava rapidement, s'habilla et se dirigea vers la Jeep. Malgré la fraîcheur, celle-ci démarra au quart de tour. Un bon présage, peut-être. Rebecca roula aussi vite que possible, tandis que le jour se levait peu à peu autour d'elle. Fébrile, elle ne cessa de consulter sa montre jusqu'à ce qu'enfin apparaissent les premiers panneaux indiquant les hôtels d'Ifaty. Là, elle sut qu'elle était presque arrivée.

Elle se gara devant la grille de Mustafa. Le garde l'attendait. Il se précipita à la vitre de la Jeep pour dire à Rebecca qu'Ahdaf, la fille de monsieur Habib, arrivait. Inquiète, Rebecca le harcela de questions, mais il n'en savait pas plus. Ahdaf apparut. Elle semblait nerveuse.

— Que se passe-t-il ? lui demanda Rebecca. Où est votre père ?

— Il est parti à Ilakaka hier soir, répondit Ahdaf. Il vient de m'appeler pour me demander de vous dire qu'il y est allé pour vous et que tout s'est bien passé. Il a dit que vous comprendriez.

— Oui.

Le bidonville d'Ilakaka était devenu quelques années auparavant une plaque tournante du saphir. Grâce à son trafic florissant, cette ville offrait effectivement un bon moyen d'obtenir de l'argent liquide sans tarder.

— Il est en train de finaliser l'affaire, mais il va bientôt partir, continua Ahdaf. Il vous rejoindra directement à Toliary. Vous connaissez La Terrasse ? Sur la place de l'Indépendance ?

Rebecca hocha la tête. C'était la place où les ravisseurs lui avaient donné rendez-vous.

— Quand y sera-t-il ?

— Dès que possible. Il n'a pas pu m'en dire plus.

Rebecca remercia Ahdaf et poursuivit sa route vers le sud, tenaillée par l'angoisse, qui lui donnait des bouffées de chaleur. Elle aperçut une station d'essence. Autant faire le plein pendant qu'elle le pouvait. Un centenaire qui ne tenait pas sur ses jambes mit le tuyau de la pompe dans le réservoir de la Jeep et son arrière-arrière-grand-père actionna une manivelle rouillée. Ils se relayèrent tous les cinq litres tant la tâche leur en coûtait. Lorsque le plein fut enfin fait, l'un d'eux sortit une calculatrice de poche et entreprit de multiplier le volume pompé par le prix au litre, pendant que l'autre regardait par-dessus son épaule et critiquait sa façon de faire. Au bout de cinq tentatives, ils n'étaient toujours pas d'accord. Rebecca consulta sa montre : 8 h 56. Elle était censée être à la place de l'Indépendance dans moins de cinq minutes. Elle poussa un cri d'exaspération, jeta le double de ce qu'elle devait à la figure des vieillards et démarra dans un nuage de poussière.

II

Boris se réveilla avec la migraine. La toile de sa tente laissait transparaître la lumière de l'aube. Ils allaient devoir partir tôt, mais il s'accorda encore cinq minutes. Avec un peu de chance, Davit et Claudia se lèveraient avant lui et prépareraient le café. Curieusement, il n'entendait aucun bruit dans la tente d'à côté.

Pas même un ronflement.

Il sortit de son sac de couchage, saisit son Heckler & Koch et se précipita dehors. La tente de Davit et Claudia était toujours là, mais quand il souleva le rabat, le sac de couchage était vide. Davit était parti avec Claudia. Il avait laissé un mot d'excuse dans lequel il disait qu'il n'aurait jamais accepté cette mission s'il avait su qu'elle impliquait l'usage d'une arme. Il avait décidé d'emmener Claudia faire un tour de l'île pour voir si ça marchait entre eux.

Le sac de couchage portait encore l'empreinte du corps de Davit. Claudia et lui avaient dû passer la nuit ici et s'en aller à l'aube. Peut-être était-ce leur départ qui avait réveillé Boris. Il tendit l'oreille et entendit un bruit au loin : le hors-bord !

Il retira la sécurité du Heckler & Koch et courut vers la plage en tenant son arme à l'horizontale de peur de trébucher et de se tirer une balle dans le pied. Lorsqu'il arriva sur le sable, il aperçut le bateau au nord, en direction de Morombe.

— Reviens ! hurla-t-il en avançant de quelques pas dans l'eau. Reviens !

Davit l'entendit ou, plus exactement, le vit. Il poussa Claudia et se coucha à côté d'elle.

— Reviens ! cria de nouveau Boris.

Avec le bruit du moteur, ils ne pouvaient pas l'entendre. Et de toute façon, ils ne lui auraient pas obéi. Il brandit le Heckler & Koch, mais ils étaient déjà hors de sa portée. S'il tirait, il ne ferait que gâcher des munitions et attirer l'attention sur lui. Frustré, il cria de rage et retourna sur la plage. À bien y réfléchir, ce n'était pas si grave. Depuis le début, il avait été contre la présence de Davit, qui n'avait fait que le ralentir. Il avait toujours son arme, ses bagages, l'ordinateur portable et le terminal I.P. Et il se trouvait assez près de l'Éden pour pouvoir continuer son chemin à pied.

Il remonta jusqu'à sa tente et rassembla les affaires dont il allait avoir besoin.

III

Knox retourna tôt à l'Éden en espérant que Rebecca s'était calmée, mais découvrit que la Jeep n'était plus là. En outre, la porte du pavillon était fermée à clé. Il allait pourtant falloir qu'il entre. Son sac ainsi que la date de naissance de Michel se trouvaient à l'intérieur. Il chercha en vain une fenêtre ouverte, puis se rappela qu'un jeu de clés était suspendu à un crochet, derrière le réservoir d'eau de l'*Évelyne*.

Il remonta à bord du bateau et trouva le trousseau, maintenu contre la paroi par un morceau de ruban adhésif. Il observa les clés en traversant la plage. Elles étaient toutes standard, à l'exception d'une, qui l'intrigua. C'était une clé à panneton double, moderne et très élaborée, semblable à celle du coffre de la M.G.S., dans lequel la société déposait des documents confidentiels et ses découvertes les plus précieuses. Emilia avait posé plusieurs questions à Knox sur ce coffre lorsqu'il lui avait fait visiter les locaux.

Knox passa le doigt le long de la clé. Celle-ci ouvrait sans doute quelque chose d'important, et de construction récente. Le hangar à bateaux était laid et mastoc, mais c'était un bâtiment récent, vaste et situé suffisamment près du point d'amarrage de l'*Évelyne* pour faire office de base arrière dans le cadre du sauvetage. Knox n'avait rien remarqué de particulier lorsqu'il s'y était rendu, mais il n'avait pas prêté attention aux détails. Une des clés standard ouvrait la porte d'entrée. Il faisait si sombre à l'intérieur qu'il ne voyait pas grand-chose. Il fit un tour pour essayer de repérer un détail qui lui aurait échappé lors de sa première visite. Il était sur le point d'abandonner, lorsqu'il vit les roues en caoutchouc du compresseur d'air. En général, les compresseurs mobiles disposaient d'un système intégré de production électrique, sinon leur mobilité ne servait à rien. Knox retira la bâche en toile de jute et constata qu'il avait vu juste. Par conséquent, à quoi servait le groupe électrogène qui se trouvait à côté ? Celui-ci était assez puissant pour faire fonctionner plusieurs appareils électriques en même temps. Derrière, un gros câble gris disparaissait dans le ciment.

À quatre pattes, Knox observa chaque parcelle du plancher autour du groupe électrogène, en vain. Il mesura la longueur du hangar en comptant ses pas, à l'intérieur et à l'extérieur. Le bâtiment faisait un pas de plus à l'extérieur. Il rentra examiner le mur du fond, retira le matériel de plongée du râtelier en bois et frappa sur les plaques d'isolation. Derrière le groupe électrogène, le mur sonnait creux. De l'épaule, il poussa la plaque qui bougea de quelques centimètres. Puis il la fit coulisser sur un côté et découvrit un espace vide.

L'éclat terne d'une porte en acier attira son attention sur sa droite. La clé à panneton double entra aisément dans la serrure. Knox la tourna, entendit cliqueter le mécanisme interne, poussa la poignée vers le bas et tira la lourde porte vers lui. Une bouffée d'air vicié lui parvint aux narines. Il discerna un escalier, qui plongeait dans le noir, et ouvrit un interrupteur. Rien ne se passa. Il alluma le groupe électrogène et une lampe éclaira aussitôt l'escalier.

De plus en plus inquiet, il descendit en se demandant ce qu'il allait trouver en bas – ou plutôt qui et dans quel état.

IV

La Terrasse était un café chic, aux tables et aux chaises en bois blanc laqué, ombragées par une marquise rayée bleu et or. Rebecca se gara dans une rue voisine, s'assit à une table en face de la place et regarda les voitures passer, en consultant sans cesse sa montre et en priant pour que Mustafa arrive avec l'argent avant que les ravisseurs ne se manifestent. La ville et les passants lui parurent extraordinairement colorés, comme ravivés par sa propre adrénaline. Elle avait du mal à rester en place. Bientôt, plus rien ne la séparerait de son père et de sa sœur. Elle imaginait déjà leurs retrouvailles mais craignait que les choses ne tournent mal. Elle s'efforça de chasser ses mauvaises pensées avant qu'elles ne s'enracinent, de peur de ne plus pouvoir s'en débarrasser.

Elle avait souvent eu des idées noires dans sa vie, en particulier au cours des premiers mois qu'elle avait passés en Angleterre. À l'époque, elle n'avait jamais mis les pieds dans une ville plus grande que Toliary. Oxford avait été un choc pour elle. Elle était entourée de jeunes gens brillants, beaux, sophistiqués et instruits. Les vieux amis d'Adam avaient essayé de la mettre à l'aise, mais ce n'était pas le corps enseignant qui contribuait au sentiment d'être accepté. C'étaient les pairs. Or, Rebecca ne savait pas comment se comporter avec eux. Elle avait accumulé les humiliations. Avec le recul, celles-ci lui semblaient insignifiantes et l'étaient certainement mais, sur le moment, elle en avait beaucoup souffert. Lors d'un buffet donné en son honneur, elle avait été invitée à se servir la première. Comme à Madagascar, elle avait rempli son assiette d'un grand tas de riz, sous le regard médusé des convives. L'un d'eux lui en avait fait la remarque avec tout le mépris dont étaient capables les Britanniques pontifiants. Cela n'avait pas eu l'air d'une insulte, mais tout le monde avait pouffé. Pendant des semaines, elle s'était imaginé que ses camarades passaient leur vie à se moquer d'elle derrière son dos.

D'une façon générale, elle ne craquait pas facilement. Elle parvenait à évacuer son stress à temps. Mais un jour, alors qu'elle avait le moral au plus bas, il était arrivé quelque chose qui lui avait rappelé un incident survenu pendant les années torrides de son adolescence. Après la mort de sa mère, elle avait cherché le réconfort dans le lit de jeunes Malgaches de son âge. Et juste avant son seizième anniversaire, elle s'était rendu compte qu'elle était enceinte. Le père était probablement Jean-Luc, mais il avait refusé de l'admettre. Furieux, il avait même nié avoir couché avec elle. Toutefois, craignant qu'Adam ne découvre la vérité, il l'avait emmenée chez une vieille sorcière sakalava, près de Toliary. Celle-ci avait fait tomber de la cire chaude sur la cuisse de Rebecca en l'examinant à la bougie. Bon sang ! À la bougie ! Puis elle avait dilué une poudre blanche dans un verre d'eau sale. Ce breuvage avait si mauvais goût que Rebecca avait dû se pincer le nez pour l'avaler, mais elle avait avorté dans d'horribles souffrances la nuit même.

À la fin de son premier trimestre à Oxford, Rebecca avait trouvé un magazine abandonné sur un siège dans un bus. Lorsqu'elle l'avait ouvert, elle était tombée sur un article dans lequel plusieurs femmes témoignaient de leur incapacité à avoir un enfant suite à un avortement bâclé. Elle avait essayé de ne pas le lire, mais il fallait qu'elle sache. Certaines femmes semblaient indifférentes à leur sort, comme si cela n'affectait en rien leur avenir. Rebecca, elle, avait toujours voulu des enfants. D'où son haut-le-cœur au souvenir de l'armoise que contenait le poison de la sorcière. De violentes crampes l'avaient pliée en deux et elle s'était effondrée dans l'allée du bus. Un passager avait tiré la sonnette d'alarme. À l'hôpital, avec une appréhension proche du désespoir, elle en avait assez dit pour qu'une infirmière pleine de compassion appelle un gynécologue. À l'annonce de sa probable infertilité, elle avait eu l'impression de tomber dans le vide. Comme c'était les vacances de Noël, elle était allée se coucher et n'était quasiment pas sortie de son lit pendant deux semaines. Elle s'était sentie vidée, comme un poisson. Et elle avait eu besoin de quelque chose, n'importe quoi, qui comble ce vide, qui lui redonne la sensation d'avoir de la substance. Sa logeuse, une gentille veuve antillaise, lui avait apporté un petit téléviseur noir et blanc portatif, qu'elle avait installé à côté de son lit. Dès lors, Rebecca avait passé ses journées à regarder la télévision en réglant sans cesse l'antenne pour améliorer la réception. Pendant ce temps, elle ne pensait à rien. Et jour après jour, elle avait fini par prendre conscience d'une réalité que tout le monde en Angleterre connaissait, mais qui lui avait jusqu'alors été étrangère : être célèbre était une chance. La célébrité forçait le respect, ouvrait des portes, offrait une protection. C'était ainsi que Rebecca avait eu l'ambition de faire carrière à la télévision.

— *Salaam*, Rebecca !

Elle leva les yeux, surprise. Un homme s'approcha de sa table avec un sourire chaleureux. Elle mit un moment à le reconnaître, car il ne portait pas son uniforme. C'était Andriama, le commissaire de police de Toliary. Elle le fixa avec horreur. Mustafa allait arriver avec l'argent et les ravisseurs auraient déjà dû se manifester. Si l'un d'eux la voyait en compagnie du commissaire, elle allait perdre toutes ses chances de revoir Adam et Emilia en vie.

Chapitre 33

I

Arrivé en bas de l'escalier, Knox découvrit une pièce de la même taille que le hangar à bateaux, assez haute pour qu'il puisse tendre les bras au-dessus de la tête en effleurant à peine le plafond. À son grand soulagement, il ne fut confronté à aucune vision horrible. En fait, l'endroit semblait même assez quelconque. Au fond, il y avait un déshumidificateur et un climatiseur. Des rayonnages en métal longeaient le mur de droite et des étagères en bois, celui de gauche. Une rangée de tables de travail, équipées entre autres de prises électriques pour le branchement d'un ordinateur, occupait tout le centre. La première table était adossée à un classeur de bureau à trois tiroirs. Les deux premiers tiroirs étaient vides, mais le dernier contenait des dossiers suspendus. Knox y trouva divers documents, dont des licences de sauvetage, les contrats avec la M.G.S., et un rapport rédigé par Emilia, dans lequel elle décrivait son déplacement en Angleterre et évoquait la promesse qu'elle avait obtenue, de la part de tous les membres de la M.G.S., de garder le secret à propos du projet. Pour s'expliquer, Knox n'aurait qu'à faire venir Rebecca ici et à lui faire lire ce rapport.

Il le remit à sa place, avant de jeter un coup d'œil aux étagères, où il vit, parmi de nombreux autres ouvrages et articles imprimés, les livres sur la flotte des trésors et sur l'archéologie sous-marine qu'il avait donnés à Emilia. Les rayonnages en métal, en revanche, étaient presque vides.

C'était sans doute là que seraient entreposés les artefacts de l'épave. Il y avait néanmoins une dizaine de bacs en plastique blancs et quelques caisses. Le premier bac contenait plusieurs poignées de dollars espagnols. Ceux-ci constituaient le seul indice se rapportant au *Winterton.* Le contenu des autres bacs était soit typiquement chinois, soit impossible à attribuer : tessons de céramique, clous rouillés, ferronnerie et pièces Ming. Plus loin, se trouvaient plusieurs artefacts presque intacts. Il s'agissait pour la plupart de poteries grossières, mais deux d'entre eux, un bol et une flasque, avaient un aspect tout à fait différent. Knox prit le bol bleu et blanc avec une extrême précaution et le fit tourner entre ses mains. C'était la plus fine porcelaine coquille d'œuf qu'il ait jamais pu contempler. À première vue, elle n'était ni fissurée ni ébréchée. Seuls les litchis, les grenades et les grappes de raisin peints à l'extérieur étaient légèrement décolorés. Un bol semblable à celui-ci s'était vendu à plus de deux millions de dollars aux enchères environ un an auparavant. Cheung jubilait à l'idée des richesses qu'il allait trouver. Et ce bol était là, sur une étagère. Knox le reposa et observa la flasque. Elle était somptueusement émaillée et ornée de dragons d'un côté et de l'autre.

Il avança un peu. Au bout du rayon, une feuille de papier de soie dépassait d'un coffre en bois richement sculpté. Lorsqu'il la retira, il découvrit un fragment de céramique noire. Il le sortit ; son rythme cardiaque commença à s'accélérer. Il s'agissait clairement d'un homme à genoux, même s'il manquait la tête, les pieds et une partie du flanc gauche. Une tige cassée saillait à l'arrière du corps. Ce n'était toutefois pas le sujet qui avait choqué Knox, mais le style, car celui-ci n'avait rien de chinois.

Cela avait tout l'air d'être de l'art chimú.

II

Rebecca lança un regard hostile à Andriama, dans l'espoir que celui-ci passe son chemin. Sans y prêter la moindre attention, le commissaire prit une chaise et s'assit à sa table. Après avoir hélé un serveur, il commanda un chocolat chaud et une pâtisserie.

— De si bon matin à Toliary, remarqua-t-il. Vous avez passé la nuit en ville, peut-être ?

Rebecca avait subi un contrôle de police sur la route. C'était si fréquent à Madagascar qu'elle n'y avait pas accordé d'importance. Et pourtant, quelque chose dans le comportement d'Andriama lui disait que cette rencontre n'était pas fortuite.

— J'arrive à l'instant de l'Éden, répondit-elle.

— De l'Éden ? répéta le commissaire en feignant la surprise. Vous avez dû partir très tôt.

— Oui.

— Vous êtes venue me communiquer les groupes sanguins de votre père et de votre sœur ?

Rebecca avait totalement oublié qu'elle devait le faire. Elle chercha dans son sac le morceau de papier que Thérèse lui avait donné et le tendit à Andriama. Celui-ci le lut et fronça les sourcils, perplexe.

— Qu'y a-t-il ? demanda Rebecca.

— Nous avons trouvé deux groupes sanguins sur le bateau. L'un d'eux correspond à celui d'une femme et l'autre, à celui d'un homme. Je ne sais pas comment le labo peut faire la différence entre le sang d'un homme et celui d'une femme, mais…

— C'est une question de chromosomes.

— En effet, c'est ce qu'on m'a dit, confirma le commissaire en souriant. (Il posa le papier sur la table et le montra à Rebecca.) Le groupe sanguin de la femme correspond à celui de votre sœur.

— Mais celui de l'homme ne correspond pas à celui de mon père, anticipa Rebecca.

— Exact ! s'écria Andriama tel un professeur satisfait. C'est étrange. J'étais persuadé qu'il s'agissait du sang de votre père. D'après le labo, le groupe AB négatif n'existe pas chez les Malgaches. Il est rare chez les étrangers, mais inexistant parmi la population malgache.

— Rare ?

— Oui, c'est donc le sang d'un étranger appartenant à un groupe rare.

Le commissaire adressa un sourire vorace à Rebecca, qui comprit tout à coup pourquoi il était entré dans la police et comment il avait gravi les échelons.

— Vous allez peut-être pouvoir me dire d'où il vient, ce sang d'étranger, reprit-il.

Rebecca haussa les épaules.

— De Pierre ?

— Non, nous connaissons le groupe sanguin de monsieur Desmoulins. Ce n'est pas le sien.

— Vous connaissez le groupe sanguin de Pierre ?

— Bien sûr ! s'exclama Andriama avec un sourire machiavélique. Vous savez, monsieur Desmoulins est parfois notre invité après ses virées à Toliary.

Sa commande arriva. Il se frotta les mains, mit quatre morceaux de sucre dans son chocolat chaud et mordit dans sa pâtisserie en se couvrant les lèvres de sucre glace.

— Et les Sud-Africains qui ont trouvé le bateau ? suggéra Rebecca. Le sang vient peut-être de l'un d'entre eux.

— Non, nous avons déjà vérifié.

— Nous recevons souvent des étrangers, à l'Éden. Et Pierre aussi.

— Peut-être pourriez-vous me fournir la liste de ces personnes ?

— Bien sûr, la prochaine fois que je viendrai à Toliary. Maintenant, si vous voulez bien m'excuser...

— Quelqu'un d'autre ?

— Non, je ne vois pas.

— Pourtant, vous avez été vue à Toliary avec un étranger il y a deux jours. Un homme de grande taille. Un Anglais, à ce qu'on m'a dit.

— Daniel ? (Pour une raison obscure, Rebecca n'apprécia guère cette insinuation.) Non, déclara-t-elle sèchement.

— Comment pouvez-vous en être sûre ?

— J'en suis sûre, c'est tout. Il n'a rien à voir dans tout cela. Mais pourquoi ces questions ? Je croyais que vous pensiez qu'il s'agissait d'un accident.

— Je suis un homme de la montagne. À Toliary, les nuits sont trop chaudes pour moi. Je n'arrive pas à dormir. Mon cerveau fonctionne tout seul et échafaude des scénarios. Je vous ai déjà dit, je crois, qu'il y avait parfois des enlèvements contre rançon par ici.

— Des enlèvements ?

— Oui, des enlèvements.

— Mais vous m'avez également affirmé que cela n'avait pas pu arriver à mon père et à ma sœur. Vous m'avez même donné de bonnes raisons.

— Trois raisons, tout à fait. Premièrement, tout le monde sait que votre père n'a pas beaucoup d'argent. Deuxièmement, en enlevant votre père et votre sœur en même temps, les ravisseurs n'auraient eu personne à qui demander la rançon. Et troisièmement, il n'y a eu aucune demande de rançon.

— Cela me paraît convaincant.

— Mais ! s'exclama Andriama en ménageant son effet, ce n'est peut-être pas l'argent de votre père qui intéresse les ravisseurs...

— Je ne comprends pas.

— C'est peut-être le vôtre. Vous êtes célèbre, riche. Votre père est fier de vous et il le raconte à tout le monde. Les ravisseurs ont pu se dire que, s'ils l'enlevaient, vous reviendriez au pays et paieriez la rançon.

— Mais ils auraient déjà pris contact avec moi à l'heure qu'il est.

— Exact !

Rebecca garda le silence un instant, le cœur battant à tout rompre.

— Qu'est-ce que vous insinuez ? demanda-t-elle sur un ton qui se voulait impérieux mais ne manqua pas de trahir son émotion.

— Je crois que ce que j'insinue est tout à fait clair. Nous n'avons trouvé aucun corps. Si votre père et votre sœur s'étaient noyés, nous aurions déjà retrouvé leurs cadavres.

— Comment osez-vous me parler comme ça ! s'écria Rebecca, indignée.

— Désolé, dit Andriama sans le moindre accent de sincérité.

Il trempa un morceau de sucre dans son chocolat chaud jusqu'à ce qu'il devienne marron et l'écrasa avec un plaisir évident entre ses mâchoires robustes.

— Vous avez rendu visite à mon ami Mustafa Habib il y a deux jours, déclara-t-il. Vous avez même passé deux heures avec lui.

— Vous me surveillez ?

Le commissaire secoua la tête. Rebecca réfléchit.

— Vous surveillez Mustafa, comprit-elle.

Andriama secoua de nouveau la tête, mais ne put s'empêcher de sourire.

— Pourquoi surveillez-vous votre ami Mustafa ? s'étonna Rebecca.

— C'est moi qui pose les questions. Le privilège de la police. De quoi lui avez-vous parlé ?

— C'est personnel.

— Mustafa a été très occupé ce week-end. Il a rendu visite à des tas de gens pour leur demander de l'argent. Beaucoup d'argent. D'après la rumeur, ce serait pour une rançon.

— Je ne suis pas au courant. C'est à lui qu'il faut poser la question, pas à moi.

— Je vais le faire.

— Autre chose ? Parce que sinon, je...

— Restez assise ! Écoutez : dans ce pays, nous faisons tout pour lutter contre les enlèvements, mais ceux qui paient les rançons les encouragent. Nous avons donc fait passer une nouvelle loi. Vous la connaissez ?

— Cela ne me concerne pas.

— Cette loi considère comme un délit non seulement de demander une rançon lors d'un enlèvement, mais aussi de payer une rançon. Ceux qui paient sont envoyés en prison.

— Vous mentez, dit Rebecca d'un ton faible.

— Oh que non ! s'exclama Andriama en ouvrant les cinq doigts de la main. Cinq ans ! Vous connaissez nos prisons ? Nous en avons une à Toliary. Je vous la montrerai, si vous voulez. Elles ne sont pas comme les prisons anglaises, belles, spacieuses, avec salle de bains, douche, une télévision par personne, des médecins, des avocats, la famille et les amis qui viennent en visite tous les jours... Non, ici, c'est très dur. Les hommes et les femmes sont ensemble. Ils se lavent et font leurs besoins ensemble. Une jolie fille comme vous... Je me ferais du souci pour elle.

— Est-ce que vous me menacez ?

— Moi ? Non, je vous donne des informations, comme on en donne aux touristes. Et la prison n'est pas le seul risque. Si nous savons que Mustafa a rassemblé beaucoup d'argent, d'autres le savent aussi et y voient peut-être une chance de s'enrichir. Quand Mustafa vous aura donné cet argent...

— Ça suffit !

— ... ils s'en prendront à vous. Pour une somme pareille, ils n'hésiteront pas à vous égorger.

Rebecca se leva.

— Laissez-moi tranquille !

— Je veux juste vous aider. Dites-moi ce qui se passe et je ferai tout ce qui est en mon pouvoir. Vous n'avez aucune chance si vous agissez seule. Écoutez : les ravisseurs vous observent. Ils vous voient discuter avec moi en ce moment même. Ils sont d'ores et déjà persuadés que vous collaborez avec moi. Vous n'avez plus rien à perdre.

— Bon sang !

Rebecca s'en alla d'un pas incertain, les mains sur les tempes. Pourquoi fallait-il que tout se complique ainsi ? Elle consulta sa montre : 9 h 50, et toujours pas le moindre signe de Mustafa, ni des ravisseurs. Andriama finit sa pâtisserie en la regardant attentivement. Elle se précipita vers la Jeep, les nerfs à vif. Un caillou s'était glissé dans sa chaussure et lui blessait le talon. En essayant de le retirer, elle perdit l'équilibre et se rattrapa de justesse contre un mur.

Un téléphone se mit à sonner à côté d'elle. Elle se retourna. Un homme, qui, comme d'autres à Madagascar, vivotait en louant son téléphone portable, s'éventait avec un vieux journal, derrière un bureau d'écolier installé sur le trottoir. Rebecca le regarda décrocher son téléphone avec un horrible pressentiment.

— C'est pour vous, dit-il en le lui tendant.

Chapitre 34

I

Knox avait trop à faire pour passer la matinée dans le sous-sol du hangar à bateaux. Il remonta l'escalier, quelque peu abasourdi par cette découverte, ferma la porte en acier et remit la plaque d'isolation en place.

Il n'était pas expert en céramique chimú et ne pouvait donc tirer aucune conclusion définitive à partir d'un fragment aussi petit et endommagé. Même s'il s'agissait bien d'art chimú, rien ne prouvait d'ailleurs que cet artefact provienne de la même épave que les autres. Il pouvait avoir été apporté ici par un collectionneur, avant d'être perdu.

Mais s'il était issu de l'épave chinoise…

En tant qu'égyptologue, Knox avait parfois été interrogé sur les Chimú. Cette ancienne civilisation, dite muchique, se caractérisait par la construction de pyramides. Lorsqu'on lui avait demandé si une influence culturelle était envisageable, Knox avait souri poliment et fait remarquer que ces pyramides avaient été bâties plus de mille ans après celles de l'Égypte antique et, surtout, que les Chimú vivaient au Pérou.

C'était une chose d'imaginer qu'un navire chinois ait pu naviguer à l'ouest du cap de Bonne-Espérance et apercevoir l'Amérique du Sud à l'horizon avant de faire demi-tour, mais c'en était une autre de songer qu'il ait pu longer la côte orientale de l'Amérique en direction du sud et atteindre l'océan Pacifique après avoir traversé le détroit de Magellan, cent ans avant que celui-ci ne le découvre ! Et pourtant, c'était ce que ce fragment laissait penser.

Chez les Chimú, l'époque des céramiques noires était postérieure à celle des pyramides. Les premiers signes de cette civilisation dataient du début du Xe siècle, mais elle n'avait véritablement pris son essor qu'au XIVe siècle. Les Chimú, qui rendaient un culte à la lune et à la mer, sacrifiaient leurs propres enfants. Lorsqu'ils avaient navigué au sud du Panamá et découvert le Pérou, Francisco Pizarro et les Espagnols avaient jeté l'ancre à Tumbes. Si, entre-temps, la civilisation chimú avait été absorbée par l'Empire inca, cette ville était encore fortement imprégnée de ses racines.

Pedro de Cieza de León, qui faisait partie du voyage, avait relaté de façon saisissante ce premier contact avec les autochtones. Des dizaines d'hommes avaient rejoint le navire de Pizarro à la rame, sur des radeaux en balsa, en vue de troquer des fruits, du poisson et de la viande de lama. Une fois à bord, ils avaient été fascinés par le chant d'un coq, la barbe des Espagnols et la peau noire des esclaves. Autrement dit, ce n'était pas l'immense navire qui les avait intrigués, mais ses passagers. Pizarro était pourtant le premier Européen à s'être aventuré aussi loin vers le sud en partant du nord et, s'ils étaient déjà passés par la Terre de Feu lors de leur navigation, Magellan et sa flotte avaient quitté la côte bien plus au sud. Les Chimú avaient peut-être entendu parler de ces étranges navigateurs qui parcouraient les mers mais, dans ce cas, ils avaient été étonnamment accueillants, car les Espagnols avaient apporté avec eux la mort, la maladie et la fièvre de l'or. Aussi n'était-il pas impossible que d'autres étrangers soient venus à bord d'immenses navires avant les conquistadors. Des étrangers qui n'avaient ni la barbe ni la peau noire.

Knox était archéologue. Ce genre d'hypothèse le séduisait beaucoup, mais il avait besoin de preuves tangibles. En dehors du village scandinave découvert à L'Anse aux Meadows, seuls de modestes indices témoignaient en faveur d'un contact précolombien avec le Nouveau Monde : une tête en terre cuite de style romain avait été découverte dans les fondations d'une maison mexicaine précolombienne ; les têtes colossales olmèques avaient des traits négroïdes ; une flotte malienne avait effectué deux expéditions sur l'Atlantique ; et Christophe Colomb lui-même avait appris de la bouche des indigènes d'Hispaniola que des étrangers à la peau noire l'avaient précédé. Le règne végétal apportait aussi son lot d'indices : la patate douce, une espèce endémique à l'Amérique, s'était répandue en Polynésie bien avant l'arrivée de Christophe Colomb ; la résine utilisée dans certaines momies péruviennes provenait d'arbres de Nouvelle-Guinée ; des calebasses africaines avaient été trouvées en Amérique centrale ; la cocaïne et le tabac auraient été connus des anciens Égyptiens ; les poivrons d'Amérique avaient été décrits par Théophraste, disciple d'Aristote ; et on pouvait voir un ananas sur une mosaïque de Pompéi. Des os de poulet datés au carbone 14 du XIVe ou du XVe siècle avaient été trouvés sur la côte chilienne, bien au sud de Tumbes, alors que les poulets étaient censés avoir été introduits par les Européens. Cela constituait toutefois un maigre faisceau d'indices, d'autant que chacun d'eux pouvait être expliqué par des causes naturelles ou une simple coïncidence. Les théories extraordinaires exigeaient des preuves extraordinaires.

Et c'était peut-être ce que Knox venait de découvrir.

II

Rebecca s'efforça de se calmer avant de prendre le téléphone.

— Rebecca Kirkpatrick.

— Vous avez l'argent ?

C'était une voix d'homme, mais la communication était de mauvaise qualité. Rebecca n'en décela pas davantage.

— Oui, mentit-elle. Je l'ai.

— Vous avez une heure. Il y a...

— Je veux parler à mon père.

— Vous avez une heure. Il y a une feuille...

— Si vous ne me laissez pas parler à mon père, vous n'aurez rien du tout ! cria Rebecca.

Elle raccrocha et resta là, tremblante, le téléphone entre les mains à attendre qu'il sonne de nouveau. Elle priait pour qu'il sonne de nouveau. Le Malgache tendit la main pour le récupérer, mais elle s'éloigna de lui. Les ravisseurs allaient rappeler. Il y avait cinq cents millions d'ariares à la clé. Ils allaient rappeler, sinon cela signifiait qu'ils n'avaient pas Adam et Emilia, que c'était un coup monté. Dans ce cas, elle irait aussitôt dire à Andriama...

Le téléphone tressauta dans sa main. Elle faillit le faire tomber.

— La prochaine fois que vous me raccrochez au nez, dit l'homme, on les tue tous les deux. Compris ?

— Je veux parler à...

Une autre voix d'homme remplaça la première :

— Rebecca... Rebecca, ma chérie !

Cette voix, Rebecca l'aurait reconnue entre mille.

— Papa ! gémit-elle. Papa !

— S'il te plaît, Rebecca, fais ce qu'ils demandent. Nous allons bien tous les deux, mais...

Le son fut brusquement étouffé.

— Vous avez une heure, reprit le ravisseur. Il y a un plan sous votre essuie-glace. Allez à l'endroit indiqué. Seule. On vous surveille. Compris ?

— Oui, répondit Rebecca.

— Là-bas, vous trouverez un sac jaune. Mettez l'argent dans le sac et retournez à Toliary. Ne dites rien à personne. Si le montant est correct, nous relâcherons votre père et votre sœur, sinon...

Le ravisseur raccrocha. Rebecca fixa le téléphone avec stupeur. Le Malgache le lui reprit et réclama son argent. Elle lui jeta quelques billets, incapable de se concentrer, de penser à autre chose qu'à la voix de son père : « Rebecca, ma chérie ! » Il ne l'avait jamais appelée comme ça : Évelyne avait toujours été sa seule et unique « chérie ». Elle se sentait à la fois euphorique, grisée et terrifiée. « Rebecca, ma chérie ! » Il était en vie. Emilia était en vie. Ils allaient revenir. Le ravisseur avait parlé d'un plan... Où ? Rebecca n'arrivait pas à s'en souvenir. Elle le chercha fébrilement, jusqu'à ce qu'elle le trouve sous l'essuie-glace de la Jeep.

— Hé !

Elle se retourna. C'était Andriama, qui se précipitait vers elle. Elle jeta le plan sur le siège passager, prit le volant et démarra en trombe. Le commissaire fit quelques pas pour la poursuivre, puis renonça et héla un taxi. Elle tourna à gauche dès qu'elle put, et encore à gauche pour se perdre dans le dédale de rues. Un coup d'œil dans son rétroviseur : personne. Elle déplia le plan dessiné grossièrement sur une feuille tout en conduisant, mais ne parvint pas à le lire. Elle avait les yeux pleins de larmes, la route était cahoteuse et ses mains tremblaient violemment. Elle se gara sur le côté. Prendre la route nationale 7 ; traverser Andranohinaly ; après la baraque orange, tourner à droite. Andranohinaly se trouvait sur la route d'Ilakaka, celle que Mustafa avait dû emprunter en sens inverse. Un coup de chance, enfin ! Rebecca sortit la carte de Mustafa et appela celui-ci sur son portable. Pas de réponse. Elle téléphona chez lui et demanda à Ahdaf de lui décrire la voiture de son père. C'était un 4 x 4

Mercedes bleu avec vitres teintées. Lorsqu'elle remit son téléphone dans son sac, elle aperçut l'émetteur G.P.S. Elle l'avait totalement oublié. Elle l'alluma, le mit dans sa poche et repartit en direction d'Ilakaka.

La circulation n'était pas très dense mais, à peine avait-elle parcouru une quinzaine de kilomètres, que la Jeep se mit à bringuebaler avec un bruit typique de pneu à plat. Rebecca poussa un cri de rage et se gara au bord de la route. Les crevaisons n'étaient pas rares avec la Jeep et, dans sa jeunesse, elle avait souvent eu à y faire face. Elle sortit les outils et la roue de secours. Les écrous étaient comme soudés. Elle dut donner des coups de pied dans la clé pour les desserrer. Et le sol était si mou que le cric s'enfonçait sous le poids du véhicule. Dans la précipitation, elle fit tomber les écrous mais les retrouva et, au bout d'une demi-heure, elle avait fini. Une demi-heure ! Elle jeta tout le matériel à l'arrière et repartit à toute allure en continuant à chercher des yeux le 4 x 4 bleu de Mustafa. Celui-ci apparut enfin sur la voie d'en face. Elle lui fit des appels de phares et klaxonna jusqu'à ce qu'il s'arrête. Elle se gara à sa hauteur et courut vers lui.

— L'argent ? cria-t-elle. Vous avez l'argent ?

— Bien sûr, répondit Mustafa en descendant de voiture pour aller ouvrir le coffre. Je vous ai donné ma parole.

— Je suis en retard ! Horriblement en retard !

— Calmez-vous, Rebecca, vous devez...

— Me calmer ? Comment pourrais-je me calmer ? Andriama est au courant et il ne nous lâchera pas.

Mustafa se décomposa.

— Mais vous m'aviez promis de ne rien dire.

— Ce n'est pas de ma faute. Il a su que vous étiez en train de vous procurer de l'argent.

— Oh ! Si c'est tout ce qu'il sait, alors il ne sait rien.

Mustafa ouvrit le coffre et la fermeture éclair d'un sac noir rempli de gros paquets de billets.

— Comptez, dit-il.

— Nous n'avons pas le temps.

— Il faut que vous comptiez.

Rebecca soupira, renversa le sac dans le coffre et empila les paquets. Elle ne cessait de regarder la route, s'attendant à ce que la police débarque d'une seconde à l'autre. Il y avait cinquante paquets, cinq piles de dix. Elle en vérifia deux au hasard : chacun contenait dix liasses de vingt billets flambant neufs de cinquante mille ariares. Elle fit le calcul rapidement. Le compte était bon.

— Bon, continua Mustafa, vous vous souvenez de ce que je vous ai dit à propos des intérêts ?

Un nœud de stress raidit la nuque de Rebecca.

— On ne pourrait pas régler ça plus tard ?

— J'ai dû signer un contrat pour obtenir cet argent, expliqua Mustafa en sortant de la poche de sa veste un document en deux exemplaires, qu'il posa contre une vitre. C'est pour ça qu'il m'a fallu si longtemps. Mon avocat devait s'assurer…

— Bon sang !

— S'il vous plaît, essayez de comprendre la situation dans laquelle je me trouve. J'ai dû donner un certain nombre de garanties pour pouvoir emprunter une telle somme d'argent. Je dois donc assurer mes arrières en cas de perte. Mais je ne veux pas que vous pensiez que je profite de vous. Je vous demande juste de lire et de parapher chaque page, comme je l'ai fait moi-même, afin que nous…

— Je n'ai pas le temps !

— Je suis désolé, mais comprenez qu'il me faut une reconnaissance de dette.

Rebecca porta une main à son front.

— Qu'est-ce qui est écrit là-dedans ? Dites-le-moi.

— Certainement.

Mustafa prit un des exemplaires du contrat et commença à le lire à voix haute.

— Non, dites-moi à combien s'élèvent les intérêts !

— Ah ! s'exclama Mustafa en tournant les pages, voyons, euh... voilà, c'est ici : cinq pour cent, avec remboursement dans deux semaines et pénalités de retard en cas de non-respect du délai.

— Quelles pénalités ?

— Un instant.

Au grand désarroi de Rebecca, Mustafa se remit à tourner les pages.

— Votre stylo ! lança-t-elle.

— Mais vous devez lire avant de...

— Donnez-moi votre foutu stylo !

Elle retira le bandage de sa main droite, parapha toutes les pages et jeta un exemplaire du contrat dans le sac noir. Appréciant l'air frais sur ses plaies, qui avaient commencé à cicatriser, elle se débarrassa de son deuxième bandage pour remettre l'argent dans le sac, qu'elle porta ensuite à bras-le-corps jusqu'à la Jeep, avant de le laisser tomber lourdement sur le siège passager. Lorsqu'elle fut assise au volant, Mustafa la rejoignit.

— Merci, lui dit-elle.

— Ce n'est rien. Y a-t-il autre chose que je puisse faire ?

— Non, ils m'ont dit de venir seule. Et ils me surveillent.

— Alors, bonne chance !

Rebecca repartit. Affreusement en retard, elle pria pour que les ravisseurs lui accordent un délai.

Chapitre 35

I

Rebecca n'était toujours pas rentrée au pavillon. Knox ouvrit la porte avec l'espoir de trouver le dossier médical de Michel. Lorsqu'il entra dans la clinique, il vit sur la table d'examen un traceur G.P.S., sous lequel était coincé un petit mot écrit à la main que Rebecca avait dû laisser à Thérèse. Bien que celui-ci ne lui soit pas adressé, il ne put s'empêcher de le lire. Rebecca y racontait qu'elle avait reçu une demande de rançon, expliquait en détail ce qu'elle allait devoir faire, et demandait à Thérèse d'apporter le traceur G.P.S. au commissaire de police Andriama, à Toliary, si elle ne revenait pas.

Si elle ne revenait pas...

Knox fut pris d'un vertige. Comment avait-elle pu se lancer seule dans cette affaire ? Elle avait besoin d'aide. Michel allait devoir attendre. Knox alluma le G.P.S. et regarda s'il y avait eu des transmissions. Rien depuis la veille. Rebecca avait dû tester le matériel avant de partir. Il consulta sa montre : 10 heures passées ! Il avait perdu la moitié de la matinée dans le hangar à bateaux. Il ressortit et verrouilla la porte. Puis il enfourcha la moto de cross d'Adam, la démarra au kick et partit aussitôt en direction de Toliary.

II

Rebecca traversa de nombreux villages, trop petits pour qu'ils disposent d'un panneau à leur nom. Elle s'arrêta régulièrement pour demander où se trouvait Andranohinaly et on lui dit toujours de continuer tout droit. Une fois arrivée, elle se mit en quête d'une baraque orange. Elle passa devant une petite cabane délabrée. Dans la lumière éclatante, celle-ci était plutôt marron clair mais, au coucher du soleil, il était possible qu'elle paraisse orange. Rebecca s'arrêta. Plusieurs planches portaient encore des écailles de peinture orange. Si c'était la bonne cabane, il devait y avoir un chemin sur la droite. En effet, cinquante mètres plus loin, elle découvrit un sentier très étroit et couvert de nids-de-poule.

Rebecca hésita pendant quelques secondes, les mains sur le volant, puis se dit que ça ne pouvait pas être là. Elle fit encore quatre kilomètres sur la route principale, puis jura à voix haute, fit demi-tour et s'engagea sur le chemin. Elle descendit jusqu'au pied d'une colline boisée, qu'elle gravit en négociant des virages en épingle de plus en plus serrés. Ses doutes grandissaient au fur et à mesure qu'elle avançait, mais il était trop tard pour changer d'avis. Le chemin était de moins en moins visible et se perdait dans la végétation. Elle passa sous des branchages ; des épines crissèrent sur les portières de la Jeep comme des ongles sur un tableau noir. Ça ne pouvait pas être là. C'était impossible. Elle avait envie de faire demi-tour, mais le chemin était devenu trop exigu. De plus, la colline était trop escarpée et les tournants trop serrés pour qu'elle puisse faire marche arrière.

Rebecca continua, en proie à la plus grande détresse, et trouva en travers de sa route un tas de roche brisée résultant d'un glissement de terrain. Elle le franchit au pas ; la Jeep penchait dangereusement sur le côté. Arrivée saine et sauve de l'autre côté, elle n'eut pas le temps de savourer son soulagement. Le virage suivant menait à l'endroit où le glissement de terrain avait eu lieu. Le sol s'était effondré. Il était impossible d'aller plus loin. Elle était prise au piège.

Désespérée, elle hurla de toutes ses forces. La colline lui renvoya l'écho de son cri déchirant et un chien sauvage se mit à aboyer. Rebecca était affreusement en retard, or la vie de son père et de sa sœur dépendait d'elle. Il fallait qu'elle retourne à la route principale. Impossible de faire demi-tour. Seule solution : faire marche arrière, un vrai cauchemar. Ses pneus faisaient tomber une pluie de cailloux, qui ricochaient avec fracas sur le flanc de la colline jusqu'à ce qu'ils atterrissent dans les broussailles. À chaque fois qu'elle provoquait un petit éboulement, son cœur s'arrêtait de battre. Elle était projetée contre sa portière, tant la Jeep penchait sur le côté, et ne voyait rien dans ses rétroviseurs.

Inévitablement, sans doute, la pluie de cailloux se transforma en véritable avalanche. Le sol se déroba sous la Jeep, qui se mit à glisser le long de la colline comme un navire lancé sur le flanc à la mer.

Chapitre 36

I

Knox conduisait aussi vite que la route le lui permettait. Les pneus lisses de la moto dérapaient sur la poussière et l'obligeaient à se redresser avec le pied, mais il ne mit pas longtemps pour arriver à Toliary. Il s'arrêta pour consulter le G.P.S. Rebecca avait enfin allumé l'émetteur. Bien que la carte de Madagascar affichée sur le traceur ait été rudimentaire, il était clair qu'elle avait pris la route d'Ilakaka. Knox suivit les panneaux et traversa la banlieue de Toliary. La route était en meilleur état. Il accéléra à fond et ne tarda pas à atteindre l'endroit d'où le dernier signal avait été envoyé. Cependant, Rebecca n'était plus là. D'après le mot qu'elle avait laissé, elle avait programmé une transmission par heure. Knox n'avait plus qu'à attendre. Ne pouvant rien faire de plus, il alluma son téléphone portable, qui lui signala la réception de plusieurs messages, presque tous de Miles. D'une voix de plus en plus tendue, le patron de Knox lui demandait où il était passé et le priait de prendre contact avec lui dès que possible.

— Il était temps ! explosa-t-il lorsque Knox l'eut rappelé. Ça y est, tu vas rentrer ?

— Pas encore, répondit Knox.

— C'est la galère, ici ! On n'a rien trouvé, que dalle ! Nos nouvelles tentatives n'ont rien donné et les Chinois commencent à flairer quelque chose. Ils vont envoyer une délégation.

— Merde ! Quand ?

— Après-demain. Et tu as intérêt à être là ! Pas d'excuses ! Il va falloir leur jeter de la poudre aux yeux. J'ai de quoi les endormir du point de vue scientifique, mais je compte sur toi pour l'aspect archéologique.

— Je serai là, mais écoute : je crois que je suis sur une piste.

— Quel genre de piste ?

— Je veux que tu me promettes de ne rien dire à personne, et surtout pas à Cheung. Il est encore trop tôt.

— Comme tu voudras. Je t'écoute.

Knox raconta à Miles tout ce qu'il avait découvert depuis son départ de la *Maritsa* : les tessons de poterie dans les murs de la réserve ; l'intérêt d'Adam pour les cartes médiévales ; le sous-sol du hangar à bateaux et les artefacts chinois. Il lui fit part de sa théorie, selon laquelle le navire-trésor avait pu se dégager du récif et naviguer jusque dans les eaux de l'Éden, et lui expliqua pourquoi les Kirkpatrick avaient peut-être menti.

Miles garda le silence quelques secondes, comme s'il avait besoin de temps pour assimiler toutes ces informations.

— Tu crois que tu vas pouvoir nous rapporter une preuve ? demanda-t-il. Quelque chose qu'on puisse montrer aux Chinois ?

Knox pensa au bol en porcelaine blanc et bleu et à la flasque émaillée.

— Il faut d'abord que j'en parle à un membre de la famille Kirkpatrick.

— Et quand est-ce que tu vas pouvoir le faire ?

Knox consulta le traceur G.P.S., qui venait de recevoir un nouveau signal. Rebecca était à une quinzaine de kilomètres à l'est.

— Avec un peu de chance, ce ne sera pas long.

II

Dès que la Jeep eut commencé à glisser, Rebecca ne réagit plus que par réflexe. Elle se redressa sur son siège et attacha sa ceinture. L'arrière de la voiture percuta un arbre ; l'impact poussa les roues face à la pente. Rebecca enfonça la pédale de frein, débraya et passa la marche arrière, mais quelque chose se cassa et la Jeep rebondit sur le sol en traversant un mur de végétation, le pare-brise battu par les branches. Un baobab se dressait au beau milieu de sa trajectoire. Elle tourna le volant, mais la direction ne répondit pas. Elle se baissa, la tête dans les avant-bras. L'avant gauche du véhicule heurta le tronc avec violence. Elle entendit le phare se briser et le métal se froisser. La Jeep poursuivit sa course folle sur deux roues, avant de retomber lourdement. La végétation disparut tout à coup ; le versant tombait à pic. La voiture plongea dans le vide et le capot s'écrasa contre la terre compacte du chemin qui serpentait sur la colline. La tôle se plissa en accordéon contre les genoux de Rebecca. Le pare-brise et les vitres se brisèrent en éclats. Des morceaux de verre volèrent de toutes parts. Rebecca fut projetée en avant. Retenue par sa ceinture de sécurité, elle sentit son épaule se démettre. La Jeep bascula en avant et retomba sur le côté droit. Elle oscilla un instant, puis s'immobilisa.

Rebecca reprit peu à peu ses esprits. En examinant ses bras, ses jambes, sa tête et son torse, elle constata avec soulagement qu'elle n'avait que des contusions, mais aucune blessure grave, à part à l'épaule. Au-dehors, de la fumée et de la vapeur d'eau jaillissaient du capot. La pente était affreusement raide et la Jeep n'était retenue que par un enchevêtrement de broussailles, qui crissaient et craquaient sous son poids. Rebecca sentit l'odeur du carburant et de l'huile. Il fallait qu'elle sorte de là, et vite. Sa ceinture était coincée, elle se dégagea comme elle put en s'efforçant de garder l'épaule au repos. Puis elle récupéra ses bagages et le sac noir, qu'elle jeta par le trou du pare-brise, avant de sortir. Elle dut sauter jusqu'au sol et la secousse lui causa une telle douleur qu'elle poussa un cri. Elle savait ce qui l'attendait. Elle s'était déjà démis l'épaule deux fois : lors d'un mauvais atterrissage en parachute et lorsque, au fin fond de l'Australie, elle avait essayé de saisir les rênes d'une jument qui, effrayée par un serpent, l'avait jetée à terre en décochant une ruade.

Elle sortit son téléphone portable de son sac, mais il n'y avait pas de réseau. Elle respira à fond pour ne pas céder à la panique. L'année précédente, au Kenya, un Sud-Africain prétentieux avait essayé de l'impressionner avec toutes ses cicatrices. Elle lui avait répliqué qu'elle, elle s'était démis l'épaule. Il avait éclaté de rire en lui disant que ce n'était rien du tout et qu'il ne savait même plus combien de fois cela lui était arrivé. Il suffisait de se jeter contre un arbre pour la remettre en place. Si un guide fort en gueule pouvait le faire, songea Rebecca, alors elle aussi. Elle souleva son bras pour placer la tête de l'humérus en face de son logement, se jeta de toutes ses forces contre le pare-chocs avant de la Jeep et hurla de douleur. Elle avait échoué, mais recommença encore plus fort. La douleur fut si vive et dura si longtemps qu'elle cria sans s'arrêter jusqu'à ce qu'elle ait évacué tout son désespoir. Cela n'allait pas marcher. Rebecca le sentait dans son corps. Elle s'accroupit. En tant que zoologue, elle connaissait l'anatomie des primates. L'épaule n'était pas une articulation comme les autres, car elle devait permettre un large éventail de mouvements. Par conséquent, la tête de l'humérus était plutôt posée sur son logement, comme un œuf sur un coquetier, et maintenue en place par les muscles, les tendons et les ligaments. C'était d'ailleurs pour cette raison que l'épaule était plus fragile que les autres articulations, mais aussi plus facile à remettre en place. Il suffisait de trouver le bon angle. Ce Sud-Africain avait fait le fanfaron, mais il n'avait pas menti.

Les poignées du sac en toile de Mustafa étaient fixées par des boucles en métal détachables. Rebecca les retira avec les dents et la main droite, puis les assembla pour former une longue corde. Les muscles de son épaule gauche commençaient à se contracter convulsivement. Dans dix minutes, il serait trop tard. Elle s'efforça de ne pas faire d'erreur par précipitation. Elle fit des nœuds coulants aux extrémités de la corde, passa le poignet gauche dans l'un et le pied gauche dans l'autre. Elle se redressa en levant la jambe, de sorte que la corde soit tendue mais pas trop. Ensuite, elle abaissa le pied en tirant son poignet, son bras et son épaule vers l'avant. Elle sentait que la tête de l'humérus se rapprochait de son logement mais qu'elle avait besoin d'un coup sec sur le côté pour se remettre en place. Les yeux fermés, elle se laissa tomber sur le côté et atterrit directement sur l'épaule. Pendant un moment, la douleur se rebiffa, mais c'était fini, comme un abcès dentaire qui éclate, comme un orgasme, comme un shoot d'héroïne... Aucun plaisir n'était comparable au soulagement qui inondait l'organisme après une douleur insupportable.

L'euphorie ne dura pas. Rebecca se souvint qu'elle tenait la vie de son père et de sa sœur entre ses mains. Elle était tellement en retard... Mais elle avait toujours l'argent et n'était pas près de renoncer. La Jeep était fichue. Rebecca allait devoir marcher jusqu'à la route pour arrêter une voiture. Elle prit le sac rempli de billets dans ses bras et se fraya un chemin parmi les broussailles. Elle avait déjà bien avancé lorsqu'elle perçut un mouvement devant elle. Puis plus rien.

Puis un autre ! Les propos désinvoltes d'Andriama sur les hommes mal intentionnés qui avaient dû entendre parler de la rançon lui revinrent à l'esprit. Elle retint sa respiration en s'accroupissant. Elle posa le sac en toile, s'arma d'une grosse pierre pointue et se prépara à frapper.

III

La dernière transmission G.P.S. provenait d'une colline boisée, située au bord de la route d'Ilakaka. Knox passa devant un chemin qui devait y mener, mais ne l'emprunta pas directement, de peur d'être observé. Puis il aperçut un nuage de fumée qui s'élevait du flanc de la colline et craignit d'arriver trop tard. Il fit demi-tour, cacha la moto sous les arbres et continua à pied en longeant le bois pour pouvoir s'y engouffrer si nécessaire.

Tout à coup, Rebecca sortit des broussailles en criant, une pierre à la main. Il leva les avant-bras pour se protéger, mais elle l'avait déjà reconnu.

— Vous ! explosa-t-elle. Qu'est-ce que vous foutez là ?

Elle vit le récepteur G.P.S. et trouva elle-même la réponse à sa question.

— J'ai laissé ça à Thérèse ! protesta-t-elle.

— Bon sang ! s'écria Knox. Vous ne pouvez pas gérer seule une telle situation ! Pourquoi ne m'en avez-vous pas parlé ?

— Ils m'ont dit de n'en parler à personne, répondit Rebecca, dont les yeux se remplirent de larmes. Ils ont mon père et ma sœur. Ils ont dit qu'ils les tueraient si j'en parlais à qui que ce soit.

— Ils sont en vie ? Vous en êtes sûre ?

— J'ai eu mon père au téléphone. Il a dit : « Nous allons bien tous les deux. » Il a dit : « tous les deux ».

— C'est fantastique !

— Mais je suis en retard. Horriblement en retard.

— Alors, allons-y !

Knox prit le sac noir et conduisit Rebecca jusqu'à la moto.

— Où allons-nous ? demanda-t-il.

— Ils m'ont dit de tourner à droite après une baraque orange située au bord de la route, expliqua Rebecca. J'ai vu une baraque. Elle avait l'air orange, mais j'ai dû me tromper.

Elle essayait de ne pas paniquer, mais sa respiration s'accélérait malgré elle. Knox vit qu'elle était sur le point de craquer. Il prit sa tête entre ses mains.

— Écoutez-moi, Rebecca. Les ravisseurs ne perdent pas leur sang-froid facilement, sinon ils ne pourraient pas prendre de tels risques. Et puis, ils sont cupides. Cinq cents millions d'ariares, c'est une fortune ! Alors ce n'est pas terminé. Loin de là. Compris ?

Elle hocha la tête en se tenant le bras gauche.

— Je suis désolée pour hier soir. Toute cette affaire me dépasse.

— C'est de ma faute. J'aurais dû vous dire la vérité dès le premier soir. J'avais promis de ne rien dire, mais j'aurais tout de même dû...

— Ce n'est pas grave, dit Rebecca en serrant la main de Knox dans la sienne. Vous m'expliquerez tout plus tard. Pour l'instant, il faut qu'on apporte l'argent.

Knox enfourcha la moto et prit le sac sur ses genoux. Rebecca monta derrière lui et lui passa le bras droit autour de la taille. Il regagna la route principale puis tourna en direction d'Ilakaka. Environ dix minutes plus tard, ils atteignirent une baraque orange vif. Il ne se retourna pas, de peur qu'elle ne prenne son geste pour un reproche, et s'engagea en silence sur le chemin qui partait vers la droite. Arrivé au pied d'un vieux tamarinier, qui trônait au milieu d'une clairière, il s'arrêta et attendit que Rebecca descende pour mettre la moto sur ses béquilles.

— Il devrait y avoir un sac, se lamenta Rebecca. Un sac jaune.

— Ils ont dû repartir. Écrivez-leur un mot. Expliquez-leur ce qui s'est passé. Dites-leur que vous avez toujours l'argent et que vous voulez le leur donner. Laissez-leur un moyen de reprendre contact avec vous.

Rebecca prit un stylo dans son sac et commença à griffonner un petit mot, puis s'interrompit.

— Les portables ne passent pas à l'Éden, s'inquiéta-t-elle.

— Alors nous passerons la nuit à Toliary.

— Comment s'appelait l'hôtel où nous sommes descendus ?

Knox indiqua le nom de l'hôtel à Rebecca et elle posa le mot au pied du tamarinier en le fixant au sol à l'aide d'une pierre. Il finit par remarquer qu'elle faisait tout de la main droite.

— Qu'est-il arrivé à votre bras gauche ? lui demanda-t-il tandis qu'elle retournait à la moto.

— Je me suis démis l'épaule.

— Bon sang ! Pourquoi ne me l'avez-vous pas dit ?

— Ça va, je l'ai remise en place.

— Quoi ?

— Ce n'est rien, assura-t-elle en remontant sur la moto. Il suffit de se jeter contre un arbre.

Chapitre 37

I

Boris arriva à l'Éden en milieu d'après-midi. Il vit d'abord le bateau, puis le hangar et le panneau indiquant la réserve. Il posa ses bagages devant le hangar à bateaux et longea les arbres, le Heckler & Koch dans sa poche au cas où il ferait une mauvaise rencontre.

En remontant le sentier, il ne croisa personne. Le bâtiment principal était fermé et tous les cabanons étaient vides. Pas le moindre signe de Knox. Boris retourna à la plage, retira son pantalon et avança dans l'eau jusqu'au bateau. Sur le pont, il repéra un sac qui, d'après l'étiquette, appartenait à Matthew Richardson, le faux nom de Knox. Il le fouilla et trouva du matériel de plongée, un équipement de valeur, qu'on ne pouvait pas simplement oublier ni laisser sur place pour que le prochain plongeur puisse en profiter. Non, Knox allait bientôt revenir à bord de ce bateau. Cela ne faisait aucun doute.

Et Boris allait l'attendre.

II

Maintenant qu'il savait que Rebecca avait mal à l'épaule, Knox conduisit moins vite pour retourner à Toliary. Malgré son handicap, la jeune femme était une passagère agréable, qui suivait ses mouvements, se penchant en même temps que lui, le menton sur son épaule, la bouche contre sa nuque. Il sentait son souffle sur sa gorge. Et à chaque fois qu'il freinait pour éviter un nid-de-poule ou une pierre sur la route, la décélération la pressait contre lui.

L'après-midi avait passé vite et le soleil se couchait déjà lorsqu'ils arrivèrent à Toliary. Knox alluma le phare, mais celui-ci ne fonctionnait plus. L'obscurité s'épaissit. Il entendit des coups de klaxon et un joyeux vacarme un peu plus loin sur la route. Un cortège de voitures célébrait un mariage. Knox aurait pu se frayer un chemin, mais préféra attendre que toutes les voitures soient passées. Il se rendit compte à ce moment-là qu'il n'avait pas envie que ce trajet à moto se termine. Peut-être Rebecca éprouvait-elle la même chose que lui ; il sentit son bras le serrer un peu plus fort.

Ils arrivèrent à leur hôtel. Rebecca descendit avec précaution.

— Occupez-vous des chambres, je vais chercher des pansements pour vos mains, annonça Knox.

Il trouva une pharmacie ouverte quelques rues plus loin, demanda tout le matériel de premiers secours qui pouvait être utile en cas de plaies et de contusions, puis acheta un sac de glace dans un supermarché. Lorsqu'il arriva à la chambre de Rebecca, il entendit de l'eau couler. Il frappa, l'eau s'arrêta. Rebecca ouvrit un instant plus tard, une serviette autour de la taille et une chemise enfilée à la hâte, pas encore boutonnée, qu'elle tenait fermée de la main droite.

— Vous voulez que je vous refasse vos pansements ? proposa Knox en lui montrant ses achats.

— S'il vous plaît.

Elle alla jusqu'au lit et s'allongea sur le dos sans cesser de tenir sa chemise. Il ferma la porte, s'agenouilla à côté d'elle et posa le sac de glace sur son épaule gauche. Il examina d'abord ses mains. Elles étaient encore sales, malgré les efforts de Rebecca pour les laver, mais les coupures de coraux cicatrisaient bien. Il nettoya la main gauche avec du gel, désinfecta les plaies à l'iode et appliqua de nouveaux pansements. Lorsqu'il se pencha pour prendre la main droite, Rebecca lâcha sa chemise, qui s'ouvrit légèrement. Elle ne fit rien pour la refermer. Knox regarda son buste, puis leva les yeux vers les siens, qui l'attendaient déjà. Elle posa la main sur son visage, lui caressa la joue avec le pouce.

— L'autre jour, vous m'avez demandé si j'avais quelqu'un dans ma vie, murmura Knox.

— Vous êtes marié. Vous avez une femme.

Il pensa à Emilia, à la possibilité qu'il soit le père de Michel, aux complications que cela entraînerait s'il cédait à la tentation.

— J'ai une famille.

Rebecca parut désemparée.

— Restez avec moi. Juste cette nuit.

— Je ne peux pas.

— Dites plutôt que vous ne voulez pas.

— Non, c'est la vérité, je ne peux pas.

Le téléphone portable de Rebecca se mit à sonner sur la table de nuit : les ravisseurs avaient trouvé le mot laissé au pied de l'arbre ! Rebecca décrocha.

— Allô ?

Elle commença par pâlir, puis son expression se durcit. Elle indiqua à son interlocuteur comment se rendre à l'hôtel, raccrocha et reposa le portable sur la table de nuit.

— Alors ? s'enquit Knox. Qui était-ce ?

— Mon collègue, Titch. Il vient d'arriver d'Angleterre.

III

Rebecca descendit accueillir Titch en tenant le sac de glace contre son épaule. Des gouttes d'eau glacées ruisselaient sur sa peau. Un taxi se gara devant l'hôtel. Titch prit son temps pour régler le chauffeur et sortir ses bagages, comme s'il redoutait de ne pas être le bienvenu. Rebecca le rejoignit et l'embrassa sur les deux joues.

— Qu'est-ce que tu fais là ? lui demanda-t-elle.

— Quand j'ai reçu ton coup de fil, répondit-il, j'ai eu l'impression que tu avais besoin d'aide.

— Tu as fait tout ce voyage à cause d'un coup de fil ?

Il aperçut Daniel et s'éloigna de quelques pas.

— Tu as reçu une demande de rançon, dit-il à voix basse. Étant donné la situation financière de la société, j'ai pensé que je pourrais peut-être t'aider à rassembler l'argent.

Très touchée, Rebecca posa la main sur son coude.

— Titch, je ne sais pas quoi dire… J'ai réussi à emprunter cet argent. Tu aurais dû appeler.

— J'ai essayé, mais tu ne réponds jamais. Et puis, je me suis dit que, de toute façon, tu serais soulagée de pouvoir compter sur un ami.

Il jeta un coup d'œil à Daniel puis interrogea Rebecca du regard pour savoir s'il pouvait parler librement devant lui. Elle le rassura, avant de l'entraîner jusqu'à lui pour faire les présentations.

— Daniel, se rappela Titch, c'est vous qui êtes venu au secours de Rebecca dans les récifs.

— Et il a encore fallu qu'il vienne me secourir aujourd'hui ! plaisanta Rebecca. Ça devient agaçant à la longue.

— C'est vrai ? demanda Titch.

Quelque chose dans sa voix rappela à Rebecca le jour où il lui avait déclaré sa flamme. Peut-être ne lui avait-il pas tout dit sur les raisons de son voyage, elle préféra toutefois ne pas interpréter ses propos.

— Tu dois avoir faim ! lança-t-elle. En tout cas, moi, je meurs de faim.

— Tu veux qu'on aille dîner quelque part ? proposa Titch.

Elle déclina l'invitation, n'osant pas laisser l'argent dans sa chambre ni traîner le sac en ville.

— Je vais chercher des pizzas, annonça Daniel. Ça vous laissera le temps de discuter ensemble.

— Merci, dit Rebecca.

Elle fit monter Titch dans sa chambre. Ils sortirent sur le balcon et elle lui raconta tout ce qui s'était passé depuis son coup de fil. Elle venait juste de finir lorsque Daniel arriva avec des bières et des pizzas.

— Alors qu'est-ce qu'on fait maintenant ? demanda Titch après avoir pris une part.

— On attend que les ravisseurs reprennent contact avec moi, répondit Rebecca.

— Rien ? Et le type au téléphone portable ?

— Quel type ?

— Celui que les ravisseurs ont appelé pour te donner leurs instructions.

— Ils connaissaient son numéro, c'est tout.

— D'accord, mais comment ont-ils su que tu étais là au moment où ils ont appelé ? Soit ils t'observaient, soit c'est lui qui les a prévenus.

Rebecca n'avait pas pensé à cette possibilité.

— Peut-être qu'on devrait aller lui parler demain matin, suggéra Titch, pour voir s'il sait quelque chose.

— Bonne idée, reconnut Rebecca.

— Et ce n'est pas tout. Au départ, les ravisseurs t'ont adressé un message à la réserve de l'Éden, c'est bien ça ?

— Oui, et alors ?

— Alors ils ne vont peut-être pas voir le mot que tu as laissé dans la clairière. Ils pensent peut-être encore que le meilleur moyen de communiquer avec toi se trouve à la réserve.

Rebecca consulta Daniel du regard. Il acquiesça.

— Je crois qu'il faudrait que l'un de nous aille là-bas, poursuivit Titch, on ne sait jamais. Bien sûr, ça ne peut pas être toi, Rebecca. Tu dois rester ici, au cas où les ravisseurs essaieraient de te joindre à l'hôtel ou de t'appeler sur ton portable. Mais moi, je pourrais y aller.

Il regarda Daniel, puis Rebecca de nouveau.

— Ça fait longtemps que je n'ai pas conduit une moto, avoua-t-il, et il faudrait que tu m'indiques le chemin, mais...

— Je vais y aller, l'interrompit Daniel.

— Non ! protesta Rebecca.

— Il a raison, dit Daniel en se levant. L'un de nous doit aller là-bas. Et il est plus simple que ce soit moi.

— Mais vous ne pouvez pas partir maintenant ! s'exclama Rebecca. Le phare de la moto ne fonctionne pas.

— Non, mais je partirai à l'aube. Je vais aller faire le plein pendant que la station d'essence est encore ouverte. De toute façon, je suis claqué. La journée a été longue.

Daniel posa la main sur l'épaule de Rebecca en franchissant la porte du balcon. À ce contact, Rebecca tressaillit, comme si une onde l'avait traversée de part en part. Si toutefois il avait ressenti la même chose, il n'en laissa rien paraître. Il se contenta de faire un signe de tête à Titch.

— Ravi de vous avoir rencontré, lança-t-il.

— Moi de même, dit Titch.

Chapitre 38

I

Une fois Daniel parti, l'estomac plein, Rebecca se rendit compte de sa fatigue. Titch parla de prendre une chambre, mais il y avait un deuxième lit dans celle de Rebecca, et elle avait besoin de compagnie, d'autant plus avec cette énorme somme d'argent en sa possession. Ils passèrent à la salle de bains, se couchèrent dans leurs lits respectifs et éteignirent la lumière. Allongée sur le dos, Rebecca regarda les phares des voitures dessiner des bandes jaunes sur le plafond en écoutant Titch lui parler du bureau et de leurs divers projets. Elle ne put s'empêcher de remarquer comme Londres lui semblait loin et à quel point tout ce qui s'y rattachait lui était indifférent. Titch garda le silence un moment.

— Je vais rester ici, murmura-t-elle.

Jusqu'à cet instant, elle n'avait pas envisagé de façon consciente de rester à Madagascar mais, dès lors qu'elle eut prononcé ces paroles, elle sut que c'était inévitable. Dans le lit d'à côté, Titch retint sa respiration avant de se redresser sur un coude.

— Comment ça ? balbutia-t-il. Pendant combien de temps ?

Son angoisse était si palpable que Rebecca décida de l'apaiser.

— Juste le temps de démêler toute cette affaire.

— Et les États-Unis ?

— Je me fous des États-Unis ! s'écria Rebecca avec une véhémence qui l'étonna elle-même. Il s'agit de ma famille.

Titch ne réagit pas. Il demeura si longtemps sans rien dire qu'elle finit par deviner ce qu'il n'osait pas lui demander.

— Je vais rester quoi qu'il arrive à mon père et ma sœur, dit-elle pour répondre à cette question non formulée.

— Et nous ? Notre société ?

— Tu t'en sortiras très bien.

— Pas sans toi.

— Bien sûr que si.

— Non, tu sais que cette société a besoin de toi.

— Nous en discuterons demain matin, d'accord ?

Titch sembla accepter ce compromis. Ils se souhaitèrent une bonne nuit et, d'après sa respiration, il s'endormit au bout d'une quinzaine de minutes. Rebecca, en revanche, ne parvint pas à trouver le sommeil. Après toutes les épreuves de la journée, ses blessures lui faisaient mal. Et son appréhension quant au déroulement des événements était exacerbée par l'absence de Daniel. Elle s'efforça d'avoir des pensées positives, en vain. Elle ne cessait de regarder l'heure sur son portable et de vérifier que celui-ci avait encore suffisamment de batterie mais, à chaque fois, l'écran s'éclairait, ce qui contribuait à vider la batterie. Son chargeur était à l'Éden. Daniel allait bientôt s'y rendre. Elle se demandait si elle pouvait partir avec lui sous prétexte de récupérer son chargeur, lorsqu'elle entendit rugir une moto. En sortant sur le balcon, elle constata que sa moto n'était plus là.

Elle retourna se coucher et s'assoupit. Quand elle se réveilla un peu plus tard, il faisait jour et la ville commençait à s'animer. Rebecca était encore fatiguée, mais elle se leva et sortit son exemplaire du contrat de prêt de Mustafa. Elle n'avait pas encore eu le temps d'en prendre connaissance. Plus elle avançait dans sa lecture, plus elle s'inquiétait. Une chose était sûre, Mustafa ne s'était pas sacrifié. Il lui avait parlé des intérêts de cinq pour cent, mais pas des honoraires de son agent. En outre, il avait converti le montant du prêt en euros sur la base du taux de change de la veille, et voulait être remboursé conformément au taux de change en vigueur au moment de l'acquittement. D'après ce qu'elle comprenait, elle allait devoir payer deux fois le taux de change. Or, tout le monde savait qu'il était extrêmement élevé ici. Elle fit un rapide calcul au dos d'une des pages. Son emprunt était de cinq cents millions d'ariares mais, d'après les différentes dispositions du contrat, elle en devait déjà sept cent cinquante millions à Mustafa. Celui-ci lui facturait soixante-dix mille livres de frais de montage pour un prêt de dix jours. Elle eut un haut-le-cœur, pas seulement à cause de l'argent, mais parce qu'elle avait l'impression de s'être fait escroquer. Sa première réaction fut de se dire qu'elle n'aurait qu'à ne pas honorer le contrat. Après tout, une fois qu'elle serait rentrée en Angleterre, Mustafa ne pourrait jamais la poursuivre. Mais cela semblait trop facile. Il avait dû prévoir cette éventualité. Il fallut environ une minute à Rebecca pour mettre le doigt sur le nœud de l'affaire : une clause exigeait comme garantie la part qu'elle détenait dans la réserve de l'Éden. Cette disposition la laissa perplexe. Elle ne détenait aucune part dans la réserve, en tout cas, pas tant que son père était en vie. Elle eut soudain un très mauvais pressentiment…

— J'ai besoin de ton aide, dit-elle en secouant Titch pour le réveiller.

— Pas de problème. Qu'est-ce que je peux faire ?

— Loue une voiture, un 4 x 4 de préférence. Et sans chauffeur, si possible.

Titch se leva aussitôt.

— Je m'en occupe.

— On se retrouve ici dans une heure environ, d'accord ? proposa Rebecca en remettant le contrat dans le sac rempli de billets. Il faut que j'aille voir un avocat.

II

Dans la chambre voisine, Knox avait lui aussi mal dormi. Il pensait que Titch allait prendre une chambre, mais il l'avait entendu se mettre au lit et discuter avec Rebecca à travers le mur, sans pouvoir suivre la conversation.

L'idée qu'ils passent la nuit ensemble le gênait. Il était évident que Titch était fou de Rebecca. Quant à elle, elle avait des sentiments pour lui, mais lesquels ? Ils finirent par se taire et Knox n'entendit plus que le crissement d'un lit, ce qui le troubla tout autant.

Il accueillit donc l'aube avec soulagement et se mit en route. Un chien jaune sommeillait contre un mur jaune, comme pour se camoufler. Un couple avec deux enfants oscillait sur un vieux vélo. Le père était debout sur les pédales ; la mère se tenait de côté sur la selle avec un bébé dans les bras ; et l'aîné, en équilibre sur le guidon, gloussait joyeusement. Knox trouva sur la route de nombreux agriculteurs qui allaient vendre leurs produits sur les marchés de Toliary mais, passé les premiers kilomètres, il put accélérer et avancer rapidement. Il longea une plage paradisiaque, dont le sable blond était couvert d'empreintes de pas et rayé par les troncs de vieilles pirogues. Le soleil s'éleva au-dessus des arbres, réchauffant l'atmosphère. Sur le bas-côté, deux hommes sciaient un vieux pneu de camion pour se fabriquer des sandales. Tout était recyclé, ici. Un gamin qui traînait derrière lui une chèvre blanche comme neige fit signe à Knox en lui souriant. Knox lui répondit et aperçut les bungalows de Pierre. Depuis vingt-quatre heures, il se disait qu'il était peut-être père. C'était extraordinaire, comme si son monde était sur le point de s'ouvrir à une nouvelle dimension. Il fallait qu'il poursuive sa route. Ce n'était pas le moment de se disperser. Il devait aller à l'Éden au cas où les ravisseurs se manifesteraient, mais il ne put s'empêcher de prendre le chemin qui menait à la maison de Pierre.

Quand il entendit la moto, Pierre sortit sur le seuil.

— C'est pour quoi ? demanda-t-il.

— J'ai un message pour Thérèse, déclara Knox. De la part de Rebecca.

— Je le lui transmettrai. Dites-moi ce dont il s'agit.

— Rebecca m'a dit de m'adresser à Thérèse en personne.

Pierre se renfrogna et rentra à l'intérieur. Au bout d'une minute, Thérèse apparut enfin en tenant un bébé contre elle. Knox ne pouvait pas voir le visage de l'enfant, mais son cœur se serra malgré tout. Il fit signe à Thérèse de le suivre un peu plus loin pour qu'on ne puisse pas les entendre.

— Je vous écoute, l'encouragea Thérèse.

Maintenant qu'il était là, Knox ne savait pas comment s'y prendre.

— Est-ce le fils d'Emilia ? s'enquit-il.

— Oui, répondit Thérèse avec méfiance.

— Donc, c'est le fils de Pierre…

Thérèse ne dit rien et dévisagea Knox pour essayer de deviner ce qu'il savait et quelles étaient ses intentions.

— Qui êtes-vous ? Pourquoi vous me demandez ça ?

— J'ai connu Emilia. Nous avons été proches lorsqu'elle était en Angleterre. Très proches. Peut-être vous a-t-elle parlé de moi.

Les yeux de Thérèse s'emplirent de larmes de joie.

— J'étais sûre que c'était vous. Quand Rebecca m'a parlé d'un Anglais, avec des cicatrices sur le dos…

— C'est moi, confirma Knox. (Il fit un signe de tête en direction de Michel.) Alors il est de moi ?

Thérèse sembla hésiter, comme si elle était encore liée par une promesse. Mais la situation avait changé et elle en avait conscience.

— Oui, répondit-elle. Il est de vous.

Elle le tendit à Knox, qui le prit entre ses mains et le souleva maladroitement, comme s'il venait de remporter un trophée qu'il ne méritait pas. Elle lui raconta tout, mais il n'entendit pas un seul mot, trop abasourdi par ces grands yeux marron. Michel sembla sur le point de pleurer, puis regarda autour de lui, comme s'il se passait quelque chose d'anormal, et se ravisa. Knox retrouva un peu de sa sœur en lui, et de son père aussi. En cet instant où il accepta Michel comme sien, tous les tissus morts de son cœur furent excisés et les parties saines purent enfin respirer librement. Il se rappela une vérité toute simple qu'il avait oubliée après la mort de Gaëlle : la vie ne valait la peine d'être vécue que lorsqu'on vivait pour quelqu'un. Ses désirs de vengeance à l'encontre des Nergadze se dissipèrent aussitôt. Ils n'avaient plus aucun sens. Son premier devoir, désormais, était de retrouver Emilia par tous les moyens. Tout le reste pouvait attendre.

Il tendit Michel à Thérèse.

— J'ai une tâche à accomplir, déclara-t-il. Pouvez-vous le garder encore un peu ?

— Bien sûr, répondit Thérèse.

— Merci. Merci pour tout.

Thérèse hocha la tête et rentra chez elle avec Michel contre son épaule. Knox les raccompagna jusqu'à la porte. Puis il enfourcha de nouveau la moto et reprit la route de l'Éden, avec la conscience aiguë que sa vie venait de basculer.

Chapitre 39

I

Delpha ne prit pas le contrat de Mustafa entre ses mains. Il se contenta de le tourner de son côté. Ne parvenant pas à déchiffrer les petits caractères avec ses lunettes demi-lune, il sortit une loupe de son bureau et la passa au-dessus du texte avec une telle lenteur que Rebecca eut envie de le lui lire pour aller plus vite. Lorsqu'il eut enfin terminé, il leva les yeux avec tristesse.

— Et tu as signé ça ? s'étonna-t-il.

— Oui.

— Pourquoi ?

— Parce que je n'ai pas eu le temps de le lire. C'était pour une rançon. J'étais en retard et…

— Une rançon ? Pour ton père et ta sœur ?

— J'ai pu parler à mon père. Il est en vie. Et ma sœur aussi.

Les yeux brillants de larmes, Delpha réprima un sanglot, une main sur le front.

— Dieu soit loué, murmura-t-il.

— Mustafa Habib a des vues sur la réserve, déclara Rebecca. Mon père y fait référence dans une lettre. À ce propos, il écrit que Mustafa s'adresse à la mauvaise personne. Qu'a-t-il voulu dire ?

Delpha s'efforça de se ressaisir.

— Depuis l'Indépendance, expliqua-t-il, seuls les citoyens malgaches peuvent être propriétaires, c'est la loi. Or, Adam n'a jamais été citoyen de ce pays.

Rebecca avait toujours pensé que son père était propriétaire de la réserve, mais Delpha avait raison : ses parents avaient acheté l'Éden après l'Indépendance et son père n'avait jamais demandé la nationalité malgache.

— Alors c'était ma mère qui était propriétaire de l'Éden ? demanda-t-elle. Mais que s'est-il passé à sa mort ?

— Adam et moi avons institué un fidéicommis à l'intention d'Emilia et de toi. Vous aviez la double nationalité et rien ne vous empêchait, à votre majorité, d'avoir accès à la propriété.

— Mais pourquoi personne ne m'en a parlé ?

Delpha garda le silence et laissa à Rebecca le temps de trouver elle-même la réponse à sa question.

— Mon père se méfiait de moi, c'est ça ? comprit-elle. Il avait peur que je vende ma part, juste pour me venger.

Elle mit la tête dans ses mains.

— Mais, reprit-elle, si Emilia ou moi... Enfin, si l'une de nous deux venait à...

— La part de l'une reviendrait à l'autre, répondit Delpha.

— Et Mustafa le sait ?

— D'une façon générale, monsieur Habib est au courant de tout ce qui peut servir ses intérêts.

— Qu'entendez-vous par là ? C'est un escroc ?

— Un escroc est une personne reconnue coupable d'escroquerie, ce qui n'est pas le cas de monsieur Habib.

— C'est pour ça qu'Andriama le surveille ! Mais pourquoi cet homme est-il à ce point intéressé par l'Éden ? La réserve a-t-elle une telle valeur ?

— Des rumeurs circulent à ce sujet, je ne sais pas si elles sont fondées. Une chaîne d'hôtels allemande aurait l'intention de construire une station d'écotourisme sur la côte. L'Éden a des plages et des criques magnifiques. Et puis, il y a la forêt vierge, les récifs, les nombreux cours d'eau. On ne peut pas rêver mieux.

— Combien ?

— Deux millions d'euros au minimum, et cela pourrait aller jusqu'à quatre millions.

Rebecca se leva et marcha jusqu'à la fenêtre. Après la mort d'Évelyne, son père avait consacré toute sa vie à l'Éden. Il n'aurait vendu la réserve à un promoteur pour rien au monde. Si elle laissait faire ça, jamais il ne le lui pardonnerait. Il fallait qu'elle trouve un moyen de se libérer de ce contrat. Elle s'apprêtait à demander conseil à Delpha lorsque son téléphone portable bipa. Elle sursauta, pensant qu'il s'agissait des ravisseurs, mais ce n'était qu'un signal destiné à l'avertir qu'elle n'avait presque plus de batterie. Bon sang ! Et les ravisseurs qui allaient probablement essayer de la joindre sur son portable ! Il fallait qu'elle règle ce problème immédiatement. Après s'être excusée auprès de Delpha, elle empoigna le sac de billets et s'en alla en essayant de trouver une solution.

II

Knox arriva à l'Éden avec l'espoir de trouver un message des ravisseurs sous la porte du pavillon, mais il n'y avait rien. Il fit le tour des différentes pièces et de tous les cabanons : rien. Il poussa ses recherches jusqu'au hangar à bateaux, sans plus de succès. Pendant qu'il était là, il décida d'aller revoir les céramiques, de peur que son imagination ne lui ait joué des tours. Et il y avait autre chose qu'il voulait vérifier.

De toute évidence, les Kirkpatrick avaient une grande curiosité intellectuelle. Lorsqu'un sujet les intéressait, ils l'étudiaient à fond en consultant des livres et des articles. Si Adam avait ces cartes anciennes à bord de l'*Évelyne*, c'était sans doute pour pouvoir les examiner en mer. Et si les livres sur la flotte des trésors et l'archéologie sous-marine se trouvaient dans le sous-sol du hangar, ce n'était pas non plus un hasard. Jusqu'à présent, Knox avait marché sur les traces des Kirkpatrick. Tout ce qu'il avait appris sur l'épave chinoise, ils l'avaient découvert avant lui. Alors peut-être étaient-ils arrivés à d'autres conclusions, qui lui échappaient encore. Dans ce cas, ils avaient dû se procurer d'autres ouvrages, qui devaient aussi se trouver ici. Autrement dit, pour déterminer l'état de leurs connaissances, il lui suffisait peut-être de jeter un coup d'œil aux étagères.

Il descendit au sous-sol. Les étagères comportaient de nombreux livres et articles sur Zheng He et la flotte des trésors, sur la dynastie Ming et les techniques de construction navale en Chine. Il y avait aussi des études archéologiques sur les Chimú, les Incas, les Aztèques et autres civilisations du Nouveau Monde ; des ouvrages sur la Renaissance, sur l'histoire de la cartographie. Au bout d'un moment, Knox repéra sept volumes très anciens, qui n'avaient plus de couverture. Il en prit un et l'ouvrit. C'était une biographie de Fernand de Magellan, qui était officiellement le premier homme à avoir fait le tour du monde. En réalité, ce n'était pas tout à fait vrai, car il était mort avant la fin du voyage. Il avait été tué aux Philippines lors d'une attaque contre les habitants d'une île qui avaient eu la témérité de refuser de se convertir au christianisme. Cependant, dix-huit de ses hommes étaient allés jusqu'au bout – dix-huit sur deux cent trente-sept, arrivés sains et saufs à bord du seul navire qui restait sur une flotte de cinq !

Depuis qu'il avait trouvé la carte de Fra Mauro, Knox s'était imaginé un scénario selon lequel un navire-trésor avait navigué vers l'ouest jusqu'à l'Amérique du Sud, depuis le cap de Bonne-Espérance, avant de faire demi-tour. À la vue de la céramique chimú, il avait simplement pensé que le navire chinois avait découvert le détroit de Magellan avant le navigateur éponyme. Mais si les Chinois n'avaient pas fait demi-tour ? Peut-être avaient-ils poursuivi leur route vers l'ouest. Après avoir atteint la côte occidentale de l'Amérique du Sud, pourquoi seraient-ils allés si loin au nord s'ils avaient eu l'intention de refaire le chemin en sens inverse et de retraverser l'Atlantique pour rentrer dans leur pays ? Ils savaient que la Terre était ronde et qu'il était donc possible d'en faire le tour. C'était un voyage de découverte. Que pouvaient-ils rêver de mieux que d'accomplir la circumnavigation du globe ?

En général, lorsqu'ils devaient traverser de vastes étendues océaniques, les marins atteignaient d'abord la latitude de leur port de destination, puis mettaient le cap vers l'est ou l'ouest. Cette méthode simplifiait la navigation et, surtout, réduisait au minimum le temps passé en pleine mer. L'équipage avait ainsi plus de chances d'arriver à bon port avant d'être à court de provisions. Le détroit de Magellan se situait à plus d'un millier de milles au sud du cap de Bonne-Espérance et encore bien plus au sud de Pékin. Par conséquent, il aurait été logique que les Chinois remontent la côte chilienne jusqu'au Pérou et fassent du troc avec les autochtones pour remplir leur cale de provisions en vue de la longue traversée qui les attendait. S'ils avaient mis le cap vers l'ouest à partir du Pérou, ils seraient arrivés au niveau de l'Australie. Théoriquement, il aurait ensuite fallu qu'ils remontent vers le nord, mais les navires chinois avaient toujours été à la merci des vents. Peut-être avaient-ils été poussés vers le sud, jusqu'à l'Afrique du Sud. Là, ils auraient fait demi-tour pour retourner chez eux et se seraient écrasés sur les récifs. Et leur exploit aurait sombré avec eux dans l'oubli.

Knox entendit un bruit de pas derrière lui. Il se retourna et vit un homme au pied de l'escalier, les jambes nues et mouillées, comme s'il venait de marcher dans l'eau.

L'homme à la chemise noire !

C'était Boris.

III

Un cybercafé situé à proximité de l'hôtel vendait des téléphones portables et autres produits électroniques. Rebecca fit du charme au gérant et le persuada de recharger son téléphone pendant qu'elle louait une des cabines. Elle s'installa à un ordinateur, posa le sac de billets entre ses pieds, et consulta sa messagerie électronique. Elle se demanda si son père avait déjà consulté sa propre messagerie sur un de ces ordinateurs lorsqu'il s'était trouvé à Toliary. Sur un coup de tête, elle ouvrit la page d'accueil de son fournisseur d'accès, saisit son adresse électronique et essaya « Évelyne » comme mot de passe. Mauvais choix. Elle tapa ensuite « Emilia », puis « Michel », sans succès. Elle tenta alors « Rebecca » et arriva directement dans sa messagerie. La main sur la bouche, elle ferma les yeux pour refouler ses larmes. Elle alla dans sa boîte de réception et constata immédiatement qu'il avait consulté sa messagerie la veille de sa disparition. Un des derniers messages qu'il avait lus lui avait été envoyé par Pierre. Elle l'ouvrit.

L'entretien s'est bien passé, mais ils veulent d'autres photos de sifakas blancs. Merci d'en envoyer d'ici jeudi, si possible.
À bientôt,
P.

Rebecca réfléchit. Pierre ne lui avait pas parlé de cet entretien et ne lui avait pas dit qu'il avait envoyé un message à son père juste avant que celui-ci ne disparaisse. Elle se promit de lui en toucher un mot et ouvrit les autres messages. Il y en avait dix qui n'avaient pas encore été lus, dont un envoyé par un certain Braddock, du Landseer Trust. Celui-ci écrivait qu'il venait d'apprendre la disparition d'Adam et Emilia. Bien sûr, il espérait sincèrement qu'il s'agissait d'un malentendu et demandait à Adam de prendre contact avec lui dès que possible. Sinon, il serait dans l'obligation de prévenir Matthew Richardson et ses collègues de la compagnie de sauvetage M.G.S.

Rebecca fixa l'écran avec stupéfaction. Daniel connaissait son père ? Mais qu'est-ce que ça voulait dire ? Elle saisit « sauvetage » et « M.G.S. » dans le moteur de recherche. La société avait son propre site. Rebecca cliqua sur le lien et la photo d'une épave engloutie s'afficha à l'écran, derrière un texte de présentation mettant en avant l'expertise et la réputation de la compagnie de sauvetage maritime, ainsi que son respect des écosystèmes et des sites archéologiques. D'après la dernière mise à jour, la M.G.S. était actuellement en mission à Madagascar pour le sauvetage d'un navire-trésor. Rebecca cliqua sur la rubrique « Notre équipe » et découvrit deux rangées de photos. Daniel figurait en bas à droite, sous le nom de Matthew Richardson. La photo était de mauvaise qualité, mais c'était bien lui. Aucun doute possible. Rebecca ne savait plus quoi penser. Plus rien n'avait de sens. Qui était cet homme ? S'il connaissait son père, pourquoi ne le lui avait-il pas dit ? Pouvait-elle lui faire confiance ? Elle posa un doigt sur l'écran et le laissa courir sur le visage de Daniel, le long de sa mâchoire…

Soudain, elle vit un reflet dans l'écran du moniteur. Elle se retourna. C'était Titch. Elle ignorait depuis combien de temps il était là, mais il semblait pâle et troublé. Il tourna les talons et sortit à grandes enjambées. Elle courut derrière lui et l'attrapa par le bras.

— Qu'est-ce qu'il y a ? demanda-t-elle.

Il secoua la tête avec amertume.

— C'est à cause de lui, c'est ça ?

— De quoi tu parles ?

— C'est à cause de lui que tu veux rester. Que tu fous en l'air notre projet aux États-Unis, alors que tu sais très bien que c'est important pour nous.

— Ne sois pas ridicule, Titch. C'est pour mon père et ma sœur que je reste ici.

Titch finit par céder à la colère.

— Ne me prends pas pour un con ! explosa-t-il. J'ai bien vu comment vous vous comportiez hier soir. Je t'ai vue frémir quand il a posé la main sur ton...

— Tu m'as vue frémir ! ricana-t-elle.

— Oui, cria Titch, je t'ai vue frémir !

Les passants s'arrêtèrent pour les regarder, mais Titch, qui était en temps normal le plus réservé des hommes, ne sembla pas s'en rendre compte.

— Après tout ce que j'ai fait pour toi ! s'écria-t-il. Jusqu'à aujourd'hui, j'ai consacré ma vie entière à ta putain d'entreprise et c'est tout ce que tu as trouvé pour me remercier ? Bon sang, Rebecca ! Tu sais ce que j'éprouve pour toi. Comment peux-tu me traiter comme ça ?

— Tu te trompes, affirma Rebecca. Je me renseignais sur lui, c'est tout. Il faut que je sache si je peux lui faire confiance.

— C'est ça !

— C'est la vérité. Je te le jure.

— Alors ce n'est qu'une question de confiance, hein ?

— Oui.

— Et moi ? Tu as confiance en moi, non ? Ça fait trois ans qu'on travaille ensemble.

— Bien sûr que j'ai confiance en toi.

— Alors dis-moi que tu es heureuse que ce soit moi qui sois resté avec toi et non lui.

— Bon sang, Titch !

— Dis-le-moi !

Rebecca avait vraiment trop à faire pour perdre son temps de cette façon. Elle répéta la phrase de Titch comme un perroquet, sur un ton glacial :

— Je suis heureuse que ce soit toi qui sois resté avec moi et non Daniel.

Mais le simple fait de prononcer le prénom de Daniel lui fit monter les larmes aux yeux. Elle se reprit et s'efforça de mettre un peu plus de conviction dans sa voix.

— Je suis heureuse... commença-t-elle, elle ne put terminer sa phrase.

Elle regarda Titch avec une perplexité sincère. Il serra le poing ; une veine palpitait sur son front. L'espace d'un instant, elle crut qu'il allait la frapper. Mais il garda le contrôle de lui-même, plongea la main dans sa poche et lui jeta la clé de la voiture de location.

— C'est la Toyota blanche, lui annonça-t-il en hochant la tête vers la gauche.

Puis il lui tourna le dos et s'en alla.

IV

Knox était au pied du mur. Il ne lui restait qu'à tenter un coup de bluff.

— Qui êtes-vous ? demanda-t-il. Qu'est-ce que vous me voulez ?

— Vous savez qui je suis, répondit Boris.

— Si c'est mon argent qui vous intéresse, il est dans le pavillon. Je peux aller le chercher.

— C'est ça, j'ai fait le voyage depuis la Géorgie uniquement pour vous voler votre portefeuille. Ne perdons pas de temps, d'accord ? Je sais qui vous êtes. Vous savez qui je suis et qui m'a envoyé ici. Si j'étais là pour vous tuer, vous seriez déjà couché par terre avec une balle entre les deux yeux. Par conséquent, vous pouvez considérer que je ne veux pas votre mort, non ?

— Je ne comprends rien à ce que vous dites.

Boris fit quelques pas en avant.

— Ilya Nergadze est en train de mourir. Maintenant, c'est Sandro le patron. Il sait quel genre de personne était Mikhaïl, ce qu'il a fait à votre fiancée. Il ne vous blâme pas. Tout ce qu'il veut, c'est tourner la page pour rétablir la réputation et la puissance de sa famille. Mais votre mission sur la mer Noire l'inquiète. Je suis sûr que vous le comprenez. Si je suis ici, c'est pour vous convaincre de laisser tomber. Oubliez-nous et vous n'entendrez plus jamais parler de nous.

Knox hésita. Le scénario de Boris était tout à fait plausible. Selon les rumeurs, Ilya était malade ; et, sans être un saint, Sandro était réputé pour son pragmatisme. De plus, comme Boris l'avait fait remarquer, si les Nergadze avaient voulu sa mort, Knox aurait déjà reçu une balle dans la tête.

— D'accord, déclara-t-il, vous pouvez dire à Sandro qu'il a ma parole.

Boris sourit.

— Je pense qu'il préférera l'entendre de votre bouche.

— Quoi ? Il est ici ?

— En quelque sorte, répondit Boris avant de lever le bras en direction de l'escalier. Allons lui parler.

Chapitre 40

I

Rebecca retourna au cybercafé, prit son téléphone portable rechargé et se rassit devant son ordinateur. Le site de la M.G.S. était toujours à l'écran. Sans vraiment savoir pourquoi, elle composa le numéro de téléphone de la société. Une jeune femme décrocha et répondit d'une voix claire et avenante :

— M.G.S., bonjour ! Que puis-je pour vous ?

— Daniel Richardson, je vous prie.

— Je suis désolée, Daniel est en déplacement en ce moment.

— Où ça ?

La jeune femme hésita.

— Je vais vous passer Frank. C'est lui qui gère les dossiers de Daniel en son absence.

Après un silence d'une vingtaine de secondes, un homme prit la ligne.

— Oui, de quoi s'agit-il ? demanda-t-il.

— Je m'appelle Cecilia, dit Rebecca en se donnant des airs de jeune écervelée. Je suis une amie de Danny.

— Danny ? répéta Frank, comme s'il n'avait jamais rien entendu de plus ridicule.

— Il a promis de m'appeler la semaine dernière, mais je n'ai pas de nouvelles de lui.

— Il est en déplacement.

— Quand va-t-il rentrer ?

— Pourquoi ?

— C'est personnel.

— Essayez de l'appeler sur son portable.

— J'ai perdu son numéro.

— C'est ça, ma jolie !

Rebecca laissa tomber sa petite voix.

— Alors c'est quoi le plan avec la réserve de l'Éden ? lança-t-elle. En quoi consiste votre mission ?

Frank garda le silence un instant, puis prit un ton tout à fait différent, dur et un peu inquiet.

— Qui êtes-vous ? Quel est votre nom ? Votre nom de famille ?

— Il s'agit du *Winterton*, c'est ça ? Vous avez trouvé le trésor.

— Mais qui êtes-vous, nom de Dieu ? Une journaliste ?

— Oui, c'est ça : vous avez trouvé le trésor.

— Je vous préviens, s'il y a la moindre fuite…

Rebecca raccrocha. Un muscle se mit à trembler le long de sa mâchoire. Donc, Daniel n'était pas venu ici pour chercher le trésor. Il l'avait déjà trouvé. Faux ! C'était Adam et Emilia qui l'avaient trouvé – voilà la seule explication possible à la présence du Landseer Trust dans cette affaire. Sachant que la M.G.S. était en mission sur la côte, ils lui avaient demandé de venir à l'Éden ensuite. Lorsqu'ils avaient disparu, le Landseer Trust avait prévenu Daniel, qui était venu aussitôt. Mais pourquoi ? Quel était le but de Daniel ? Voulait-il les retrouver ou profiter de leur absence pour piller le trésor ? Rebecca songea avec un pincement au cœur à la promptitude avec laquelle il avait adhéré à l'idée, soufflée par Titch, de retourner à l'Éden. Elle régla sa note et s'en alla en tâchant d'oublier Daniel pour se concentrer sur ce qui comptait vraiment : son père, sa sœur, l'enlèvement et la rançon. Mais une partie de son cerveau ressassait en boucle toutes les informations dont il disposait : le trésor perdu du *Winterton*, les investissements d'Adam, la chaîne d'hôtels qui avait des vues sur l'Éden... Des millions étaient en jeu. Avec leur rançon, les ravisseurs faisaient figure de petits joueurs.

Rebecca s'arrêta brusquement. Elle venait d'entrapercevoir les rouages d'une machination beaucoup plus vaste et s'efforça d'y voir plus clair. Mustafa convoitait l'Éden. L'enlèvement lui avait donné l'occasion d'arriver à ses fins. Mais était-ce une simple coïncidence ? Autrement dit, était-il possible que Mustafa ait lui-même organisé l'enlèvement, qu'il ait orchestré tout cela en vue de faire signer à Rebecca un document qui la dépouillait de l'Éden ? Plus elle y réfléchissait, plus cette hypothèse lui semblait plausible. En allant à Ilakaka, Mustafa n'avait peut-être pas eu d'autre but que de la mettre en retard et de profiter de sa panique pour lui faire signer n'importe quoi sans qu'elle ait le temps de le lire. De plus, cette initiative lui aurait donné une certaine crédibilité si elle avait fini par avoir des soupçons et essayé de dénoncer le contrat devant la justice. En attendant, il aurait eu l'Éden pour une bouchée de pain. Non, pour rien, en réalité ! Si elle avait laissé l'argent au pied du tamarinier, comme c'était prévu, il aurait pu le récupérer tout en ayant le contrat qui allait lui permettre de faire main basse sur l'Éden. Mais pour que ce scénario ait un sens, il fallait d'abord que Rebecca soit l'unique propriétaire de la réserve...

Elle sentit son cœur s'arrêter. Tenaillée par une terrible angoisse, elle courut vers la Toyota.

II

Boris surveilla Knox de près pendant qu'ils remontaient l'escalier. Il savait d'expérience qu'il ne fallait jamais se fier à lui, même s'il semblait avoir avalé son histoire. Arrivés à la porte du hangar, où il avait laissé son ordinateur portable, il expliqua à Knox qu'il allait établir une communication par satellite et lui demanda de mettre les mains derrière le dos afin de lui passer des menottes.

— Mais ? s'indigna Knox. Pourquoi ?

— Pour ma tranquillité d'esprit, répondit Boris en posant le portable sur la table en bois.

Il se connecta et appela la Géorgie en franchissant une à une toutes les étapes du protocole de sécurité. Ce n'était pas son horaire habituel. Il dut attendre plus d'une minute avant que Sandro n'apparaisse à l'écran.

— J'ai quelqu'un à vous montrer, annonça-t-il en poussant Knox devant la caméra.

Sandro se pencha en avant et plissa les yeux.

— Daniel Knox ? demanda-t-il.

— C'est moi, confirma Knox.

— Vous voyez ? fanfaronna Boris.

Sandro l'ignora et s'adressa directement à Knox.

— Vous avez prévu d'effectuer un sauvetage au large de notre côte, je crois.

— Ce n'est plus d'actualité, déclara Knox. J'ai laissé tomber.

— Et pourquoi devrais-je vous croire ? Vous venez d'admettre que vous aviez l'intention de vous venger.

— Oui, reconnut Knox. J'avais l'intention de me venger. Vous avez envoyé votre cinglé de fils en Grèce, où il a tué ma fiancée de sang-froid. Vous avez mis ma tête à prix et fait de moi un fugitif. Je n'ai jamais pu me rendre sur la tombe de Gaëlle. Je n'ai même pas pu faire mon deuil ! (Il essaya de maîtriser sa colère en respirant à fond.) Mais c'est fini. J'avais déjà laissé tomber avant que vous ne me retrouviez. Il y a dans ma vie des choses qui comptent plus pour moi que votre famille.

— C'est-à-dire.

— Rien qui vous regarde.

— Alors vous me donnez votre parole ? Si nous vous laissons partir, vous nous laisserez tranquilles ?

— Oui, je vous en donne ma parole.

— Qu'est-ce que ça veut dire ? intervint Boris en géorgien.

— Nous allons le laisser en vie, décréta Sandro.

— Mais votre père m'a demandé de...

— Mon père est mort, Boris. Ce matin.

— Mais nous avions un accord.

— Vous aviez un accord avec mon père. Mon...

— Non, avec vous deux !

— Mon père est mort. Je suis désormais le chef de la famille Nergadze. Cet accord est nul et non avenu. Ma décision est sans appel.

— Vous ne pouvez pas faire ça.

— Je vous ai promis cent mille euros si vous retrouviez monsieur Knox. Vous l'avez retrouvé ; je vous paierai votre dû. À votre retour et à condition que monsieur Knox soit sain et sauf, je vous accorderai une prime de...

— Pas question ! Je ne marche pas ! Je ne pourrai jamais retourner au pays si je le laisse en vie. Il va me balancer aux flics !

— Il nous a donné sa parole.

— Sa parole ! Et alors ?

— Je lui fais confiance.

— Évidemment que vous lui faites confiance ! Moi aussi, je lui ferais confiance si j'étais bien à l'abri chez moi.

— Ne dépassez pas les bornes, Boris.

— J'ai passé quinze mois dans cette putain de prison grecque ! Quinze mois ! Avez-vous la moindre idée de ce que j'ai enduré ? Vous savez ce qu'ils m'ont fait là-bas ?

— Je suis désolé que...

— Désolé ! s'étrangla Boris, en proie à une fureur grandissante. À quoi ça sert d'être désolé ? Votre père m'a confié une mission. Je vais l'accomplir et vous allez me payer ce que vous m'avez promis.

Il leva son téléphone portable devant la caméra.

— Vous ne vous êtes jamais dit que je risquais d'enregistrer nos petites conversations ? lança-t-il. J'ai une vidéo de nous en train de discuter de cette mission. J'ai une vidéo de vous en train de me parler de l'arme que vous allez me faire parvenir. Si vous essayez de me doubler, je les donnerai à la police. Je vous jure que je n'hésiterai pas une seconde !

Il rompit la connexion en fermant brutalement l'ordinateur portable et resta là, le souffle court, assailli par une foule d'émotions contradictoires : colère, peur, frustration, désir de vengeance. Il sortit son Heckler & Koch et posa le canon contre la tempe de Knox.

— Qu'est-ce que vous faites ? s'exclama Knox. Je croyais que nous avions un accord.

— C'est ça ! cria Boris en l'entraînant vers l'escalier qui menait au sous-sol. Pour que vous puissiez encore me livrer aux flics !

— Je vous ai donné ma parole.

— Et vous croyez que ça me suffit ?

Boris poussa Knox dans l'escalier. Lorsqu'ils arrivèrent en bas, il lui donna un coup de pied derrière les genoux pour le faire tomber.

— C'est de la folie ! s'écria Knox. Vous n'avez pas besoin de faire ça.

Boris pointa son arme sur lui, le doigt sur la détente. Mais sa colère était suffisamment retombée pour qu'il prenne conscience des conséquences d'un tel geste. Il comprit aussi que Sandro ne lui pardonnerait jamais ce qu'il venait de faire.

Ne lui restait qu'à faire un trait sur la Géorgie et à repartir de zéro, mais avec quoi ? Un objet attira son attention sur les rayonnages, comme une réponse à une prière. C'était un bol en porcelaine bleu et blanc, semblable à celui qu'il avait vu dans les coupures de presse de Sandro et qui s'était vendu une fortune aux enchères.

Boris s'approcha en gardant Knox en joue et prit le bol pour l'examiner. Il était parfaitement intact. À côté, se trouvait une flasque émaillée, qui, aux yeux d'un profane, semblait avoir encore plus de valeur. Boris songea qu'un receleur lui en donnerait sans doute un bon prix. Soudain, il entendit un bruit : Knox avait profité de sa distraction pour bondir dans l'escalier.

Il brandit son arme, trop tard. Il posa le bol et attrapa le montant des rayonnages pour s'élancer à la poursuite de Knox dans l'escalier. Celui-ci trébucha sur la dernière marche, s'écrasa contre le mur et tomba sur le dos. Boris le rejoignit. Sa colère était revenue à son comble. Et son désir de revanche aussi. Il visa la tête de Knox, posa le doigt sur la détente et commença à appuyer.

Chapitre 41

I

En se rendant au commissariat, Rebecca réalisa qu'on devait l'observer. S'il était vraiment de son côté, Mustafa ne se sentirait pas trahi ; en revanche, si c'était son ennemi, il deviendrait méfiant. Elle se gara et préféra téléphoner. Elle demanda le commissaire Andriama, mais on lui répondit qu'il était parti à une réunion, dont il ne reviendrait pas avant une heure ou deux. Elle essaya de le joindre sur son portable, mais tomba directement sur sa messagerie. En désespoir de cause, elle lui laissa un message, dans lequel elle fit une allusion discrète à ses soupçons et le pria de la rappeler dès que possible. Ne sachant quoi faire d'autre, elle resta assise dans sa voiture à réfléchir. Par moments, elle se disait qu'elle était paranoïaque et que Mustafa était son allié. Et puis, ses soupçons revenaient en force. L'enjeu était trop important pour qu'elle les prenne à la légère. Jusqu'à présent, Mustafa n'avait qu'un droit légal sur la part de Rebecca. Pour qu'il possède réellement l'Éden, il fallait qu'Emilia meure. Et s'il était prêt à la tuer, il n'hésiterait sans doute pas à tuer Adam aussi. Rebecca tenait le sort de son père et de sa sœur entre ses mains. Elle ne pouvait pas se permettre le moindre faux pas.

Elle s'efforça de se glisser dans la tête de Mustafa pour deviner s'il était du genre à se déballonner au premier revers afin de sauver les apparences ou à tenir bon jusqu'au bout. Elle avait toujours ses cinq cents millions d'ariares. S'il était cupide, il organiserait une deuxième rencontre et garderait Emilia et Adam en vie au cas où elle demanderait de nouveau à leur parler. Elle avait peut-être prolongé leur vie en accumulant les contretemps, mais pas pour longtemps. Il fallait qu'elle les trouve, et vite. Hélas, elle ne savait pas où chercher. Mustafa ne pouvait pas les détenir chez lui, où vivaient également sa femme et sa fille. Du reste, il était dans l'import-export et possédait des entrepôts dans toute la région. Andriama devait bien en connaître quelques-uns, mais, si la police allait fouiner là-bas, Mustafa aurait conscience d'être soupçonné et s'empresserait de brouiller les pistes. Rebecca ne pouvait pas prendre ce risque. Elle se sentait totalement impuissante. Soudain elle comprit qu'elle n'avait pas besoin de trouver Adam et Emilia. Si elle parvenait à obtenir une preuve de l'implication de Mustafa dans l'enlèvement, elle aurait de quoi négocier la libération des otages.

Un détail lui revint à l'esprit. Lorsqu'elle était allée voir Mustafa et qu'il avait accepté de rassembler l'argent de la rançon, elle lui avait demandé si elle pouvait se rafraîchir avant de retourner à l'Éden. Il l'avait fait entrer et un de ses domestiques lui avait annoncé qu'on le demandait au téléphone pour une affaire importante. Après s'être excusé auprès de Rebecca, il avait ouvert et refermé la porte de son bureau de façon à ce qu'elle n'en voie pas l'intérieur.

À ce moment-là, Rebecca avait seulement pensé qu'il tenait à préserver son intimité, mais elle se demandait désormais s'il n'y avait pas dans ce bureau quelque chose qu'il ne voulait pas qu'elle voie. Un peu maigre comme piste, mais c'était toujours mieux que de rester assise à ne rien faire. Elle passa la première et accéléra.

II

Ce fut un crissement métallique qui arrêta Boris dans son geste. Il savait ce dont il s'agissait et ce que cela signifiait. Le monde sembla s'arrêter une fraction de seconde, puis il entendit s'effondrer les rayonnages qu'il avait lui-même fait tomber en s'accrochant au montant pour s'élancer dans l'escalier. Les céramiques se brisèrent en éclats contre le sol en béton dans une cacophonie assourdissante. Boris ferma les yeux un instant, puis les rouvrit avec une haine redoublée.

— Si ces deux pièces sont cassées, prévint-il, je...

— Il y en a d'autres, affirma Knox, les mains au-dessus de la tête. Beaucoup d'autres.

— Où ça ?

— Au fond de l'eau.

— Je ne vous crois pas.

— Je vous assure. Je les ai trouvées hier. Je peux vous conduire jusqu'à elles.

— Comme vous m'avez conduit jusqu'à la Toison d'or ?

— La Toison d'or existait bel et bien ! Et ces céramiques aussi. Croyez-vous qu'elles soient sorties de nulle part ? Elles provenaient d'un navire chinois qui a sombré de l'autre côté du récif.

— Ça, c'est ce qui est arrivé à Morombe.

— Non, c'est ce qu'on croyait mais, en réalité, le navire a navigué jusqu'ici avant de sombrer. C'est ici que le bol et la flasque ont été trouvés. Et il y a des dizaines d'autres pièces comme celles-ci. Des centaines. Et pas seulement de la porcelaine, mais aussi de l'or et des bijoux !

— Et vous avez laissé tout ça au fond de l'eau ?

— Je suis archéologue. Je ne suis pas un voleur.

Boris rougit et approcha son arme de Knox.

— Où se trouve cette épave exactement ? Décrivez-moi l'endroit.

— Elle est enfouie à quarante mètres de profondeur ! protesta Knox. Comment voulez-vous que je vous décrive l'endroit ?

— Alors vous ne me servez à rien !

— Je peux vous emmener là-bas !

C'est un menteur, disait une petite voix à Boris. *Il t'a déjà mené en bateau. Ne te fais pas avoir une seconde fois.* Mais les pièces qu'il avait vues en bas semblaient authentiques. Knox disait peut-être la vérité cette fois-ci. Si d'autres venaient à s'emparer du trésor avant lui, Boris s'en voudrait tout le reste de sa vie. Il releva Knox et l'entraîna de nouveau dans le sous-sol. Si le bol ou la flasque avait survécu à l'hécatombe, il n'aurait plus besoin de lui. Malheureusement, ils étaient tous deux en mille morceaux.

— Bon, annonça Boris, vous allez m'emmener là-bas mais, si vous tentez quoi que ce soit, je vous jure que vous allez me le payer.

III

Rebecca roulait à vive allure, impatiente d'arriver mais soucieuse de ne pas attirer l'attention. Un nuage de fumée provoqué par des charbonniers barrait la route comme une nappe de brouillard et lui irrita les yeux et la gorge. Elle se mit à tousser. Lorsqu'elle en sortit, elle vit des passagers descendre d'un bus à l'arrêt et freina brusquement en donnant un coup de volant. Deux chèvres apeurées se bousculèrent pour passer à travers un trou minuscule dans une clôture, et une petite fille vêtue d'une tunique taillée dans une robe de mariée sauva au dernier moment un poulet noir et maigre de ses roues.

Le garde posté devant la maison de Mustafa jeta sa cigarette, en expirant la fumée par le nez comme un taureau en colère. Il annonça à Rebecca que Mustafa était à Toliary. Elle demanda à voir Ahdaf. Il retourna à son poste d'un pas nonchalant et, quelques secondes plus tard, lui fit signe de s'approcher afin qu'elle puisse parler directement à Ahdaf par l'interphone.

— Mon père avait à faire à Toliary ce matin, dit Ahdaf, mais il devrait être de retour dans une heure ou deux, si vous voulez revenir.

— En fait, déclara Rebecca, qui avait envisagé cette possibilité, c'est à vous que j'aimerais parler.

— À moi ? Pourquoi ?

— Vous avez dit des choses très justes sur mes documentaires l'autre soir. J'y ai beaucoup pensé depuis et j'aimerais en reparler avec vous, si ça ne vous ennuie pas.

— Ah ! s'écria Ahdaf, surprise. Alors, entrez.

Le portail s'ouvrit. Rebecca remonta l'allée jusqu'à la maison en regardant autour d'elle. Elle ne remarqua rien d'anormal et descendit de voiture. Ahdaf apparut sur le seuil, toute de soie vêtue. Elle conduisit Rebecca jusqu'à une véranda ombragée et l'invita à s'asseoir à une table en verre. Deux domestiques surgies de nulle part arrivèrent avec une nappe, des serviettes, des couverts et un service de porcelaine.

— Je n'ai pas beaucoup de temps, prévint Ahdaf. Je suis très prise par mes études, vous savez ce que c'est.

— Alors permettez-moi d'aller droit au but, proposa Rebecca. Je partage votre opinion à propos de la science. La vérité devrait suffire. Malheureusement, elle ne suffit pas. La sélection naturelle s'applique à la télévision comme dans tout autre environnement régi par la compétition. Les émissions les plus faibles sont vouées à une fin inexorable. Pour prospérer, sinon survivre, les documentaires animaliers doivent avoir certains atouts. Les miens se sont imposés par leur fraîcheur et leur nouveauté, mais le public a fini par se lasser. Il a eu envie d'autre chose. Ce que vous avez dit l'autre jour...

Ahdaf eut le bon goût de rougir.

— Je ne voulais pas...

— Vous aviez tout à fait raison. Mes derniers documentaires sont creux. C'est difficile à admettre, mais c'est vrai. De toute façon, ça fait déjà un moment que j'ai envie de passer de l'autre côté de la caméra et l'heure est peut-être venue pour moi de le faire. Mais vous savez ce qu'il me faudrait pour réussir en tant que réalisatrice ou productrice ?

Ahdaf craignit de comprendre où Rebecca voulait en venir.

— De l'argent, je suppose, répondit-elle la gorge serrée.

— Non ! s'écria Rebecca en éclatant de rire. De l'argent, il y en a partout. C'est le talent qui est rare. Ce qu'il me faudrait, c'est une zoologue qualifiée, jeune, belle et pétillante. Une jeune femme convaincante, qui ait le courage d'exprimer ses idées. Quelqu'un qui crève l'écran, qui ait un charme exotique et parle aussi bien le français que l'anglais, car mes documentaires marchent aussi très bien en France.

Ahdaf posa la main sur sa poitrine.

— Vous ne pensez quand même pas à...

— Ahdaf, avez-vous déjà songé à faire de la télévision ? demanda Rebecca le plus sérieusement du monde.

Ahdaf détourna le regard, les yeux brillants. Rebecca se rappela le jour où elle avait obtenu sa propre émission, l'ivresse de ce moment où elle avait naïvement cru que sa vie allait devenir parfaite.

— Ce n'est pas, balbutia Ahdaf, non, enfin, il m'est arrivé d'envisager la possibilité de... mais mon père ne voudrait jamais que...

— Ce n'est pas une proposition. C'est une simple hypothèse.

— Une hypothèse, répéta Ahdaf, rassurée par ce mot. Eh bien, dans l'hypothèse où cela se présenterait, oui, je crois que je serais intéressée.

— Bien, alors puis-je vous poser quelques questions ?

— Bien sûr, je vous en prie.

— Merci. Quand allez-vous terminer vos études ?

— Cet été.

— Avez-vous l'intention de faire une thèse ensuite ?

— Oui, à Antananarivo, répondit Ahdaf avant de s'empresser d'ajouter : mais ce n'est pas encore sûr.

— Si je pouvais vous obtenir une bourse à Oxford, est-ce que cela vous intéresserait ?

— À Oxford ? Oui, je pense que..

— Est-ce que vous buvez ?

— Non.

— Vous vous droguez ?

— Non.

— Vous avez un petit ami ?

— Non.

— Une petite amie ?

Ahdaf rougit jusqu'aux oreilles.

— Qu'est-ce que vous insinuez ?

— Si je mets ma réputation et ma société entre vos mains, je dois savoir à qui j'ai affaire. Avez-vous une petite amie ?

— Je... Non. Je ne suis pas comme ça.

— Bien. Y a-t-il une raison pour laquelle vous ne voudriez pas vivre en Angleterre ?

— Je ne sais pas... Je suppose qu'il y aurait des questions d'immigration et de permis de travail à...

— Mon personnel s'occuperait de tout ça, assura Rebecca sur un ton désinvolte. Je parle de raisons d'ordre privé.

Auriez-vous le mal du pays ? Êtes-vous promise à un jeune Indien ? Vos proches se mettraient-ils en travers de votre chemin ?

— Ils pourraient toujours essayer ! répliqua Ahdaf, prête à relever ce genre de défi.

Rebecca se leva et retira le foulard en soie de la jeune femme. Elle passa les doigts dans ses longs cheveux noirs et rêches, lui releva le menton, puis examina sa gorge, son profil et ses oreilles percées mais sans bijoux.

— Et vos cheveux ? s'enquit-elle. Voudriez-vous les couvrir à l'écran ?

— Je... oui. C'est... c'est-à-dire que, oui, cela fait partie de...

— Cela pourrait être un problème, déclara Rebecca.

Elle prit la manche d'Ahdaf et frotta la soie entre ses doigts.

— Et ces vêtements ne conviendraient pas du tout, ajouta-t-elle.

— Vos émissions ne parlent pas de mode mais de science, protesta Ahdaf.

— Non, répliqua Rebecca, elles parlent de télévision. (Elle secoua la tête.) Enfin, je préfère le savoir maintenant. Dommage, je pensais vraiment que vous...

— Je suis sûre qu'on peut s'arranger, l'interrompit Ahdaf.

— C'est-à-dire ?

— Nous pouvons certainement trouver un compromis.

— Un compromis ! Je vois ce que vous voulez dire : vous faites semblant d'être d'accord jusqu'au dernier moment et, à l'arrivée, vous me laissez tomber.

— Je ne ferai jamais ça.

— Comment pourrais-je en être sûre ? Vous me laissez entendre que vous serez d'accord plus tard, mais pas maintenant. Je ne comprends pas. Êtes-vous bien consciente de l'offre que je vous fais ? Vous croyez que je vais risquer ma réputation pour quelqu'un qui attache plus d'importance à ses cheveux qu'à.,

— D'accord.

— Vous retirerez votre foulard à chaque fois que je vous demanderai de le retirer ?

— Oui, murmura Ahdaf en se tortillant les mains sur les genoux.

— Pardon, je n'ai pas entendu.

— Oui, répéta Ahdaf plus fort.

— Oui, quoi ?

— Oui, je retirerai mon foulard.

— Bien.

Rebecca prit les mains d'Ahdaf. Elle observa ses doigts boudinés artificiellement rallongés par de faux ongles et les taches d'encre qu'elle avait sur le pouce et l'index.

— Et vous porterez ce que je vous dirai de porter ? continua-t-elle.

— Oui.

— Des vêtements qui mettent votre silhouette en valeur ?

— Je... oui, accepta Ahdaf en baissant la tête.

Rebecca remonta la manche d'Ahdaf, ses bracelets en argent, et découvrit son avant-bras, couvert d'un duvet noir et soyeux. Elle retroussa le tissu jusqu'à l'épaule.

— Des vêtements qui laissent voir vos jambes et vos bras ?

— Oui.

— Vous vous en remettrez totalement à moi ?

— Oui.

Rebecca se pencha en avant.

— Pourquoi ai-je l'impression que vous serez trop fière pour recevoir des ordres de quelqu'un d'autre ?

— Vous vous trompez, dit Ahdaf à voix basse.

— Vous m'obéirez ?

— Oui.

— Regardez-moi, Ahdaf.

La jeune femme leva les yeux lentement, avec hésitation. Lorsque son regard rencontra celui de Rebecca, elle sembla se tasser.

— Parfois, pour réussir, avertit Rebecca, on doit faire des choses qu'on n'a pas envie de faire, des choses qui ne correspondent pas à l'image qu'on a de soi. Je dois être sûre que vous serez capable de les faire malgré tout.

— Quel genre de chose ?

— Je ne peux pas le savoir à l'avance. Chaque personne a ses propres réticences. Tout ce que je sais, c'est que, si vous voulez réussir, vous devez être prête à sacrifier tout le reste, y compris votre fierté. Y êtes-vous prête ?

— Oui.

— Y compris votre famille ? Vos amis ?

— Oui.

— Sans protestation ni amertume ?

— Oui.

— Bien, alors emmenez-moi dans votre chambre. Il faut que je vous voie dans une autre tenue.

Chapitre 42

I

Boris avait déjà fait de la plongée pendant ses vacances à Bali et en mer Rouge, mais cela faisait une éternité et il avait oublié la majeure partie de ce qu'il avait appris, notamment en matière d'équipement et de sécurité. Knox et lui avaient à peu près la même corpulence. Il décida donc de lui retirer ses menottes pour qu'il prépare les deux équipements de plongée.

— Je n'en ai pas besoin, dit Knox. J'ai le mien sur le bateau.

— Vous plongerez avec le même équipement que moi. Et vous ne saurez pas lequel vous aurez jusqu'à ce qu'on s'apprête à plonger. Alors pas de blagues, hein ?

— Comme vous voudrez, répondit Knox en haussant les épaules.

Il entreprit de remplir deux bouteilles de plongée. Le compresseur d'air étant très lent, Boris lui fit emporter ses bagages et tout le matériel jusqu'au bateau en attendant que le processus soit terminé. Il tint son arme braquée sur lui de peur qu'il ne tente quelque chose, mais ce fut inutile. Lorsqu'ils revinrent au hangar, les moulinets des cannes à pêche lui donnèrent une idée. Il coupa plusieurs mètres de fil de pêche, qu'il enroula et fourra dans sa poche. La seconde bouteille n'était pas encore remplie. Il demanda à Knox d'aller chercher ses affaires dans le pavillon afin qu'ils n'aient pas à revenir ici après le pillage de l'épave. Une fois le remplissage terminé, ils éteignirent le compresseur et le groupe électrogène, verrouillèrent le hangar et se dirigèrent vers le bateau. Ils mirent le cap vers le récif, traversèrent la passe et naviguèrent vers le nord-ouest en consultant le G.P.S. et la carte marine, jusqu'à ce que Madagascar ne soit plus qu'une ligne noire à l'horizon. Knox coupa le moteur.

— C'est ici ? demanda Boris.

— C'est ici, confirma Knox en jetant l'ancre. Vous comprenez pourquoi j'aurais eu du mal à vous décrire l'endroit...

En effet, l'eau était trop profonde pour qu'on voie le fond et ils étaient trop loin du rivage pour qu'il y ait des points de repère.

— Si vous me faites un sale coup, vous allez le regretter, prévint Boris.

— Alors laissez-moi aller chercher quelques pièces pour vous.

— C'est ça !

Enfiler une combinaison de plongée n'étant pas des plus faciles, Boris savait qu'il serait vulnérable à ce moment-là. Il ordonna à Knox de s'équiper le premier, puis il lui rattacha les mains derrière le dos à l'aide d'une autre paire de menottes. Ensuite, il sortit le fil de pêche qu'il avait dans la poche, le lui passa autour du cou et le noua de façon à ce qu'il lui serre légèrement la gorge.

— Pourquoi faites-vous ça ? l'interrogea Knox.

— Vous ne croyiez tout de même pas que j'allais vous laisser nager librement ? Vous me prenez pour un idiot ou quoi ?

Boris s'équipa : gilet stabilisateur avec bouteille de plongée, ceinture lestée, masque et palmes. Puis il noua l'autre extrémité du fil de pêche autour de son poignet gauche, comme pour tenir Knox en laisse. Si celui-ci tentait de s'échapper, il lui suffirait de tirer d'un coup sec pour l'étrangler et le ramener à portée de son couteau. Il reprit le Heckler & Koch et lui retira de nouveau ses menottes pour qu'il puisse finir de s'équiper. Puis il lui rattacha les mains, devant, cette fois, car la bouteille de plongée l'empêchait de les lui lier derrière le dos.

— Allez, sautez ! ordonna-t-il.

Une fois Knox dans l'eau, il tira sur le fil de pêche pour lui rappeler qui était le patron. Son arme ne lui servirait à rien pendant la plongée, elle ne ferait que l'encombrer. D'un autre côté, il ne voulait pas la laisser à bord, de peur que Knox ne remonte avant lui et ne l'utilise contre lui. Il retira le chargeur et le rangea dans la poche étanche de sa combinaison de plongée. Puis il cacha le pistolet dans une poche du sac de plongée de Knox en se disant qu'il n'irait sûrement pas le chercher là. Son couteau à la main, il descendit l'échelle de poupe pour s'immerger à son tour.

II

Rebecca suivit Ahdaf dans le vaste hall et gravit l'escalier de marbre en réfléchissant à cent à l'heure. Si la jeune femme avait été assez vaniteuse pour avaler son histoire, son père ne se laisserait pas berner aussi facilement. Or, il serait de retour d'ici une heure environ. Rebecca devait trouver la preuve qu'elle cherchait au plus vite puis quitter les lieux.

Ahdaf avait une chambre rose pastel avec vue sur la plage et la lagune. Elle conduisit Rebecca dans son dressing, un couloir de plusieurs mètres avec une penderie sur la gauche et des rayons sur la droite. Ce n'était pas l'idéal, mais l'occasion était trop belle. Rebecca sortit, ferma la porte et la bloqua avec une chaise.

— Rebecca ? demanda Ahdaf timidement, comme si elle se croyait victime d'une plaisanterie de mauvais goût. Qu'est-ce que vous faites ?

— Accordez-moi juste un instant.

Rebecca prit une télécommande qui traînait sur un meuble et appuya sur les boutons. Un écran plat s'alluma. Elle zappa jusqu'à ce qu'elle trouve une chaîne musicale et monta le son pour couvrir les appels de plus en plus angoissés d'Ahdaf, qui plaidait la claustrophobie. Puis elle redescendit au rez-de-chaussée et se précipita vers le bureau de Mustafa. La porte était verrouillée. Rebecca essaya de la forcer, sans succès. Tout à coup, elle entendit des pas. Elle s'engouffra dans un salon somptueux et se planta devant un immense portrait de famille à l'acrylique pour donner l'impression que sa présence ici était normale. La famille était plus nombreuse qu'elle ne le pensait. Mustafa était au centre, bien sûr. À la fois sérieux, dominateur et bienveillant, il était assis sur un fauteuil rouge à grand dossier. Sa femme, vêtue d'une robe à fleurs, était debout à côté de lui et parvenait à poser un regard méprisant sur l'artiste malgré la précarité de son propre statut. Ahdaf se tenait de l'autre côté de Mustafa, le visage ombragé par son foulard. Et aux extrémités, se trouvaient deux jeunes hommes, sans doute les fils de Mustafa. Le premier, beau et athlétique, avait un regard arrogant sous des paupières tombantes. Le second, mince, les pommettes hautes et les cheveux ondulés, se tenait les hanches en avant comme un top model arrivé au bout du podium.

— Que faites-vous là ?

Rebecca se retourna. C'était un des gardes de Mustafa.

— Ahdaf m'a demandé de l'attendre ici, répondit-elle. Elle est allée chercher quelque chose dans sa chambre.

Le garde la regarda pendant quelques secondes, puis tourna les talons. Elle espérait qu'il allait retourner à l'extérieur, mais elle l'entendit gravir les marches de l'escalier. Seule issue : sortir par la porte-fenêtre et retourner au bureau de Mustafa par l'extérieur. Il n'y avait pas de porte et les fenêtres étaient fermées. Elle regarda à travers une vitre, mais ne vit rien qui puisse la renseigner. Le garde allait trouver Ahdaf d'un instant à l'autre et donner l'alarme. Rebecca devait partir pendant qu'il en était encore temps. Elle marcha vers la Toyota d'un pas alerte mais calme pour ne pas attirer l'attention. Le portail serait sans doute fermé, mais peut-être pourrait-elle rouler jusqu'à la plage et regagner la route côtière un peu plus loin. Finalement, elle s'arrêta. Si elle partait maintenant, Mustafa allait savoir qu'elle avait des soupçons à son encontre. Et s'il décidait d'effacer les traces du délit, elle risquait de ne jamais revoir son père ni sa sœur. Elle ne pouvait pas quitter cet endroit les mains vides. Il fallait qu'elle trouve quelque chose.

Elle fit demi-tour et courut vers la maison.

III

Knox trouva l'eau plus froide que la veille. C'était peut-être simplement parce qu'il portait une vieille combinaison de plongée. Ou alors il avait peur de ce qui allait se passer. D'autant que la visibilité était incontestablement moins bonne. La mer était une soupe de fines particules charriées par les vagues et les courants. Il regardait constamment derrière lui pour s'assurer que Boris le suivait, car le fil de pêche lui sciait la gorge. Cependant, il voulait avancer à un bon rythme. Son seul avantage était d'être meilleur plongeur que lui et il fallait qu'il en profite au maximum.

Plus on s'enfonçait dans les profondeurs marines, plus la pression augmentait et plus le système sanguin avait des difficultés à absorber l'air. L'azote avait un effet grisant, comme l'alcool. Et plus la descente était rapide et longue, plus cet effet augmentait. La narcose à l'azote n'était pas vraiment dangereuse en soi, mais elle rendait les plongeurs trop insouciants. Leur jugement et leurs fonctions motrices étaient altérés, ce qui pouvait les inciter à commettre des erreurs stupides, à la manière d'un conducteur ivre. Pousser Boris à la faute : c'était l'objectif de Knox.

Ils atteignirent le lit marin. Knox consulta son profondimètre : trente et un mètres déjà, mais ce n'était pas assez. Il entraîna Boris plus loin tout en lui montrant des tessons de porcelaine pour lui prouver sa bonne foi. Ils suivirent un canyon et arrivèrent au bout du plateau pélagique. La visibilité était si réduite que Knox distingua à peine les bouées orange du dispositif de concentration de poissons. Il descendit vers elles jusqu'à atteindre une profondeur de quarante, puis cinquante mètres. La narcose commençait à faire sentir ses effets. Personne n'y échappait, même les plongeurs les plus expérimentés. On apprenait seulement à la gérer.

Knox discerna une ombre devant lui. Il poursuivit sa descente, mais sentit le fil de pêche lui appuyer sur la trachée. Il se retourna pour donner du mou au fil, qui l'empêchait de respirer. Boris faisait du sur-place, environ cinq mètres plus loin, tout en consultant ses indicateurs de niveau. D'après son expression, il voulait savoir où était la porcelaine, et vite ! Knox pointa le doigt devant lui, mais Boris fit « non » de la tête. Ils étaient à cinquante-cinq mètres de profondeur et il ne leur restait que quinze minutes avant d'être à court d'air. Pas étonnant que Boris soit nerveux ! Il allait falloir qu'ils commencent leur ascension, sinon ils risquaient l'accident de décompression. C'était maintenant ou jamais. Mais comment faire ?

Soudain, un requin bouledogue surgit des profondeurs turbides, la gueule ouverte et striée de stalagmites et stalactites meurtrières. Ses yeux noirs agressifs roulaient dans leurs orbites. Knox ramena les jambes sous lui et tapa avec ses palmes sur le museau du requin, qui changea de trajectoire et s'en alla. Il regarda Boris, pétrifié de peur. C'était sa chance. Il s'élança vers lui pour lui arracher son couteau des mains. Mais Boris, plus rapide que prévu, se retourna en brandissant son arme. Knox baissa la tête sous la lame, attrapa son compensateur de flottabilité et le gonfla au maximum, avant de lui retirer sa ceinture lestée.

Boris se mit aussitôt à remonter comme un ballon de baudruche. Le fil de pêche s'enfonça dans la gorge de Knox et le tira vers le haut avec une rapidité telle qu'ils risquaient tous deux de mal décompresser. Dès que Boris eut atteint la surface, Knox se stabilisa à une profondeur de quatre mètres, suffisante pour une décompression sans danger, encore fallait-il que le fil de pêche le laisse respirer.

Au-dessus de lui, Boris se mit à convulser violemment. En général, les symptômes d'un accident de décompression mettaient environ une heure avant de se faire sentir, voire une journée parfois, ou plus. Ils n'étaient immédiats que dans les cas les plus graves. Les convulsions de Boris serraient encore plus le garrot de fortune de Knox, qui ne pouvait plus respirer du tout. Les poumons comprimés, Knox devait absolument trouver une solution, mais il ne pouvait même pas passer un ongle sous le fil de pêche. Il leva les yeux vers le ciel, comme pour lui adresser une prière, et, à cet instant, Boris fut secoué par un spasme de douleur si intense qu'il lâcha son couteau. Knox regarda avec ravissement la lame tournoyer jusqu'à lui comme une feuille argentée dans la brise d'automne.

IV

Rebecca se précipita dans le salon et retraversa le hall. À l'étage, Ahdaf gémissait comme une enfant ; le garde criait dans son talkie-walkie. Le bureau de Mustafa était verrouillé, mais peut-être y avait-il quelque chose dans sa chambre.

Rebecca monta les marches quatre à quatre et se glissa par une porte entrebâillée dans une vaste pièce. En voyant le panier de basket fixé au mur et le billard flambant neuf, elle comprit qu'il s'agissait de la chambre d'un des fils. La voie était libre, elle sortit et s'engouffra dans une autre chambre : celle du second fils, dont le bureau était couvert de matériel informatique sophistiqué. Elle allait sortir de nouveau lorsqu'elle entendit des gardes arriver en haut de l'escalier et ouvrir toutes les portes.

Où se cacher ? La seule autre porte donnait accès à un dressing : costumes à gauche ; chemises à droite. Rebecca la poussa doucement et la referma derrière elle en la laissant à peine entrouverte pour avoir un peu de lumière. Deux gardes entrèrent dans la pièce en se criant des consignes. Rebecca se faufila entre deux costumes, s'agrippa à la tringle et souleva les jambes. La tringle ploya sous son poids mais résista. La porte du dressing s'ouvrit brusquement. Un garde entra, le souffle court. Il fit glisser les costumes le long de la tringle, se mit à quatre pattes, mais ne remarqua rien d'anormal. Il s'en alla en laissant la porte ouverte. Rebecca laissa retomber ses jambes, l'épaule gauche endolorie par l'effort. Les voix s'affaiblirent ; les gardes étaient partis fouiller ailleurs. Elle sortit son téléphone portable pour rappeler Andriama. De nouveau, elle tomba sur sa messagerie. D'une voix aussi audible que possible, elle dit au commissaire où elle se trouvait et pourquoi, présentant cette fois ses soupçons comme une certitude. La communication fut interrompue avant qu'elle ne puisse terminer son message. L'antenne satellite avait été débranchée.

Les gardes allaient bientôt revenir pour approfondir leurs recherches. Il y avait des casquettes et des écharpes pendues à un portemanteau derrière la porte. Rebecca pensa à se déguiser, mais cela ne lui servirait pas à grand-chose. Elle risqua un coup d'œil : la chambre était vide. En s'approchant de la fenêtre, elle vit Mustafa arriver et garer sa Mercedes bleue juste derrière la voiture de Rebecca. Celle-ci allait être coincée ici. Il ouvrit sa portière et marcha à grandes enjambées vers la maison. Quelques instants plus tard, il insultait un malheureux garde.

Rebecca retourna dans le dressing. Les casquettes de base-ball et les écharpes lui rappelèrent quelque chose. C'était exactement ce que portaient les deux intrus qui s'étaient introduits dans la réserve. Pouvait-il s'agir des fils de Mustafa ? Non, cela n'avait pas de sens. Que seraient-ils venus faire à l'Éden s'ils avaient déjà Adam et Emilia ? Rebecca se souvint avec un certain écœurement de la façon dont Mustafa s'était immiscé dans la conversation sans y être invité pendant qu'elle s'entretenait avec Andriama, au commissariat. C'était elle qui avait affirmé avec force qu'Adam et Emilia étaient encore en vie. En y réfléchissant bien, c'était même elle qui avait évoqué la possibilité d'un enlèvement. Et elle avait déclaré qu'elle passerait la nuit chez Pierre. La réserve était donc censée être déserte. De plus, Mustafa devait avoir la clé du pavillon, car c'était sans doute lui qui avait fourni à Adam la nouvelle porte en acier…

Rebecca se rappela qu'elle avait entendu son père au téléphone. « Rebecca, avait-il dit, Rebecca, ma chérie. » Elle eut la chair de poule. Sa mère était la seule personne qu'Adam ait jamais appelée « ma chérie » et le resterait toujours. C'était peut-être la voix de son père au téléphone, mais cela ne prouvait rien. On pouvait l'entendre sur les dizaines de CD et de cassettes qu'il avait dans son bureau. Ce que les intrus étaient venus chercher à la réserve, c'était tout simplement de quoi simuler un enlèvement. Rebecca était convaincue que son père et sa sœur étaient encore en vie et ils en avaient cruellement profité.

Dehors, les sirènes de la police retentirent. Andriama avait dû recevoir les messages de Rebecca. Elle sortit sur le palier et regarda dans le hall. Mustafa et ses gardes se tournèrent anxieusement vers la porte d'entrée. Trois voitures de police remontaient l'allée. Personne ne vit Rebecca descendre l'escalier. Elle avait presque rejoint Mustafa lorsqu'un des gardes poussa un cri d'alerte. Il se retourna et vit qu'elle savait. La façon dont il blêmit confirma le scénario qu'elle avait reconstitué. Andriama et ses hommes étaient déjà en haut du perron, mais elle sentit la fureur et le chagrin s'emparer d'elle.

— Vous m'avez donné de faux espoirs ! cria-t-elle à Mustafa. Vous m'avez donné de faux espoirs !

Et elle se jeta sur lui pour lui arracher les yeux.

Chapitre 43

I

Knox avait les yeux rivés sur le couteau qui tombait lentement vers lui. C'était son seul espoir d'échapper à la mort. Il tendit ses mains liées pour attraper l'arme, qui rebondit sur son poignet et longea son bras avant de disparaître derrière son dos. Il tourna sur lui-même mais, lorsqu'il la revit, elle se trouvait déjà au niveau de sa taille. Retenu par le fil de pêche, il ne put pas descendre plus loin. Il regarda avec horreur la lame briller au-dessous de son genou et leva le pied en s'efforçant de faire des mouvements lents pour éviter de créer des tourbillons.

La pointe de la lame heurta sa palme et le couteau tomba sur le côté. Le manche tenait en équilibre au-dessus du vide. Knox tendit les mains mais, une fois de plus, le fil de pêche l'empêcha d'aller plus loin. Il était au bout de sa réserve d'air, ses poumons étaient vides, alors il leva doucement le pied. Le couteau tomba de la palme, mais il réussit à l'attraper. Il passa aussitôt la lame sous le fil de pêche qui lui appuyait sur la trachée, la tourna vers l'extérieur et poussa jusqu'à ce qu'il cède. Enfin, il pouvait de nouveau respirer !

Au moins une minute passa avant qu'il ne puisse penser à autre chose, puis il tourna avec précaution le couteau entre ses mains et coupa les menottes. Il regarda de nouveau vers le haut et constata que Boris convulsait toujours. Malgré tout, il éprouva de la compassion pour lui. Les accidents de décompression étaient extrêmement douloureux. Les victimes avaient l'impression que toutes leurs articulations étaient transpercées par une lance. Mais il ne pouvait rien faire pour lui pour l'instant. Il devait attendre que son propre organisme s'ajuste au changement de pression, sinon il subirait le même sort.

Lorsque Knox remonta enfin à la surface, Boris gémissait et pleurait dans l'eau, en proie à une trop grande douleur. Sa seule chance, c'était la chambre de décompression de la *Maritsa*. Knox l'attrapa par le col et essaya de le traîner jusqu'à l'*Évelyne*, mais il convulsait si violemment qu'il finit par le lâcher. Il nagea jusqu'au bateau et le rapprocha de Boris tout en essayant de contacter la *Maritsa*, dans l'espoir qu'elle le rejoigne à mi-chemin.

Quand il arriva au niveau de Boris, celui-ci ne gémissait plus. L'épuisement était encore plus profond que la douleur. Knox le tira avec une gaffe jusqu'à la poupe pour le hisser à bord : le pauvre homme se pelotonna sur le pont dans la position du fœtus, les dents ensanglantées, les narines dégoulinantes de mucosités mêlées de sang. Il alla chercher sa bouteille d'oxygène dans son sac et posa le masque sur sa bouche.

— Il faut que je vous emmène à bord de mon bateau de plongée, lui expliqua-t-il. Vous allez devoir tenir le masque, d'accord ?

Boris lui prit le poignet et abaissa le masque pour pouvoir parler.

— Vous m'avez menti, murmura-t-il.

— Oui, reconnut Knox.

— Je le savais, avoua Boris en versant des larmes de douleur et de regrets. Je le savais, mais je n'ai pas pu m'empêcher d'y aller.

— Continuez à respirer.

— Pour quoi faire ?

La douleur devint insoutenable. Boris s'arqua et serra la main de Knox, avant de retomber lourdement. Un filet de sang se mit à couler d'une de ses paupières et de son oreille gauche. Sa tête bascula en arrière et il regarda le ciel bleu avec une expression qui ressemblait à de l'incompréhension.

— J'étais soldat avant, dit-il.

Il lâcha Knox et sa main tomba sans vie sur le pont.

II

Grâce aux déductions de Rebecca, Andriama et ses hommes ne tardèrent pas à trouver des preuves de ce que les Habib avaient fait. Dans la chambre du second fils, sous le bureau, étaient cachés divers CD de fichiers audio gravés par Adam : podcasts, notes de terrain et dernier message destiné à Évelyne. Certains de ces fichiers avaient été copiés dans un nouveau dossier sur l'ordinateur du fils et plusieurs séquences réunies en un message à fendre le cœur.

— Rebecca… Rebecca, ma chérie ! S'il te plaît, Rebecca, fais ce qu'ils demandent. Nous allons bien tous les deux, mais…

Chaque syllabe était un coup de poignard dans le cœur de la jeune femme.

Les policiers trouvèrent aussi l'original de la photographie utilisée pour la demande de rançon. Le cliché avait été pris lors d'un déjeuner au cours duquel Mustafa avait rassemblé ses invités devant ses écuries pour les photographier par groupes, par deux et individuellement. Emilia avait l'air de s'ennuyer ; mais Adam semblait de plus en plus agacé par cette mise en scène et cela se voyait particulièrement sur la photo où il figurait avec Emilia. Les policiers dénichèrent aussi une photo d'un des fils de Mustafa, qui tenait un journal récent, et le montage réalisé pour faire croire à l'enlèvement.

Rebecca remettait l'argent de la rançon et son exemplaire du contrat de prêt à Andriama, lorsque celui-ci reçut un appel. Il décrocha et écouta sans rien dire, de plus en plus soucieux. Il ne cessait de la regarder. Tout en se frottant le menton d'un air pensif, il se mit à parler dans un patois qu'elle ne comprenait pas.

— Qu'y a-t-il ? demanda-t-elle lorsqu'il eut raccroché.

Il prit une mine sombre pour la préparer à la mauvaise nouvelle.

— On a retrouvé un corps.

— Où ça ? s'enquit Rebecca, le cœur serré.

— À Tsiandamba.

Tsiandamba se trouvait au sud de l'Éden.

— Qui est-ce ?

— On ne sait pas encore.

— Un homme ou une femme ?

Andriama posa la main sur le bras de Rebecca.

— Allons voir, proposa-t-il.

III

Knox resta assis pendant un moment à côté de Boris, à la fois par respect pour le mort et par épuisement, mais surtout pour se donner le temps de réfléchir à ce qu'il allait faire ensuite. Il voyait deux possibilités. La première consistait à ramener le corps sur le rivage, à aller se livrer à la police et à s'en remettre à la justice malgache. Mais il avait entendu dire beaucoup de mal des tribunaux et des prisons de ce pays et n'avait guère envie de leur confier son avenir. Et puis, s'il avait fait dans sa vie des choses qui méritaient un jugement et un châtiment, ce n'était pas le cas aujourd'hui. C'était un cas de légitime défense.

Il allait donc opter pour la seconde possibilité. Il n'y avait qu'un chalutier à l'horizon ouest et une pirogue loin vers le sud. L'*Évelyne* n'avait plus beaucoup de carburant, mais le vent du sud soufflait suffisamment. Knox retira sa combinaison de plongée, déploya la grand-voile et mit le cap vers le large. Il s'agenouilla à côté de Boris, récupéra les clés du hangar dans sa poche, purgea son compensateur de flottabilité et sa bouteille de plongée, et lui attacha une ceinture lestée bourrée de plombs autour de la taille. Puis il le souleva sous les aisselles et le jeta par-dessus bord, l'abandonnant aux profondeurs marines.

Il vit les bulles remonter à la surface, puis son regard se perdit dans le vague. Si c'était ça, la revanche, elle avait un goût amer. Il ne voulait plus en entendre parler. Il navigua encore un peu, puis jeta le sac de Boris. Lorsqu'il prit son ordinateur portable, il se demanda comment les Nergadze allaient réagir. Sans doute ne feraient-ils rien. De toute façon, c'était à Sandro d'en décider. Knox tint un instant l'ordinateur au-dessus de l'eau et le laissa tomber. Puis il se réinstalla à la poupe et retourna vers le rivage.

Chapitre 44

I

Rebecca n'était pas en état de conduire. Andriama prit le volant de la Toyota et un de ses hommes les suivit avec une voiture de police. Tout lui semblait irréel. Les mains entre les genoux, elle se rappela l'appel de Pierre, une semaine auparavant. Quand elle avait eu la certitude de pouvoir retrouver Adam et Emilia en vie. Elle avait cru que la volonté suffirait.

Mais le monde ne fonctionnait pas comme cela.

Ils arrivèrent à Tsiandamba en fin d'après-midi. Des villageois alignés au bord de la route fixaient Rebecca dans une attitude de deuil qui dissimulait mal leur curiosité et leur excitation. Andriama s'arrêta devant une chapelle blanchie à la chaux, le bâtiment le plus frais du village. Rebecca semblait si faible qu'il l'aida à descendre de la Toyota. Elle garda une main sur son épaule tandis qu'ils entraient ensemble dans ce lieu froid et sombre. Clignant des yeux pour s'adapter à l'obscurité, elle distingua à droite un grand crucifix en bois, suspendu aux poutres du toit par des chaînes en acier, juste au-dessus de l'autel. Deux rayons de soleil traversaient d'étroites fenêtres latérales en verre dépoli, avant de se répandre sur le sol en brique. À gauche, le long du mur du fond, des bancs avaient été rassemblés pour former une table basse, sur laquelle reposait un corps recouvert d'une nappe d'autel blanche. Un récipient rempli de pétales odorants avait été placé sous la dépouille et, à chaque coin, brûlait un bâton d'encens dans un bocal en verre. Andriama s'approcha et regarda sous le linge blanc. Puis il se tourna vers Rebecca et hocha la tête avec tristesse.

La jeune femme respira à fond.

— Qui est-ce ? demanda-t-elle.

— Votre père, répondit le commissaire.

En avançant, elle trébucha sur une natte de jonc. Il la rattrapa et essaya vaguement de la retenir, mais elle continua. Elle connaissait enfin la vérité ; ses mains ne tremblaient pas. Elle souleva la nappe d'autel. C'était bien son père. Elle le reconnut aussitôt, bien qu'elle eût passé onze ans sans le voir et malgré son visage bouffi, son corps légèrement arqué, comme s'il avait été électrocuté, et sa combinaison de plongée, qui le comprimait. Il avait le visage et la gorge tailladés, mais son teint était pâle, avec des nuances de bleu, de vert et de jaune qui laissaient entendre qu'il était mort depuis plusieurs jours.

Rebecca sentit monter dans ses narines une odeur doucereuse d'eau de mer et de décomposition, ni désagréable ni entêtante, nuancée par le parfum de l'encens et des pétales de fleurs. Une goutte d'eau tomba sur la nappe d'autel et dessina un rond gris qui devint rapidement translucide. Ce ne fut qu'à cet instant que Rebecca se rendit compte qu'elle pleurait. Andriama posa la main sur son dos. Elle s'éloigna de ce faux réconfort, passa de l'autre côté de la dépouille et la découvrit jusqu'à la taille. Adam avait les bras le long du corps, un G.P.S. à un de ses poignets, une montre de plongée à l'autre et ce qui ressemblait à un support flexible pour appareil photo. On lui avait perforé le torse à travers sa combinaison de plongée. Il avait également deux blessures recouvertes de sang coagulé sur l'avant-bras droit, comme s'il avait tenté de se défendre contre une violente agression. Et ce n'étaient pas des morsures de requin, des coupures de coraux, ni le résultat d'aucun autre phénomène naturel. Les plaies étaient trop nettes. Non, cela ne faisait aucun doute, Adam avait été poignardé.

Rebecca sentit sa jambe gauche se dérober sous elle. Andriama la rattrapa et l'aida à s'asseoir sur un banc. Un prêtre voûté aux cheveux gris, visiblement d'origine latino-américaine, remonta le linge sur le visage du défunt et vint prendre place à côté de la jeune femme. Il lui prit la main. Il avait les doigts noueux, velus, et les ongles crasseux. Rebecca vit en lui un homme comme son père, qui pratiquait sa religion dans l'amour du travail.

— Qui l'a trouvé ? demanda-t-elle.

— Il était sur le récif, répondit le prêtre. Tout le monde l'a vu en même temps.

— J'ai promis une récompense.

— C'est bien le moment de vous soucier de ça !

— Nous devons emmener le corps à Toliary, murmura Andriama, pour déterminer la cause de la mort, vous comprenez.

— La cause de la mort est parfaitement claire, déclara Rebecca. Vous ne voyez pas ? Mon père a été massacré à coups de couteau.

— Sans vouloir vous contredire, risqua le commissaire, la mer maquille parfois un simple accident en...

— Il a été poignardé à mort, martela Rebecca. Vous le savez aussi bien que moi.

Andriama baissa les paupières et détourna le regard. Elle sentit immédiatement qu'il lui cachait quelque chose.

— Qu'y a-t-il ? l'interrogea-t-elle. Vous avez d'autres informations ?

— Il y a eu un incident, reconnut-il en soupirant. À Morombe.

Rebecca fut parcourue d'un frisson. Daniel était à Morombe avant de venir ici.

— Quel genre d'incident ? s'enquit-elle.

— Deux corps ont été retrouvés, annonça Andriama.

— Deux corps ? Un double meurtre ?

— Oui. Au départ, nous avons pensé à un règlement de comptes. Deux revendeurs d'armes qui se seraient entretués. Cela paraissait plausible car ils tenaient tous deux un pistolet, mais l'un d'eux a également été poignardé. Et nous n'avons pas retrouvé de couteau sur le lieu du crime. Depuis, nous avons appris qu'ils avaient rendez-vous avec un étranger.

— Et vous pensez que leur mort a un rapport avec celle de mon père ?

— Les meurtres sont très rares à Madagascar, tout comme les agressions à l'arme blanche. Deux affaires de ce genre au même moment et au même endroit, qui impliquent toutes deux des étrangers, ce n'est sans doute pas un hasard. Enfin, c'est une possibilité. Il y a toujours des coïncidences. Du reste, nous ne sommes même pas sûrs que votre père ait été assassiné.

Rebecca fixa Andriama avec un air sarcastique. Cette fois, il soutint son regard et ce fut elle qui baissa les yeux.

— Je suppose que vous avez raison, admit-elle.

— Si votre père a été tué, nous retrouverons son assassin. Je vous le promets.

— Merci, murmura-t-elle avant de tourner la tête vers le défunt. Puis-je rester seule une minute avec lui ?

— Bien sûr.

Les deux hommes sortirent. Lorsqu'ils refermèrent doucement la porte derrière eux, elle se leva pour retourner auprès d'Adam. Elle retira de nouveau la nappe d'autel, prit le G.P.S. qu'il portait au poignet et le mit dans sa poche. Puis elle embrassa son père sur le front, lui fit ses adieux et replaça respectueusement le linge blanc sur lui.

II

La nuit commençait à tomber quand Knox amarra l'*Évelyne* et regagna la plage. Il entendit un moteur, puis vit un 4 x 4 blanc sur le chemin. C'était Rebecca. Il se précipita à la réserve pour l'accueillir mais, dès qu'il vit son teint pâle et ses yeux rouges, il comprit qu'elle avait reçu une mauvaise nouvelle.

— Oh, non ! dit-il en la prenant dans ses bras.

Elle pleura contre son épaule, comme si elle avait retenu son chagrin pendant tout le trajet et pouvait enfin se laisser aller.

— Tous les deux ? demanda Knox.

— Mon père.

— Que s'est-il passé ? Les ravisseurs l'ont…

— Il n'y a jamais eu d'enlèvement. Ce salaud de Mustafa a monté cette histoire de toutes pièces avec ses fils. Il n'a jamais détenu mon père, qui est mort depuis plusieurs jours, ni Emilia.

— Rebecca, je suis vraiment désolé.

— Non seulement mon père est mort, mais il a été assassiné. Et je vais trouver qui a fait ça ! (Rebecca se dégagea de l'étreinte de Knox, l'air ferme et résolu.) Alors dites-moi la vérité. Qui êtes-vous ? Que faites-vous ici ? Et pas de réponse évasive, je veux tout savoir.

Knox rassembla ses idées. Il aurait voulu lui montrer le sous-sol du hangar à bateaux, lui faire lire le rapport d'Emilia, mais il aurait fallu qu'il lui explique pourquoi les rayonnages étaient tombés et, donc, qu'il lui parle de Boris. Or, ce n'était vraiment pas le moment. Il opta donc pour une version des faits expurgée et lui raconta qu'il travaillait pour une société de sauvetage maritime, la M.G.S., recrutée par Ricky Cheung pour une mission au large de Morombe, qui avait été contactée par Emilia en vue d'un autre sauvetage concernant non pas le *Winterton*, contrairement à ce qu'elle avait laissé entendre, mais un navire-trésor chinois. Il lui parla du message du Landseer Trust, par lequel il avait appris la disparition d'Adam et Emilia, et lui expliqua qu'il était venu ici aussitôt pour découvrir ce qui s'était passé.

— Pourquoi ne m'avez-vous pas dit la vérité dès le premier soir ? l'interrogea Rebecca.

— Parce qu'Emilia a fait jurer à toute l'équipe de la M.G.S. de ne parler de ce projet à personne. Elle a dit clairement qu'à la moindre fuite, on serait viré.

— Mais je suis sa sœur.

— Je regrette, mais c'est surtout à vous qu'on ne devait rien dire.

— À moi ? s'étonna Rebecca, le feu aux joues. Mais pourquoi ?

— Je ne sais pas trop... Vous êtes célèbre et les gens se comportent comme des idiots quand ils ont affaire à des personnes célèbres. Je pense qu'elle craignait que l'un d'entre nous ne tente de vous approcher en vous racontant toute l'histoire et que vous réagissiez mal. Tout ce que je sais, c'est qu'elle avait peur de faire quelque chose qui vous éloigne d'elle. Elle m'a dit qu'elle avait pris contact avec vous lorsqu'elle envisageait de se rendre en Angleterre, dans l'espoir de vous voir, et que vous l'aviez découragée de venir.

Rebecca enfouit son visage dans ses mains.

— Qu'est-ce que j'ai fait ? gémit-elle.

Knox avança d'un pas vers elle.

— J'allais vous raconter tout ça il y a deux jours. J'allais le faire, je vous le jure, mais vous m'avez jeté dehors avant que je n'aie le temps de vous dire quoi que ce soit. Ensuite, vous êtes partie à Toliary. Et hier soir, quand j'ai essayé d'aborder le sujet, votre collègue a débarqué.

Rebecca sécha ses larmes et prit un air déterminé, comme si l'heure n'était pas à la tristesse.

— Mon père était en combinaison de plongée, déclara-t-elle en sortant le G.P.S. de sa poche. Il portait ceci au poignet. D'après les données enregistrées, le jour où Emilia et lui ont disparu, il est parti en mer vers sept heures et demie du matin. À 8 h 40, la connexion a été coupée. Le G.P.S. n'a pas été éteint, mais il n'y avait plus de réseau.

— Adam est allé sous l'eau, en déduisit Knox.

— Oui et ceci va nous dire où exactement.

— Bien, nous irons dès demain matin.

— Non, je veux y aller maintenant.

— Il fait trop sombre, Rebecca. La houle se lève. Sérieusement, si nous attendons…

Rebecca leva le G.P.S. devant les yeux de Knox.

— C'est là que mon père a été tué. C'est là que ma sœur a disparu et c'est peut-être là que je trouverai des informations qui me permettront de la ramener saine et sauve. Et vous croyez que je vais aller me coucher comme si de rien n'était ?

Knox soupira, épuisé par la journée qu'il venait de passer. Toutefois, il savait qu'elle avait raison.

— D'accord, je vais chercher du carburant, annonça-t-il.

— Et moi, un équipement de plongée.

Il regarda Rebecca avec inquiétude. Il n'avait pas compris qu'elle avait l'intention d'aller aussi loin.

— Vous avez déjà plongé de nuit ? l'interrogea-t-il.

— Bien sûr, plusieurs fois.

— Seule ? Sur un récif ? Dans une mer agitée ? Avec un équipement que vous ne connaissez pas ?

— J'y vais, n'essayez pas de m'arrêter.

— C'est trop dangereux. Si quelqu'un doit plonger, c'est moi. C'est mon métier, vous vous souvenez ? Et tout mon matériel est déjà à bord.

— Je ne peux pas vous demander de faire ça.

— Vous ne me le demandez pas. C'est moi qui vous le propose, alors ne discutez pas, d'accord ?

Rebecca sentit de nouveau les larmes lui monter aux yeux.

— Je ne sais pas comment vous remercier, dit-elle, pour ça et pour tout le reste.

Knox allait lui dire qu'elle n'avait pas à le remercier, lorsqu'il entendit du bruit et vit des phares sur le chemin. Un pick-up cahotait à toute allure dans leur direction. Il s'arrêta brusquement. Pierre ouvrit la portière. Dans sa précipitation, il faillit trébucher en descendant de voiture.

— Becca ! sanglota-t-il. C'est vrai ce qu'on raconte ? On a retrouvé le corps de ton père ?

— Oui, c'est vrai, confirma Rebecca.

Pierre poussa un gémissement de chagrin et la prit dans ses bras.

— Je n'arrive pas à le croire, lui murmura-t-il à l'oreille. C'était le meilleur des hommes. Le meilleur d'entre nous. Et ta pauvre sœur !

— Emilia n'est pas encore morte, dit-elle sèchement. Nous partions justement à sa recherche.

— À sa recherche ? Dans la forêt ?

Rebecca montra le G.P.S. à Pierre, qui la regarda avec l'air dérouté d'une personne rebutée par les technologies modernes. Elle lui expliqua que, grâce à cet appareil, elle allait pouvoir retracer les déplacements de son père avant sa disparition.

— Je viens avec vous, décréta Pierre. Je vais vous aider à chercher.

— Pas question ! Tu as bu.

— Juste un verre. Je connaissais ton père depuis trente-quatre ans. Trente-quatre ans ! Et tu voudrais que je reste ici à ne rien faire ? Et puis, je connais son bateau. Je connais les récifs. Je sais me diriger, même de nuit.

Rebecca interrogea Knox du regard. Il haussa les épaules pour lui signifier que c'était à elle de prendre la décision.

— D'accord, soupira-t-elle.

Ils allèrent chercher du carburant et montèrent à bord. Knox largua les amarres, prit la barre et mit le cap vers la passe, tandis que Rebecca reportait les coordonnées G.P.S. sur la carte marine de l'Éden.

— Alors c'est là que nous allons ? s'enquit Pierre.

— Oui, répondit Rebecca.

Pierre fronça les sourcils et ouvrit la bouche comme s'il allait dire quelque chose, mais se ravisa et s'en alla en tirant sur le lobe de son oreille.

Knox regarda Rebecca.

— Qu'est-ce qu'il a ? demanda-t-il.

— Je ne sais pas, murmura-t-elle, songeuse. (Elle réfléchit un instant.) Vous avez dit que mon père avait déjà demandé les licences de sauvetage, mais savez-vous auprès de qui ?

— Auprès du ministère de la Culture, je suppose, mais je n'en suis pas sûr.

— Auprès d'un représentant du pouvoir central, en tout cas, et non d'une autorité locale ?

— Oui, pourquoi ?

— Mon père et ma sœur détestaient Antananarivo. Ils n'y allaient jamais, à moins d'y être vraiment obligés.

— Là, ils n'ont pas pu faire autrement.

— À moins qu'ils n'aient envoyé Pierre faire les démarches à leur place

— Cela vous semble plausible ?

— Mon père se faisait souvent représenter par Pierre lorsqu'il s'agissait d'aller à Antananarivo pour donner des conférences, assister à des réunions ou graisser la patte des fonctionnaires. Il n'aimait pas ce côté de Madagascar. Emilia non plus.

— Et vous croyez qu'il aurait fait confiance à Pierre ?

— Pas au point de lui révéler l'emplacement de l'épave, mais assez pour lui dire qu'il avait trouvé quelque chose et qu'il avait besoin de licences… Oui, c'est ce qui a dû se passer. Imaginez que vous n'ayez jamais travaillé de votre vie et que vous soyez à court d'argent.

— Et que mon meilleur ami trouve un trésor au fond de l'eau, mais ne veuille pas me dire où. Pire, qu'il s'apprête à tout remettre au gouvernement.

— Pierre a passé la semaine dernière à Antananarivo pour un congrès. S'il y avait encore des démarches à effectuer pour le sauvetage, c'était l'occasion d'en profiter. Il a envoyé un e-mail à mon père pour lui réclamer d'autres photos de sifakas blancs, mais il n'y a pas de sifakas blancs par ici. On n'en trouve qu'au sud et à l'est de Toliary.

— Vous pensez que c'était un code ? Et qu'il a demandé à votre père d'aller faire de nouvelles photos de l'épave ?

— C'est possible, non ? Mon père a lu cet e-mail. C'est le dernier qu'il a ouvert.

— Mais pourquoi Pierre l'aurait-il envoyé prendre d'autres photos ?

— Pour le piéger et découvrir l'emplacement de l'épave ! Il n'aurait eu qu'à mettre un G.P.S. à bord et revenir piller le trésor avant le sauvetage.

— Non, vous avez vu la façon dont il a regardé le G.P.S. de votre père ? Ça m'étonnerait fort qu'il sache s'en servir. Et puis, vous dites vous-même qu'Adam a été assassiné. Or, Pierre ne peut pas l'avoir tué s'il était à Antananarivo.

— Alors il est revenu ici. Sa conférence n'a dû lui prendre qu'une demi-journée, mais il est resté là-bas toute la semaine et il est venu me chercher à l'aéroport. C'était peut-être pour avoir un alibi !

— Vous croyez qu'il est revenu ici au milieu de la semaine ? Ça fait un sacré trajet en voiture.

— Il a pu prendre l'avion. Remontons quelques jours en arrière : il tient absolument à connaître l'emplacement de l'épave, mais mon père le garde secret. Il y a ce congrès à Antananarivo et il raconte qu'il va aller au ministère de la Culture pour les licences. Peut-être même qu'il prend vraiment un rendez-vous avec un responsable. Il dit à mon père de consulter sa messagerie au cas où il aurait besoin de quelque chose et s'en va au volant de son pick-up. Mais au lieu de monter à Antananarivo en voiture, il se rend à un aéroport. Il ne va pas à Toliary, où il est trop connu, mais à Manjo ou à Morombe, par exemple. Bref, il prend un vol pour Antananarivo, descend à un hôtel et donne sa conférence. Puis il envoie un e-mail à mon père pour lui demander de nouvelles photos de l'épave. Ensuite, il reprend l'avion, récupère son pick-up et...

Rebecca s'interrompit et secoua la tête avec déception.

— Non, soupira-t-elle, comment aurait-il rejoint l'*Évelyne* ?

— Il a pu s'embarquer clandestinement dans la cale, suggéra Knox.

— Et comment aurait-il regagné le rivage ? L'*Évelyne* a été retrouvée en pleine mer.

— Et son Zodiac ? Il a pu le transporter à l'arrière de son pick-up.

— C'est ça ! Il reprend l'avion, revient à l'Éden au volant de son pick-up, se rend de l'autre côté du récif à bord de son Zodiac et n'a plus qu'à attendre l'arrivée de l'*Évelyne*. Il va peut-être à la rencontre de mon père, à moins que ce ne soit lui qui le repère. Ils se disputent et ça tourne mal. Il tue mon père et ma sœur, avant de les jeter par-dessus bord. Il laisse l'*Évelyne* aller à la dérive, remonte à bord de son Zodiac, reprend son pick-up et retourne à Antananarivo avant qu'on ne remarque son absence.

— C'est vraiment tiré par les cheveux.

— Mais c'est possible, non ? En théorie ?

— En théorie, oui.

Ils regardèrent Pierre, assis à l'arrière du bateau. Il dut le sentir, car il leva les yeux vers eux et leur adressa un de ses affreux sourires. Puis il les rejoignit à la passerelle, avec une nervosité d'autant plus palpable qu'il faisait des efforts pour la dissimuler.

— Quoi ? demanda-t-il. Qu'est-ce qu'il y a ?

— C'est toi ! explosa Rebecca, incapable de se retenir. Tu as assassiné mon père et ma sœur !

Chapitre 45

Pierre parut sonné par l'accusation de Rebecca, mais Knox ne parvint pas à savoir s'il était choqué ou s'il se sentait coupable.

— Moi ? protesta-t-il. Comment peux-tu dire une chose pareille ?

— C'est toi qui les as envoyés en mer ! insista Rebecca.

— Mais non ! C'est absurde !

— Et après, tu les as tués !

— Non, c'est lui ! s'écria Pierre en pointant un doigt tremblant en direction de Knox. C'est pour ça qu'il t'a mis cette idée-là en tête !

— Des sifakas blancs, hein ? railla Rebecca.

Cette fois, ce fut indubitablement la culpabilité qui assombrit le visage de Pierre. Ses yeux se remplirent de larmes, quand il essaya de dire quelque chose, mais les mots restèrent coincés au fond de sa gorge. Il sortit en titubant puis se mit à courir sur le pont. Rebecca et Knox le poursuivirent, mais il s'empara de la gaffe, se retourna et la brandit au-dessus d'eux.

— N'approchez pas ! prévint-il. Reculez !

— Sinon quoi ? le défia Knox.

— Je n'ai rien fait, affirma Pierre. Je le jure. Jamais, je ne te mentirai, Becca ! Pas à toi. Tu es comme ma fille.

— Comme Emilia ? lança Rebecca. Que tu as mise enceinte avant de la tuer pour que ton fils hérite de l'Éden ?

— Quoi ? Comment peux-tu me croire capable d'un tel crime ?

Knox fit signe à Rebecca de se déplacer sur la gauche, afin que Pierre ne puisse pas les voir tous les deux à la fois.

— Alors dis-moi ce qui s'est passé ! exigea Rebecca.

— Il ne s'est rien passé, déclara Pierre.

— Tu as envoyé un e-mail à mon père. Tu voulais qu'il te conduise jusqu'à l'épave.

— Non !

— Ensuite, tu es venu ici et tu l'as tué, ainsi qu'Emilia. Et tu as jeté leurs corps par-dessus bord.

— Ne m'approchez pas ! Ne m'approchez pas !

— Mais la mer a ramené le corps de mon père vers le récif.

— J'ai passé toute la semaine à Antananarivo, je te le jure ! assura Pierre en faisant un geste en direction des terres.

Knox profita de cette légère distraction pour se jeter sur lui. Il essaya de lui arracher la gaffe des mains, avant qu'il ne blesse quelqu'un. Mais Pierre réagit aussitôt et lui donna un coup oblique sur le crâne. Dans son élan, Knox l'entraîna dans sa chute et ils atterrirent contre les coffres. Il s'efforça de reprendre l'avantage, mais le coup l'avait étourdi. Pierre le repoussa, leva la gaffe au-dessus de sa tête et l'abaissa de toutes ses forces. Knox roula sur le côté ; la gaffe se planta dans le pont. Derrière lui, Rebecca sortit une bouteille de plongée d'un des coffres et la jeta à la tête de Pierre. Celui-ci s'effondra instantanément. Elle s'agenouilla près de lui qui gisait sur le côté, un filet de salive sur la joue. Elle posa les doigts sur sa gorge, prit son pouls et regarda Knox avec soulagement.

Toujours un peu hébété, Knox se leva et prit une corde dans le coffre pour attacher les mains et les pieds de Pierre. Il venait de finir lorsque Pierre gémit en ouvrant les yeux et tira sur ses liens avec une rage impuissante, avant de lui cracher au visage. Il sortit une serviette du coffre, s'essuya, l'enroula sur elle-même et, avec l'aide de Rebecca, s'en servit pour le bâillonner.

— Essayez de cracher, maintenant ! lança-t-il.

Knox traîna Pierre sur le pont, le laissa tomber dans la cale les pieds en premier et referma l'écoutille.

— Il se tiendra tranquille jusqu'à ce qu'on revienne, assura-t-il à Rebecca.

— Vous en êtes sûr ? s'inquiéta-t-elle.

— Je m'y connais en nœuds, mais restons-en là pour aujourd'hui, d'accord ? On le ramène et on reviendra demain matin.

— Daniel, c'est ma sœur. Il faut que j'aille voir. Je lui dois bien ça.

— Je sais, mais...

— Vous n'êtes pas obligé de plonger. J'ai tout le matériel qu'il me faut à bord. Restez sur le bateau, je vais y aller.

Knox soupira. Son exaspération n'avait d'égale que son admiration pour Rebecca.

— Bon, dit-il, je fais une plongée, mais juste une. Après, on rentre, d'accord ?

— D'accord. Et merci.

Chapitre 46

Knox atteignit les coordonnées G.P.S. et jeta l'ancre. La mer était un peu agitée, mais pas au point qu'il renonce à plonger. Il prépara son équipement et procéda à toutes les vérifications de routine. Déséquilibré par le roulis, il dut s'asseoir pour enfiler sa combinaison et ses bottes. Il consulta sa montre et dressa rapidement son plan de plongée. Après avoir attaché sa lampe et son couteau à son avant-bras, il s'assit sur la rambarde et enfila ses palmes. Puis il retint sa respiration et se laissa tomber en arrière dans l'eau sombre. Il s'était tellement lesté qu'il eut des difficultés à rester à la surface pour faire le tour de la poupe à la nage. Enfin, il laissa la gravité agir en regardant la chaîne de l'ancre défiler entre ses doigts.

Malgré son expérience, cette plongée de nuit, seul, en vue de fouilles aussi macabres le rendait nerveux. Il y avait des ombres partout. En mer, comme sur terre, les prédateurs étaient encore plus dangereux dans l'obscurité. Une image vivace du requin bouledogue qu'il avait vu avec Boris lui revint à l'esprit. Les requins étaient dotés d'une vue excellente, mais n'en étaient pas dépendants. Ils pouvaient traquer leur proie grâce à leur odorat extraordinaire et à leur sensibilité aux vibrations et aux fluctuations du champ magnétique. Or, son recycleur, entre autre matériel de plongée, allait provoquer de fortes perturbations dans le champ magnétique.

Il perçut quelque chose derrière lui, mais quand il se retourna brusquement et éclaira les eaux obscures, il n'y avait rien. Il commença à discerner le fond, creusé de canyons, comme à l'endroit où il avait plongé précédemment, bien qu'il en soit assez éloigné. Ses pieds heurtèrent le limon et soulevèrent d'étincelantes émeraudes de bioluminescence. Les courants étaient forts, mais il était bien lesté. Il nagea au-dessus des gorges et des ravins à la recherche de quelque chose d'anormal. Un banc de poissons se divisa lorsqu'il approcha. Des barracudas qui scintillaient comme de fines bandes de papier d'argent. Knox descendit dans un canyon. Les parois rocheuses se rejoignaient parfois pour former d'étroites grottes. Le sol était recouvert d'une couche de sable blanc, sur laquelle étaient éparpillés des coraux morts et de nombreux tessons de poterie et de porcelaine. Knox atteignit enfin le lit marin. Il le longea en explorant les fissures qui s'ouvraient sous lui. Un peu plus loin, il remarqua un rocher à moitié enseveli dans le sable, couvert d'algues et de bernaches, mais aussi de cordelettes blanches entrecroisées. Un filet maillant ! Knox détestait cet outil de pêche en raison de sa conception perverse. Le maillage était presque assez gros pour que les espèces ciblées puissent passer au travers, mais juste assez petit pour les en empêcher. Lorsque les poissons se rendaient compte qu'ils n'allaient pas pouvoir passer entre les mailles, il était déjà trop tard. Leurs ouïes les retenaient comme le barbillon d'un hameçon. De plus, les chalutiers s'accrochaient souvent à ces filets. Les marins les coupaient pour s'en débarrasser et les laissaient aller à la dérive, au gré des courants, ou tomber sur le lit marin. C'était un véritable danger pour les plongeurs, qui risquaient de s'y laisser prendre.

Knox ne vit rien qui attire son attention, excepté une petite avalanche de sable fin, à sa droite. Celle-ci paraissait toutefois récente, car rien ne recouvrait le versant sablonneux, encore très régulier. En s'approchant, il découvrit un trou noir dans la paroi rocheuse. Il regarda de nouveau le rocher à demi enseveli, dont la taille paraissait correspondre à celle du trou. Si ce rocher était tombé de la paroi, cela expliquait que la couche superficielle de sable ait glissé et partiellement rempli le trou.

Knox s'introduisit dans l'espace obscur et se retrouva dans un tunnel exigu, qui s'élargit brusquement en une vaste grotte sous-marine. L'eau étant de plus en plus transparente et immobile, sa lampe illuminait le plafond et le mur du fond. Curieusement, la grotte avait la forme et la taille d'un navire. Et ce n'était peut-être pas une coïncidence… Le navire-trésor avait très bien pu sombrer dans un de ces canyons calcaires ou y être poussé par la marée et les courants. Le sable, les sédiments, la roche, puis le corail n'auraient pas tardé à le recouvrir. En mourant, chaque génération de coraux aurait laissé ses squelettes, progressivement agglutinés en une grande carapace autour de lui pour les protéger, lui et sa cargaison, des courants environnants. Mais les créatures marines auraient néanmoins mangé le bois et toutes les matières organiques, jusqu'à ce qu'il ne reste plus que des minéraux et des métaux dans une coquille vide, telle une dent pourrie de l'intérieur.

Knox nagea un peu à l'intérieur de la grotte. D'étranges colonnes se dressaient dans le sable, comme des gratte-ciel dans une ville miniature. Il avança et constata qu'il s'agissait de piles de vaisselle. Il prit un bol avec précaution et vida le sable qu'il contenait. C'était une des plus belles pièces de porcelaine qu'il ait jamais vues, ornée de dragons bleus. Et pourtant, elle était là, posée en haut d'une pile et entourée de milliers d'autres, sans compter ce qui devait être enseveli sous le sable. Toute cette vaisselle avait dû être stockée dans des caisses en bois garnies de ouate, dans la cale à marchandises. La ouate et le bois s'étaient décomposés autour d'elle en la laissant dans un cocon de sable. Mais la couche de sable aussi se désagrégeait, depuis que le rocher était tombé. Et tous ces trésors étaient exposés pour la première fois depuis six cents ans.

Lorsque Knox nagea entre elles, les piles de porcelaine oscillèrent comme des arbres sans feuilles dans le vent d'hiver. Puis il se trouva nez à nez avec une statue de girafe en or, dont seuls la tête et le cou dépassaient du sable. Pour les Chinois, les girafes étaient comme les licornes mythiques qui portaient bonheur. Visiblement, ce n'était pas le cas de celle-ci. Knox repéra ensuite un bracelet en or orné de rubis, qui faisait sans doute partie de la cargaison du navire, à moins qu'il n'ait appartenu à une favorite. Une grande sphère dorée étincelait à quelques mètres de là. Il fit quelques brasses et s'arrêta, le souffle coupé. C'était un globe terrestre émaillé, qui représentait le monde tel que les Chinois l'avaient vu : il y avait la Chine, bien sûr, l'archipel des Moluques et l'Australie ; les formes massives et pointues de l'Inde et de l'Afrique ; l'Europe et le bassin méditerranéen. Knox le fit tourner pour voir l'Atlantique et continua, le cœur serré. L'Amérique était là. Les ancien et nouveau mondes étaient représentés ensemble pour la toute première fois, sur un globe de surcroît.

Un mouvement attira le regard de Knox, qui tourna sur lui-même. Ce n'était que le balancement des piles de porcelaine. Leur façon de se mouvoir et leur blancheur leur donnaient l'allure de fantômes. À cet instant, Knox prit conscience de se trouver non seulement à l'intérieur d'une épave, mais dans un tombeau, la dernière demeure de centaines de passagers, car seuls quelques-uns avaient dû avoir accès aux canots de sauvetage et atteindre sains et saufs le rivage. Il se sentit à la fois honoré et coupable d'avoir troublé leur repos. Mais cela lui rappela aussi le but de sa plongée, qui n'avait rien à voir avec l'épave. Celle-ci allait devoir attendre encore un peu.

Il regagna le tunnel et ressortit. Le rocher avait été le bouchon de cette bouteille en forme de navire. Il était recouvert d'un filet de pêche et, pourtant, sa chute était récente. Peut-être n'avait-il aucun rapport avec la disparition d'Emilia, mais c'était une possibilité. Le sable dégoulinant de la grotte avait été en grande partie emporté par les courants, mais il en était resté une quantité suffisante pour ensevelir à demi le rocher et tout ce qui se trouvait autour. Knox entreprit de balayer avec l'avant-bras cette couche de sable lourd et dense. Il commençait à espérer avoir fait fausse route lorsqu'il sentit quelque chose de mou. Il retira la main d'un geste vif. Puis il s'arma de courage et se mit à creuser. Ses doigts rencontrèrent d'autres doigts, gonflés et froids, puis une main, un poignet, un bras – celui d'une femme. Cela ne pouvait être qu'Emilia. Il poursuivit ses efforts jusqu'à ce qu'apparaisse le visage, qui confirma ce qu'il craignait. La peau était décolorée et déchirée, la bouche, béante, remplie de sable, mais c'était bien elle. Un ange de mer surgi de nulle part déposa un petit baiser sur un des globes oculaires. Knox retint à grand peine une remontée de bile. Vomir était fatal à cette profondeur. Il respira profondément pour retrouver son calme et acheva de libérer le corps de sa gangue de sable. Il passa les bras autour du torse d'Emilia pour la soulever, mais elle ne bougea pas. Sentant les mailles du filet sous ses doigts, il tenta de les couper à l'aide de son couteau de plongée, mais le corps était toujours impossible à déplacer.

Emilia ne portait pas de combinaison de plongée. Elle était simplement vêtue d'un short en jean et d'un tee-shirt qui commençait à se désintégrer. Cependant, elle était équipée d'un gilet stabilisateur avec bouteille de plongée et détendeur. Knox ouvrit les sangles du gilet, fit passer les bras sous les bretelles et réessaya. Cette fois, Emilia s'arqua un peu. Il finit par la délivrer de son piège. Bien qu'alourdie par sa ceinture lestée, elle était déjà attirée vers la surface. Il la retint de toutes ses forces et commença à remonter avec précaution jusqu'à une profondeur de quatre mètres, où il observa un palier de décompression.

Lorsqu'il arriva à la surface, il constata que le ciel était devenu nuageux et la mer encore plus agitée. Une nouvelle tempête se préparait. Il se laissa porter par une vague puis vit les lumières de l'*Évelyne* à une centaine de mètres de là. Tenant Emilia d'un bras, il nagea jusqu'à l'échelle de poupe. Puis il lâcha le corps, jeta ses palmes sur le pont et cria à Rebecca qu'il était de retour.

Chapitre 47

Rebecca avait trouvé le temps horriblement long. Au bout d'une demi-heure, elle avait commencé à craindre qu'il ne soit arrivé quelque chose à Daniel. Et au bout d'une heure, c'était devenu une certitude. Elle avait fait les cent pas sur le pont, vérifié que Pierre ne risquait pas de s'échapper et fait des tas de choses futiles pour s'occuper l'esprit. Mais elle s'en voulait d'avoir fait prendre des risques à Daniel pour des recherches aussi vaines. Elle ne se le pardonnerait jamais si...

Soudain, elle entendit sa voix. Elle laissa échapper un sanglot de soulagement et courut le rejoindre. Elle allait se jeter à son cou, quand elle vit son expression, et comprit aussitôt. Pendant une seconde, elle eut l'impression que le pont se dérobait sous ses pieds, mais elle tâcha d'être forte.

— Où est-elle ? demanda-t-elle.

— Écoutez-moi, Rebecca, dit Daniel. Votre sœur a été emportée par une chute de pierres. Elle est dans l'eau depuis plusieurs jours maintenant. Et ça se voit. Je ne crois pas qu'elle aurait voulu que vous la voyiez comme ça.

— C'est ma sœur. Peu importe dans quel état elle se trouve. Où est-elle ?

— Là, à côté. Vous êtes sûre ?

— Oui.

Daniel retourna dans l'eau et prit d'un bras une masse informe. Lorsqu'il remonta l'échelle, Rebecca ne put s'empêcher de pousser un cri en détournant le regard. Il hissa Emilia à bord et la porta jusqu'à la cabine puis se retourna pour descendre l'escalier escarpé ; le bras gauche de la dépouille tomba et l'appareil photo encore fixé au poignet frotta contre le pont. Malgré ses précautions, les marches étaient si raides qu'il trébucha et chuta en bas de l'escalier avec Emilia. Rebecca étouffa un sanglot.

— Je suis désolé, dit Daniel, dont la voix trahit l'effroi qui l'étreignait.

Rebecca attendit qu'il remonte sur le pont.

— Je nous ramène à l'Éden, d'accord ? proposa-t-il avec un geste de profonde compassion.

— Oui, et merci. Je sais que cela a dû être très pénible pour vous.

— Ça va, je suis juste sincèrement désolé.

Rebecca descendit à son tour à la cabine. Daniel avait allongé le corps sur une des couchettes, avant de le recouvrir d'un drap blanc, déjà transparent d'humidité. Le bouton du short en jean d'Emilia et certaines zones du motif coloré de son tee-shirt se voyaient à travers le tissu. C'était la seconde fois de la journée que Rebecca allait soulever un linceul de fortune pour voir la dépouille d'un des membres de sa famille. Elle prit le drap entre ses doigts, regarda le visage pâle et bouffi de sa sœur, puis détourna de nouveau les yeux, incapable d'endurer plus longtemps cette vision d'horreur.

— Je suis vraiment désolée, Emilia.

— Tu n'aurais rien pu faire.

— J'aurais dû être là.

— Personne n'aurait rien pu faire.

Rebecca retira le drap jusqu'à la taille et découvrit les bras nus d'Emilia. Elle remarqua que, si sa sœur portait toujours son support d'appareil photo au poignet, l'appareil lui-même avait disparu. Elle le chercha dans la cabine, sous la couchette, sans succès. Était-ce Daniel qui l'avait pris ? Oui, c'était probable, mais pourquoi ? Essayait-il de la protéger ?

Y avait-il quelque chose sur l'appareil qu'il ne voulait pas qu'elle voie ? Dans ce cas, pourquoi aurait-il attendu d'avoir remonté Emilia à bord pour le retirer ? Peut-être ne l'avait-il pas vu avant de l'avoir allongée sur la couchette.

Le moteur démarra. Le bruit était plus fort dans la cabine que sur le pont. La lumière devint plus intense ; le bateau se mit à vibrer et à avancer. Rebecca se rappela toutes les questions restées sans réponse qu'elle s'était posées à propos de Daniel. Il lui avait d'abord caché sa véritable identité. Ce soir, il avait tout fait pour la dissuader de venir ici, puis il avait insisté pour plonger lui-même, peut-être de peur qu'elle ne trouve au fond de l'eau des indices susceptibles de l'incriminer. Il avait attaqué Pierre sans lui laisser la possibilité de s'expliquer et il l'avait ligoté et bâillonné pour l'empêcher de parler. De plus, Andriama avait évoqué le meurtre de deux hommes lors d'une rencontre avec un étranger. L'une de ces deux victimes avait d'ailleurs été poignardée, comme Adam. Daniel avait un couteau. Rebecca l'avait vu le fixer par une lanière à son avant-bras avant de plonger. Et puis, il ne se trouvait qu'à quelques kilomètres au nord de l'Éden lorsque Adam et Emilia avaient disparu. Il savait qu'il y avait une épave ici et que celle-ci recelait un trésor…

Rebecca secoua la tête. Non, elle subissait juste le contrecoup de toutes les épreuves de la journée. Daniel ne lui avait pas dit toute la vérité, mais il s'était expliqué à ce sujet. Et puis, il y avait une différence de taille entre dire des mensonges et commettre des crimes. Il aurait fallu qu'il ait un cœur de pierre pour se comporter comme il l'avait fait avec elle après avoir tué son père et sa sœur. Cela dit, elle avait lu des études sur les psychopathes et savait qu'ils étaient tout à fait convaincants, charmants, dépourvus de remords et qu'ils se fondaient parfaitement dans la masse jusqu'à ce qu'on fouille leur cave. Ils avaient aussi un autre point commun : ils étaient enclins à la fureur. Ce point faible ne passait pas inaperçu chez les animaux. C'était une forme de colère si intense qu'elle l'emportait sur l'instinct de conservation. Les animaux savaient la déceler chez les autres et s'efforçaient de ne pas y succomber pour ne pas se mettre en danger. Rebecca revit le corps mutilé de son père et songea que celui-ci n'avait pas été simplement assassiné, mais massacré à coups de couteau. Or, seule la fureur, et non la cupidité, pouvait entraîner une telle sauvagerie. Adam avait été tué par un psychopathe.

Rebecca recouvrit le corps et remonta l'escalier. Daniel était à la barre, sur la passerelle, mais son sac de plongée était posé contre les coffres de tribord. Elle avança recroquevillée sur elle-même, au-dessous de son champ de vision. Peut-être avait-il jeté l'appareil photo par-dessus bord mais, dans ce cas, celui-ci aurait pu être retrouvé par un autre plongeur. Il était plus probable qu'il l'ait rangé dans son sac afin de s'en débarrasser ultérieurement. Elle s'accroupit pour fouiller les poches latérales. Dans la deuxième, elle trouva un pistolet. Elle le prit entre ses mains, stupéfaite. Les deux hommes de Morombe étaient des revendeurs d'armes. Était-ce auprès d'eux que Daniel s'était procuré celle-ci ? Pour Rebecca, il n'y avait pas d'autre explication. Elle vit dans cette sinistre découverte un moyen de se défendre, mais constata que le pistolet n'avait pas de chargeur et qu'il ne lui servirait à rien. Continuant à fouiller le sac, elle tomba sur l'étui vide du couteau de plongée. Daniel s'était-il débarrassé de son couteau de peur qu'on ne découvre que la lame correspondait aux blessures d'Adam ?

Si elle ne pouvait pas utiliser le pistolet, au moins pouvait-elle en priver Daniel. Elle le cacha dans un des coffres et fouilla une dernière fois le sac, au cas où. Ses doigts sentirent quelque chose de froid au fond d'une petite poche latérale.

C'était un pendentif suspendu à une chaîne en argent. Elle se rappela avoir vu cette chaîne étinceler dans la lumière des éclairs le soir où Daniel s'était douché sous l'orage, à l'Éden. Elle regarda l'inscription qui figurait sur le pendentif :

MATTHEW DANIEL RICHARDSON

ATTENTION : GROUPE SANGUIN RARE

Elle ferma les yeux, incapable d'aller plus loin. Elle serra la plaque si fort qu'elle sentit presque les lettres s'imprimer dans la paume de sa main. Le sang qu'Andriama avait trouvé sur le bateau était du groupe AB négatif. Il appartenait à un homme étranger, mais pas à Pierre. Ce groupe sanguin était trop rare pour qu'il puisse s'agir d'une coïncidence. Si Daniel était AB négatif, cela signifierait qu'il était déjà monté à bord de l'*Évelyne,* même s'il disait le contraire, et même si le cœur de Rebecca ne voulait pas l'entendre. La jeune femme leva les doigts l'un après l'autre.

Pas AB négatif, pria-t-elle en silence. *Je vous en supplie, pas AB négatif.* Elle retira le dernier doigt.

AB négatif.

Chapitre 48

Rebecca remit le pendentif à sa place et refermait le sac lorsqu'elle entendit Daniel sortir de la passerelle. Elle se leva et se retourna, mais pas assez vite.

— Vous cherchez quelque chose ? demanda Daniel.

— Non, répondit-elle.

Il n'insista pas.

— J'ai mis le cap en direction du sud-est. Nous allons bientôt arriver à la passe.

— Bien, merci.

Il la regarda d'un air perplexe.

— Ce n'est pas la peine de me remercier sans cesse, Rebecca.

Elle avait conscience d'avoir un comportement étrange, qui risquait d'éveiller les soupçons.

— Je devrais peut-être aller voir Pierre, lança-t-elle dans l'espoir de faire diversion.

— Il va bien, ne vous inquiétez pas.

— Il a tout de même pris un coup sur la tête.

— Comme vous voudrez, dit Daniel en retournant à la passerelle.

Le vent soufflait de plus en plus fort et le bateau était balancé par la houle. Rebecca s'efforça de ne pas perdre l'équilibre, malgré le roulis. Elle marcha jusqu'à l'écoutille de la cale et l'ouvrit. Il faisait noir à l'intérieur, mais la lumière du pont était assez forte pour éclairer Pierre, couché sur le côté et encore bien ligoté. Elle descendit dans la cale.

— Est-ce que tu es réveillé ? murmura-t-elle.

Pierre émit un grognement. Elle mit un doigt sur ses lèvres pour lui demander de ne pas faire de bruit et dénoua son bâillon.

— Rebecca, je t'en prie, implora-t-il. Il faut que tu me croies. Je n'ai fait de mal ni à Adam ni à Emilia. Je te le jure. C'étaient mes amis, mes plus proches amis. Je les aimais tous les deux.

Il pleurait et reniflait. Elle compatissait et avait envie de le croire. Elle ne savait plus à qui se fier.

— Je t'en supplie, Rebecca, continua-t-il. Tu ne peux pas faire confiance à cet homme. C'est lui qui les a tués ! C'est lui !

Il avait les pieds et les mains liés dans le dos. Elle examina attentivement les nœuds. Si elle en défaisait un, celui qui reliait tous ses membres, il serait toujours dans l'impossibilité de nuire, mais sa position serait moins inconfortable et elle pourrait le détacher plus vite en cas d'urgence. Dans la pénombre, elle entreprit de dénouer la corde humide. Elle était si concentrée sur cette pénible tâche qu'elle n'entendit pas Daniel marcher sur le pont en direction de l'écoutille.

— Qu'est-ce que vous faites ? l'interrogea-t-il, intrigué.

— Je m'assurais que ses liens ne s'étaient pas desserrés, répondit Rebecca.

— Et alors ?

— Je ne sais pas. Je n'y connais pas grand-chose.

— Laissez-moi regarder.

— Non, ça va aller, je peux le faire.

— Rebecca, si ses liens se sont desserrés, il faut que j'aille voir.

La cale étant trop petite pour eux trois, Daniel aida d'abord Rebecca à sortir, puis descendit à son tour. Il s'agenouilla à côté de Pierre et leva les yeux avec stupéfaction.

— C'est vous qui avez défait ce nœud ? s'écria-t-il.

— Je vous ai dit qu'il se desserrait, se défendit la jeune femme.

— Rebecca, je m'y connais en nœuds. Pierre n'a pas pu faire ça tout seul.

— Qu'est-ce que vous insinuez ?

— Rebecca, qu'est-ce qui vous arrive ?

D'un geste vif, Rebecca ferma l'écoutille et poussa les verrous.

— Rebecca ! cria Daniel en frappant du poing. Laissez-moi sortir !

— Vous êtes déjà monté à bord de ce bateau !

Daniel arrêta de cogner.

— Évidemment ! Nous sommes allés le chercher à Toliary ensemble !

— Non, avant ça.

— Rebecca, je ne suis jamais monté à bord de ce bateau auparavant, croyez-moi.

— La police en a la preuve.

— C'est impossible. Quel genre de preuve ?

— Une preuve irréfutable.

— Non, je vous le jure. La police vous ment.

Rebecca repensa à Andriama.

— Non, déclara-t-elle, elle ne ment pas.

Daniel garda le silence un instant.

— Ne faites pas ça, Rebecca, il faut que vous ayez confiance en moi, dit-il enfin. C'est de la folie ! Laissez-moi sortir !

Il se remit à taper du poing. Le panneau d'écoutille se composait de deux planches de bois de manioc maintenues par des gonds et des verrous en acier, mais il ne tiendrait pas éternellement. Rebecca devait regagner l'Éden avant que Daniel ne parvienne à sortir. Une fois dans le pavillon, elle serait en sécurité. Elle se précipita à la passerelle, tandis que l'*Évelyne* montait et descendait au rythme de la houle. Elle vit, à gauche et à droite, l'écume blanche des vagues qui se brisaient sur les récifs. La passe était juste en face. Compas, sonar, G.P.S., cartes. Hélas, Rebecca ne savait pas s'en servir aussi bien que Daniel et craignait de ne pas être à la hauteur.

Derrière elle, les coups s'intensifiaient. Elle entendit un craquement et se retourna. Une fissure venait d'apparaître dans le panneau d'écoutille. Il ne tiendrait plus longtemps. Dès que Daniel serait sorti, Rebecca serait à sa merci. Il fallait qu'elle le neutralise pendant qu'elle pouvait encore le faire. Elle se souvint qu'il y avait des anesthésiques dans l'armoire à pharmacie de la cabine. Elle descendit l'escalier à la hâte et trouva un flacon de kétamine, un produit désormais utilisé comme drogue dans les soirées, qui était à l'origine un anesthésique destiné aux mammifères sauvages. Celui-ci était généralement délivré à l'aide d'un pistolet à fléchettes, car il agissait très vite, même s'il n'était pas injecté directement dans la veine. Rebecca s'empara d'une seringue, retira l'emballage en plastique et remonta sur le pont. Elle avait souvent utilisé de la kétamine sur ses tournages et savait que le dosage devait être proportionnel à la masse corporelle. Elle fit une estimation du poids de Daniel et préleva la quantité nécessaire à l'aide de la seringue. Le panneau de l'écoutille se fendit en éclats. Daniel sortit un bras et chercha les verrous à tâtons. L'*Évelyne* rebondit sur la crête d'une vague. Rebecca perdit l'équilibre et tomba de tout son long. Daniel trouva et tira le premier verrou. Elle avança à quatre pattes sur le pont en direction de l'écoutille. Il avait déjà trouvé le second verrou. Elle lui planta l'aiguille dans le bras, le plus haut possible, et injecta la kétamine dans son système sanguin en poussant le piston de la seringue avec le pouce. Il ouvrit l'écoutille en criant et rabattit le panneau sur ses gonds. Elle s'enfuit vers la cabine, descendit l'escalier et ferma l'écoutille au-dessus d'elle, poussant le verrou juste au moment où Daniel arrivait. Celui-ci se mit à taper du pied sur le panneau en bois.

— Qu'est-ce que vous m'avez fait ? cria-t-il d'une voix enrouée par la peur. Qu'est-ce que c'était ?

Il frappa de plus belle. Le bois se brisa et son pied passa au travers du panneau. Rebecca reçut un coup de talon dans le front qui la fit tomber à la renverse. Elle bascula par-dessus l'armoire à pharmacie et atterrit contre la couchette, dont elle poussa un pied hors de son logement. La couchette s'inclina, Emilia glissa et chuta sur sa sœur. Au contact de ce corps froid et gluant, Rebecca se mit à hurler encore et encore, en proie à un véritable cauchemar. Elle repoussa Emilia puis essuya sa peau souillée.

Lorsqu'enfin elle s'arrêta de crier, elle n'entendit plus que le silence.

Chapitre 49

Rebecca leva les yeux. La jambe de Daniel pendait toujours à travers le panneau d'écoutille, mais il ne bougeait plus. La kétamine avait fait effet. Rebecca se releva, poussa la jambe à travers le trou et tira le verrou. Daniel étant tombé sur l'écoutille, elle dut le soulever pour pouvoir sortir. Lorsqu'elle le regarda, elle fut submergée par une vague de sentiments contradictoires : chagrin et peur ; amour et haine. Mais elle n'avait pas le temps de tergiverser. L'anesthésique n'était qu'une solution temporaire. Elle n'avait qu'une vingtaine de minutes devant elle. Et il fallait qu'elle optimise ce moment de répit.

Il y avait encore des tas de cordes dans les coffres. Elle retourna Daniel, puis lui attacha les mains derrière le dos et lui lia les chevilles en s'inspirant de ce qu'il avait fait pour Pierre. Seulement, lui, il s'y connaissait en nœuds, et pas elle. Elle le bâillonna et l'attacha au bastingage de la proue pour pouvoir garder un œil sur lui depuis la passerelle. Lorsqu'elle eut terminé, elle retourna voir Pierre. Il la supplia de le libérer, mais elle refusa. Un de ces deux hommes était un meurtrier et elle ne savait pas encore lequel. Elle devait d'abord retourner dans la lagune et demander du renfort. Ensuite, ils auraient tout le temps de plaider leur cause.

La mer était de plus en plus déchaînée. Les vagues ne semblaient suivre aucune direction déterminée. À chaque fois que le bateau montait sur une crête, Rebecca repérait la passe et corrigeait sa trajectoire mais, lorsqu'il redescendait dans le creux de la vague, il était ballotté comme un bouchon en liège. Ainsi, à la crête suivante, il avait de nouveau dévié de son cap.

Daniel leva légèrement la tête. Il croisa le regard de Rebecca et se figea, comme s'il venait de retrouver la mémoire. Puis il se mit à se frotter les mains et les chevilles pour distendre ses liens.

— Arrêtez ! cria Rebecca. Ne faites pas ça !

Mais il continua.

— Je vous en prie ! implora-t-elle. Je veux juste rentrer à l'Éden, ensuite je vous libérerai.

Il regarda la houle et secoua la tête. Le flacon de kétamine roula sur le pont. Rebecca le ramassa. Il restait encore un peu de produit à l'intérieur. Elle alla chercher une autre seringue dans la cabine et remonta auprès de Daniel, qui avait déjà bien desserré les liens de ses poignets. Elle préleva ce qui restait de kétamine et lui planta l'aiguille dans le bras. Ils se regardèrent un instant, puis Daniel se remit à remuer frénétiquement pour se libérer. Elle recula d'un pas. Il retira une main de la corde, puis deux, enleva son bâillon et baissa la tête vers ses chevilles. Mais ses mains cessèrent de lui obéir. Ses mouvements ralentirent. Il gémit et perdit de nouveau connaissance.

Rebecca s'approcha prudemment de lui et tâta son pouls, qu'elle trouva lent mais assez régulier. Elle refit ses liens de son mieux, sachant qu'ils ne le retiendraient pas longtemps. Les panneaux des écoutilles étaient cassés. Il n'y avait plus d'anesthésique. Il fallait qu'elle mette au point une autre stratégie. Le sac de Daniel se trouvait à proximité. Il contenait tout son équipement de plongée, son recycleur, sa combinaison et une petite bouteille d'oxygène. Rebecca l'ouvrit et retira la combinaison, qui prenait beaucoup de place, avant d'ajouter le pistolet et tous les plombs de lestage qu'elle trouva dans les coffres. Au bout du compte, le sac était devenu si lourd qu'elle pouvait à peine le soulever. Et pourtant, il contenait encore trop d'air pour l'usage qu'elle voulait en faire. Elle le remplit d'eau de mer, qu'elle puisa à l'aide d'un seau, le referma et l'attacha avec une corde aux chevilles de Daniel.

Il commençait à faire moins noir. La nuit allait bientôt s'achever. De retour à la passerelle, elle mit de nouveau le cap sur la passe. Elle regardait régulièrement Daniel pour voir s'il revenait à lui. Il ne tarda pas à relever la tête d'un air groggy. Elle sortit, s'agenouilla à côté de lui et attendit qu'il reprenne ses esprits.

— Écoutez-moi, lui dit-elle. Vous voyez cette corde autour de vos chevilles. Elle est reliée à votre sac, que j'ai rempli de plombs de lestage. Si vous me causez encore des problèmes, je le jette par-dessus bord et il vous emportera dans sa chute. Je n'ai vraiment, vraiment pas envie de faire ça. Je vous le jure. Tout ce que je veux, c'est qu'on arrive tous sains et saufs à l'Éden. Mais je n'hésiterai pas à le faire si vous m'y obligez. C'est compris ?

Knox hocha la tête. Elle s'empressa de regagner la passerelle. La houle était de plus en plus forte. L'*Évelyne* tanguait et roulait dangereusement. Une grande vague s'abattit sur le flanc du bateau. En se tournant vers Daniel, Rebecca vit qu'il essayait encore de desserrer ses liens.

— Arrêtez ! cria-t-elle.

Il ne l'écoutait pas. Elle courut vers lui et souleva le sac. Il s'arrêta aussitôt et baissa la tête en signe d'obéissance. Mais l'*Évelyne* glissa sur la crête d'une vague et il recommença. Il tourna la tête vers la mer, pâlit et redoubla d'efforts pour se libérer. Rebecca regarda autour d'elle. La crête écumeuse d'une vague scélérate se dressa au-dessus d'eux, prête à s'abattre sur le pont. L'*Évelyne* se trouvait déjà dans le creux.

Rebecca fixa le mur d'eau avec horreur, puis baissa la tête vers Daniel, qui se débattait de toutes ses forces, impuissant à ses pieds, attaché, lesté, condamné, totalement dépendant d'elle. Dans cette fraction de seconde, elle comprit que ses soupçons ne devaient pas entrer en ligne de compte. Elle se jeta sur Daniel, passa les bras et les jambes autour de lui et s'accrocha à un bossoir pour les clouer tous deux sur le pont. Puis elle inspira profondément et retint son souffle. La vague balaya le bateau, qui se coucha pendant plusieurs secondes, au risque de chavirer. Par chance, lorsqu'il avait construit l'*Évelyne,* Adam avait préféré la stabilité et la sécurité à la vitesse. La vague s'abattit sur le pont et le bateau se redressa en crissant, trempé mais à flot. Rebecca tenait toujours Daniel dans ses bras. La tête au creux de son épaule, elle le serra contre elle et se mit à sangloter de soulagement.

Ce ne fut que quelques secondes plus tard qu'elle entendit le sifflement. Elle se retourna. Le sac lesté était passé par-dessus bord et la corde attachée aux chevilles de Daniel était en train de se dérouler à toute allure. Arrivée à son extrémité, la corde entraîna les deux corps, qui glissèrent sur le pont mouillé le long du bastingage. Rebecca retint fermement Daniel comme dans une sorte de tir à la corde, où elle ne gagnait pas de terrain, mais n'en perdait pas non plus. Daniel profita de ce sursis pour essayer de se libérer les mains. Les bras de Rebecca commencèrent à fatiguer. Son épaule se mit à trembler. Les nœuds étaient gorgés d'eau et difficiles à défaire. L'*Évelyne* s'inclina de nouveau sur le flanc. Rebecca leva les yeux, épouvantée. Les vagues scélérates déferlaient parfois par deux. Et celle-ci était encore plus haute que la précédente. Daniel prit plusieurs inspirations rapides et profondes pour remplir ses poumons d'air. Puis la vague s'abattit sur eux et les emporta par-dessus bord, le sac lesté les entraînant tous deux par le fond. Ils coulèrent rapidement. Daniel glissa peu à peu entre les doigts de Rebecca. Elle le retint par le coude, par l'avant-bras, le poignet, mais il était trop lourd. Il lui échappa. Il avait dû défaire les liens de ses poignets car, au dernier moment, il l'attrapa par la cheville et l'attira vers lui. Elle était à court d'air. Ils allaient mourir tous les deux, à moins qu'elle ne se dégage de l'étreinte de sa main. Mais avant qu'elle n'ait le temps de secouer le pied, il la lâcha.

Elle nagea jusqu'à la surface, inspira de grandes bouffées d'air et regarda autour d'elle, dans l'espoir que Daniel ait pu trouver le moyen de remonter, lui aussi. Il n'était pas là. Elle attendit un moment, en se laissant porter par les vagues, en vain. Elle plongea et plongea encore, mais sa quête était sans espoir dans une telle obscurité. Son cœur se transforma en plomb au fur et à mesure que les secondes, puis les minutes passèrent. Elle sentait encore la main de Daniel autour de sa cheville, cette main qui l'avait lâchée.

Le bateau s'était redressé. Poussé par la houle vers le récif, il se trouvait à cinquante ou soixante mètres. Rebecca devait le regagner au plus vite. Le pire était passé, mais les vagues étaient encore puissantes et elle dut faire de gros efforts pour ne pas dévier de sa trajectoire. Son épaule blessée lui faisait horriblement mal. Elle arriva enfin à la poupe, gravit l'échelle et remonta à bord. Pierre tapait comme un sourd en hurlant de terreur dans la cale. Elle l'avait complètement oublié. Elle regarda à travers le panneau brisé de l'écoutille. Assis dans trente centimètres d'eau, Pierre s'était débarrassé de son bâillon mais avait toujours les pieds et les poings liés.

— Laisse-moi sortir ! implora-t-il, lorsqu'il la vit. Laisse-moi sortir ! Je t'en supplie. Je ne voulais pas vous faire de mal. Je le jure !

Les vagues rapprochaient de plus en plus le bateau du récif. Elle n'avait pas beaucoup de temps.

— Dis-moi ce qui s'est passé, exigea-t-elle.

Pierre prit un air de chien battu.

— C'était un don de Dieu, Becca ! se lamenta-t-il. Et ton père allait tout donner au gouvernement.

— Tu lui as envoyé cet e-mail et tu es revenu pour l'espionner.

— Non.

Elle tourna les talons et s'en alla. Il cria désespérément.

— Je te le jure, Rebecca ! J'ai eu l'idée de lui envoyer cet e-mail au dernier moment. Ce n'était pas prémédité. J'avais l'intention de demander à Lalao et à Marie-Claire d'observer ton père depuis deux endroits différents.

Rebecca revint sur ses pas.

— Une triangulation, dit-elle d'un ton neutre.

— Oui, mais je n'ai même pas réussi à les joindre, je le jure. Il ne s'est rien passé.

— Rien du tout, à part que mon père et ma sœur sont morts. C'étaient tes amis. Ils ont fait énormément pour toi. Comment as-tu pu les trahir ?

Pierre parut honteux.

— Toutes mes femmes, mes enfants, se défendit-il, tu crois qu'ils ne me coûtent rien ? S'il te plaît, Becca. Détache-moi, je t'en prie.

Rebecca secoua la tête, trop en colère. Elle ne pouvait même plus le regarder. De toute façon, elle n'avait pas le temps de s'occuper de lui. Les vagues continuaient à pousser l'*Évelyne* inexorablement vers le récif. Le plancher de la passerelle était inondé et le moteur avait calé. Tenaillée par l'angoisse, Rebecca essaya de redémarrer, sans succès. Au bout de la troisième tentative, elle entendit enfin le moteur toussoter, puis rugir. Sa colère, qui renforçait sa détermination, et la clarté naissante l'aidèrent à maintenir le cap. Elle traversa la passe et conduisit l'*Évelyne* dans les eaux plus calmes de la lagune.

À l'est, les premières lueurs de l'aube éclairèrent le ciel. Rebecca éprouva une immense lassitude. Daniel était sans doute le coupable après tout. Il fallait que ce soit lui. Elle ne pouvait pas supporter l'idée qu'il ait été innocent. Il voulait piller l'épave ; il était venu jusqu'ici depuis Morombe ; et il avait tué son père et sa sœur. Il méritait amplement son sort. Elle devait s'en convaincre. Pourtant, il lui avait lâché la cheville. Il s'était sacrifié pour qu'elle puisse vivre. Était-ce le geste d'un assassin ? D'un psychopathe ? Arrivée à l'Éden, elle laissa l'*Évelyne* s'échouer sur le sable et coupa le moteur. Ses mains tremblaient violemment, comme si son corps lui faisait payer toutes les épreuves qu'elle lui avait fait endurer.

Pierre criait toujours pour qu'elle le libère, mais elle ne voulait pas avoir affaire à lui. C'était encore trop tôt. Elle descendit à la cabine, où Emilia gisait sur le ventre dans plusieurs centimètres d'eau. Après avoir redressé la couchette, elle y allongea de nouveau le corps en essayant de ne pas regarder le sable qui sortait des narines et de la bouche. Soudain, le bateau vacilla sur sa quille. L'eau passa d'un côté à l'autre de la cabine en charriant toutes sortes de déchets, dont l'appareil photo d'Emilia, celui-là même dont la disparition avait éveillé les soupçons de Rebecca à l'encontre de Daniel. Interdite, Rebecca ramassa l'appareil et le retourna. Un crochet s'était cassé et il était tombé de son support. Elle revit Daniel trébucher dans l'escalier lorsqu'il portait Emilia jusqu'à la cabine. L'appareil avait dû s'accrocher quelque part. Elle fit défiler sur l'écran les photos qui se trouvaient sur la carte mémoire : Adam devant le pavillon, une bouteille de plongée sur l'épaule ; Emilia jouant dans le sable avec Michel ; Thérèse faisant signe de la main avec Michel dans les bras ; le soleil sur les eaux turquoise et la voile blanche d'une pirogue au loin ; Adam remontant fièrement la fermeture éclair de sa combinaison de plongée sur le pont de l'*Évelyne*, puis une autre photo de lui, prêt à plonger, avec tout son équipement. Aucune trace de Daniel, ni de Pierre, ni de qui que ce soit d'autre qu'Adam et Emilia.

Rebecca regarda le corps de sa sœur. Maintenant qu'il n'était plus recouvert par le drap, elle vit, au bout de la jambe gauche broyée, un morceau de filet maillant enroulé autour de la cheville. Elle essaya de se rappeler s'il y en avait un sur le corps de son père. Non, elle n'en revoyait pas, mais elle n'avait retiré la nappe d'autel que jusqu'à la taille. Elle ne pouvait donc pas en être sûre.

Andriama lui avait dit qu'il ne fallait pas se fier aux apparences, qu'Adam n'avait peut-être pas été poignardé. Elle commença à imaginer ce qui avait pu se passer. Adam et Emilia n'auraient jamais jeté l'ancre près du récif, à moins que cela ne soit absolument nécessaire, car ils veillaient à ne pas endommager les coraux. Par conséquent, l'un d'eux avait dû rester à bord pendant que l'autre plongeait en solo. D'après les photos, c'était Adam qui avait plongé. Mais peut-être avait-il été pris dans ce maudit filet, de sorte qu'il n'était pas remonté à l'heure prévue. Si c'était le cas, Emilia avait dû s'inquiéter. Elle avait peut-être vu une éruption de bulles dans l'eau. Elle avait paniqué et s'était équipée si vite qu'elle n'avait même pas pris le temps d'enfiler une combinaison. En plongeant à son tour, elle avait trouvé son père prisonnier de ce foutu filet, presque à court d'air. N'ayant pas le temps de faire dans le détail, elle avait coupé les mailles jusqu'à ce qu'elle le libère, à grands coups de couteau, ce qui expliquait que sa combinaison soit tailladée de toutes parts. Mais le filet s'était refermé sur elle, ou bien, par ses mouvements brusques, elle avait provoqué la chute de pierres dont Daniel avait parlé. Et elle avait été ensevelie sur le lit marin.

Rebecca crut que son cœur allait arrêter de battre. Non, cela n'avait pas pu se passer comme ça. C'était impossible.

Et le sang de Daniel, qui avait été retrouvé à bord de l'*Évelyne* ? Oui ! Elle s'accrocha désespérément à cet indice. Daniel avait assassiné son père et sa sœur. Il ne pouvait en être autrement. Elle leva les yeux et, à cet instant, le premier rayon de soleil qui passa à travers l'écoutille de la cabine vint illuminer la photo de Michel, restée accrochée au mur, par miracle, malgré le tumulte de la tempête. C'est alors qu'elle se souvint de la dernière lettre de son père à sa mère, dans laquelle il racontait qu'Emilia était montée à bord de l'*Évelyne* avec Michel et qu'ils étaient tous deux tombés la tête la première sur le pont.

C'était de là que venaient les traces de sang, issues de deux personnes, l'une de sexe masculin et l'autre de sexe féminin.

Rebecca entendit un bruit de pas au-dessus de sa tête. Pierre passa la tête par l'écoutille. De toute évidence, les nœuds de Daniel n'étaient pas aussi fiables qu'il le croyait.

— Te voilà ! s'écria Pierre en se frottant l'arrière du crâne. Qu'est-ce qui s'est passé ? Où est ton ami anglais ? Qu'est-ce que tu as...

Il vit le corps d'Emilia sur la banquette ; son visage se tordit de douleur et il éclata en sanglots.

— Pourquoi m'as-tu menti ? lui demanda Rebecca.

Il reprit un air penaud.

— Je te l'ai dit, ton père allait tout donner au gouvernement, répéta-t-il.

— Je ne te parle pas de ça. Pourquoi as-tu dit à tout le monde que Michel était ton fils ?

— Ah...

L'espace d'un instant, Rebecca crut que Pierre allait nier mais, lorsqu'il vit son expression, il se ravisa.

— C'est elle qui me l'a demandé, répondit-il en hochant la tête en direction d'Emilia.

— Explique-toi.

— Ça s'est passé quand elle est allée voir les gens de la compagnie de sauvetage, en Angleterre. Un des gars qu'elle a rencontrés là-bas lui a beaucoup plu. Et elle a pensé qu'il ferait un bon père pour son enfant. Tu sais comment elle était avec les hommes… Elle a toujours voulu être mère, mais elle ne voulait pas partager son enfant. Ce type vivait en Angleterre ; il avait de bons gènes et n'était pas censé participer au sauvetage. C'était l'homme parfait ! Alors elle l'a attiré dans son lit en lui disant qu'elle prenait ses précautions et qu'il n'avait pas à s'inquiéter. Au début, elle a simplement refusé de dire qui était le père. Mais à cause du coup d'État, le sauvetage a été reporté. Du coup, le père a pu y participer. Elle a alors eu peur qu'il comprenne que Michel était son fils et qu'il veuille s'impliquer dans sa vie. C'est à ce moment-là qu'elle m'a demandé de dire que c'était moi le père. Je lui ai demandé : « Pourquoi moi ? » Et elle m'a répondu : « Parce que le père est européen et que tu es le seul Européen par ici. » Je lui ai dit que je n'aimais pas ça, qu'un homme avait le droit de connaître son fils. Mais quand Emilia se mettait quelque chose en tête…

Rebecca baissa la tête et se mit à pleurer.

Épilogue

Trois mois plus tard

I

Rebecca tenait Michel contre sa hanche. Elle fit signe à Titch, son ancien collègue, qui repartait le cœur lourd. Il était venu pour essayer une dernière fois de la convaincre de retourner à Londres, mais il rentrait seul, sans la comprendre. Il n'avait cessé de lui dire que leur société avait de nouveau le vent en poupe, que la diffusion de leurs documentaires aux États-Unis avait été un immense succès, que le Canada et l'Australie étaient également intéressés, et qu'elle avait même été récompensée en France. L'argent n'était plus un problème. Les animateurs des talk-shows étaient enthousiastes. Bref, elle était devenue une star internationale !

Elle avait fait de son mieux pour lui expliquer sa décision, vraiment. Mais au bout d'un moment, elle s'était rendu compte qu'il ne comprendrait jamais. C'était tellement contraire à la façon dont il concevait le monde… Il ne voyait pas que ce genre de succès ne signifiait plus rien pour elle, qu'elle avait désormais une autre image d'elle-même : celle d'une formidable matriarche, forte, inflexible et altruiste ;

belle, droite et fière ; crainte et aimée par ses amis malgaches ; admirée bien que considérée comme excentrique pour avoir choisi de renoncer à tout ce qu'elle avait eu en Occident. Elle avait fait appel à une agence immobilière pour vendre sa maison de Notting Hill et à un avocat pour rembourser toutes ses dettes. Pour faire passer la pilule, elle avait dit à Titch qu'elle avait l'intention de répartir ses capitaux propres parmi les employés et qu'il aurait la plus grande part. Il serait enfin le patron. N'était-ce pas ce dont il avait toujours rêvé ?

— Sans toi, on n'aura plus qu'à mettre la clé sous la porte, avait-il dit d'un air maussade.

— Bien sûr que non, il faudra simplement que vous trouviez quelqu'un qui a du talent.

— D'ici six mois, tu t'ennuieras à mourir. Tu nous supplieras de te reprendre.

Elle avait tellement ri qu'il s'était vexé, mais elle était sûre qu'il se trompait. Elle avait beaucoup à faire ici. Elle avait déjà commencé à enseigner le français, la biologie, les mathématiques et l'histoire à l'école. Elle aidait Thérèse à la clinique. Elle arrosait les orchidées du caveau familial et en avait planté d'autres. Elle parlait beaucoup à ses parents et à sa sœur. Elle leur racontait tout ce qui se passait à l'Éden. Parfois, elle parlait même à Emilia à voix haute lorsqu'elle marchait dans le village ou le long de la plage, au point qu'on la croyait un peu folle. Elle s'était dépouillée de ses certitudes à propos de la mort. Elle n'avait pas tant trouvé Dieu que redécouvert l'amour de la nature qu'elle avait éprouvé dans son enfance et perdu au fil des ans, comme si l'arbre lui avait caché la forêt. Adam avait raison : on n'avait pas la foi par conviction mais par amour.

À l'église de Tsiandamba, lorsqu'elle l'avait embrassé sur le front, elle lui avait fait une promesse : l'Éden resterait le sanctuaire qu'il avait bâti, quoi qu'il arrive. La nuit, dans son lit, les mains croisées derrière la tête, elle regardait la lune se refléter sur les toits et réfléchissait à une façon de lui rendre hommage. Elle ne savait toujours pas pourquoi il s'en était pris à elle lorsqu'elle était adolescente, mais elle avait tourné la page. Tout ce qui comptait, c'était qu'il avait eu honte de ce qu'il avait fait. Il avait espéré son pardon et elle le lui avait accordé de tout son cœur.

Ses retrouvailles avec la nature s'étaient accompagnées d'un désir renouvelé d'apprendre. Juste pour le plaisir. Elle avait envie d'apporter sa contribution au monde. Aussi envisageait-elle de jeter son dévolu sur une espèce endémique obscure (un crapaud, peut-être, ou un mille-pattes, quelque chose qui soit à la fois petit et un peu laid) et de l'étudier à fond pendant les dix prochaines années. Ensuite, elle écrirait un pavé que seules vingt-sept personnes liraient et quinze tout au plus comprendraient.

Elle était heureuse.

Lorsque Titch fut parti, lorsque même la poussière qu'il avait soulevée sur la route fut retombée, elle emmena Michel à la plage. Elle traversait le chemin quand elle vit Pierre se précipiter vers elle en lui faisant de grands signes, des auréoles de sueur sous les manches de sa chemise bleue.

— Tu as dit du *voavy* pour le toit, c'est ça ? l'interrogea-t-il.

— Oui, c'est ça.

— Jean-Luc dit que le manioc serait plus adapté. Et moins cher.

— D'accord, va pour le manioc.

— Bien.

Pierre s'arrêta un instant pour reprendre son souffle. Il s'épongea le front, se pencha vers Michel pour lui caresser le menton et leva les yeux vers Rebecca.

— Il ressemble de plus en plus à Emilia, remarqua-t-il.

— Oui.

— Thérèse m'a dit de te transmettre un message.

Il se redressa à la hauteur de Rebecca. Il avait ce drôle de regard depuis quelques semaines, rien de déplacé, quelque chose qui ressemblait plutôt à l'affection d'un oncle, à la façon dont il regardait ses enfants lorsqu'il était fier de ce qu'ils avaient accompli.

— Elle dit qu'il n'y a pas de problème pour cet après-midi, déclara-t-il.

— Parfait ! s'exclama Rebecca. Remercie-la de ma part.

Il s'en alla en levant la main pour lui dire au revoir. Michel remua, s'étira et bâilla. Il ouvrit brièvement les yeux et les referma aussitôt, un sourire sur les lèvres. Rebecca le regarda, le cœur gonflé d'amour. Elle ne savait pas encore ce qu'elle allait lui dire à propos de ses origines. Une petite partie d'elle-même avait envie de le garder pour elle toute seule, mais elle avait honte ne serait-ce que d'envisager une telle trahison envers sa sœur.

Bien sûr, elle était loin d'être la première à être confrontée à ce genre de dilemme. De nombreux individus vivaient toute leur vie sans avoir soupçonné un seul instant qu'ils n'étaient pas l'enfant biologique de l'homme et de la femme qu'ils avaient toujours pris pour leurs parents.

II

Titch savait que Rebecca jouait. Elle ne s'y attendait pas. Apparemment, tout le monde était au courant. Titch avait même pensé que c'était la raison pour laquelle elle ne voulait pas rentrer. Il lui avait assuré que ce n'était pas un problème, qu'elle pourrait faire une thérapie de groupe et se confier aux meilleurs spécialistes du pays. Là encore, elle avait éclaté de rire en lui disant que ce n'était pas le jeu qui la retenait, qu'elle n'y avait même pas pensé depuis des semaines. Et c'était vrai.

Elle eut une crampe à l'estomac et posa la main à plat sur son ventre. Elle avait déjà plusieurs jours de retard, et toujours rien. Ce matin, elle se sentait particulièrement nauséeuse. Il y avait un test de grossesse dans le cabanon d'Emilia, mais il était encore bien trop tôt. Elle n'était pas prête à prendre le risque de voir s'envoler tous ses espoirs. Néanmoins, la tentation était parfois si grande qu'elle s'empressait de se concentrer sur une activité quelconque pour ne plus y penser.

Il y avait encore une chose que Titch n'avait pas comprise, malgré ses efforts pour lui faire entendre raison : même si elle était retournée en Angleterre, sa présence n'aurait servi à rien. Si elle avait réussi à la télévision, c'était par prosélytisme. Elle était si certaine d'avoir saisi les rouages de la vie qu'elle avait voulu convaincre le monde entier du bien-fondé de ses théories. Mais ce désir ne l'habitait plus. Il s'était éteint pendant qu'elle cherchait Adam et Emilia. À l'issue de cette longue quête, elle avait constaté que le monde était infiniment plus complexe qu'elle ne le croyait. Mieux, elle s'en était réjouie.

C'était arrivé à peine deux heures après qu'elle eut précipité Daniel dans les profondeurs marines. Avec l'aide de Pierre, elle avait transporté le corps d'Emilia jusqu'au pavillon. Pierre avait fait de son mieux pour la consoler. Il lui avait dit qu'elle n'avait rien fait de mal, qu'il faudrait qu'elle soit forte lorsque la police viendrait l'interroger pour savoir ce qui était arrivé à cet Anglais porté disparu. Pour le bien de tous, elle ne devait pas parler de son implication dans cette affaire, car ses aveux ne serviraient à rien de toute façon.

Elle s'était dit que Pierre avait raison, mais l'idée de devoir faire comme si Daniel n'avait jamais existé, comme si sa vie n'avait rien signifié pour elle, comme si elle n'avait aucun prix à payer pour ce qu'elle avait fait, lui était insupportable. Elle avait craqué et s'était mise à courir loin du pavillon, loin de l'Éden, jusqu'à la plage. En s'enfonçant dans le sable lourd, elle s'était vidée de toutes ses forces pour ne plus souffrir. Puis elle avait aperçu quelque chose au loin dans la lagune. C'était un homme, qui nageait avec de grands mouvements réguliers en direction du rivage, un appareil jaune et noir sur le dos. Et elle avait compris, le cœur au bord de la rupture, que Daniel ne lui avait pas lâché la cheville pour lui sauver la vie, mais pour prendre le recycleur et la bouteille d'oxygène qui se trouvaient dans le sac de plongée qu'elle lui avait attaché aux pieds.

Elle se fraya un chemin entre les derniers arbres épineux et déboucha sur le sable blanc. L'*Évelyne* avait déjà traversé la passe. Elle serait là dans quelques minutes. Daniel était allé s'assurer que tout allait bien sur le site de l'épave, avant le retour de Miles et de ses anciens collègues de la M.G.S. Ceux-ci avaient obtenu un financement de la part d'autres investisseurs, dont le gouvernement chinois, et avaient acheté le silence de Ricky et de ses amis de la triade. Ils espéraient avoir plusieurs semaines devant eux pour effectuer le sauvetage, avant que le temps ne se dégrade. Daniel regarda vers le rivage. Lorsqu'il vit Rebecca, il se leva et lui fit signe. Elle lui répondit. Il arriva à la bouée d'amarrage, sauta dans l'eau et amarra l'*Évelyne.* N'y tenant plus, elle alla le rejoindre sans retirer son pantalon, bientôt trempé par les vagues. Michel, qui sentait la présence de son père, se mit à pleurnicher. Elle le lui tendit et il se calma aussitôt.

— Ça y est, ton ami est parti ? demanda Daniel.

— Oui, répondit-elle.

— Il était temps !

Il avait des grains de sable sur la joue, qu'elle retira d'un geste du pouce.

— Alors, c'était comment ? s'enquit-elle.

— La mer est trop agitée. J'y retournerai cet après-midi.

— Thérèse veut bien s'occuper de Michel, annonça Rebecca. J'irai avec toi, si tu veux.

— Super ! s'exclama Daniel avec un sourire heureux qui lui fit chaud au cœur. (Il passa un bras autour de ses reins et l'attira contre lui.) Mais je devrais peut-être m'assurer que nous avons des gilets de sauvetage ! plaisanta-t-il.

Remerciements

Madagascar, son histoire évolutionniste unique, son environnement géologique extraordinaire, sa beauté et son isolement me fascinent depuis longtemps. Située entre le cap de Bonne-Espérance et l'Inde, cette île m'a semblé être le cadre idéal d'une histoire d'épaves et d'exploration maritime. En effet, ses récifs ont de tout temps représenté un danger mortel pour les navigateurs, comme en témoigne l'épave du *Winterton*, citée dans ce livre.

Tous les personnages de ce roman sont bien sûr fictifs, de même que la réserve de l'Éden (pour laquelle j'ai dû rallonger un peu le littoral entre Salary et Bekodoy). Néanmoins, il s'inspire très librement de projets de conservation marine auxquels j'ai pu assister à Madagascar. J'aimerais donc remercier en particulier Al Harris et toutes les personnes que j'ai rencontrées à Blue Ventures pour leur aide et leur travail remarquable à Andavadoaka, un petit village magnifique. Je remercie également Francesco, de Salary, pour son hospitalité et pour m'avoir emmené sur le site de l'épave du *Winterton*.

Comme toujours, je remercie sincèrement mon agent, Luigi Bonomi, et mon éditrice, Julia Wisdom, dont j'apprécie beaucoup les encouragements et les précieux conseils. Enfin, j'aimerais remercier Anne O'Brien, qui m'a épargné, grâce à sa relecture diligente du manuscrit, l'embarras de voir publiées mes propres fautes.

Dans la même collection aux Éditions First

Will Adams

Le Tombeau d'Alexandre

L'Énigme de l'Exode

Le Secret d'Éleusis

Jeffrey Archer

Seul contre tous

Le Sentier de la gloire

Kane et Abel

Et là, il y a une histoire

James Becker

Le Dernier Apôtre

Les Tables du prophète

Chris Carter

La Marque du tueur

Inger Frimansson

Bonne nuit, mon amour

L'Ombre dans l'eau

David Gibbins

Le Dernier Évangile

Tigres de guerre

Le Masque de Troie

Titania Hardie

Le Labyrinthe de la rose

Lauren Jillian
Mes nuits au harem

Josef Ladik
Les Engagés
Jéricho

Florian Lafani, Gautier Renault
Une partie en enfer

P. J. Lambert
Les Murmures du tombeau
La Route d'émeraude

Stephen Leather
Tu iras en enfer

Carlo A. Martigli
L'Ultime Gardien

Martin Michaud
Les Âmes traquées

Michael Ridpath
Là où s'étendent les ombres

Mary Doria Russell
L'Aube des rêveurs

Carmelo Sardo
Les Nuits de Favonio

Anne-Solange Tardy
La Double Vie de Pénélope B.
Very Important Pénélope B.

A.B. Winter

La Grande Mascarade

L'Ode à la joie

La Croisade des enfants

Cet ouvrage a été imprimé
en avril 2011 par

FIRMIN-DIDOT

27650 Mesnil-sur-l'Estrée
N° d'impression : 104387
Dépôt légal : mai 2011

RÉALISATION : NORD COMPO À VILLENEUVE-D'ASCQ

Imprimé en France